D0683658

LE LIVRE SANS NOM

Anonyme

Le Livre sans nom

TRADUIT DE L'ANGLAIS PAR DINIZ GALHOS

SONATINE ÉDITIONS

Titre original :

THE BOOK WITH NO NAME
Publié par Michael O'Mara Books Ltd

1

Sanchez avait horreur que des inconnus entrent dans son bar. En fait, il détestait également les habitués, mais il les accueillait tout simplement parce qu'il avait peur d'eux. Éconduire un habitué, ce serait signer son propre arrêt de mort. Les criminels qui fréquentaient le Tapioca étaient toujours à l'affût de la moindre occasion d'y prouver ce qu'ils valaient, parce que c'était le plus sûr moyen d'acquérir une renommée, jusqu'au sommet de la hiérarchie du monde du crime.

Le Tapioca était un bar qui avait vraiment du caractère. Ses murs étaient jaunes, et pas d'un jaune agréable : plutôt un jaunâtre de fumée de cigarette. Rien d'étonnant à cela : l'une des nombreuses règles tacites du Tapioca était l'obligation, pour l'ensemble de la clientèle, de fumer. Cigares, pipes, cigarettes, joints, narguilés, cigarillos, bangs, tout était autorisé, excepté ne pas fumer. Ne pas fumer était tout à fait inacceptable. Le fait de ne pas boire de l'alcool était aussi considéré comme un péché, mais le plus grand des péchés, c'était d'être un inconnu dans ces lieux. Dans ce bar, personne n'aimait les inconnus. Les inconnus n'apportaient que des problèmes. On ne pouvait pas se fier à eux.

Aussi, lorsqu'un homme, vêtu d'une longue cape, capuche rabattue sur la tête, entra et s'assit sur un tabouret de bois au bar, Sanchez eut la certitude qu'il ne ressortirait pas en un seul morceau.

La vingtaine d'habitués attablés cessèrent leur conversation et toisèrent longuement l'homme encapuchonné assis au bar. Sanchez remarqua qu'ils s'étaient également arrêtés de boire. C'était mauvais signe. S'il y avait eu une musique d'ambiance, elle se serait sûrement interrompue dès l'entrée de l'inconnu. Le seul son audible était à présent le bourdonnement continuel du gros ventilateur fixé au plafond.

Sanchez se fit un devoir d'ignorer son tout nouveau client, en faisant mine de ne pas l'avoir vu. Évidemment, lorsque l'homme ouvrit la bouche, il lui fut impossible de l'ignorer plus longtemps.

« Barman. Servez-moi un bourbon. »

L'homme n'avait même pas relevé la tête. Il avait passé sa commande sans regarder Sanchez, et, comme il avait gardé sa capuche, il était impossible de savoir si son visage était aussi terrifiant que sa voix, tellement rocailleuse qu'elle aurait pu remplir une pleine pinte de cailloux. (Dans les environs, on considérait que plus un inconnu avait la voix rocailleuse, moins il était recommandable.) En conséquence, Sanchez saisit un verre à whisky d'une propreté relative et se dirigea vers le bout du comptoir où était accoudé l'homme. Il déposa le verre sur le bois collant du comptoir, juste en face de l'inconnu, et jeta un bref coup d'œil au visage dissimulé sous la capuche. Les ténèbres qui y régnaient étaient bien trop épaisses pour qu'il distingue des traits précis, et il n'avait aucune envie de se faire surprendre en train d'épier.

« *On the rocks* », rumina l'homme, dans une espèce de murmure. Une sorte de chuchotement rocailleux, en vérité.

Sanchez glissa une main sous le bar et en retira une bouteille de verre marron à moitié pleine, estampillée « Bourbon », et, de l'autre main, attrapa deux glaçons qu'il jeta dans le verre, puis se mit à verser le liquide. Il remplit le verre à moitié et rangea la bouteille sous le comptoir.

« Ça fait 3 dollars.

— 3 dollars ?

— Ouaip.

— Remplissez le verre. »

Depuis l'entrée de l'inconnu les discussions avaient cessé. Il régnait à présent un véritable silence de tombe à l'exception du bruit du ventilateur, qui semblait gagner en intensité. Sanchez, qui évitait de croiser le moindre regard, reprit la bouteille et remplit le verre à ras bord. L'inconnu lui tendit un billet de 5 dollars.

« Gardez la monnaie. »

Le barman tourna le dos et rangea le billet dans un tintement de caisse enregistreuse. C'est alors que les paroles échangées furent couvertes par des mots. Derrière lui, Sanchez entendit la voix de Ringo, l'un de ses plus désagréables clients. Il s'agissait là encore d'une voix particulièrement rocailleuse : « Qu'est-ce que tu viens faire dans notre bar, l'étranger ? Qu'est-ce qui t'amène ici ? »

Ringo était assis, en compagnie de deux autres hommes, à une table située à moins de deux mètres derrière l'inconnu. C'était une raclure corpulente, huileuse et mal rasée, comme à peu près tous les autres déchets qui fréquentaient le bar. Et, tout comme eux, il portait dans l'étui accroché à sa ceinture un pistolet qu'il était prêt à brandir au moindre prétexte. Toujours tourné vers la caisse enregistreuse, Sanchez inspira profondément et se prépara mentalement au foutoir qui allait immanquablement s'ensuivre.

Ringo était un hors-la-loi renommé, coupable d'à peu près tous les crimes imaginables : viol, homicide volontaire, incendie criminel, vol, meurtre de policier, au choix… Ringo les avait tous commis. Il ne se passait pas un jour sans qu'il fasse quelque chose d'illégal, susceptible de l'envoyer en prison. Et ce jour-là ne faisait pas exception. Il avait déjà dépouillé trois hommes en les menaçant de son arme et, à présent, après avoir dépensé la majeure partie de son pactole bien mal acquis, il se sentait d'humeur bastonneuse.

En se retournant pour faire face à la salle du bar, Sanchez remarqua que l'inconnu n'avait pas bougé d'un millimètre, pas plus qu'il n'avait touché à son verre. Et cela faisait déjà plusieurs secondes, horriblement longues, qu'il n'avait pas répondu aux questions de Ringo. Un jour, Sanchez avait vu Ringo tirer une balle dans le genou d'un homme, uniquement parce que celui-ci ne lui avait pas répondu assez vite. Il poussa un soupir de soulagement lorsque enfin, juste avant que Ringo ne répète ses questions, l'homme se décida à répondre.

« Je ne cherche de problèmes à personne. »

Ringo afficha un rictus menaçant et grogna : « Eh bien, tu vois, je suis un problème ambulant, et on dirait bien que tu m'as trouvé. »

L'homme encapuchonné ne réagit pas. Il resta assis sur son tabouret, les yeux rivés sur son verre. Ringo se leva et s'approcha de lui. Il s'accouda au bar, à côté du nouveau venu, tendit la main et abaissa brusquement sa capuche, découvrant le visage fin mais mal rasé d'un jeune homme blond, d'une petite trentaine d'années et dont les yeux injectés de sang semblaient indiquer une légère gueule de bois ou un réveil prématuré au milieu d'un somme alcoolisé.

« Je veux savoir ce que tu viens faire ici, lança Ringo d'un ton autoritaire. On a entendu parler d'un étranger qui serait arrivé en ville ce matin. Un type qui se prendrait pour un gros dur. Tu te prends pour un gros dur, toi ?

— Je ne suis pas un gros dur.

— Alors ramasse ta cape et casse-toi d'ici. » L'ordre était assez peu pertinent : l'inconnu n'avait pas enlevé sa cape.

L'homme réfléchit un instant à la suggestion de Ringo, avant de hocher la tête.

« Je connais l'étranger dont tu parles, dit-il d'une voix rauque. Et je sais pourquoi il est ici. Je te raconterai tout si tu me laisses tranquille. »

Sous une moustache noire et répugnante, un large sourire barra le visage de Ringo. Par-dessus son épaule, il jeta un regard à son public. Les quelque vingt habitués étaient assis à leur table, observant attentivement les événements. Le sourire de Ringo détendit quelque peu l'atmosphère, même si tous savaient que, très vite, l'ambiance tournerait à nouveau à l'aigre. Après tout, on était au Tapioca.

« Vous en dites quoi, les gars ? On laisse le beau gosse nous raconter une histoire ? »

Un chœur bruyant donna son assentiment, et des verres tintèrent. Ringo passa son bras autour des épaules de l'inconnu blond qu'il fit pivoter sur son tabouret afin de le placer face aux autres clients.

« Allez, blondinet, parle-nous un peu de ce dur à cuire que personne ne connaît. Qu'est-ce qu'il vient faire dans ma ville ? »

Le ton de Ringo était volontairement moqueur, ce qui ne sembla pourtant pas déranger l'inconnu, qui prit la parole.

« Un peu plus tôt dans la journée, j'étais dans un bar, à trois ou quatre kilomètres d'ici, et ce grand type à l'air mauvais est entré, s'est assis au bar, et a demandé un verre.

— À quoi il ressemblait ?

— Eh bien, au début, on ne pouvait pas voir son visage, parce qu'il le cachait sous une espèce de grosse capuche. Mais un trou du cul a fini par s'approcher de lui pour rejeter la capuche en arrière. »

Ringo ne souriait plus. Il suspectait l'inconnu de se moquer de lui, aussi s'approcha-t-il plus près encore, serrant plus fort ses épaules sous son bras.

« Bon, et dis-moi, mon gars, qu'est-ce qui s'est passé après ça ? demanda-t-il d'un ton menaçant.

— Eh bien, l'inconnu, qui est plutôt beau gosse, a vidé son verre d'un trait, a sorti un flingue et a tué jusqu'à la dernière tête de nœud présente dans le bar… à part moi et le barman.

— Hm, répliqua Ringo avant d'inspirer profondément par ses ignobles narines dilatées. Je comprends parfaitement ce qui l'aurait poussé à épargner le barman, mais je vois vraiment pas pour quelle raison il ne t'aurait pas tué.

— Tu veux savoir pourquoi il ne m'a pas tué ? »

Ringo sortit son pistolet de l'étui fixé à sa large ceinture de cuir noir et le pointa en direction du visage de l'inconnu, à deux doigts de sa joue.

« Ouais, je veux savoir pourquoi cet enfant de putain ne t'a pas tué. »

L'inconnu lança un regard terrible à Ringo, ignorant totalement le pistolet pointé sur sa tête. « Eh bien, répondit-il, il ne m'a pas tué parce qu'il voulait que j'entre dans ce rade de merde pour y trouver un *gros con* qui se fait appeler Ringo. »

La très lourde insistance de l'inconnu sur les mots « gros » et « con » n'échappa pas à Ringo. Pourtant, dans le silence abasourdi qui suivit cette réponse, il garda son calme, tout du moins, ce que lui, personnellement, appelait calme.

« Ringo, c'est *moi*. Et toi, t'es qui, blondinet ?

— Ça n'a aucune importance. »

Les deux raclures malpropres qui étaient restées assises à la table de Ringo se levèrent. Ils firent un pas en direction du bar, prêts à épauler leur ami.

« Oh, si, ça en a ! rétorqua Ringo d'un ton mauvais. Parce qu'à en croire le bruit qui court ce type, cet inconnu dont on a entendu parler, se fait appeler le "Bourbon Kid". T'es en train de boire un bourbon, pas vrai ? »

L'inconnu blond jeta un regard vers les deux *compadres* de Ringo, puis considéra à nouveau le canon du pistolet brandi dans sa direction.

« Tu sais pourquoi on l'appelle "Bourbon Kid" ? demanda-t-il.

— Ouais, je sais, répondit un des amis de Ringo. Il paraît que, quand le Kid boit du bourbon, il se transforme en un putain de colosse, un putain de malade, et il pète les plombs et tue tout ce qui bouge. On dit qu'il est invincible, et que seul le diable en personne peut le tuer.

— Exact, confirma l'inconnu. Le Bourbon Kid tue tout le monde. Il suffit d'un verre, et il pète un câble. On raconte que c'est le bourbon qui lui donne cette force surhumaine. À chaque fois qu'il en boit un verre, il bute tous les enculés qui se trouvent dans le bar où il est, jusqu'au dernier. Et je sais de quoi je parle. C'est arrivé sous mes yeux. »

Ringo pressa fortement le canon de son pistolet contre la tempe de l'inconnu. « Avale ton bourbon »

L'inconnu pivota lentement sur son tabouret pour se tourner vers le bar et saisit son verre. Tout en épiant le moindre de ses mouvements, Ringo continuait à presser son arme contre sa tête.

Derrière le bar, Sanchez s'écarta dans l'espoir de rester hors de portée du sang et de la cervelle susceptibles de gicler dans sa direction. Voire d'une balle perdue. Il observa l'inconnu se saisir du verre. N'importe quel homme normalement constitué aurait tremblé si fort qu'il en aurait renversé la moitié. Pas ce type. Les menaces de Ringo l'avaient laissé aussi froid que les glaçons dans son verre. Sur ce point, on était bien obligé de lui tirer son chapeau.

À présent, tous les clients du Tapioca étaient debout, le cou tendu pour voir ce qui se passait, la main posée sur la crosse de leur pistolet. Ils virent l'inconnu lever le verre à hauteur de ses yeux pour en inspecter le contenu. Sur la paroi extérieure du verre glissait une goutte de sueur. De la vraie sueur. Sans doute tombée de la main de Sanchez, voire de la dernière personne à avoir bu dans ce verre. L'homme scruta la goutte de sueur, attendant qu'elle ait glissé assez bas pour que ses papilles n'aient pas à souffrir sa saveur. Enfin, lorsque la goutte de sueur fut suffisamment loin de sa bouche, l'homme inspira profondément et fit couler le liquide dans sa gorge.

En l'espace de trois secondes, le verre fut vide. Tout le bar retint son souffle. Rien ne se passa.

Alors tous retinrent un peu plus leur souffle.

Et toujours rien.

Alors tous se remirent à respirer. Y compris le plafonnier.

Toujours rien.

Ringo écarta son arme du visage de l'inconnu et posa la question que tous, dans le bar, brûlaient de poser : « Alors, blondinet, est-ce que c'est toi, le Bourbon Kid ?

— Le fait d'avoir bu cette pisse ne prouve qu'une seule chose, répondit l'inconnu en s'essuyant la bouche du dos de la main.

— Ah, ouais ? Et ça prouve quoi ?

— Que je suis capable de boire de la pisse sans dégueuler. »

Ringo dévisagea Sanchez. Le barman s'était écarté aussi loin que possible pour se retrouver dos au mur du bar. Il n'avait vraiment pas l'air dans son assiette.

« Tu lui as servi de la bouteille de pisse ? » demanda Ringo d'un ton brusque.

Sanchez acquiesça vaguement. « Sa tête me revenait pas », répondit-il.

Ringo rangea son pistolet et se recula. Puis il jeta sa tête en arrière et se mit à hurler de rire, tout en tapant fortement l'épaule de l'inconnu.

« T'as bu un verre de pisse ! Ah ! ah ! ah ! Un verre de pisse ! Il a bu de la *pisse* ! »

Tous les clients du bar éclatèrent de rire. Tous, à l'exception, bien sûr, de l'inconnu. Il fixait Sanchez du regard.

« Sers-moi un putain de bourbon. » Un gros tas de rocaille roulait dans sa voix.

Le barman se retourna, saisit une autre bouteille de bourbon à l'autre bout du bar et se mit à remplir le verre de l'inconnu. Cette fois, il le remplit à ras bord sans attendre qu'il le lui demande.

« 3 dollars. »

Il fut tout de suite évident que cette nouvelle demande n'impressionnait nullement l'inconnu, qui s'empressa d'exprimer très clairement son mécontentement. En un clin d'œil, sa main droite disparut sous sa cape noire et réapparut, tenant un pistolet. L'arme était d'un gris très sombre et semblait assez lourde, signe qu'elle était chargée. Jadis, elle avait certainement étincelé d'un éclat argenté, mais, comme tous le savaient parfaitement au Tapioca, une arme étincelante et argentée signifiait que son propriétaire ne s'en était sans doute jamais servi. La couleur du pistolet de cet homme suggérait que l'arme avait été utilisée un grand nombre de fois.

La main de l'inconnu s'immobilisa à l'instant précis où le canon se trouva juste en face du front de Sanchez. Ce mouvement agressif fut aussitôt suivi d'une série de cliquetis bruyants, plus d'une vingtaine en tout : toutes les personnes présentes dans le bar avaient décidé en même temps de cesser d'observer les événements pour dégainer leurs pistolets, les armer et les pointer vers l'inconnu.

« Tout doux, blondinet », dit Ringo en pressant à nouveau le canon de son arme contre la tempe de l'homme.

En guise d'excuse, Sanchez lança un sourire nerveux à l'inconnu, dont le pistolet gris foncé visait toujours sa tête.

« C'est la maison qui régale, ajouta Sanchez.

— Est-ce que tu m'as vu sortir un putain de billet ? » reçut-il pour seule réponse.

Dans le silence qui s'ensuivit, l'inconnu posa son pistolet sur le bar, à côté de son nouveau verre de bourbon, et poussa un bref soupir. Il avait à présent l'air extrêmement ennuyé et semblait avoir grand besoin d'un verre. Un vrai. Il était plus que temps de se débarrasser de ce goût infect de pisse.

Il saisit le verre et le porta à ses lèvres. Le bar tout entier, en proie à une tension tout juste supportable, le fixait, attendant qu'il avale son bourbon. Comme pour prolonger plus encore leur torture, il n'avala pas le contenu de son verre tout de suite. Il observa une pause, comme s'il s'apprêtait à dire quelque chose. Tous attendaient en retenant leur souffle. Allait-il dire quelque chose ? Ou allait-il boire son bourbon ?

La réponse ne tarda pas. Comme un homme qui n'aurait pas bu depuis une semaine, il absorba d'un trait le contenu de son verre, avant de le reposer violemment sur le bar.

Cette fois-ci, c'était bel et bien du bourbon.

2

Père Taos avait envie de pleurer. Il avait vécu des moments tristes au cours de sa vie. Il avait connu des jours tristes, des semaines tristes de temps en temps et probablement un mois triste. Mais, cette fois-là, c'était bien pire. Il ne s'était jamais senti aussi triste de toute sa vie.

Il se tenait là où si souvent il s'était tenu, derrière l'autel surélevé du temple de Herere, face aux rangées de bancs. Mais, aujourd'hui, tout était différent. Les bancs n'étaient pas tels qu'il aimait les voir. En temps normal, ils auraient été, au moins à moitié, occupés par ses frères d'Hubal au visage morne. Les rares fois où les bancs n'étaient pas occupés, il prenait plaisir à les voir parfaitement rangés ou à s'absorber dans la contemplation des coussins lilas qui les recouvraient. Ce n'était pas le cas ce jour-là. Les bancs n'étaient plus impeccablement rangés ; ils n'étaient même plus lilas. Et surtout, ses frères d'Hubal n'avaient plus leur air morne.

La puanteur qui régnait ne lui était pas complètement inconnue. Père Taos avait senti cette même odeur, jadis. Cinq ans auparavant, très précisément. Elle faisait remonter à la surface de sa mémoire des souvenirs répugnants, car c'était tout simplement l'odeur de la mort, de la destruction et de la trahison, enveloppée d'une brume de poudre noire. Les bancs n'étaient plus recouverts de coussins lilas, mais de sang. Ils n'étaient plus rangés soigneusement, mais sens dessus dessous. Et pire que tout, ses frères d'Hubal qui les occupaient à moitié n'avaient pas l'air morne, ils avaient l'air mort. Tous, sans exception.

En levant les yeux, à plus de quinze mètres au-dessus de sa tête, Taos pouvait même voir du sang couler du plafond. Des siècles auparavant, sur le marbre de la voûte parfaite, avaient été peintes des scènes mystiques où l'on voyait des anges très saints danser avec des enfants, heureux et souriants. À présent, chaque ange et chaque enfant étaient souillés du sang des moines d'Hubal qui gisaient sous eux. On aurait dit que leur expression avait également changé. Ils ne semblaient plus heureux et insouciants. Leurs visages éclaboussés de sang paraissaient soucieux, pleins de remords et de tristesse. À l'instar de père Taos.

Une trentaine de cadavres gisaient, affalés, sur les bancs. Une autre trentaine se trouvait hors de vue, sous les bancs ou entre les rangées. Seul un homme avait survécu au massacre : Taos lui-même. Un homme lui avait tiré à bout portant dans le ventre, à l'aide d'un fusil à double canon. La douleur avait été atroce et la blessure saignait encore un peu, mais elle cicatriserait. Ses blessures finissaient toujours par se refermer, même si, comme il l'avait déjà constaté, les blessures par balles avaient tendance à laisser une cicatrice. Il avait reçu deux autres balles au cours de sa vie, toutes deux cinq ans auparavant, toutes deux lors de la même semaine, à quelques jours d'intervalle.

Il restait encore assez de moines d'Hubal vivant sur l'île pour l'aider à tout remettre en ordre. La tâche ne serait pas aisée, il le savait parfaitement. Elle serait particulièrement difficile pour ceux qui étaient déjà présents il y a cinq ans, la dernière fois que l'odeur de la poudre avait empli le temple de sa pestilence maléfique. Aussi fut-ce un soulagement pour Taos de voir deux de ses cadets préférés, les moines Kyle et Peto, entrer dans le temple par le trou béant de l'entrée, à présent dépouillée de sa majestueuse porte à double battant en chêne massif.

Kyle avait environ 30 ans, et Peto était plus proche des 20 ans. Lorsqu'on les voyait pour la première fois, on les prenait souvent pour des jumeaux. Ils étaient semblables non seulement par leur apparence, mais également par leurs gestes et leur façon d'être. En partie du fait qu'ils étaient habillés exactement de la même façon, et aussi du fait que Kyle était le mentor de Peto depuis près de dix ans : le plus jeune des deux moines imitait inconsciemment le comportement naturellement crispé et plus que précautionneux de son aîné. Tous deux avaient le teint olivâtre et le crâne rasé. Ils portaient les mêmes robes brunes que la plupart des moines morts qui jonchaient le sol du temple.

Sur le chemin qui les mena jusqu'à l'autel et à père Taos, ils durent enjamber un certain nombre de dépouilles de leurs frères morts, tâche aussi désagréable qu'inhabituelle. Bien qu'il lui fût très douloureux de les voir confrontés à pareille situation, Taos se réjouit néanmoins de leur venue en ces lieux, leur arrivée accéléra son rythme cardiaque. Durant l'heure qui venait de s'écouler, son cœur avait battu à raison de dix pulsations par minute, aussi fut-ce pour Taos un réel soulagement de le sentir retrouver sa vivacité, jusqu'à atteindre une fréquence normale et régulière.

Peto avait eu la présence d'esprit d'apporter une petite tasse d'eau pour père Taos. Il veilla à ne pas en renverser une seule goutte jusqu'à l'autel, mais d'évidence, ses mains tremblaient de plus en plus à mesure qu'il découvrait l'étendue de la catastrophe. Il fut presque aussi soulagé de lui tendre la tasse que Taos de la recevoir. Le vieux moine la saisit à deux mains et mobilisa presque toute la force qui lui restait pour la porter à sa bouche. La fraîcheur de l'eau coulant le long de sa gorge le revivifia plus encore et accéléra considérablement le processus de guérison.

« Merci beaucoup, Peto. Et ne t'inquiète pas : je serai de nouveau en pleine possession de mes moyens d'ici la fin de la journée, dit Taos en se baissant pour poser la tasse vide sur le sol de pierre.

— Bien sûr, père. » Sa voix troublée manquait de confiance mais, heureusement, pas d'espoir.

Taos sourit pour la première fois de la journée. Peto était si innocent et si attentionné envers autrui qu'il était difficile de ne pas se réjouir, en dépit de tout, de sa présence ici, au milieu des décombres sanguinolents du temple. Il était arrivé sur l'île à l'âge de 10 ans, après qu'un gang de trafiquants de drogue eut assassiné ses parents. La vie parmi les moines lui avait permis d'atteindre une paix intérieure absolue, de faire son deuil et d'accepter sa vulnérabilité. Taos était fier que ses frères et lui soient parvenus à faire de Peto ce merveilleux être humain, réfléchi et désintéressé, qui se tenait à présent devant lui. Malheureusement, il allait à présent devoir renvoyer le jeune moine dans ce même monde qui lui avait ravi sa famille.

« Kyle, Peto, vous savez pourquoi je vous ai fait venir, n'est-ce pas ? demanda-t-il.

— Oui, père, répondit Kyle au nom des deux moines.

— Êtes-vous prêts à vous acquitter de cette tâche ?

— Absolument, mon père. Si ce n'était pas le cas, vous ne nous auriez pas fait appeler.

— C'est très vrai, Kyle. Tu es un homme sage. Il m'arrive parfois d'oublier l'étendue de ta sagesse. Souviens-toi bien de cela, Peto. Tu as énormément à apprendre de Kyle.

— Oui, père, dit humblement Peto.

— À présent, écoutez-moi bien attentivement, car nous n'avons que peu de temps devant nous, poursuivit Taos. Dorénavant, chaque seconde est vitale. La pérennité du monde, son existence même reposent sur vos épaules.

— Nous ne vous décevrons pas, père, appuya Kyle.

— Je sais que vous ne me décevrez pas, Kyle, mais si vous échouez, c'est l'humanité tout entière que vous condamnerez. » Il observa une courte pause avant de reprendre. « Retrouvez la pierre. Ramenez-la ici. Assurez-vous qu'elle ne soit pas entre les mains du Mal lorsque les ténèbres viendront.

— Pourquoi ? demanda Peto. Qu'arriverait-il, père ? »

Taos tendit la main pour la poser sur l'épaule de Peto, qu'il serra avec une fermeté étonnante vu son état. Il était épouvanté par le massacre, par la menace qui pesait sur l'humanité tout entière et, plus que tout, par le fait qu'il n'avait d'autre recours que d'envoyer ces deux jeunes moines au-devant d'un si grand danger.

« Écoutez, mes enfants, si cette pierre se trouve entre de mauvaises mains, au mauvais moment, alors tout espoir sera perdu. Le niveau des océans s'élèvera, et l'humanité disparaîtra comme des larmes sous la pluie.

— Des larmes sous la pluie ? répéta Peto.

— Oui, Peto, répondit Taos d'un ton doux. Comme des larmes sous la pluie. À présent vous devez vous hâter. Le temps me manque pour tout vous expliquer. Votre quête doit débuter sur-le-champ. Chaque seconde qui passe, chaque minute qui s'écoule, nous rapprochent un peu plus de la fin de ce monde que nous chérissons et entendons protéger. »

Kyle caressa la joue de son aîné, essuyant une tache de sang.

« N'ayez nulle crainte, père, nous ne perdrons pas une minute de plus. » Malgré ces paroles, il hésita, puis demanda : « Où devons-nous débuter notre quête ?

— Là où elle commence toujours, mon fils. À Santa Mondega. C'est là que l'Œil de la Lune est le plus convoité. C'est là qu'ils veulent toujours l'emmener.

— Mais qui sont ces gens dont vous parlez ? Qui est en sa possession ? Qui est responsable de tout cela ? Qui, ou que cherchons-nous ? »

Taos observa une courte pause avant de répondre. Il contempla le carnage qui s'étalait devant lui et se remémora le moment où son regard avait croisé celui de son agresseur. Juste avant que celui-ci lui tire dessus.

« Un homme, Kyle. Vous devez rechercher un homme, un seul. Je ne connais pas son nom, mais, lorsque vous aurez atteint Santa Mondega, demandez autour de vous. Demandez où vous pourrez trouver l'homme qu'on ne peut tuer. Demandez comment s'appelle l'homme capable de massacrer trente ou quarante hommes une main dans le dos, sans avoir à déplorer plus qu'une simple égratignure.

— Mais, mon père, si un tel homme existe, les gens que nous croiserons n'auront-ils pas peur de nous dire qui il est ? »

La question du jeune homme irrita Taos un court instant, mais il dut reconnaître que la remarque de Kyle était très judicieuse. Il réfléchit un moment. Quand Kyle remettait quelque chose en question, il le faisait toujours intelligemment. Et, cette fois-ci, Taos fut en mesure de lui répondre.

« Oui, ils auront peur, mais, à Santa Mondega, n'importe qui vendrait son âme au côté obscur pour une poignée de biffetons.

— Une poignée de quoi ? Je ne comprends pas, père.

— Pour de l'argent, Kyle. De l'argent. La lie et la vermine de cette terre feraient tout pour s'en procurer.

— Mais nous n'avons pas d'argent, n'est-ce pas ? Le fait d'en faire usage va à l'encontre des lois sacrées d'Hubal.

— Théoriquement, oui, répondit Taos. Mais nous conservons bel et bien de l'argent, ici même. Simplement, nous ne le *dépensons* pas. Frère Samuel viendra à votre rencontre au port. Il vous remettra une mallette *pleine* d'argent. Plus d'argent que quiconque en aurait besoin. Vous userez de cet argent avec mesure afin de collecter les informations qui vous seront utiles. » Une vague de lassitude, teintée de deuil et de douleur,

24

envahit Taos. Il passa une main sur son visage avant de poursuivre : « Sans argent, vous ne tiendriez pas un jour à Santa Mondega. Aussi, ne l'égarez en aucun cas. Restez à tout moment sur vos gardes. Nombreuses seront les personnes qui s'intéresseront de près à vous si elles apprennent que vous possédez de l'argent. Des personnes mauvaises.

— Bien, père. »

Kyle ressentit un frisson d'excitation. Ce serait son premier voyage loin de l'île depuis son arrivée, alors petit enfant. Tous les moines arrivaient sur Hubal encore nourrissons, qu'ils soient orphelins ou malheureusement rejetés par leurs parents, et, de leur vivant, il ne se présentait peut-être qu'une seule occasion de quitter l'île, si seulement elle se présentait. Mais, parce qu'il était moine, cette vague d'excitation ressentie par Kyle fut immédiatement suivie d'un intolérable sentiment de culpabilité pour avoir éprouvé pareille sensation. Et ni l'heure ni le lieu ne se prêtaient à de tels états d'âme.

« Y a-t-il autre chose que nous devrions savoir ? » demanda Kyle.

Taos hocha la tête.

« Non, mon fils. Partez, sur-le-champ. Vous disposez de trois jours pour récupérer l'Œil de la Lune et sauver le monde de la ruine. Et le sable ne cesse de s'écouler dans le sablier. »

Kyle et Peto s'inclinèrent devant le père Taos, puis se retournèrent et se frayèrent difficilement un chemin jusqu'à la sortie du temple. Ils avaient hâte de se retrouver à l'air libre. La puanteur de mort qui régnait à l'intérieur avait fini par leur donner la nausée à tous deux.

Ce qu'ils ignoraient, c'est que cette odeur leur serait bientôt horriblement familière, dès lors qu'ils auraient quitté leur île sacrée. Père Taos le savait. Et, en les regardant s'en aller, il regretta de ne pas avoir eu le courage de leur révéler toute la vérité sur ce qui les attendait dans le monde extérieur. Il avait envoyé deux jeunes moines à Santa Mondega, cinq ans auparavant. Ils n'étaient jamais revenus, et lui seul savait pourquoi.

3

Cinq ans avaient passé depuis la nuit où l'homme blond à la cape et à la capuche avait fait irruption à l'intérieur du Tapioca Bar. Rien n'avait vraiment changé. Les murs étaient peut-être un peu plus jaunâtres de fumée qu'auparavant et présentaient quelques nouveaux impacts de balles perdues, mais, excepté ces quelques détails, le bar était identique à ce qu'il avait été. Les inconnus n'étaient toujours pas les bienvenus, et tous les habitués étaient toujours de parfaites raclures. (Notez qu'il s'agissait de nouveaux habitués.) Durant ces cinq ans, Sanchez n'avait pas vraiment changé, excepté les quelques kilos qui avaient encore élargi son tour de taille. Aussi, lorsque deux inconnus à l'allure bizarre entrèrent discrètement dans le bar, il se tint prêt à leur servir le contenu de la bouteille de pisse.

On aurait dit des jumeaux. Même crâne parfaitement rasé, même teint olivâtre, même accoutrement : tuniques de karaté orange et sans manches, pantalons noirs bouffants et bottes pointues plutôt efféminées, noires elles aussi. Aucun code vestimentaire n'était exigé pour entrer au Tapioca, mais si tel avait été le cas, ces deux-là seraient restés dehors. Souriant comme deux nigauds, ils s'avancèrent vers le bar et s'immobilisèrent devant Sanchez qui, comme à son habitude, les ignora. Malheureusement, comme c'était le cas la plupart du temps, certains de ses plus désagréables clients (en d'autres termes : certains clients vraiment très désagréables) avaient remarqué l'entrée des nouveaux venus, et, bien vite, le vacarme du bar fit place au silence.

Le Tapioca n'était en vérité pas si rempli que ça, car l'après-midi ne faisait pratiquement que commencer. Seules deux tables étaient occupées, l'une près du bar, autour de laquelle trois hommes étaient installés, et une autre à l'autre bout de la salle, au-dessus de laquelle étaient avachis deux individus particulièrement louches, bouteille de bière à la main. Les deux groupes assis fixaient à présent les deux inconnus d'un regard sombre et insistant.

Les habitués ignoraient tout des moines d'Hubal, qui étaient plus que rares dans cette région. De même, les clients du bar ignoraient bien évidemment que ces deux inconnus habillés bizarrement étaient les premiers moines à avoir quitté l'île d'Hubal depuis des années. Kyle, le plus âgé, était de fort peu le plus grand. Son compagnon, Peto, n'était qu'un simple acolyte qui apprenait encore le métier. Sanchez aurait été bien incapable de le deviner. Et même s'il l'avait su, il s'en serait complètement foutu.

Les moines avaient pénétré dans le Tapioca Bar pour une raison bien précise : c'était le seul endroit de tout Santa Mondega dont ils avaient entendu parler. Ils avaient suivi les instructions de père Taos, et avaient demandé à quelques autochtones où ils auraient le plus de chances de trouver un homme qu'on ne pouvait

tuer. La réponse avait été la même à chaque fois :
« Essayez au Tapioca Bar. » Certains avaient même
eu la gentillesse de leur proposer un nom susceptible
de correspondre à l'homme qu'ils cherchaient. Le
« Bourbon Kid » revint à plusieurs reprises. Le seul
autre nom cité avait été celui d'un homme arrivé récemment en ville, et qui se faisait appeler « Jefe ». Un
début encourangeant pour cette quête que les deux
moines poursuivaient. Du moins, le croyaient-ils.

« Veuillez m'excuser, monsieur, dit Kyle en souriant poliment à Sanchez. Pourrions-nous vous demander deux verres d'eau, je vous prie ? »

Sanchez prit deux verres qu'il remplit de la pisse
contenue dans la bouteille sous le bar et les posa devant les deux hommes. « 6 dollars. » Les inconnus
n'auraient-ils pas saisi la provocation que constituait
en soi ce prix scandaleux que le ton bourru de Sanchez
leur en fit clairement prendre conscience.

Kyle, sans cesser d'afficher un sourire forcé à
l'attention de Sanchez, donna un léger coup de coude à
Peto et lui glissa à l'oreille :

« Peto, donne-lui l'argent. »

Le visage de Peto s'allongea. « Mais, Kyle,
6 dollars, ça ne fait quand même pas un peu cher pour
deux verres d'eau ? répondit le jeune moine à voix
basse.

— Contente-toi de lui donner l'argent, répliqua
Kyle d'un ton pressant. Il ne faut pas que nous passions
pour des imbéciles. »

Par-dessus l'épaule de Kyle, Peto jeta un coup d'œil
en direction de Sanchez et sourit au barman qui semblait perdre patience.

« Je crois que ce type est en train de nous arnaquer.

— Contente-toi de lui donner l'argent… et vite.

— D'accord, d'accord, mais tu as vu l'eau qu'il nous a servie ? Elle est un peu, comme qui dirait, jaunâtre. » Il inspira et ajouta : « On dirait de l'urine.

— Peto, contente-toi de payer. »

Peto tira une liasse de billets d'un petit sac noir attaché à sa ceinture, compta six billets de 1 dollar et les tendit à Kyle, qui, à son tour, remit l'argent à Sanchez, qui s'en saisit en hochant la tête d'un air désapprobateur. Ce ne serait qu'une question de temps avant que quelqu'un s'en prenne à ces deux couillons : par leur apparence et leur comportement, ils seraient seuls responsables de ce qui leur arriverait. Il se retourna pour encaisser l'argent, mais, comme d'habitude, avant que la caisse enregistreuse ne retentît, déjà une première question était posée aux deux inconnus.

« Eh, vous voulez quoi, les têtes de nœud ? » lança l'un des individus louches de la table du fond.

Kyle s'aperçut que l'homme qui venait de s'exprimer regardait dans leur direction, aussi se pencha-t-il à nouveau pour murmurer à l'oreille de Peto : « J'ai l'impression que c'est à nous qu'il s'adresse.

— Vraiment ? répliqua Peto d'un ton étonné. Qu'est-ce que c'est, une tête de nœud ?

— Je l'ignore, mais il semblerait que ce soit une insulte. »

Kyle se retourna et vit que les hommes de la table du fond s'étaient levés. Le plancher de bois trembla violemment sous le pas des deux voyous, aussi louches que terrifiants, qui s'approchèrent des deux moines. Tout en eux respirait l'antipathie. Tout en eux respirait les problèmes. Même des étrangers aussi naïfs que Kyle et Peto étaient capables de sentir cela.

« Quoi qu'il arrive, murmura Kyle à Peto, ne fais rien qui puisse les énerver. Ils ont l'air assez peu recommandables. Laisse-moi leur parler. »

Les deux fauteurs de troubles étaient à présent campés, à quelques enjambées seulement, face à Kyle et Peto. Tous deux semblaient ne pas avoir pris de douche depuis longtemps, apparence confirmée par l'odeur qu'ils dégageaient. Le plus robuste des deux, un homme du nom de Jericho, chiquait, et un léger filet de tabac brun s'écoulait à la commissure de ses lèvres. Il avait une barbe de plusieurs jours, portait la moustache insalubre apparemment de rigueur dans ce bar et, à en juger par son air, avait dû passer ces jours derniers au Tapioca sans rentrer chez lui. Son compagnon, Rusty, était bien plus petit, mais sentait tout aussi mauvais. Il avait des dents noires et pourries, qu'il dévoila en un large sourire à Peto, l'un des rares hommes en ville assez petit pour le regarder droit dans les yeux sans baisser la tête. De même que Peto était l'apprenti de Kyle, Rusty était la doublure de Jericho, criminel endurci et renommé dans la région. Comme pour souligner que le statut de supérieur hiérarchique lui revenait, Jericho fut à l'initiative du premier geste agressif. Il se mit à marteler la poitrine de Kyle du bout du doigt.

« J't'ai posé une question. Qu'est-ce que vous foutez ici ? » Les deux moines notèrent la tonalité rocailleuse de sa voix.

« Eh bien, je m'appelle Kyle, et voici mon novice, Peto. Nous sommes des moines d'une île du Pacifique nommée Hubal et nous sommes à la recherche de quelqu'un. Peut-être pourriez-vous nous aider à le retrouver ?

— Ça dépend qui vous recherchez.

— Eh bien, il semblerait que l'homme que nous recherchons se fasse appeler le Bourbon Kid. »

Un lourd silence se répandit dans le Tapioca. Même le ventilateur se tut. Un bris de verre retentit de l'autre côté du bar : Sanchez venait de laisser tomber un verre vide qu'il tenait à la main. Il n'avait entendu personne prononcer ce nom dans son bar depuis très longtemps. Très, très longtemps. Et ce simple nom éveillait en lui d'horribles souvenirs. La simple mention de ce nom le faisait frémir.

Jericho et son comparse connaissaient eux aussi ce nom. Ils ne se trouvaient pas dans le bar la nuit où le Bourbon Kid y avait fait son apparition. Ils n'avaient jamais vu le Kid. Ils avaient simplement entendu parler de lui et de cette nuit où il avait bu du bourbon au Tapioca. Jericho dévisagea Kyle de plus près pour voir s'il était sérieux. Il semblait l'être.

« Le Bourbon Kid est mort, grogna-t-il. Quoi d'autre ? »

Connaissant Jericho et Rusty comme il les connaissait, Sanchez se dit que Kyle et Peto n'avaient plus qu'une vingtaine de secondes à vivre. Cette estimation pouvait sembler plutôt optimiste au moment où Peto saisit son verre et en but une longue rasade. Dès que le liquide rencontra ses papilles gustatives, il comprit que ce qu'il buvait était quelque chose d'impie et, instinctivement, recracha le tout avec une moue de dégoût. *En plein sur Rusty.* Sanchez fut à deux doigts d'éclater de rire, mais il était assez malin pour savoir qu'il était dans son intérêt de s'en abstenir.

Rusty était entièrement recouvert de pisse, sur les cheveux, le visage, sur sa moustache et ses sourcils. Peto avait réussi à en répandre partout. Les yeux de Rusty gonflèrent de rage à la vue du liquide doré dégoulinant sur sa poitrine. C'était humiliant. Humiliant au point qu'il eut envie de tuer Peto aussi sec. D'un geste leste, il saisit le pistolet dont l'étui pendait à ses hanches. Son pote Jericho fit de même et brandit lui aussi son arme.

Les moines d'Hubal chérissent la paix plus que tout, mais ils pratiquent également les arts martiaux dès leur plus tendre enfance. Aussi, pour Kyle et Peto, neutraliser deux voyous ivres était un jeu d'enfant (presque au sens littéral, étant donné l'éducation des moines), même si les agresseurs pointaient leurs armes dans leur direction. Les deux moines réagirent en même temps, avec une vitesse déconcertante. Sans un bruit, tous deux se baissèrent et lancèrent la jambe droite entre celles de celui qui leur faisait face. Tous deux replièrent alors leur jambe derrière le genou de leur agresseur en un mouvement sec. Pris par surprise et ahuris par la vitesse de l'attaque, Jericho et Rusty ne purent que pousser un petit jappement alors que les moines se saisissaient de leurs armes. Cette attaque fut suivie presque immédiatement par le bruit sourd des deux hommes tombant à la renverse sur le plancher qui trembla sous le double impact. De la position de supériorité qui était la leur une seconde plus tôt, ils se retrouvaient à présent allongés de tout leur long sur le dos, les yeux rivés au plafond. Pire encore, les deux moines pointaient leurs propres pistolets dans leur direction. Kyle avança d'un pas et posa une botte noire et pointue sur la poitrine de Jericho afin de l'empêcher de se relever. Peto ne prit pas la peine de l'imiter, pour la simple et bonne raison que Rusty s'était cogné si fort la tête en tombant qu'il était à présent peu probable qu'il sût où il se trouvait.

« Alors, savez-vous où se trouve le Bourbon Kid, oui ou non ? demanda Kyle en pressant son pied contre la poitrine de Jericho.

— Va te faire enculer ! »

BANG !

Le visage de Kyle fut soudain éclaboussé de taches de sang. Il regarda sur sa gauche et aperçut la fumée qui s'échappait du canon de l'arme de Peto. Le jeune novice venait de tirer en plein dans le visage de Rusty. Un immonde salmigondis recouvrait le plancher, ainsi que les deux moines.

« Peto ! Pourquoi as-tu fait cela ?

— Je... je suis désolé, Kyle, mais c'est la première fois que je me sers d'une arme à feu. Je crois que le coup est parti lorsque j'ai pressé sur la détente.

— Les armes à feu ont tendance à réagir comme ça, tu sais », répondit Kyle, sans méchanceté.

Peto tremblait si fort qu'il avait du mal à garder son pistolet en main. Il était en état de choc. Il venait de tuer un homme. Il avait pensé que jamais il ne commettrait pareil crime. Néanmoins, soucieux avant tout de ne pas laisser tomber Kyle, il relégua de son mieux ce meurtre dans un coin de sa conscience. Il ne serait cependant pas facile de l'y maintenir : le sang éclaboussé un peu partout ne cessait de lui rappeler son geste malheureux.

Pour sa part, Kyle s'inquiétait beaucoup plus du manque de crédibilité que leur vaudrait pareil incident, et se félicita que le bar ne fût pas plein.

« Franchement, tu es insortable, lança-t-il sur le ton de la gronderie.

— Pardon.

— Peto, rends-moi un service.

— Bien sûr. Quoi donc ?

— Cesse de pointer cette chose sur moi. »

Peto abaissa l'arme. Rassuré, Kyle reprit l'interrogatoire de Jericho. Les trois hommes assis à l'autre table avaient tourné le dos à l'action pour se concentrer sur leurs boissons, comme si ce qui était en train de se passer était tout à fait normal. De la pointe du pied, Kyle appuya à nouveau sur la poitrine du voyou survivant.

« Écoutez, mon ami, dit-il d'un ton raisonnable. Tout ce que nous désirons savoir, c'est l'endroit où nous serions le plus susceptibles de trouver le Bourbon Kid. Pouvez-vous nous aider, oui ou non ?

— Non, putain ! »

BANG !

Jericho hurla en saisissant sa jambe droite : le sang giclait en tous sens, à l'endroit où la balle s'était fichée, juste en dessous de son genou. À nouveau, de la fumée s'échappait du canon de l'arme de Peto.

« P-p-pardon, Kyle, bégaya le novice, le coup est encore parti tout seul. Je te le jure, je n'avais pas l'intention de… »

Kyle hocha la tête d'un air exaspéré. Ils avaient dorénavant tué un homme et blessé un autre. Pas tout à fait la méthode la plus discrète pour récupérer la pierre précieuse bleue connue sous le nom d'Œil de la Lune. Mais, pour être honnête, et même s'il était l'aîné des deux, Kyle devait bien reconnaître que le fait d'être si loin d'Hubal le rendait lui aussi nerveux : dans ces circonstances, il se devait d'accepter que Peto ait au moins deux fois plus la frousse.

« Peu importe. Veille simplement à ne plus le refaire. »

Les jurons de Jericho semblaient épaissir l'atmosphère du bar, tandis qu'il se contorsionnait de douleur par terre, toujours bloqué par la botte de Kyle qui pressait sa poitrine.

« Je sais pas où se trouve le Bourbon Kid, je vous le jure, cria-t-il d'une voix rauque.

— Vous voulez que je demande à mon ami de vous tirer dessus une seconde fois ?

— Non, non ! Je vous en supplie, je vous jure que je sais pas où il est. Je l'ai jamais vu. Je vous en prie, faut que vous me croyiez !

— Très bien. Est-ce que vous avez entendu parler du vol d'une pierre précieuse bleue qu'on appelle l'Œil de la Lune ? »

Jericho s'immobilisa un instant, signe qu'il savait quelque chose.

« Ouais. Ouais, j'en ai entendu parler, lâcha-t-il en grimaçant. Un type du nom d'El Santino essaie de mettre la main dessus. Il offre un gros tas de pognon à celui qui la lui remettra. Mais c'est tout ce que je sais. Je vous le jure. »

Kyle éloigna sa botte de la poitrine de Jericho et s'avança vers le bar. Il saisit son verre qu'il n'avait pas encore touché et avala une gorgée avant de la recracher avec une mine dégoûtée, suivant l'exemple de Peto. La seule différence fut qu'il recracha la gorgée sur Sanchez.

« Vous feriez mieux de remplir votre bouteille d'eau fraîche, j'ai l'impression que celle-ci a un peu trop

36

stagné, suggéra-t-il au barman trempé et médusé. Allons, Peto. En route.

— Attends, lança Peto. Demande-leur, pour l'autre type. Ce Jefe. Demande-leur s'ils savent où on peut le trouver. »

Kyle regarda Sanchez, qui essuyait la pisse sur son visage à l'aide d'un chiffon sale qui avait dû être blanc, jadis.

« Patron, avez-vous entendu parler d'un homme du nom de Jefe vivant dans les alentours ? »

Sanchez hocha la tête. Il avait en réalité entendu parler de Jefe, mais il n'était pas une balance, en tout cas certainement pas pour des inconnus. De plus, même s'il savait qui était Jefe, il ne l'avait jamais vu. C'était un chasseur de primes réputé qui sillonnait le monde. Effectivement, la rumeur racontait qu'il se trouvait en ce moment à Santa Mondega, mais, jusqu'à présent, il n'avait pas franchi le seuil du Tapioca. Et cela, pour Sanchez, c'était une véritable bénédiction.

« J'ai entendu parler de personne. Maintenant, *foutez le camp* de mon bar. »

*

Les moines étaient sortis sans un mot. *Bon débarras*, pensa Sanchez. Nettoyer le plancher du Tapioca recouvert de sang était l'une des tâches qu'il aimait le moins. Et à présent, à cause de ces deux inconnus qu'il aurait dû envoyer paître dès leur arrivée, il allait devoir s'y coller.

Il alla dans la cuisine au fond du bar pour y prendre une serpillière et un seau d'eau et revint juste à temps pour voir un homme entrer au Tapioca. *Un autre inconnu. Grand. Bien bâti. Habillé bizarrement*, remarqua-t-il. *Comme les deux autres clowns.* C'était vraiment une journée de merde qui s'annonçait. Sanchez en avait déjà assez, et on n'en était qu'au début de l'après-midi. Il avait un type raide mort par terre, la cervelle éparpillée aux quatre coins de la salle, et un autre mec avec une balle dans la jambe. Il faudrait appeler la police, mais peut-être pas tout de suite.

Après avoir serré très fort un vieux torchon autour de la jambe de Jericho et l'avoir aidé à se relever, Sanchez passa derrière le bar pour servir son nouveau client. Jericho se hissa sur un tabouret où il resta assis bien sagement. Il n'avait aucune intention de commettre l'erreur de chercher des poux au nouveau venu.

Sanchez attrapa un chiffon (vaguement) propre et essuya le sang qu'il avait sur les mains tout en jetant un regard au nouveau client.

« Qu'est-ce que ce sera, l'étranger ? »

L'homme s'était assis sur un tabouret à côté de Jericho. Il portait un lourd gilet de cuir noir à moitié ouvert sur une poitrine richement tatouée et un gros crucifix d'argent. Il avait un pantalon de cuir noir assorti, de grosses bottes noires, des cheveux noirs et épais, et, pour couronner le tout, les yeux les plus noirs que Sanchez ait jamais vus. Et, dans cette région, ça signifiait vraiment, vraiment très noirs.

Il ignora Sanchez et tira une cigarette du paquet souple qu'il avait déposé sur le bar, devant lui. Il lança la cigarette en l'air et, sans bouger, l'attrapa entre les lèvres. Une seconde plus tard, il sortit de nulle part une allumette enflammée avec laquelle il alluma sa cigarette avant de lancer l'allumette en direction de Sanchez, le tout en un seul geste leste.

« Je recherche quelqu'un, dit-il.

— Et, moi, je sers des boissons, répondit Sanchez. Alors vous commandez, ou non ?

— Sers-moi un whisky. » Puis il ajouta : « Avise-toi de me servir de la pisse et j'te bute. »

Sanchez remarqua sans surprise un ton rocailleux très distinct dans sa voix. Il servit un whisky et posa la bouteille sur le bar, en face de l'inconnu.

« 2 dollars. »

L'homme avala le whisky et reposa violemment le verre vide sur le bar.

« Je recherche un homme du nom d'El Santino. Il est dans le coin ?

— 2 dollars. »

Il y eut un moment d'indécision « paiera, paiera pas ? », mais l'homme finit par sortir un billet de 5 dollars d'une petite poche de son gilet et le posa sur le comptoir, le maintenant d'un doigt par une extrémité. Sanchez tira sur l'autre bout, mais l'homme ne lâcha pas le billet.

« Je suis censé retrouver un homme du nom d'El Santino dans ce bar. Tu le connais ? »

Putain, pensa Sanchez avec lassitude. *Tout le monde cherche quelqu'un ou quelque chose, aujourd'hui. D'abord ces deux couillons d'assassins qui viennent demander ce qu'on sait à propos du Bourbon Kid* – l'évocation du nom le fit trembler intérieurement –, *d'une putain de pierre bleue et de ce chasseur de primes, Jefe, et maintenant un autre putain d'inconnu qui vient nous casser les couilles avec El Santino.* Mais il garda ses réflexions pour lui-même. « Ouais, je le connais », fut sa seule réponse.

L'homme relâcha le billet de 5 dollars et Sanchez s'en saisit aussitôt. Alors qu'il encaissait, l'un des clients, comme il était de coutume, interpella le nouveau venu.

« Qu'est-ce que tu lui veux, à El Santino ? » lança l'un des trois hommes assis à la table proche du bar. L'inconnu vêtu de cuir ne répondit pas immédiatement. Ce fut le moment choisi par Jericho pour quitter son tabouret et sortir en clopinant. Il en avait assez vu pour la journée, et la possibilité de prendre une autre balle ne l'excitait pas vraiment, d'autant plus que l'un de ces enfoirés de moines voleurs s'était barré avec son pistolet. Il enjamba comme il put le cadavre de son ami Rusty et sortit, avec la ferme résolution de ne pas y revenir de sitôt.

Ce n'est qu'une fois Jericho parti que le grand type aux yeux noirs assis au bar daigna enfin répondre à la question qui lui avait été posée.

« J'ai avec moi quelque chose qu'El Santino recherche, dit-il, sans prendre la peine de regarder à qui il s'adressait.

— Ben, t'as qu'à me le donner. Je le lui passerai de ta part », répliqua l'un des hommes assis à la table. Ses compagnons éclatèrent d'un gros rire.

« Pas possible.

— Bien sûr que si. » Le ton était résolument menaçant.

Il y eut un déclic mécanique, tout semblable à celui d'un chien de revolver qu'on arme. L'inconnu soupira et inspira une profonde bouffée de cigarette. Les trois raclures se levèrent de table et firent sept ou huit pas en direction du bar. L'inconnu ne se retourna pas sur les trois hommes qui se tenaient à présent juste dans son dos.

« C'est quoi ton nom ? » demanda celui du milieu, d'une voix sinistre. Sanchez ne connaissait que trop bien ce salopard particulièrement dégueulasse, avec des sourcils noirs et broussailleux, et des yeux dépareillés. Son œil gauche était marron clair, mais le droit avait une couleur bien à lui, une couleur que quelqu'un avait un jour qualifiée de « couleur serpent ». Ses deux camarades, Spider et Studley, semblaient légèrement plus grands que lui, sans doute parce que tous deux portaient des chapeaux de cow-boy crasseux qui avaient connu des jours meilleurs. Mais ce n'était pas ces deux types qui posaient problème. Eux n'étaient que les couilles : c'était la bite au milieu, avec son œil bizarre, qui représentait le seul vrai problème. Marcus la Fouine était un voleur-agresseur-violeur à la petite semaine. Et il était en train de presser un petit pistolet contre le dos de l'inconnu. « Je t'ai posé une question, dit-il. C'est quoi, ton nom, chef ?

— Jefe. Je m'appelle Jefe. » *Putain de merde*, pensa Sanchez en entendant ce nom.

« Jefe ?

— Ouais. Jefe.

— Hé, Sanchez, lança Marcus au barman. Les deux moines, là, ils étaient pas à la recherche d'un mec du nom de Jefe ?

— Si », répondit le barman, résolu à ne parler que par monosyllabes.

Jefe inspira une profonde bouffée de cigarette, se retourna pour faire face à celui qui l'interpellait et lui cracha lentement deux pleins poumons de fumée à la figure.

« Des moines, c'est bien ce que tu viens de dire ?

— Ouais, répondit Marcus en tâchant de ne pas tousser. Deux moines. Ils se sont barrés juste au moment où tu es entré. T'as sûrement dû les croiser.

— J'ai pas croisé le moindre moine à la con.

— OK. Si tu veux.

— Écoute, mon gars, rends-toi service. Dis-moi où je peux trouver El Santino. »

Marcus la Fouine écarta son pistolet pour le pointer un instant en l'air. Puis il rabaissa le canon, qui se retrouva juste en face du bout du nez de Jefe.

« Comme je te l'ai déjà proposé, t'as qu'à me passer ce que t'as et je le refilerai à El Santino de ta part, hein, chef ? »

Jefe jeta sa cigarette par terre et leva lentement les mains en signe de reddition, tout en affichant un large sourire, comme si tout cela n'était qu'une blague qu'il avait l'habitude de faire. Il posa ses mains derrière la tête, puis les fit glisser lentement jusqu'à la base de sa nuque.

« Bon, dit Marcus. Maintenant je vais te laisser trois secondes pour me montrer ce que t'as amené à El Santino. Un… deux… »

BOUM ! Simultanément, Spider et Studley, qui se tenaient de part et d'autre de leur compagnon aux yeux vairons, s'écroulèrent. Marcus commit l'erreur de regarder à ses pieds. Tous deux étaient étendus de tout leur long, raides morts, chacun avec un petit poignard, lourd et à double lame, enfoncé dans la gorge. Lorsque Marcus leva les yeux, il se rendit compte que son pistolet n'était plus dans sa main mais, à présent, dans celle de Jefe et qu'il était pointé droit sur lui. Marcus déglutit avec difficulté. *Ce mec est rapide. Et redoutable.*

« Tu sais quoi ? proposa la Fouine, dont l'instinct de survie refit surface immédiatement. Et si je t'emmenais voir El Santino ? » *Sois bon prince*, se répéta-t-il intérieurement.

« Super idée. Ce serait vraiment parfait, répondit Jefe dans un grand sourire. Mais avant ça, et si tu nous payais un ou deux whiskys ?

— 'vec plaisir. »

Après avoir traîné les corps de Rusty, Spider et Studley dans l'arrière-cour, et les avoir entassés dans un coin discret, les deux hommes se retrouvèrent au bar pour, deux heures durant, boire du whisky. Ce fut surtout Marcus qui causa. Il imita à merveille le guide touristique, détaillant par le menu les meilleurs endroits où passer un bon moment. Il indiqua également à son nouveau pote les lieux et les personnes les plus susceptibles de l'arnaquer. Jefe fit mine de s'intéresser à ce que lui disait Marcus, alors qu'en réalité l'essentiel pour lui, c'était d'avoir un compagnon de beuverie, et qui, de plus, régalait. Heureusement pour Marcus, alors qu'ils déplaçaient les corps dans l'arrière-cour, il avait eu la présence d'esprit de se servir dans le portefeuille de Studley et de prendre les 3 dollars que Spider avait dans la poche de sa chemise. Le portefeuille était plein de billets, assez pour que Marcus puisse payer à boire les deux jours suivants.

En début de soirée, Jefe était déjà très soûl, et ni Marcus ni lui n'avaient remarqué que le Tapioca s'était considérablement rempli. Il restait encore un certain nombre de tables et de chaises vides, mais beaucoup de clients – des habitués – se tenaient dans les ténèbres. La rumeur s'était répandue que Jefe avait en sa possession quelque chose qui valait un sacré paquet de fric. Bien que peu connu dans la région, il s'était taillé une réputation d'homme à craindre, mais il était à présent totalement bourré, et devenait une cible de choix pour les nombreux voleurs qui fréquentaient le Tapioca.

En définitive, ce qui arriverait à Jefe un peu plus tard dans la nuit s'avérerait être le catalyseur de tout ce qui allait s'ensuivre. À savoir, essentiellement, des meurtres.

4

La réputation de l'inspecteur Miles Jensen l'avait précédé à Santa Mondega. Déjà tous les autres flics ne l'aimaient pas, sans même l'avoir vu. Pour eux, il n'était qu'un inspecteur *new age* à la mode, un de plus. Sans doute n'avait-il jamais passé un jour de service sur le pavé, sa vie durant, pensaient-ils. Ils se trompaient, bien sûr, mais il avait mieux à faire que de perdre son temps à tenter de justifier son poste auprès des sacs à merde consanguins qui constituaient le gros des effectifs policiers de Santa Mondega.

La raison pour laquelle ils le prenaient pour un clown sautait aux yeux à la simple lecture de son titre : « Inspecteur en chef des enquêtes surnaturelles ». Ou comment balancer par la fenêtre l'argent des contribuables. Tant qu'il avait bossé sur le secteur d'autres flics, ça n'avait pas posé de problèmes, mais, à présent, il allait travailler sur le leur et, par-dessus le marché, il devait être payé une sacrée pelletée de fric de plus que la plupart d'entre eux. Mais ils ne pouvaient rien y faire et le savaient. Jensen avait été affecté à Santa Mondega par le gouvernement des États-Unis d'Amérique. En temps normal, le gouvernement se foutait pas mal de ce qui pouvait se passer à Santa Mondega, mais les derniers événements avaient poussé les pouvoirs publics à se pencher de plus près sur cette ville.

Ces « événements » consistaient en une série de cinq meurtres répugnants, et, bien que de tels crimes fussent monnaie courante dans le coin, la façon dont les victimes avaient été assassinées était très évocatrice. Elles avaient été tuées selon, semble-t-il, un même rite. On n'avait plus déploré pareils meurtres depuis la semaine qui avait précédé le légendaire massacre du Bourbon Kid, cinq ans auparavant. Les victimes avaient été tuées par quelque chose qui n'était pas totalement humain. L'affaire était donc assez grave pour qu'on la confie à Miles Jensen, et qu'on le laisse y travailler seul, sans l'aide de personne.

Comme beaucoup d'autres bâtiments du centre-ville, le commissariat central de Santa Mondega était une ruine pourrissante. C'était un immeuble du début du XXe siècle qui, jadis, avait probablement dû faire la fierté de la ville. Dans le classement de tous les commissariats que Jensen avait pu visiter, il arrivait dans les derniers.

L'intérieur avait été plus ou moins modernisé. Contrairement à la façade, la décoration semblait dater des années quatre-vingt. On se serait cru dans une vieille série policière, comme *Capitaine Furillo*. Ce n'était évidemment pas fameux, mais Jensen était bien obligé d'admettre qu'il avait déjà vu pire, et de loin.

Les présentations à l'accueil (souvent horriblement lentes, il le savait d'expérience) furent vite expédiées. La jeune réceptionniste jeta tout juste un rapide coup d'œil à son insigne et à ses lettres de recommandation, avant de lui conseiller de se rendre dans le bureau du capitaine Rockwell, lui indiquant le chemin à suivre. Il était toujours bon de se savoir attendu.

En se dirigeant, dans le bâtiment, vers le bureau du capitaine, Jensen pouvait ressentir, lui brûlant littéralement le dos, le regard de tous les policiers. C'est ce qui arrivait à chaque nouvelle affectation. Les autres flics le détestaient, point à la ligne. Il ne pouvait absolument rien y faire, tout au moins durant les premiers jours de sa mission. Néanmoins, à Santa Mondega, le fait qu'il soit apparemment un des seuls hommes noir de peau des services de police ne l'aidait en rien. Dans cette ville, vivait tout un tas de gens aux mœurs, origines et nationalités diverses, et, pourtant, quasiment aucun Noir ne semblait y habiter. Peut-être les Noirs étaient-ils trop intelligents pour s'installer dans un trou aussi pourri, ou peut-être n'y étaient-ils tout simplement pas les bienvenus. *Seul le temps le dira*, pensa Jensen.

Le bureau du capitaine Rockwell se trouvait au troisième étage. Jensen sentit une centaine de regards le suivre alors qu'il se dirigeait vers le bureau aux murs de vitres, tout au fond, à une bonne cinquantaine de mètres de l'ascenseur dont il venait de sortir. L'étage tout entier consistait en une suite de bureaux cloisonnés, presque tous occupés par un inspecteur. Une image représentative de la police moderne. Aucun inspecteur n'enquêtait dans la rue. Ils se trouvaient dans leur bureau, à remplir des formulaires ou taper des rapports. *Le boulot de policier d'aujourd'hui*, se dit Jensen. *Intéressant, quand on y pense.*

Un certain nombre d'éléments d'enquête et de photos de suspects, de victimes ou de personnes disparues étaient épinglés sur les parois séparant les bureaux, ou scotchés sur les moniteurs des ordinateurs. En comparaison, le bureau du capitaine Rockwell était impeccable. La petite pièce qu'il occupait tout au bout du troisième étage offrait une vue imprenable sur la ville qui s'étendait en contrebas. Jensen tapa deux coups à la porte de verre. Rockwell – apparemment le seul autre homme de couleur de la police de Santa Mondega – était assis à son bureau, en train de mâcher quelque chose tout en lisant un journal. Il avait des cheveux épais et gris et une bonne bedaine, indices qui laissaient supposer qu'il devait avoir la cinquantaine. En entendant taper à la porte, il ne prit même pas la peine de lever les yeux et se contenta de faire signe d'entrer à son hôte. Jensen tourna le bouton et poussa la porte qui refusa de s'ouvrir aussi simplement, obligeant Jensen à la secouer fermement, ce qui fit malheureusement vibrer les parois de verre du bureau. Un petit coup de pied en bas de la porte parvint finalement à l'ouvrir, et Jensen entra.

« Inspecteur Miles Jensen au rapport, monsieur.

— 'sseyez-vous, inspecteur, grogna Rockwell. » Jensen remarqua qu'il était en train de remplir la grille de mots croisés d'un journal.

« Vous voulez un coup de main ? demanda-t-il dans l'espoir de briser la glace, tout en s'asseyant face au capitaine.

— Ouais, essayez de trouver ça, répondit le capitaine Rockwell en relevant un bref instant les yeux. Cinq lettres. Ne – mettez – plus jamais – un coup de pied – dedans.

— Porte ?

— Exactement. C'est un bon début. Heureux de faire votre connaissance, Jansen, dit le capitaine,

48

refermant son journal pour observer attentivement ce nouvel inspecteur.

— C'est "Jensen", et c'est également un plaisir de faire votre connaissance, capitaine », répondit Jensen, se relevant légèrement de sa chaise pour tendre au-dessus du bureau sa main droite que Rockwell ignora, tout en poursuivant :

« Que savez-vous des raisons de votre présente affectation, inspecteur ?

— J'ai été briefé par la division. J'en sais probablement plus que vous, capitaine, répondit Jensen en se rasseyant.

— J'en doute fort. » Le capitaine saisit une tasse de café posée au sommet d'une pile de paperasse sur sa gauche, et avala une gorgée avant de la recracher aussitôt dans la tasse avec une mine dégoûtée. « Alors, dites-moi un peu, est-ce qu'on va partager nos informations ou est-ce que vous comptez passer votre temps à me chatouiller la nouille comme les types de l'inspection générale ?

— J'ai tout sauf l'intention de vous chatouiller la nouille, capitaine. Ça ne fait pas partie des objectifs de ma présente mission.

— Un petit conseil, Jansen. Personne dans le coin n'aime les petits malins, vous avez compris ?

— Ce n'est pas "Jansen", capitaine, c'est "Jensen".

— Rien à foutre. Est-ce que quelqu'un vous a déjà montré où se trouvait le café ?

— Non, capitaine. Je suis venu directement vous voir.

— Bon, eh bien, quand ce sera le cas, je le prends noir, avec deux sucres.

— Je ne bois pas de café, capitaine.

— Je ne vous ai pas demandé si vous en buviez. Demandez à Somers de vous montrer où est le café quand vous le rencontrerez.

— Qui est Somers ? » demanda Jensen, bien conscient que sa question avait de fortes chances de ne recevoir aucune réponse. Ce capitaine Jessie Rockwell était un curieux personnage. Il parlait très vite et semblait dénué de patience. Il était clair qu'il n'avait nul besoin d'un supplément de caféine. De temps à autre, lorsqu'il parlait, son visage se crispait, comme s'il avait une petite attaque. Il était évident qu'il avait un problème de stress et très peu de patience à l'égard de Miles Jensen.

« Somers a été désigné comme votre coéquipier – enfin, c'est plutôt vous qui êtes le sien. Il préfère voir les choses comme ça », dit-il.

Jensen se hérissa. « Je crois qu'il y a eu un léger malentendu, capitaine. Je ne suis pas supposé avoir de coéquipier.

— C'est trop moche. Et nous, on n'a pas demandé à ce que vous soyez envoyé ici. Mais on dirait bien qu'on va vous avoir dans les pattes et qu'en plus on paiera pour votre séjour, alors j'ai comme l'impression que nous sommes tous les deux dans une position qui ne nous plaît pas beaucoup. »

Jensen était tout sauf réjoui par cette nouvelle. Les autres flics ne prenaient pas son travail au sérieux. C'était également le cas du capitaine, et, qui que fût ce Somers, Jensen était prêt à parier qu'il ne ferait pas exception.

« Avec tout le respect que je vous dois, capitaine, si vous appeliez…

50

— Avec tout le respect que je vous dois, Johnson, vous pouvez toujours vous toucher.

— C'est "Jensen", capitaine.

— Rien à foutre. Maintenant, écoutez-moi bien, parce que je ne vais pas vous le dire deux fois. Somers, votre nouveau coéquipier… c'est un emmerdeur. Un vrai putain d'emmerdeur. Personne ne veut bosser avec.

— Quoi ? Eh bien, dans ce cas, vous…

— Est-ce que vous voulez entendre ce que j'ai à vous dire ? »

Jensen avait d'ores et déjà compris que discuter avec le capitaine Rockwell ne servait à rien. S'il avait le moindre souci, il devrait le régler tout seul plus tard. Le capitaine n'était pas du genre à perdre son temps à s'expliquer auprès de quiconque, ni à faire le tour du propriétaire à qui que ce soit. Il se pensait manifestement trop occupé, ou bien trop important, pour ce genre de raffinements. Pour lors, il était plus avisé de rester sagement assis et d'entendre ce qu'il avait à dire.

« Pardon, capitaine. Je vous prie de poursuivre.

— Je vous remercie. Même si je n'avais pas vraiment besoin de votre permission. C'est pour votre bien, pas pour le mien », dit Rockwell. Il dévisagea Jensen un bon moment afin de voir si ce curieux inspecteur trouverait encore quelque chose à redire. Heureux de constater que ce n'était pas le cas, il reprit : « L'inspecteur Archibald Somers a été désigné comme votre coéquipier sur cette affaire. Désigné par le maire. Si j'avais eu mon mot à dire, Somers n'aurait même pas eu l'autorisation de mettre un pied dans ce bâtiment, mais le maire est en train d'essayer de se faire réélire :

pas moyen d'aller à l'encontre de son foutu agenda de campagne.

— Oui, capitaine. » Jensen ne comprenait pas ce que ces éclaircissements avaient à voir avec la situation, mais il se dit qu'il était préférable de témoigner un intérêt de façade par quelques acquiescements et autres « Oui, capitaine ».

« Somers a été gentiment poussé en retraite anticipée il y a à peine plus de trois ans, poursuivit Rockwell. Nous avons tous organisé une fête de départ en son honneur.

— C'est une délicate attention, capitaine.

— Pas vraiment. On n'a pas invité ce pauvre con de Somers.

— Pourquoi cela ? » demanda Jensen.

Rockwell fronça les sourcils. « Parce que c'est un emmerdeur. Putain ! Suivez un peu, Johnson, nom de Dieu !

— Oui, capitaine.

— Enfin bref. Vous êtes ici pour le Bourbon Kid, pas vrai ?

— Eh bien, pas tout à fait.

— Peu importe. Somers est obsédé par cette foutue affaire du Bourbon Kid. C'est pour ça qu'on l'a obligé à prendre sa retraite anticipée. Il essayait de mettre chaque meurtre de Santa Mondega sur le dos du Bourbon Kid. Il a poussé le bouchon tellement loin que les gens ont commencé à se dire que la police faisait preuve de paresse, qu'elle utilisait le Kid comme bouc émissaire afin de régler toutes les affaires d'homicide non résolues.

— Ce qui est bien évidemment très éloigné de la réalité », dit Jensen. Ce fut un de ces commentaires qu'il aurait préféré ne jamais avoir faits, parce que, à son insu, son ton avait paru sarcastique. Le capitaine Rockwell le dévisagea un instant. Convaincu que Jensen était sincère, il reprit.

« Tout juste, dit-il en inspirant si fort par le nez que ses narines semblèrent doubler de volume. Somers s'est mis à bricoler les éléments d'enquête dans le but d'accuser le Bourbon Kid de tout et n'importe quoi. Le fait est qu'il n'y a que deux personnes en ville à avoir vu le Kid et être restées en vie. Et ni l'une ni l'autre ne l'a revu depuis cette nuit, il y a cinq ans de ça, au cours de laquelle il a massacré la moitié de la ville. La plupart d'entre nous pensent qu'il est sûrement mort. Sans doute tué cette même nuit, il se sera perdu dans la masse de corps non identifiés qu'on a dû enterrer dans la semaine qui a suivi. J'imagine que c'est ça qui vous intéresse, pas vrai ? Avec les moines et toutes les autres conneries ?

— Si vous voulez parler des moines d'Hubal et de l'Œil de la Lune, capitaine, oui, c'est bien cela.

— Hm. Je ne crois pas un mot de tout ce ramassis de conneries à la con, et c'est le cas de tous les gars présents ici, mais voici quelque chose dont vous n'êtes probablement pas au courant, inspecteur Johnson. Hier, deux moines ont tué un type au Tapioca Bar. Ils l'ont abattu de sang-froid. En ont blessé un autre. Se sont cassés avec deux pistolets volés. La première chose que Somers et vous allez faire, ce sera d'interroger Sanchez, le patron du bar. »

Jensen regarda Rockwell, surpris. Il ignorait effectivement ces faits. Des moines d'Hubal en ville, c'était inhabituel. Sacrément inhabituel. À sa connaissance, les moines ne quittaient jamais leur île, pour quelque raison que ce fût. Il n'y avait eu qu'une seule exception à la règle, cinq ans auparavant, lorsque deux d'entre eux étaient arrivés à Santa Mondega, juste avant la nuit du massacre du Bourbon Kid.

« Ont-ils été appréhendés ?

— Pas encore. Et si ce trou du cul de Somers arrive à ses fins, ils resteront libres comme l'air. Pas de doute qu'il essaiera de vous convaincre que c'est le Bourbon Kid qui a tué ce type, et qu'il s'est déguisé en deux moines pour le faire.

— Très bien. À présent, dites-moi, capitaine : si Somers est à la retraite, pourquoi diable se retrouve-t-il sur cette affaire ?

— Je vous l'ai déjà dit. Parce que le maire le veut sur ce coup. Tout le monde sait que Somers est obsédé par le Bourbon Kid, et l'électorat sera ravi d'apprendre que c'est lui qui mène l'enquête. Vous comprenez, les gens ne savent pas que c'est un emmerdeur. Tout ce qu'ils savent, c'est que beaucoup parmi eux ont perdu des personnes ou des parents qui leur étaient chers la *dernière fois* que le Bourbon Kid est passé par ici.

— La dernière fois ? La façon dont vous dites ça semble sous-entendre que le Bourbon Kid est de retour en ville. »

Le capitaine Jessie Rockwell s'adossa à son fauteuil et avala une autre gorgée de café, avant de la recracher à nouveau dans la tasse d'une mine dégoûtée.

« Pour être franc, je n'ai aucune certitude. Mais il est vrai que deux moines se sont pointés en ville il y a moins de vingt-quatre heures. C'est la première fois en cinq ans qu'on voit des moines en ville. Et ce n'est pas tout. Vous êtes ici parce que le gouvernement pense qu'il se passe quelque chose d'assez peu ordinaire dans cette ville, pas vrai ?

— Oui, effectivement. Cinq meurtres particulièrement violents au cours des cinq derniers jours. Sans compter le type que les moines auraient manifestement tué. Ça fait quand même beaucoup. En réalité, ça fait un sacré tas de cadavres. Et je suis ici parce que, d'après ce que j'ai compris, il ne s'agissait pas de meurtres normaux, n'est-ce pas ?

— Tout juste. J'ai vu pas mal de saloperies vraiment dégueulasses dans cette ville, inspecteur. Mais ces cinq derniers assassinats, eh bien, je n'avais rien vu de semblable depuis le dernier séjour du Bourbon Kid à Santa Mondega. Peut-être qu'un autre massacre se prépare, comme il y a cinq ans. Comme si l'histoire se répétait. C'est pour ça que le maire veut réintégrer Somers. Pour emmerdeur qu'il soit, Somers en sait plus sur le Bourbon Kid que le reste du monde réuni. Et, quant à vous, si vous avez été parachuté ici, c'est sans aucun doute parce que, pour la première fois depuis je ne sais pas combien de temps, le monde extérieur a décidé de s'intéresser un peu à ce qui se passe à Santa Mondega.

— Il semblerait que ce soit effectivement le cas, capitaine.

— Oui. Il semblerait. » Il se hissa hors de son fauteuil. « Bon, maintenant ça vous intéresse de faire la connaissance de Somers ou quoi ? »

5

Jefe se réveilla en sursaut. Son cœur battait la chamade, et son instinct lui disait que quelque chose clochait. Quelque chose n'était définitivement pas à sa place. Mais quoi ? Qu'était-il arrivé pour qu'il se réveille aussi brusquement, en proie à une telle terreur ? À une telle sensation de menace ? La seule façon de trouver une réponse à ces questions était de remettre bout à bout les événements de la nuit passée. Ça ne devrait pas être trop difficile. Tout d'abord, Marcus la Fouine avait passé la soirée à lui payer des coups. Rien d'étonnant jusque-là. Marcus avait peur de lui, et à juste titre. Jefe avait eu l'intention de tuer Marcus une fois qu'il ne lui aurait plus été d'aucune utilité, et l'utilité de Marcus était assez limitée : il devait payer des coups à Jefe durant toute la soirée, puis le conduire jusqu'à El Santino. Mais Jefe n'avait toujours pas rencontré El Santino, et Marcus la Fouine avait manifestement disparu.

Jefe était allongé sur le dos sur un vieux lit bancal, dans ce qui semblait être une chambre miteuse de motel minable. Il se sentait déshydraté, sans doute à cause de tout l'alcool qu'il avait absorbé la veille au soir. La soirée n'avait pas été désagréable. Jefe s'en souvenait, Marcus était un assez bon compagnon de cuite, capable de tenir ce qu'il fallait de whisky et de tequila. Ça restait un connard, mais au moins il tenait l'alcool. Jefe commençait à se souvenir de plus en plus en détail de la nuit précédente Marcus avait paru tenir le coup incroyablement bien, alors même que Jefe commençait à voir double. C'était extrêmement étrange, car Jefe jouissait d'une grande endurance éthylique. Il pouvait boire plusieurs jours d'affilée et garder toute sa tête. Comment se faisait-il qu'il s'était bourré à ce point, si rapidement et si facilement ?

Oh, non !

Un frisson glacial parcourut son corps. Aussitôt, sa tête se mit à résonner d'une foudroyante gueule de bois. Était-il tombé dans l'un des pièges les plus éculés du métier ? Jefe avait-il descendu canon sur canon tandis que son tout nouveau compagnon n'avait bu que de l'eau maquillée en shots de tequila ? Si tel avait été le cas, deux choses auraient pu en résulter. Petit 1 : on aurait pu le tuer dans son sommeil. Manifestement pas le cas. Ou petit 2 : le voler. Hautement vraisemblable. *Merde.*

Il posa sa main sur sa poitrine, espérant sentir la pierre précieuse bleue qui pendait à son cou depuis quelques jours. Sa main, à l'endroit précis où aurait dû se trouver la pierre n'agrippa que le vide. Il se redressa d'un coup.

« PUTAIN D'ENCULÉ ! »

Son cri résonna dans tout le bâtiment miteux. Ça n'augurait rien de bon, et à plus d'un titre. Jefe s'était fait enfler, et, qui plus est, il s'était fait enfler par un homme qui était localement connu comme une parfaite putain de pourriture de fouine. Comment avait-il pu être aussi stupide, aussi facile à duper ? Quel abruti ! Cette *putain* de fouine de Marcus ! Ce mec venait de signer son arrêt de mort.

Les questions se bousculaient dans la tête de Jefe, comme autant de renards dans un poulailler. Marcus connaissait-il le pouvoir de la pierre ? Savait-il qu'il s'agissait de l'Œil de la Lune, la pierre la plus précieuse et la plus puissante de l'Univers tout entier ? Et comprenait-il que Jefe n'aurait à présent plus qu'un seul but dans la vie : le tuer et récupérer cette pierre ?

Ce qui inquiétait le plus le chasseur de primes était le rendez-vous qu'il se devait d'honorer le jour même. Un rendez-vous avec un homme dont la réputation était plus terrifiante encore que celle du diable en personne. Il aurait besoin de l'Œil de la Lune s'il voulait avoir une chance de survivre à ce rendez-vous. El Santino était un homme que Jefe n'avait aucune envie de décevoir, même s'il ne l'avait jamais rencontré. Et ce n'était même pas là le plus gros de ses soucis. Si Marcus la Fouine découvrait le pouvoir de la pierre, il serait pratiquement impossible de la lui reprendre. Au même titre qu'il aurait été impossible, en principe, que Jefe se la fasse voler.

Une autre pensée lui traversa l'esprit. Il existait en outre un risque que Marcus se fasse attraper par d'autres. Un tas de gens traquaient l'Œil de la Lune. Beaucoup parmi eux étaient aussi violents que Jefe, et certains l'étaient même davantage. Si l'un d'entre eux mettait la main sur la pierre, il lui serait impossible de la récupérer avant la fin de la journée. Voire avant la fin de ses jours. Il considéra un instant les choix qui s'offraient à lui. Il pouvait quitter la ville pour ne plus jamais revenir, mais il était passé par bien trop d'épreuves pour acquérir cette pierre. Qu'il soit en vie était presque un miracle. Pour la trouver et la voler, il lui avait fallu tuer plus d'une centaine de personnes. Certains avaient failli le tuer. Il s'en était sorti indemne, et tout ça pour se mettre dedans en baissant sa garde, alors qu'il approchait du dernier obstacle du parcours. Bien que la reprendre à Marcus pût s'avérer encore plus dur que tout le reste, Jefe se rappela que la pierre valait un sacré paquet de pognon. Et qui plus est, sa vie en dépendait.

Et merde. Il allait prendre son petit déjeuner, et ensuite il réglerait ça.

La Fouine allait y passer.

6

Jessica avançait dans l'épais sous-bois depuis si longtemps qu'elle ne se souvenait plus de rien. Les arbres qui l'entouraient étaient si grands qu'ils masquaient presque le ciel. Le sol était un entrelacs de racines qui l'empêchait de trop presser l'allure, et la probabilité de se tordre une cheville augmentait à chaque pas. Mais il n'était plus question de ralentir la marche.

Le froid lui mordait les épaules et les pieds. Ce qui l'avait observée alors qu'elle se frayait un chemin dans les bois s'était à présent lancé à sa poursuite. Ça ne se contentait plus de l'épier, ça tâchait de la rattraper. Les arbres étaient si proches les uns des autres et la canopée au-dessus de sa tête si épaisse que les ténèbres étaient presque totales. Elle était trop effrayée pour se retourner. Elle entendait le souffle de ce qui la poursuivait, une respiration qui se faisait à présent lourde et haletante. C'était une sorte de bête, cela, elle en était sûre. Quoi que ce fût, ce n'était pas humain, et, bien qu'elle se rendît compte de l'absurdité de la situation, elle avait le sentiment qu'il ne s'agissait pas non plus d'un animal. C'était autre chose, et ça voulait l'attraper.

Alors qu'elle tâchait désespérément de presser le pas, les branches semblaient devenir de plus en plus épaisses, comme pour la saisir et la ralentir. Elle essayait de maintenir son rythme, mais elle savait que, à un moment ou un autre, l'une de ces racines finirait par la vaincre. La bête se rapprochait de plus en plus, son grognement haletant gagnait en intensité et en rapidité à chaque seconde qui passait. Rien ne semblait la ralentir. Elle gagnait en vitesse, et fondrait bientôt sur elle.

Jessica inspira soudain, et ses yeux s'ouvrirent. Ils se refermèrent presque aussitôt, blessés par l'éclat de la lumière. Puis elle les ouvrit à nouveau. Puis les referma. Puis les rouvrit. Elle continua ainsi pendant plusieurs minutes, jusqu'à ce que la douleur devienne supportable. Elle ne pouvait se débarrasser de ce rêve dont elle venait de s'éveiller. Tout cela avait semblé si réel, comme s'il s'était agi non pas d'un rêve, mais d'un ancien souvenir revenu la hanter.

Elle regarda autour d'elle. La pièce était vide, avec pour seul meuble le lit dans lequel elle se trouvait douillettement bordée. Les murs étaient recouverts d'un papier peint crème un peu passé. La couleur claire visait probablement à pallier l'absence de fenêtre. Elle n'y parvenait bien évidemment pas, pas plus qu'elle n'estompait la sensation de claustrophobie que suscitait la pièce. La jeune femme se rendit soudain compte qu'elle avait très froid, bien que cela ne la dérangeât pas plus que ça. Elle avait déjà eu beaucoup plus froid que ça. Ce qui la dérangeait vraiment, c'était de ne pas avoir la moindre idée de l'endroit où elle se trouvait, ni comment elle était arrivée là.

« Hé ! appela-t-elle. Allô ? Il y a quelqu'un ? »

Elle entendit une voix lointaine marmonner quelque chose. C'était une voix masculine, provenant d'en dessous, comme si l'homme s'était trouvé à un étage inférieur. Cela lui donna une indication : elle devait occuper une chambre à l'étage, quelque part. Elle entendit soudain une bruyante charge de pas se précipitant dans un escalier, en direction de la porte située à l'autre bout de la pièce, et son cœur s'emballa. Elle regrettait déjà d'avoir crié si promptement. Les pas étaient lourds, signe qu'ils appartenaient à un homme très robuste. Arrivés au sommet de l'escalier, ils disparurent sur le seuil de la porte du bout de la chambre : il y eut une pause, et elle vit la poignée bouger. Très lentement, la porte s'ouvrit dans un grincement.

« Oh, mon Dieu, vous êtes éveillée ! » s'exclama l'homme qui avait ouvert la porte, abasourdi. C'était un gaillard grand et fort, un peu brut. *On dirait un fermier*, pensa Jessica. Un jeune fermier sacrément mignon, excusez du peu. De beaux cheveux noirs et vigoureux, un visage aux traits forts et réguliers. Il portait une épaisse chemise de bûcheron au-dessus d'un pantalon de travail marron, aux jambes enfoncées dans des bottes noires et brillantes, qui montaient au-dessus des chevilles d'une dizaine de centimètres à peine.

Jessica engagea la conversation sans vraiment mobiliser ses facultés intellectuelles.

« Bordel de merde, vous êtes qui, vous ? demanda-t-elle.

— Vous vous êtes réveillée. Vous vous êtes vraiment réveillée. Oh, mon Dieu !… enfin je veux dire… merde », balbutia l'homme. Il semblait encore plus sidéré que Jessica, même s'il y avait de grandes chances pour qu'il en sût plus qu'elle sur sa propre situation.

« Où est-ce que je suis, putain ? Et vous êtes qui, *bordel* ? redemanda-t-elle.

— Je m'appelle Thomas. Thomas Garcia, répondit-il en s'avançant vers le lit, un large sourire illuminant son visage. Je me suis occupé de vous. Enfin, ma femme, Audrey, et moi, on s'est occupés de vous... tous les deux. Elle est au marché, en ce moment. Mais elle ne va pas tarder à revenir. »

Jessica comprit d'instinct qu'il était vraiment gentil, mais elle était encore confuse, et, alors qu'il s'approchait du lit, elle se rendit soudain compte qu'elle était totalement nue sous les couvertures.

« Écoutez, Thomas, si c'est *vraiment* comme ça que vous vous appelez, je suis nue comme un ver là-dessous, alors j'apprécierais assez que vous ne vous approchiez pas plus que ça avant que vous ayez retrouvé mes fringues. »

Thomas recula et leva les mains en signe d'excuse.

« Avec tout le respect que je vous dois, mademoi-selle Jessica, dit-il d'un ton prudent, ça fait environ cinq ans que je fais votre toilette, alors c'est pas tout à fait comme si je vous avais jamais vue nue.

— Quoi ?

— J'ai dit...

— J'ai entendu ce que vous avez dit. Vous venez de dire que vous aviez fait ma toilette. Vous avez sacré-ment intérêt à pas vous foutre de ma gueule, mon petit gars.

— Désolé, mais je... »

Jessica comprit soudain ce qu'il venait de lui dire. « Attendez un peu… *cinq ans* ? Vous avez dit CINQ ANS ?

— Oui, vous nous avez été confiée il y a cinq ans. Votre vie ne tenait plus qu'à un fil. On s'est occupés de vous depuis, en espérant qu'un jour vous vous réveilleriez.

— CINQ ANS ! Mais vous êtes complètement siphonné ou quoi ? » Elle était autant abasourdie qu'exaspérée par ce que Thomas lui disait. Elle ne l'avait jamais vu auparavant, et il était complètement improbable qu'il lui ait régulièrement fait sa toilette pendant les cinq dernières années.

« Désolé, Jessica. C'est bien "Jessica", non ?

— Ouais.

— Je suis désolé. Vous m'avez un peu pris par surprise.

— C'est *moi* qui *vous* ai pris par surprise ? Eh bien, putain. Je suis vraaaaiment désolée. Maintenant est-ce que vous pouvez aller me chercher des putains de fringues avant que je perde mon putain de sang-froid ? »

Thomas en resta tout interdit. Blessé, il répondit un peu sèchement : « Certainement. Je vais chercher vos vêtements, et ensuite nous pourrons parler. Je crois que nous avons beaucoup de choses à nous dire. »

Il fit marche arrière, ferma la porte derrière lui et descendit pesamment l'escalier, laissant Jessica réfléchir un peu à ce qu'il venait de lui dire. Comment cela était-il possible ? Est-ce qu'il s'agissait d'une blague, d'un piège ? Elle eut soudain une prise de conscience. Elle ne se souvenait de presque rien. Elle savait qu'elle s'appelait Jessica, mais cette connaissance ne la devait-elle pas à Thomas quand il avait prononcé son prénom ? La confusion qu'elle éprouvait lui rappela la sensation qu'on avait en se réveillant avec la gueule de bois, ces quelques secondes durant lesquelles on était incapable de se souvenir des lieux où on était allé la veille, ou de ce qu'on avait fait. La grande différence en l'occurrence, c'était que, bien qu'elle se souvienne de ce qu'était une gueule de bois, elle était incapable de se rappeler le moindre détail de sa vie passée, et il s'était déjà écoulé bien plus que quelques secondes sans que rien ne lui revienne.

Thomas revint quelques minutes plus tard. Comme s'il s'excusait, il jeta quelques habits dans sa direction avant de redescendre l'escalier en lui disant qu'il allait lui préparer un petit déjeuner.

Jessica s'empressa d'enfiler les vêtements qu'il lui avait passés. Ils lui allaient parfaitement, ce qui semblait indiquer qu'il s'agissait bien de ses propres habits. Elle ne disposait d'aucun miroir pour s'en assurer, mais elle avait le sentiment qu'ils lui allaient bien, même s'il restait encore à vérifier qu'elle n'ait pas l'air en retard de cinq ans sur la mode. Elle était à présent vêtue d'un ensemble tout noir : des bottes noires qui lui arrivaient au-dessus de la cheville, un pantalon large et noir qui ressemblait assez à un pyjama, avec des élastiques à la taille et aux chevilles, et une veste de karaté noire vraiment cool, et incroyablement confortable. Si confortable en vérité qu'elle semblait maintenir son corps à la température optimale.

Lorsqu'elle fut prête à descendre pour une séance de présentations approfondies avec Thomas, elle s'avisa que quelqu'un était arrivé dans la maison. Elle entendait des voix à l'étage inférieur. Elles s'élevaient parfois puis se résorbaient en marmonnements. Le niveau sonore de la conversation importait peu, car Jessica était de toute façon incapable de discerner un seul mot distinct à travers la porte close et le plancher de sa chambre.

Après quelques profondes inspirations destinées à la calmer, elle se décida enfin à ouvrir la porte pour découvrir ce qu'il y avait derrière. Un mur de briques lui faisait face, et un autre s'élevait à droite. On ne s'était pas soucié de recouvrir les parois de briques de plâtre, de papier peint ou de quelque autre revêtement. À gauche se trouvait l'escalier sombre qui menait à l'étage inférieur. Les marches étaient à peine visibles à cause de la faible luminosité. Deux chandelles fixées sur des appliques murales éclairaient vaguement l'escalier, mais leurs flammes étaient souffreteuses et semblaient sur le point de s'éteindre à tout moment. Jessica hésita, mais elle avait réussi à pousser cette porte, aussi aurait-il été ridicule de se réfugier dans le confort rassurant de sa petite chambre. Elle hasarda un pas hésitant et prit de l'assurance en posant le pied sur la première marche. C'était son premier pas dans cette aventure qui lui permettrait de savoir où elle se trouvait, et pour quelle raison.

Les voix de l'étage inférieur avaient baissé d'un ton. Elles étaient plus clairement audibles dans sa chambre : à présent qu'elle se trouvait dans l'espace confiné de cet escalier humide, sombre, froid et inhospitalier, les voix lui parvenaient si faiblement qu'elle se demandait s'il ne s'agissait pas tout simplement du fruit de son imagination. Peut-être n'était-ce que la rumeur du vent.

Elle descendit chaque marche le plus précautionneusement possible afin de ne pas faire de bruit. Sans trop savoir pourquoi, elle savait d'instinct qu'annoncer son arrivée avant d'avoir atteint le pied de l'escalier aurait constitué une erreur. Une quinzaine de marches se succédèrent, chacune semblant prête à grincer à la moindre pression. Jessica progressa cependant à pas de loup et n'émit pas le moindre bruit. Au terme de ce qui parut une éternité de pas lents et calculés, elle arriva en bas de l'escalier, où elle fut accueillie par de nouveaux murs de briques nues, face à elle et sur sa gauche. À droite se trouvait un long rideau noir. Derrière, à n'en pas douter, elle trouverait Thomas et la personne avec laquelle il parlait depuis Dieu sait combien de temps.

La réalité, bien entendu, fut tout autre. Elle tira le rideau pour découvrir un énième mur de briques. L'escalier menait à un cul-de-sac. Mais comment Thomas avait-il fait pour entrer et sortir par cet escalier ? Et à quoi pouvait bien servir ce rideau ? Il ne cachait rien d'autre que ce mur de briques nues. Jessica eut l'horrible sensation d'être prise au piège, et le sentiment très désagréable que Thomas n'était peut-être pas le gentleman qu'il semblait être à première vue.

La situation était très inconfortable. Et qui plus est, elle suscitait une certaine colère chez Jessica. Elle était coincée là, prise au piège, ne sachant ni qui elle était ni où elle était, et, pire que tout, un sentiment de claustrophobie commençait à la submerger. *Respire à fond*, pensa-t-elle. L'exercice lui parut plus facile les yeux fermés, mais lorsqu'elle les ferma, ce fut pour se retrouver à nouveau dans les épais sous-bois torturés, avec la bête à ses trousses. Elle rouvrit aussitôt les yeux. La bête disparut.

La voix de Thomas parvint soudain à traverser la cloison de briques qui se trouvait en face d'elle. Il avait l'air plutôt agité.

« Mais pourquoi diable on aurait besoin d'une Cadillac jaune ? » demandait-il à quelqu'un.

Coincée dans l'escalier, Jessica fut prise de vertiges. Elle tendit la main afin de prendre appui sur l'un des murs. Ce faisant, elle ferma les yeux par inadvertance. Elle se sentit à deux doigts de perdre connaissance. Après cinq ans passés sur un lit, le simple fait de descendre cet escalier l'avait épuisée comme jamais elle ne l'aurait imaginé. Lorsque ses jambes cédèrent et qu'elle se sentit basculer vers l'avant, elle entendit deux choses. La première fut la voix d'une femme, demandant quelque chose. Jessica ne parvint pas à distinguer un traître mot, mais le ton de la voix féminine semblait indiquer qu'elle implorait quelqu'un, comme si sa vie en dépendait.

Le second bruit qui parvint aux oreilles de Jessica fut un puissant rugissement. Le rugissement de la bête.

7

Sanchez ne rendait pas souvent visite à son frère Thomas et à sa belle-sœur Audrey, mais, après les événements de la veille, il était impératif de les prévenir des dangers potentiels qui les menaçaient.

Cinq ans s'étaient écoulés depuis ce jour où il avait découvert l'ange dans la rue. Il s'en souvenait parfaitement, parce que c'était arrivé durant la nuit du Bourbon Kid, cette nuit où il avait vu plus de sang et de cadavres que n'en voit un croque-mort de base en un an. À moins évidemment d'avoir été croque-mort à Santa Mondega cinq ans auparavant, lorsque avait eu lieu le massacre. L'ange en question était une jeune femme sublime du nom de Jessica. Leurs chemins s'étaient auparavant brièvement croisés, le jour où elle était entrée au Tapioca, une des rares fois où quelqu'un d'inconnu avait été le bienvenu dans le bar. Mais, lors de leur rencontre suivante, elle gisait dans son propre sang, inconsciente au milieu de la rue, trouée de balles. Victime de ce sac à merde qui se faisait appeler le Bourbon Kid.

Contrairement à toutes les autres victimes du Kid, Jessica avait par miracle réussi à en réchapper. Les cadavres s'étaient tellement amoncelés ce jour-là dans toute la ville que Sanchez comprit qu'il n'aurait aucune chance de trouver un médecin pour s'occuper d'elle. L'hôpital était déjà plein à craquer des victimes de cette semaine complètement démente, qui avait débuté avec l'arrivée en ville du Kid. Non, la seule chance de survie de cette fille reposait sur les épaules d'Audrey, la femme de Thomas. Ancienne infirmière, elle avait un véritable talent pour guérir son prochain, aussi Sanchez s'était-il dit qu'elle représentait la meilleure chance pour Jessica. Sans doute le seul. Audrey avait déjà soigné des victimes de fusillades par le passé et pouvait se vanter d'un taux de survie de près de cinquante pour cent, pourcentage qui laissait penser que Jessica avait au moins une chance sur deux de s'en tirer, et peut-être même de s'en remettre.

Quand, après plusieurs semaines confiées aux soins d'Audrey, il était apparu évident que Jessica ne mourrait pas, malgré les quelque trente-six balles qu'elle s'était prises, Sanchez avait fait jurer à Thomas et Audrey de ne dire à personne qu'elle se trouvait chez eux. Jessica était spéciale. Ce n'était pas une femme comme les autres. Sanchez avait vu pas mal de trucs vraiment bizarres derrière le comptoir du Tapioca, mais jamais il n'avait vu personne survivre à trente-six balles, à l'exception peut-être de Mel Gibson dans *L'Arme fatale 2*.

Tout au fond de lui, il redoutait secrètement le jour où le Bourbon Kid serait de retour et tenterait à nouveau de la tuer. Et ce jour semblait à présent approcher à grands pas.

L'arrivée en ville de Jessica cinq ans auparavant avait suivi celle de deux moines au Tapioca. Sanchez se rappelait qu'ils recherchaient quelque chose – une pierre précieuse bleue qu'un chasseur de primes du nom de Ringo leur avait volée. La seule certitude, c'était que cette pierre n'avait entraîné que des problèmes. Ringo l'avait volée pour le compte d'El Santino, mais il ne s'était pas résolu à la remettre à son patron, pour la bonne raison qu'elle avait fini par lui taper dans l'œil.

Et puis ces moines bizarres étaient arrivés. Ils voulaient récupérer cette pierre et, malgré leur caractère doux, n'auraient reculé devant rien pour mettre la main dessus. Leur arrivée à Santa Mondega avait précédé de peu l'apparition de la délicieuse, quoique mystérieuse, Jessica. Elle était entrée simplement et avait d'emblée gagné les cœurs de tous les clients du Tapioca. Mais, avant que quiconque ait eu le temps de faire davantage sa connaissance, le Bourbon Kid était entré en scène. Après avoir massacré tous les clients du Nightjar, l'un des bars concurrents du Tapioca, le Kid avait poussé la porte du bar de Sanchez, à la recherche de Ringo. Il s'était ensuite mis à buter tout ce qui bougeait, à l'exception de Sanchez. Ringo était celui qui avait le plus dégusté. Il avait reçu une centaine de balles dans le corps, et pourtant, Sanchez s'en souvenait parfaitement, ce ne fut que lorsque le Kid lui arracha la pierre bleue accrochée en pendentif à son cou que le pauvre Ringo s'était éteint. (Enfin, en vérité, c'était une pourriture de criminel patenté, mais une centaine de balles, c'était quand même une centaine de balles.) Cette pierre avait une propriété extraordinaire : quiconque la portait devenait invincible. Sanchez n'en comprenait ni le pourquoi ni le comment, mais il savait que la pierre était à l'origine de toute l'affaire. Le seul crime de la pauvre Jessica avait été de passer par là au mauvais moment ; et le Bourbon Kid l'avait mitraillée en sortant du Tapioca.

On racontait que les moines d'Hubal avaient fini par rattraper le Bourbon Kid un peu plus tard et par le tuer, reprenant enfin la pierre bleue qui leur appartenait de droit. Aussi, lorsque cinq ans plus tard, Sanchez avait vu débarquer deux autres moines, ainsi qu'un chasseur de primes particulièrement vicieux du nom de Jefe, il avait pressenti le pire. Et à présent qu'il était arrivé à la ferme de Thomas et Audrey, en dehors de la ville, il sut qu'il avait eu raison de craindre le pire. Car le pire était arrivé.

Il gara sa vieille Coccinelle blanche, délabrée et rouillée, devant le porche d'entrée. La porte de la maison avait été quasiment sortie de ses gonds. Ce qui ne signifiait pas nécessairement que quelque chose de grave s'était produit. Mais que ni Thomas ni Audrey ne soient sortis pour l'accueillir était plus inquiétant. La maison n'était jamais vide. L'un ou l'autre s'avançait toujours sur la terrasse de bois de devant dès qu'un véhicule se faisait entendre près de chez eux. Toujours, sauf ce jour-là.

Il découvrit leurs corps dans la vaste cuisine qui servait également de salle à manger. Une énorme table de chêne massif reposait sur le carrelage noir et blanc. Habituellement, la pièce était immaculée, car Audrey ne supportait pas la moindre saleté ou le moindre désordre, mais, ce jour-là, le sang recouvrait tout. Au sol, de part et d'autre de la table, gisaient les cadavres encore chauds de Thomas et d'Audrey. Une sorte de fumée ou de vapeur s'échappait de leur abdomen sanguinolent et déformé. La puanteur qui régnait était vraiment insupportable. Sanchez avait déjà senti des odeurs particulièrement nauséabondes, comme par exemple la pestilence des vingt-sept hommes morts dans son bar, cinq ans plus tôt, abattus sous ses propres yeux par le Bourbon Kid. Pourtant cela n'avait rien de comparable avec cette puanteur méphitique. C'était quelque chose de complètement différent. Il y avait quelque chose de vraiment maléfique dans cette odeur. Aucun impact de balle n'était visible sur leurs corps, et, cependant, Thomas et Audrey étaient quasiment méconnaissables. Pas non plus trace du moindre coup de rasoir sur l'un et l'autre ; et pourtant ils étaient recouverts de sang ! On aurait presque pensé que tous deux étaient morts en suant leur sang. Littéralement.

Le double assassinat de son frère et de sa belle-sœur n'étonna pas vraiment Sanchez. Il s'était préparé à les retrouver dans cet état depuis le jour où il leur avait amené Jessica. Et, à présent, elle devait être kidnappée. La porte secrète de la cuisine qui dissimulait l'escalier en haut duquel elle dormait depuis cinq ans avait été ouverte. On ne l'avait ni enfoncée ni endommagée de quelque façon que ce fût. On l'avait donc ouverte sans la forcer. Bien qu'il sût qu'il était impossible que la fille se trouve encore à l'étage, Sanchez se sentit contraint de monter pour s'en assurer. Ne serait-ce que pour voir une dernière fois ce lit dans lequel elle avait passé ses cinq dernières années.

Il grimpa lentement. Il n'avait jamais aimé cet escalier. Même enfant, lorsque cette maison appartenait à ses parents, il avait peur de monter tout en haut de ces marches. Elles étaient dures et froides, et l'étroitesse du passage rendait les lieux oppressants. Il était chaque fois pris du même vertige : il avait systématiquement l'impression que l'air se raréfiait à mesure qu'on approchait du haut de l'escalier.

Tout en continuant de gravir les marches, Sanchez ne percevait aucun mouvement dans la chambre de l'étage. S'il avait entendu un bruit, il aurait pu penser que Jessica était toujours là et toujours en vie, fût-ce dans le coma. Mais cela aurait pu également signifier que l'assassin de son frère s'y trouvait. Ce n'est qu'arrivé sur le seuil de la porte qu'il prit vraiment conscience de l'obscurité qui régnait au sommet de l'escalier. Deux chandelles étaient fixées aux murs de l'escalier, mais elles étaient éteintes. La lumière qui filtrait par l'entrebâillement de la porte en bas des marches éclairait légèrement l'escalier, mais sans lui permettre de voir à plus d'un mètre devant lui. À présent transi de peur, il ouvrit la porte et tendit la main à l'intérieur de la chambre pour appuyer sur l'interrupteur. Les ampoules s'allumèrent, l'aveuglant un bref instant. Il cligna des yeux afin de s'accoutumer à la luminosité, puis inspira profondément et pénétra dans la chambre de Jessica.

Comme il s'y attendait, elle était vide, à l'exception d'une énorme araignée qui avançait sur le plancher nu, dans sa direction. Sanchez faillit se chier dessus. Il détestait les araignées de tout son être, aussi fut-il extrêmement soulagé quand il vit la créature se figer dans sa course, à deux mètres de lui, puis reculer lentement (comme pour ne pas perdre la face) et se cacher sous le lit où Jessica avait passé ces cinq dernières années. L'absence de tout assassin (autre que l'araignée) le rassura tout aussi sûrement que l'absence de Jessica l'affligea profondément. Le lit était quelque peu défait, mais il n'y avait aucune trace de lutte, ce qui n'était guère surprenant. Finalement, ça ne devait pas être bien difficile de kidnapper quelqu'un plongé dans le coma.

Le bruit d'un moteur qui démarrait le fit sursauter. Il n'avait remarqué aucune voiture en arrivant, mais il n'avait pas pris non plus le temps de s'intéresser à ce genre de détail. Le fait était indéniable : il y avait à présent une voiture dehors et, à en juger par le son qu'elle produisait, ce n'était pas sa vieille Coccinelle décrépite. Elle devait être plus grosse, avec un moteur plus puissant. Ce bruit fut suivi d'un crissement de pneus : la personne qui conduisait le véhicule devait être pressée de partir. La chambre étant dépourvue de fenêtre, Sanchez devait se précipiter dans l'escalier étroit s'il voulait avoir une chance d'entrevoir celui ou celle qui s'éloignait à présent de la ferme. Jessica était peut-être dans cette voiture.

En dépit d'une conception profondément misanthropique du monde en général, une nette tendance à ne jamais s'intéresser aux problèmes d'autrui et une fâcheuse propension à servir aux inconnus des verres de pisse en guise de rafraîchissements, Sanchez n'était pas dépourvu de qualités. Las ! la célérité n'était pas de leur nombre. Plus précisément, il était aussi lent qu'une limace. Le temps qu'il descende lourdement les marches, qu'il enjambe le cadavre de son frère et qu'il atteigne le seuil de la porte d'entrée, tout ce qu'il put entrevoir fut l'arrière de ce qui semblait être une Cadillac jaune, accélérant au loin, sur la route poussiéreuse qui menait à Santa Mondega.

Sanchez n'était pas agressif, mais il connaissait un tas de gens en ville qui l'étaient. Il savait à qui s'adresser s'il voulait que sa vengeance frappe de plein fouet le propriétaire de la Cadillac jaune. En fait, il connaissait suffisamment de monde pour que, sous peu, il apprenne qui avait tué Thomas et Audrey, et ce qui était arrivé à Jessica. Même s'il n'y avait pas eu de témoins, il savait qu'il apprendrait très exactement ce qui s'était passé.

Peu importait l'identité du responsable du double meurtre et de l'enlèvement de Jessica : il allait le payer cher. Une chose était sûre : si Sanchez connaissait des gens capables de découvrir ce qui s'était passé, il connaissait également d'autres gens qui pourraient accomplir sa vengeance en son nom. Il devrait les payer, bien sûr, mais ce n'était pas un problème. Presque tout le monde aimait son bar. On pouvait ne pas l'aimer, lui, mais si on aimait boire un verre, alors on aimait forcément boire au Tapioca. Une année à se rincer aux frais du patron était une offre assez alléchante pour que n'importe qui à Santa Mondega se montre prêt à aider Sanchez.

Mais Sanchez ne voulait pas des services de n'importe qui. Il voulait engager le King. Le meilleur tueur à gages de toute la ville. L'homme qu'on appelait Elvis.

8

Archibald Somers était bien tel que Jensen se l'était imaginé. La cinquantaine approchante, peut-être même passée depuis peu, on aurait dit un présentateur de jeu télévisé. Des cheveux argentés plaqués en arrière, un pantalon gris impeccablement repassé et une chemise blanche à fines rayures verticales. Il portait un pistolet dans le holster pressé à gauche de sa cage thoracique et il était plutôt en forme pour un homme de son âge. Pas de bedaine de buveur de bière et pas de pantalon remonté jusqu'aux mamelons. Jensen s'estimerait heureux s'il arrivait à paraître aussi bien conservé lorsqu'il atteindrait son âge. Mais, pour l'heure, c'était un trentenaire athlétique, et ça lui convenait parfaitement.

Le bureau qu'ils partageaient était caché au détour d'un couloir sombre au troisième étage du commissariat. Toutes les autres pièces du couloir étaient de même taille. L'une d'elles, un local d'entretien ; une autre, une petite infirmerie de premiers soins ; et puis il y avait les toilettes. Jensen ignorait ce qu'avait été précisément la pièce qu'ils occupaient, avant qu'on en fasse un bureau, et n'avait aucune envie de le savoir. Rien de bien glamour, cela, il en était convaincu. Le bureau avait cependant un certain cachet : la porte

sombre de bois verni et les anciens bureaux lui donnaient plus de caractère que les bureaux cloisonnés du
reste de l'étage. C'étaient en réalité ses murs vert
prison qui ruinaient tout le tableau.

Somers était finalement arrivé à midi. Jensen avait
compris que le bureau qui se trouvait au centre de la
petite pièce appartenait à Somers. Il s'était installé
devant le bureau plus petit, dans un coin où la luminosité était assez mauvaise et avait commencé à déballer
ses effets personnels.

« Vous devez être l'inspecteur Somers. Ravi de faire
votre connaissance, dit-il en se levant et en tendant la
main en direction de l'homme qui venait d'entrer.

— Miles Jensen, c'est ça ? répondit Somers en serrant fermement sa main. Vous êtes mon nouveau coéquipier, hein ?

— Tout à fait », sourit Jensen. À première vue,
Somers ne semblait pas si désagréable que ça.

« Tout le monde vous a déjà dit que j'étais un
emmerdeur, pas vrai ? demanda Somers en se dirigeant
vers son fauteuil.

— Ça a été mentionné, oui.

— Ouais. Personne ne peut m'encadrer, ici. Je suis
de "l'ancienne école", vous voyez. La plupart des gars
qui travaillent ici ne s'intéressent qu'à leur carrière et
à leurs promotions. Ils se branlent pas mal des vieilles
dames qui se font voler leurs sacs. Ils ne veulent
entendre parler que d'affaires rapides à résoudre et à
classer. Vous savez que cette ville a le plus fort pourcentage de personnes disparues dans tout le monde
civilisé, hein ? »

Jensen, espérant que Somers ne finirait pas chacune
de ses phrases par « hein ? », lui répondit en souriant :

« Oui, en revanche, j'ignorais que Santa Mondega faisait partie du monde civilisé.

— Là-dessus, mon ami, vous n'avez pas tort. »

Jensen se rassit sur son petit fauteuil à roulettes. À première vue, il avait le sentiment qu'il allait bien s'entendre avec Somers. Mais ce n'était qu'une première impression, bien sûr.

« On m'a dit que votre obsession était de retrouver le Bourbon Kid. En quoi cela les pousse-t-il tous à vous détester ? »

Somers sourit à son tour. « Ce n'est pas pour ça qu'ils me détestent. Ils me détestent parce que je *veux* qu'ils me détestent. Je mets un point d'honneur à les emmerder à chaque occasion qui se présente. Aucun d'entre eux n'a jamais voulu me donner un coup de main sur une affaire impossible à résoudre en moins d'une semaine. C'est pour cette raison que l'affaire du Bourbon Kid a été abandonnée. J'étais le seul à mener l'enquête. Mais ils ont réussi à se débarrasser de moi, sous prétexte que le budget ne nous permettait pas de pousser les recherches plus avant, et alors qu'il était probable que le Kid fût déjà mort. Sans doute regrettent-ils leur erreur, à présent, pas vrai ? J'avais mis en garde le maire, je lui avais dit qu'il reviendrait, mais il a préféré écouter tous ces abrutis.

— C'est la faute du maire, alors ?

— Nan, répondit Somers en hochant la tête. Le maire est plutôt un chouette type, mais un bon nombre de ses conseillers voulaient que l'histoire du Bourbon Kid ne soit plus qu'un vieux souvenir. Ils ont commodément oublié toutes ces femmes, devenues veuves à cause de ce salopard. En réalité, il n'a pas quitté Santa Mondega depuis. Cela fait maintenant cinq ans qu'il continue à tuer des gens tous les jours, mais ce n'est que maintenant qu'il a décidé de nous laisser retrouver les corps. Il est en train de préparer un nouveau massacre. Vous et moi sommes les seuls à pouvoir empêcher ça, Jensen.

— Mais vous savez sûrement que je ne suis pas précisément ici pour le Bourbon Kid ? demanda Jensen, espérant ne pas offenser Somers, qui prenait manifestement très à cœur son boulot.

— Je sais bien pourquoi vous êtes ici, répondit Somers dans un large sourire. Vous pensez qu'il se passe quelque chose de surnaturel dans le coin, et qu'une espèce de culte satanique se cache derrière ces meurtres. Je ne vais pas vous mentir, je pense que tout cela n'est qu'un monceau de conneries, mais tant que vous serez à mes côtés, et tant que votre travail pourra m'aider à prouver que c'est bien le Bourbon Kid qui commet tous ces meurtres et pas Jar Jar Binks, alors tout ira pour le mieux. »

Peut-être Somers se montrait-il un peu cynique, et aussi un peu trop axé sur sa seule et unique théorie, qui voulait que le Bourbon Kid soit derrière à peu près tout, mais il n'était pas le trou du cul fini que Jensen avait été porté à croire. Avec un brin de diplomatie et de tact, il pourrait faire de ce vieux flic désabusé un allié, extrêmement utile de surcroît. Une chose était sûre : il était très déterminé.

« Jar Jar, hein ? Vous êtes fan de ciné ?

— Vite fait.

— Je dois vous avouer que j'ai un peu de mal à voir en vous un fan de *Star Wars*. »

Somers fit courir ses longs doigts dans ses cheveux argentés et inspira profondément.

« Sans doute parce que je n'en suis pas un. Je préfère les films qui stimulent mon esprit autant que mes yeux et j'aime particulièrement les bons jeux d'acteur. De nos jours, la moitié des acteurs les plus connus sont choisis pour leur apparence, pas pour leur talent. C'est pour cette raison qu'ils ne valent plus rien quand ils atteignent les 35 ans.

— C'est clair… alors vous êtes fan de Pacino et De Niro ? »

Somers hocha la tête et soupira. « Non. Ce sont tous les deux des ringards sans relief qui jouent toujours le même personnage et vivent de la gloire que leur ont value des films de gangsters dans les années soixante-dix et quatre-vingt.

— Vous plaisantez, n'est-ce pas ?

— Non. Par contre, Jack Nicholson, tant que vous voulez. Voilà un type capable de jouer n'importe quel rôle dans *n'importe quel* film. Mais si vous voulez vraiment m'impressionner avec vos connaissances cinéphiles, Jensen, répondez un peu à ça, dit-il en soulevant un sourcil dans une expression très nicholsonesque. Réalisateurs : les frères Scott. Ridley ou Tony ?

— Pas photo. Tony, sur toute la ligne. » Jensen n'avait pas hésité une seconde. « Bien sûr, Ridley a de sérieux arguments, comme *Blade Runner* et *Alien*, mais *Ennemi d'État* et *USS Alabama* sont loin d'être négligeables. De très bons films, intelligents.

— Dont le héros est noir, pas vrai ? » Somers croyait toucher une corde sensible, mais il sous-estimait sa proie.

« C'est vrai, mais ce n'est pas pour ça que je les ai appréciés. Tony a réalisé *True Romance*, et c'était aussi un très bon film, dont le héros n'est pas noir.

— Un partout, soupira Somers. Mais je dois malgré tout me ranger aux côtés de Ridley, pour la simple et bonne raison que Tony a commis *Les Prédateurs*, ce film d'horreur complètement débile. Sans doute le pire film de vampires que j'aie jamais vu.

— Ah, bon ! ce n'est pas *Génération perdue* ?

— Évidemment, que c'est pas *Génération perdue* », répondit Somers. La discussion commençait à le lasser. « Écoutez, tâchons de trouver quelque chose qui nous mette d'accord, et après vous pourrez dire à tout le monde que l'entente parfaite règne dans notre binôme. En voici une facile : Robert Redford ou Freddie Prinze Junior ?

— Redford.

— Merci. À présent que nous nous sommes trouvé un point commun, peut-on considérer le marché conclu ?

— Quel marché ?

— C'est simple : j'accepte toutes vos théories surnaturelles et je vous aide de mon mieux, mais vous devrez faire la même chose pour moi. Vous acceptez ma théorie du Bourbon Kid, et nous nous prenons mutuellement au sérieux. Parce qu'une chose est sûre : nous sommes les seuls dans ce commissariat à en être capables.

— Marché conclu, inspecteur Somers.

— Bien. Alors vous voulez voir ce que le Kid a fait à ses cinq dernières victimes ? »

Miles acquiesça. « Montrez-moi. »

Somers sortit du tiroir gauche de son bureau une chemise en plastique transparent. Il l'ouvrit d'un geste vif et déposa sur le bureau une série de photographies de dix-huit centimètres sur treize. Jensen se leva et

82

examina avec attention la première photo qu'il avait saisie. Ce qu'il vit l'horrifia. Il avait presque du mal à y croire. Puis il examina les autres photos. Après quelques secondes d'observation, il leva les yeux vers Somers, qui acquiesçait doucement. Ces photos étaient plus abominables que tout ce qu'il avait pu voir, et pourtant Miles Jensen en avait vu des choses vraiment ignobles !

« C'est vraiment ce qui est arrivé à ces personnes ? demanda-t-il d'une voix absente.

— Je sais ce que vous pensez, dit Somers. Quel psychopathe serait capable de faire ça à un autre être humain ? »

9

La matinée touchait à sa fin lorsque l'homme qu'on appelait Elvis pénétra triomphalement dans le Tapioca. Il se déplaçait comme s'il se déhanchait sur une scène au rythme de *Suspicious Minds*, et ce n'était pas exceptionnel : il marchait toujours de cette façon. C'était comme s'il portait un casque invisible qui lui passait ce morceau en continu dans les oreilles, encore et encore. Sanchez adorait ce mec, et le voir le transportait d'enthousiasme. Il n'en montrerait cependant rien. Ça aurait été très moyen de montrer à Elvis qu'il l'aimait à ce point. Elvis était bien trop cool, et il se serait fait un malin plaisir de ridiculiser le barman s'il s'était rendu compte que Sanchez, dans un sens, genre, enfin vous voyez, l'idolâtrait.

Elvis était cool jusque dans sa façon de s'habiller. Enfin, pour une personne qui était toujours déguisée en Elvis Presley. Beaucoup estimaient que les sosies d'Elvis avaient l'air ridicule, qu'ils faisaient horriblement pitié, mais personne ne l'aurait pensé de lui. Ce type rappelait à tout le monde à quel point le King avait été cool, avant qu'il cesse de l'être.

En cette fin de matinée, Elvis portait un ensemble lilas. Le pantalon pattes d'éléphant était juste assez évasé, avec une rangée de pompons noirs courant sur l'extérieur de chaque jambe, et la veste était parfaitement ajustée, avec de larges revers noirs. La chemise légère était assortie aux revers, et boutonnée à moitié afin de découvrir une poitrine poilue et bronzée sur laquelle pendait un gros médaillon d'or « TCB » (« Taking Care of Business [1] »), accroché à son cou par une lourde chaîne en or. Bien que cela eût pu paraître horriblement kitsch aux yeux de certains, Sanchez trouvait au contraire ce médaillon très cool. Elvis avait de longues rouflaquettes et une chevelure noire très épaisse, qui aurait nécessité alors une visite chez le coiffeur. Pour couronner le tout, il portait toujours des lunettes de soleil avec une monture en or, reconnaissables entre toutes. Il ne les retira même pas en s'asseyant au bar pour parler affaires avec Sanchez.

Elvis ne s'inquiétait pas du fait que le Tapioca fût raisonnablement rempli, et Sanchez ne s'en souciait guère plus. Si Elvis avait envie de tailler le bout de gras avec Sanchez pendant une demi-heure, aucun client ne viendrait commander un verre. Elvis était respecté, craint et même, paradoxalement, aimé par à peu près tout le monde en ville.

« J'ai entendu dire que t'avais des nouvelles de merde », dit le King d'un ton entendu.

Sanchez prit une bouteille et, sans qu'il le lui ait demandé, lui servit un verre de whisky. « Ce genre de merde circule vite quand on l'envoie un peu dans tous

---

1. Traduisible par « On s'occupe des affaires », expression à la mode dès la fin des années soixante aux États-Unis, tant chez la Motown que chez des musiciens blancs américains, dont Elvis Presley, qui en fit l'une de ses devises *(NdT)*.

les sens, répondit-il en faisant glisser le verre plein sur le comptoir en direction d'Elvis.

— Et cette merde-là, elle dégage une sacrée odeur », fit remarquer l'autre d'une voix grave et traînante.

Sanchez sourit pour la première fois de la matinée. Ce ne fut qu'un demi-sourire, mais le fait de se trouver en présence d'une telle majesté l'avait un peu tiré des profondeurs de la tristesse, dans laquelle il s'était englué depuis la découverte du corps de son frère. Dieu bénisse le King !

« Alors, Elvis, mon ami, qu'est-ce que tu sais à propos de toute cette merde ?

— Tu recherches le conducteur d'une Cadillac jaune, c'est ça ?

— C'est ça. Tu l'as vu ?

— Je l'ai vu. Tu veux qu'j'le tue ?

— Ouais. Tue-le », répondit Sanchez. Il était heureux qu'Elvis le lui ait proposé, car l'idée de le lui demander à voix haute l'avait rendu passablement nerveux. « Fais-le souffrir, et puis tue-le encore une fois. Et si ça marche pas, torture-le simplement jusqu'à ce qu'il crève.

— Le tuer plus d'une fois, hein ? D'habitude, ça coûte un petit supplément, mais je t'aime bien, Sanchez, alors je le tuerai une deuxième fois gratos. »

Sanchez était aux anges. Il avait soudain l'impression d'entendre *Suspicious Minds* au plus profond de lui.

« Alors, combien tu veux pour ce contrat ? demanda-t-il.

— Mille d'avance. Et, une fois qu'il sera mort, je veux que tu fasses repeindre la voiture à tes frais. J'ai toujours rêvé d'avoir une Cadillac rose. Ça, c'est rock'n roll, tu trouves pas ?

— Plutôt, ouais », avoua Sanchez. Il se saisit à nouveau de la bouteille de whisky et remplit à ras bord le verre d'Elvis. « Je vais te chercher le premier versement. Tu veux bien garder un œil sur le bar une minute ?

— Pas de problème, patron. »

Elvis garda pendant une minute les yeux rivés sur son verre, à contempler son reflet, tandis que Sanchez cherchait l'argent dans l'arrière-boutique. Elvis n'était pas intéressé uniquement par l'argent et la voiture. À en croire la rumeur, le conducteur de la Cadillac jaune possédait une pierre précieuse bleue. Un truc pareil devait valoir une fortune. Elvis n'y connaissait rien en joaillerie, mais il savait très bien que les femmes adoraient ce genre de machins. Ce type de cadeaux était le plus sûr moyen de remporter le cœur de ces dames, et Elvis adorait les femmes.

Sanchez revint avec une enveloppe marron crasseux remplie de billets. Elvis s'en saisit et l'ouvrit, feuilleta les coupures, non pour les compter, mais pour s'assurer qu'il s'agissait de vrais billets, même s'il faisait confiance à Sanchez (autant qu'il pouvait se fier à quelqu'un). Heureux de constater que tout était en ordre, il plia l'enveloppe en deux et la rangea dans sa veste. Puis il finit son verre d'un trait, pivota gracieusement sur son siège, se leva et se dirigea vers la porte.

« Hé ! Elvis, attends un peu », appela Sanchez. Le King marqua le pas, mais ne se retourna pas.

« Ouais, mec, qu'est-ce qu'il y a ?

— Le nom.

— Le nom ?

— Ouais, c'est quoi le nom du gars que tu vas buter pour moi ? Je le connais ?

— Ça se pourrait. Il vient pas d'ici. C'est un chasseur de primes.

— C'est quoi son nom, alors ? Et pourquoi est-ce qu'il a tué mon frère et sa femme ? »

À l'origine, il n'avait pas prévu de poser ces questions à Elvis, mais, à présent que le tueur à gages avait accepté la mission et qu'il s'apprêtait à exécuter ses instructions, Sanchez se sentait submergé par le désir d'en savoir plus sur le mystérieux conducteur de la Cadillac jaune.

Elvis se retourna et dévisagea Sanchez par-dessus la monture d'or de ses lunettes de soleil.

« T'es sûr que tu veux savoir ça tout de suite ? Tu préfères pas attendre que j'aie fait le boulot ? Tu sais, histoire de pas changer d'avis.

— Non. Dis-moi qui est cet enfant de putain.

— Un sacré morceau, il se fait appeler Jefe. Mais t'inquiète. Demain à la même heure, il se fera appeler "Jefe le Cadavre". »

Avant que Sanchez ait pu le mettre en garde contre Jefe, Elvis avait déjà disparu. Peu importait, de toute façon. Elvis ferait son affaire à Jefe. Ce fils de pute allait connaître une mort horriblement violente entre les mains du King.

10

Les inspecteurs Miles Jensen et Archibald Somers surent d'emblée qui était responsable de l'horreur qu'ils découvraient. Jensen jeta un regard à Somers, qui sans aucun doute pensait à la même chose que lui. Deux nouvelles victimes, toutes deux sauvagement assassinées, comme les cinq autres dont Somers avait montré les photos à Jensen, plus tôt dans la journée. Ces deux malheureux s'appelaient Thomas et Audrey Garcia. Leur identification dentaire ne ferait sans doute que le confirmer. Mais jusque-là, pour aussi solide qu'elle puisse paraître, il ne s'agissait que d'une hypothèse.

Ils étaient arrivés dans cette grande ferme, aux abords de la ville, après que les premiers policiers, alertés par l'appel téléphonique d'un parent, se furent rendus sur les lieux du crime. Un long chemin de terre menait jusqu'à la terrasse. La vieille berline BMW défoncée de Jensen parvint tant bien que mal au bout de cette piste jonchée de cailloux et de nids-de-poule ; et intacte. La ferme ne datait pas d'hier et avait enduré les pires outrages des éléments : pas besoin d'être un grand inspecteur pour s'en convaincre.

Quelques secondes seulement après avoir pénétré dans la cuisine, Jensen jalousait déjà Somers, qui avait eu la présence d'esprit d'apporter un mouchoir pour se couvrir le nez et la bouche. La puanteur que dégageaient les corps était insupportable, et Jensen était la seule personne présente à n'avoir rien pour se protéger de l'odeur qui les assaillait. Cinq policiers se trouvaient dans la cuisine. Deux d'entre eux relevaient, à l'aide d'un mètre, les distances séparant les corps de diverses zones de la pièce. Un autre, muni d'un appareil Polaroid, était occupé à prendre des photos. De temps à autre, l'appareil vrombissait et crachait une photographie semblable à celles des cinq précédentes victimes que possédait Somers. Un autre policier était quant à lui en train de relever des empreintes digitales, tâche peu enviable étant donné qu'à peu près chaque centimètre carré de la pièce était recouvert de sang. Le cinquième et dernier policier était le lieutenant Paolo Scraggs. C'était manifestement l'officier en charge, car il ne faisait rien d'autre que de regarder par-dessus les épaules de ses collègues afin de s'assurer qu'ils faisaient leur boulot correctement.

Scraggs portait un costume bleu sombre très élégant. Ce n'était pas vraiment un uniforme officiel, mais il semblait que c'était bien là l'impression qu'il souhaitait produire. Il portait une chemise blanche immaculée et impeccablement repassée sous sa veste, ainsi qu'une cravate bleu marine. Le fait qu'il veuille paraître aussi soigneux de sa personne semblait logique : l'attention portée au moindre détail était en effet l'une des premières qualités requises dans son équipe. « Son » équipe de police scientifique. Ce n'était pas franchement la fierté de la police de Santa

Mondega, mais Scraggs faisait tout son possible pour changer cette image.

La semaine précédente avait été extrêmement éprouvante pour Scraggs et son équipe, à cause des sinistres assassinats perpétrés, et ces deux nouveaux crimes s'inscrivaient très nettement dans la même lignée. La cuisine était un fatras nauséabond. En plus du sang, qui semblait avoir été répandu partout à l'aide d'un tuyau d'arrosage, des pots, des poêles et toutes sortes de plats cassés et de couverts étaient éparpillés sur le sol, ainsi que sur le plan de travail. Ou bien Thomas et Audrey avaient remporté le concours de scène de ménage la plus violente de tous les temps, ou bien celui qui les avait tués avait tout mis à sac dans l'espoir de trouver quelque objet de valeur.

Le médecin était déjà parti après avoir constaté leur décès, mais il restait encore une équipe d'ambulanciers, qui attendaient sur le perron que quelqu'un leur adresse un signe bref en guise d'accord pour pouvoir recouvrir les corps et les transporter dans l'ambulance. Somers finit par le leur adresser, et ils s'attelèrent aussitôt à la tâche.

« Qui est arrivé en premier sur les lieux du crime ? demanda Somers alors que les ambulanciers se pressaient devant lui.

— Moi, répondit Scraggs, venant à la rencontre de Somers, main tendue. Lieutenant Scraggs, monsieur. Je dirige les opérations.

— Plus maintenant, dit Somers sans ménagement. L'inspecteur Jensen et moi-même prenons les commandes. »

Scraggs parut, avec raison, en rogne, et baissa la main, comprenant que Somers n'avait aucune intention de la serrer. Il savait qui était Somers et aurait dû se douter de l'inutilité de ce geste. Les mots « trou du cul » lui traversèrent l'esprit, mais il se contenta de dire : « Très bien, Somers. Comme vous voulez.

— Est-ce que vous avez déjà des pistes ?

— Oui, m'sieur. Un de mes gars a pris la déposition du frère d'une des victimes.

— Un frère, hein ? Quelqu'un de notre connaissance ?

— Il se pourrait que vous le connaissiez, effectivement, inspecteur. Il s'agit de Sanchez Garcia, le patron du Tapioca Bar. Le type qui est mort, Thomas Garcia, était son frère. »

Somers sortit un petit calepin de la poche de son pardessus, l'ouvrit et tira un crayon de la spirale.

« A-t-il la moindre idée de l'identité de qui a pu faire ça ? » demanda-t-il.

Jensen se fendit d'un demi sourire. Un bref instant, Somers lui avait semblé être le sosie parfait de l'inspecteur Columbo. Il se retint cependant de sourire. Les circonstances ne se prêtaient évidemment pas à ce genre de manifestation, surtout pas devant Scraggs, qui ne le quittait pas des yeux. « Nous a dit qu'il n'avait pas la moindre idée de qui aurait pu vouloir les tuer, répondit le lieutenant. Mais je peux vous affirmer qu'à son avis, les extraterrestres sont hors du coup. »

La pique était destinée à Jensen, à qui on l'avait déjà faite. Nouvelle ville, mêmes blagues à la con. Très prévisibles. Très fatigantes.

« Hé ! aboya Somers. Contentez-vous de répondre à mes putains de questions. Et gardez vos petits commentaires de collégien pour vous. On a deux morts sur les bras. Innocents, très vraisemblablement. Ce ne sont pas vos sarcasmes qui vont nous aider à trouver qui les a tués.

— Désolé, inspecteur.

— Et comment. » Somers inspirait le respect, à un tel point que Jensen ne parvenait toujours pas à comprendre pourquoi tous les autres flics le détestaient autant. « Qui a retrouvé les corps ? Sanchez ?

— Oui, inspecteur, répondit Scraggs. Il prétend être arrivé ici à environ 8 heures ce matin. Il nous a appelés aussitôt.

— 8 heures, vous dites ? Et où se trouve-t-il, à présent ?

— Il devait aller travailler, mettre son bar en ordre avant l'ouverture. »

Jensen choisit ce moment pour marquer sa présence. Il était toujours très important de s'impliquer dès le début d'une première mission dans une nouvelle juridiction. Il y alla de sa petite remarque, qui valait ce qu'elle valait : « La mort des victimes semble récente. Est-ce que ce Sanchez a aperçu quelqu'un dans le coin en arrivant ? À première vue, je dirais que ces deux-là ont été assassinés ce matin même.

— Il a dit qu'il n'avait rien vu. »

L'absence de « inspecteur » à la fin de la phrase de Scraggs était éloquente. Jensen ne s'en offusqua pas. Il finirait par gagner le respect de ce lieutenant et de tous les autres policiers. Cela avait toujours été le cas. Ignorant le ton bourru de Scraggs, il continua : « Cette ferme est assez isolée. Elle n'est desservie que par une seule route. Avez-vous demandé à Sanchez s'il avait vu quelqu'un l'emprunter dans l'autre sens en arrivant ici ?

— Bien sûr, qu'on lui a demandé. Et je vous ai déjà répondu : il nous a dit n'avoir rien vu.

— Très bien. »

Peut-être cette question était-elle stupide, mais Jensen ne connaissait pas la qualité des interrogatoires de la police de Santa Mondega et préférait ne pas faire confiance à leur hypothétique professionnalisme. Il jeta un regard à Somers qui lui demanda : « Vous voulez interroger Sanchez vous-même ? »

Il avait dû sentir que son nouveau partenaire avait à cœur de clarifier la déposition de Sanchez, et il partageait certainement son avis. Jensen avait l'impression de gagner peu à peu le respect de son aîné. Lui aussi était intègre et fier de son travail, et Somers commençait à s'en rendre compte.

« Vous voulez m'accompagner ? demanda Jensen.

— Nan, allez-y tout seul. Je vais rester avec ces gars pour voir ce que je peux trouver, vous voyez, histoire de m'assurer qu'ils ne loupent rien d'important. » Il fut vite évident que ce commentaire déplut aux membres de l'équipe scientifique, qui adressèrent des regards sombres à Somers que cela ne dérangea pas, bien évidemment. Il adorait les emmerder. « Et puis autre chose, Jensen : vous vous en rendrez compte sûrement tout seul, mais je vais quand même vous le dire. Sanchez n'est pas du genre à coopérer avec la police. Le connaissant comme je le connais, il a sûrement déjà mis un tueur à gages sur le coup pour retrouver le ou les assassins, alors n'allez pas gober tout ce qu'il vous dira. Il n'y a généralement pas plus de cinquante pour cent de vrai dans ce qui sort de sa bouche. »

Laissant Somers sur place à ennuyer l'équipe scientifique, Jensen sortit. Ce fut un soulagement de se retrouver hors de la puanteur de la cuisine, à l'air libre, et, un court instant, resta planté là, inspirant à pleins poumons. L'ambulance avait été garée devant la ferme, portières arrière face à la porte, et deux ambulanciers étaient en train de soulever un brancard. Le plus volumineux des deux sacs noirs se trouvait déjà à l'intérieur : c'était sans doute le corps d'Audrey qu'ils étaient en train de charger. L'un des deux hommes reculait dans l'ambulance, courbé en avant, tandis que l'autre s'efforçait de soulever la partie inférieure du brancard. Il bloquait la sortie de Jensen, qui attendit qu'il eût fini pour lui tapoter l'épaule.

« Je dois rendre visite à un certain Sanchez Garcia, au Tapioca Bar. Vous savez où c'est ? demanda-t-il.

— Bien sûr. On va passer devant en allant à la morgue, répondit l'homme, les dents serrées, en finissant de pousser le brancard dans l'ambulance. Vous avez qu'à nous suivre, si vous voulez.

— Merci, c'est ce que je vais faire. » Jensen sortit de sa poche un billet de 20 dollars et le brandit sous les yeux de l'ambulancier. « Autre chose. Si Sanchez cherchait à se rendre justice tout seul, à qui serait-il le plus susceptible de s'adresser pour faire le sale boulot ? »

L'ambulancier considéra un instant le billet, se demandant s'il valait mieux le prendre ou le laisser. La décision ne se fit pas attendre. Il l'arracha des doigts de Jensen et le fourra dans la poche de sa chemise.

« Le seul homme auquel Sanchez accepterait de se fier, c'est le King, répondit-il.

— Le King ?

— Ouais. Elvis est vivant, mon vieux. Vous n'étiez pas au courant ?

— Il semblerait que non. »

11

Marcus la Fouine avait encore la gueule de bois. Mais ça n'avait pas l'air de le déranger : il était en train de la faire passer en continuant à boire. Il s'en était bien tiré, la nuit précédente. Voler Jefe s'était avéré beaucoup plus facile qu'il ne l'avait imaginé. Il lui avait fait les poches, et le chasseur de primes avait dormi tout du long comme un bébé. Bien évidemment, les quelques gouttes de drogue du viol que Marcus avait versées dans le verre de Jefe l'avaient grandement aidé. En temps normal, il n'aurait jamais gaspillé son précieux Rohypnol pour quelqu'un avec qui il n'avait pas l'intention de coucher, mais Jefe portait au cou une superbe pierre précieuse bleue. Il l'avait bien dissimulée, mais, l'alcool aidant, la pierre avait été de plus en plus visible aux yeux de celui qui guettait ce genre d'objets, et Marcus était justement de ceux-là. Il s'avéra en outre que Jefe avait sur lui quelques milliers de dollars : tout ce que Marcus boirait ces deux ou trois prochains mois serait offert par Jefe !

Il avait réservé une chambre assez coquette à l'International Hotel de Santa Mondega qu'il n'avait pas l'intention d'occuper trop longtemps, à cause de son prix : quelques jours à vivre une vie de luxe suffiraient amplement. Marcus s'était dit qu'il avait mérité de profiter un peu de sa chance. Merde, il méritait bien un ou deux gros caprices.

Il était quasiment 2 heures de l'après-midi et il n'avait pas encore tiré les rideaux. Il était assis nonchalamment sur l'énorme lit de sa chambre d'hôtel, toujours vêtu de son pantalon en cuir noir de la veille et d'un débardeur qui avait jadis été blanc. La télé était joliment positionnée, juste en face de lui, fixée sur le mur opposé, et sa bouteille de whisky était judicieusement posée sur la table de chevet, accessible d'un simple mouvement du bras. La belle vie, à n'en pas douter. C'était l'image que Marcus se faisait du paradis, ou tout du moins de la vie de château.

Il était en train de comater devant le deuxième épisode d'une vieille série sur une obscure chaîne du satellite, lorsqu'on tapa doucement à la porte.

« Service de chambre, dit une voix féminine, légèrement étouffée par la porte.

— J'ai rien demandé. »

Il y eut une courte pause. « Bah ! en fait je suis la femme de chambre. Je suis juste venue faire le lit et ranger un peu. »

Marcus sortit son pistolet de sous l'oreiller. Son arme passait toutes ses nuits sous ce qui lui faisait office d'oreiller, au cas où. Et, la nuit précédente, Marcus avait été d'humeur particulièrement paranoïaque. Il prenait toutes ces précautions craignant que Jefe ne le retrouve et ne lui fasse subir sa vengeance, pour le vol de son portefeuille et, surtout, de la pierre précieuse bleue.

Il s'extirpa du lit et tituba jusqu'à la porte, prenant soudain conscience de tout ce qu'il avait bu la veille. Il s'aperçut qu'il puait l'alcool, et que ses habits auraient

mérité une petite lessive, mais la seule chose qui l'inté-
ressait à ce moment-là était de savoir qui se trouvait sur
le seuil, prétendant être une femme de chambre.
Lorsqu'on volait un bon paquet de pognon et une pierre
précieuse à Santa Mondega, mieux valait être sur ses
gardes pendant quelques semaines, voire quelques mois.

Pointant son pistolet contre la porte, il regarda par le
judas et vit dans le couloir une jeune femme à la peau
claire, d'une vingtaine d'années, vêtue de la robe classique de femme de chambre, tablier blanc compris. Elle
avait l'air suffisamment inoffensive pour que Marcus
glisse son pistolet entre son dos et son pantalon, et ouvre
la porte, en prenant bien soin de ne pas enlever la chaîne
de sécurité, juste au cas où.

« Bonjour, monsieur… Jefe, c'est bien cela ? »
demanda la femme de chambre en lisant le nom écrit sur
un carton qu'elle tenait à la main. Marcus se souvint
qu'il avait payé la chambre grâce à l'argent contenu
dans le portefeuille de Jefe. Afin de s'identifier, il avait
sûrement dû tendre au réceptionniste le permis de
conduire de Jefe.

« Ouais, Jefe, c'est bien moi. Tu veux entrer pour nettoyer un peu, c'est ça ?

— Oui, monsieur Jefe, mais uniquement si cela ne
vous ennuie pas. »

Marcus retira la chaîne de sécurité et ouvrit la porte.

« Rentre donc, ma belle. Comment tu t'appelles ?

— Kacy. » Elle lui sourit, d'un sourire vraiment
charmant, un sourire capable de faire fondre le cœur
d'un homme. Et celui de Marcus avait tendance à fondre
très facilement. Cette fille, cette femme de chambre qui
se tenait devant lui, était absolument sublime. L'excès
d'alcool de la veille n'y était pour rien : c'était vraiment

la plus jolie nana qu'il ait vue depuis un bon bout de temps. Elle était d'une douceur à peine réelle et elle avait des cheveux magnifiques. La Fouine était un grand amateur de chevelures féminines. La beauté du cheveu figurait dans les cinq premières entrées de sa liste d'appâts dont devait être dotée toute partenaire potentielle. Cette fille avait des cheveux noirs et soyeux qui lui tombaient aux épaules. Vraiment très noirs. La plupart des mecs de Santa Mondega raffolaient des blondes parce qu'elles étaient très rares dans la région, mais pas Marcus. S'il avait le choix, il optait systématiquement pour une brune.

« J'en ai pour dix minutes à peine… monsieur Jefe. Vous ne me remarquerez même pas, dit-elle dans un sourire qui rehaussa ses pommettes et qui sembla presque être un clin d'œil.

— Écoute, Kacy, surtout, te sens pas pressée de tout finir en deux minutes. Pourquoi tu te poserais pas un peu, hein, on pourrait boire un verre, qu'est-ce que t'en dis ? »

La femme de chambre gloussa. Un gloussement aigu, signe indéniable qu'elle en pinçait pour Marcus. Il sentait parfaitement ce genre de choses. L'intuition du voleur.

« Bah ! ça me plairait beaucoup, mais je ne suis pas autorisée à sympathiser avec la clientèle dans l'enceinte de l'hôtel.

— Eh bien, allons faire un tour dehors, chérie », dit Marcus en lui décochant un clin d'œil salace.

Kacy rougit fugacement, mais apparemment la proposition lui plut, car elle passa un index sur ses lèvres, l'humectant brièvement de la langue comme pour aguicher Marcus.

« Vous voulez dire, vous voulez qu'on sorte ensemble ?

— Bien sûr, pourquoi pas ? »

Elle considéra la proposition un bref instant. Elle paraissait tentée et, en vérité, elle l'était.

« D'accord. Je finis mon service dans quinze minutes. Vous n'avez qu'à prendre une douche rapide pendant que je nettoie la chambre, et on se rejoint dans le hall de l'hôtel dans une demi-heure. »

Ce fut seulement à cet instant que Marcus prit conscience de la puanteur qu'il dégageait. Il était vraiment grand temps de prendre une douche. « Ça roule… Kacy », répondit-il en lui lançant un regard crapuleux.

Il se précipita vers la salle de bains, enlevant son débardeur en chemin. Kacy gloussa à nouveau, puis se pencha sur le lit pour changer les draps et les taies d'oreillers.

« Voulez-vous que je laisse la télévision allumée pendant que vous êtes sous la douche, monsieur Jefe ?

— Comme tu le sens, chérie. Comme tu le sens », cria-t-il en réponse alors qu'il ouvrait les robinets de la douche, tout en continuant à se déshabiller. *La journée commence vraiment bien*, pensa Marcus. Peut-être la pierre bleue lui portait-elle chance. À moins que ce ne fût le gros tas de pognon dont il avait fait l'acquisition. Après tout, rien ne valait une petite fortune personnelle pour encourager le sexe opposé à vous trouver mignon.

Il avait jeté son pantalon dans un coin – le pistolet avait rebondi sur le tapis de bain et il l'avait posé de côté – et il entrait à peine sous la douche lorsqu'il se rappela qu'il avait laissé son portefeuille (c'était bel et bien *son* portefeuille à présent) sur la table de chevet. Une sorte de sonnerie d'alarme se mit à retentir dans son crâne. Devait-il se fier à cette fille, cette femme de chambre qu'il ne connaissait que depuis quelques minutes ? Il reçut presque aussitôt la réponse – un énorme « oui » – lorsque la porte de la salle de bains s'ouvrit sur Kacy qui lui tendait justement son portefeuille.

« Vous ne devriez pas laisser traîner ainsi votre portefeuille, vous savez, monsieur. Quelqu'un pourrait vous le voler, et ce serait vraiment triste, parce que vous m'avez invitée à déjeuner, pas vrai ? » dit-elle en le regardant de la tête aux pieds. Marcus était nu, et il en avait parfaitement conscience. Il adorait dévoiler son corps à une femme, surtout à l'improviste. À en juger par son expression, Kacy semblait tout à la fois médusée et agréablement surprise par ce qu'elle découvrait. Il lui adressa un nouveau clin d'œil, un clin d'œil lent et plein de sous-entendus.

« Pose ça quelque part, chérie. J'en aurai fini avant que t'aies le temps de t'en rendre compte. »

Kacy lui sourit, posa le portefeuille sur le bord du lavabo et retourna dans la chambre.

« Hé ! j'adore la série qui passe à la télé ! » cria-t-elle d'un ton surexcité.

Ça va vraiment être une super journée. Une super journée pour Marcus la Fouine. Il croyait *mordicus* que la chance était enfin avec lui, et qu'elle le resterait pour le restant de ses jours. Bien sûr, un homme plus intelligent se serait montré extrêmement prudent, et ne se serait fié à personne après une nuit telle que celle qu'il avait passée. En fait, un homme plus intelligent aurait déjà quitté la ville.

En se jurant de ne jamais plus revenir.

12

De retour au commissariat, Jensen trouva Somers à son bureau, en train d'étudier les photographies prises sur les lieux du double assassinat. Il leva les yeux pour lui demander : « Avez-vous réussi à tirer quelque chose d'utile de Sanchez ? »

Jensen enleva sa veste de cuir marron et la projeta dans la direction de son bureau situé dans le coin de la pièce ; elle heurta le dossier de son fauteuil et glissa au sol.

« Que dalle. Il a un peu de mal à communiquer avec les représentants des forces de l'ordre, on dirait.

— Ouais. Je vous avais dit qu'il vous donnerait du fil à retordre.

— Et vous ? demanda Jensen en considérant les photos Polaroid disposées sur le bureau de Somers. L'équipe scientifique a-t-elle trouvé quelque chose d'intéressant ?

— Non. Rien du tout. Et il leur faudra encore une semaine pour se rendre compte que la moitié des empreintes digitales qu'ils auront relevées sont les leurs. »

Jensen eut un petit rire poli. Il prit l'une des photos que Somers avait posées sur son bureau après les avoir examinées. C'était un gros plan immonde de l'un des deux corps. Cela semblait encore plus monstrueux en photographie que dans la réalité.

« Lequel est-ce ? » demanda-t-il au comble de la nausée.

Somers jeta un bref coup d'œil sur la photo. « Ce doit être elle. Difficile à dire, pas vrai ? »

Jensen fronça les sourcils, geste qui indiquait, chez lui, un moment d'intense concentration. Il ignorait pourquoi, mais il réfléchissait toujours mieux en fronçant les sourcils. En l'occurrence, il se dit qu'il devait exister un lien entre tous ces cadavres. Les meurtres se ressemblaient, c'était évident, mais quel était le lien entre toutes les victimes ? Qu'avaient-elles en commun ? On en était à présent à sept assassinats au total. Qu'est-ce qui pouvait lier ces deux nouvelles victimes aux cinq autres dont Somers lui avait montré les photographies ?

« Je crois que ce serait enfoncer une porte ouverte que de dire que ces deux personnes ont été tuées par le même individu, ou les mêmes individus qui ont tué les cinq précédentes, n'est-ce pas ? demanda-t-il.

— On ne peut rien vous cacher. » Jensen adressa un regard direct à Somers pour voir s'il était en train de le prendre pour un branque. Il comprit alors que c'était sa manière habituelle de s'exprimer : ça ne portait pas à conséquence.

Jensen se laissa tomber dans son fauteuil, laissant sa veste par terre. Il s'adossa en levant la photo à hauteur de ses yeux afin de l'examiner au mieux. Il devait y avoir quelque chose. Quelque chose devait lui sauter aux yeux. Mais quoi ? Quoi que ce fût, quel que fût le lien entre ces meurtres, il ne semblait pas visible sur les photographies. Somers devait bien avoir sa petite théorie là-dessus.

« Avez-vous déjà trouvé un lien possible entre toutes les victimes ? » lui demanda Jensen.

Toujours absorbé par les autres photos, Somers hocha la tête. « Rien du tout, répondit-il. Les victimes semblent avoir été choisies au hasard. Leur seul point commun, c'est d'avoir eu les yeux énucléés et la langue arrachée.

— C'est donc la carte de visite du tueur, j'imagine. Les tueurs en série ont souvent recours à ce genre de procédés afin que les flics et les médecins légistes puissent reconnaître leur ouvrage. » Il se releva et se mit à arpenter le petit espace entre les deux bureaux.

Somers hocha à nouveau la tête. Il ne semblait pas convaincu.

« Je ne crois pas que ce soit très pertinent. Il est évident que c'est le même type qui a commis tous ces meurtres. Il sait que nous savons que c'est lui, alors pourquoi s'embêterait-il à nous laisser des preuves supplémentaires ? » Somers semblait se référer, une fois de plus, au Bourbon Kid.

« Ce n'est peut-être pas lui, proposa Jensen dans l'espoir d'engager la discussion.

— Oh, si, c'est bien lui, Jensen ! C'est lui, pas de doute. Asseyez-vous un moment. S'il vous plaît. »

Jensen ramassa sa veste et la posa sur le dossier de son fauteuil, qu'il tira afin de s'asseoir face à Somers, lui signifiant ainsi toute l'attention qu'il s'apprêtait à lui accorder.

« Allez-y. Dites-moi. »

Somers déposa les photos qu'il avait en main, posa les coudes sur la table et joignit les mains. Il paraissait fatigué, et son collègue perçut un brin d'impatience dans ses gestes.

« Nous avons convenu que je ne me moquerais pas de vos théories surnaturelles et paranormales. Et nous avons également convenu que vous accepteriez ma théorie sur le Bourbon Kid, en vous abstenant de la rejeter de but en blanc, comme tout le monde en a l'habitude, pas vrai ?

— Exact.

— Écoutez, Jensen. Il n'y aura pas de gros retournements de situation dans cette enquête. On ne va pas découvrir que c'est en fait l'ex-femme du Bourbon Kid qui a commis tous ces meurtres pour l'en accuser. Ce ne sera pas non plus le majordome, et Kevin Spacey ne fera pas irruption dans le commissariat, recouvert de sang, en criant : Inspecteur !… Inspecteur !, d'une voix suraiguë, et vous ne trouverez certainement pas la tête de votre épouse dans une boîte en carton au milieu du désert. C'est le Bourbon Kid qui a commis ces meurtres. » Il s'interrompit pour inspirer et ne put réprimer un profond soupir. « Alors si vous voulez vraiment essayer de résoudre cette affaire, essayez donc de trouver un mobile et déduisez-en l'identité de la prochaine victime. Si vous découvrez quelque chose qui me prouvera que le Bourbon Kid vient de Mars, ou qu'il s'agit d'un fantôme et qu'il nous faut un exorciste pour l'arrêter, alors pas de problème, c'est comme ça qu'on procédera. Mais comprenez bien cela, Jensen : si vous recherchez un autre tueur que le Kid, vous perdrez votre temps. Croyez-moi. Concentrez-vous uniquement sur la recherche du Bourbon Kid ou de sa véritable identité. C'est ainsi, et pas autrement, que nous trouverons notre tueur. »

Jensen avait senti l'impatience qui émanait de la voix de Somers. Il savait que son partenaire croyait dur comme fer à ce qu'il disait. Et Jensen lui-même pensait qu'il avait *probablement* raison, mais qu'il aurait été idiot d'écarter la possibilité qu'il puisse s'agir d'un autre assassin. Pourtant, s'il voulait s'assurer l'aide de Somers sur cette enquête, il lui fallait abonder dans son sens.

« On est d'accord, Somers. Ne vous méprenez pas : je crois que vous avez raison, mais vous devez bien garder à l'esprit que je viens d'être affecté à cette affaire et que j'ai une vision totalement vierge de cette série de meurtres. Je peux peut-être remarquer quelque chose de très simple que vous auriez peut-être négligé, qui sait ? Quoi qu'il en soit, je peux vous jurer que je prends toute cette enquête très au sérieux, tout autant que vous.

— OK, dit Somers. Voici la liste des noms des victimes jusqu'à présent. » Il tira son calepin de la poche de sa chemise, l'ouvrit, en sortit le petit crayon et se mit à griffonner sur une page vierge. « Je n'ai trouvé aucun lien entre toutes ces personnes, poursuivit-il, que dalle. Essayez de voir si vous arrivez à trouver quelque chose, avec votre "vision vierge". »

Son ton était très franchement sarcastique, et, lorsqu'il arracha la page de son calepin pour la jeter sur le bureau de son collègue, son geste trahit son impatience. Jensen saisit le bout de papier et lut la liste des victimes :

Sarah King
Ricardo Webbe
Krista Faber

Roger Smith
Kevin Lever
Thomas Garcia
Audrey Garcia

Rien ne lui sauta aux yeux, mais cela n'avait rien d'étonnant. Ce qu'il lui fallait, c'étaient des informations sur ces personnes. Il lui fallait découvrir ce qu'elles avaient en commun : une occupation commune, une connaissance commune, un événement que tous avaient vécu. Le lien qui les unissait était nécessairement de cet ordre. Jensen avait un réel talent pour découvrir des liens peu évidents. Il finirait bien par trouver celui-ci ; il en était convaincu. La véritable question était de savoir de combien de temps il disposait avant que l'assassin ne choisisse une nouvelle victime, chose impossible à déterminer.

« Alors… vous avez trouvé ? plaisanta son aîné.

— Pas encore, mais laissez-moi m'en occuper, Somers. Il me faudra un libre accès aux dossiers que nous avons sur ces personnes. Faites-moi confiance, s'il existe un lien entre toutes les victimes de notre tueur, je finirai bien par le trouver.

— Très bien, dit Somers. Je vous laisserai chercher ce lien, mais en retour j'aimerais que vous fassiez quelque chose pour moi. »

Jensen releva les yeux de la liste pour poser son regard sur Somers. « Bien sûr, tout ce que vous voulez. Dites-moi. »

Somers s'éclaircit la gorge et lui lança un regard dur, recherchant dans ses yeux ne serait-ce qu'un semblant de franchise. Convaincu que son jeune partenaire était réellement prêt à faire tout ce qu'il lui demanderait, il posa la question que Jensen avait redoutée depuis son arrivée à Santa Mondega.

« Inspecteur, dites-moi un peu… après toutes ces années à faire semblant que Santa Mondega n'existait pas, pourquoi le gouvernement a-t-il soudain décidé d'envoyer ici un enquêteur spécialisé dans les phénomènes surnaturels ? Au cours des cent dernières années, il y a eu plus d'assassinats ici que partout ailleurs dans le monde, et pourtant, jusqu'à ce jour, on nous a toujours laissés régler nos petits problèmes entre nous. Alors pourquoi maintenant ? Et pourquoi n'avoir envoyé qu'un seul homme ? Est-ce parce que les informations dont dispose le gouvernement sont si sensibles qu'elles ne peuvent être communiquées qu'à une seule personne ? »

Un peu mal à l'aise, Jensen changea de position sur son siège. Somers était manifestement un bien meilleur inspecteur qu'on le lui avait laissé entendre, et qu'il ne s'était imaginé.

« Allons, inspecteur Jensen, poursuivit Somers. Je veux savoir ce que vous ne me dites pas. Le gouvernement vous a fait l'honneur de vous communiquer des informations particulièrement sensibles sur cette affaire. Cette affaire à laquelle je dédie ma vie depuis maintenant cinq ans. Qu'est-ce que vous savez ? Qu'est-ce que cette foutue affaire a à voir avec le surnaturel ? »

Jensen leva les mains.

« D'accord, Somers. Je vais tout vous dire. Mais ce que je m'apprête à vous révéler ne devra sous aucun prétexte sortir de cette pièce. *Entendu ?* »

13

Après une douche d'un bon quart d'heure, Marcus la Fouine s'attarda encore quelques minutes dans la salle de bains à se sécher et à se recouvrir entièrement du talc mis à disposition par l'hôtel. N'ayant pas d'affaires de rechange, il se contenta d'enfiler son pantalon de cuir noir un peu large qu'il portait depuis la veille. Le cuir puait la bière et le tabac froid, mais cela n'avait rien d'inhabituel pour Marcus. En boutonnant le pantalon, il entendit Kacy refermer la porte derrière elle. Dans quinze minutes, il la retrouverait sauf si elle ne tenait pas parole. Mais il était persuadé qu'elle la tiendrait.

Il passa dans la chambre et apprécia l'ouvrage de Kacy. Le lit était impeccablement fait et l'atmosphère de la pièce semblait un peu plus fraîche. Marcus se demandait s'il avait le temps de courir s'acheter une chemise avant de retrouver Kacy lorsqu'on frappa à nouveau à la porte. Peut-être avait-elle oublié quelque chose ?

« Tu peux entrer », répondit-il en élevant la voix.

Il y eut une pause, puis on frappa à nouveau. Très fort, cette fois-ci. Marcus sentit un frisson glacé le parcourir. Et si c'était quelqu'un d'autre qui frappait à la porte, et pas Kacy ? Un homme peut-être ? Jefe, même ? Kacy devait certainement avoir un passe pour pouvoir entrer dans toutes les chambres. Ou peut-être pas.

« Kacy ? cria-t-il. C'est toi ? »

Pas de réponse.

Un nouveau frisson le parcourut, le faisant frémir fugacement. Et si c'était *vraiment* Jefe ? Comment avait-il pu retrouver sa trace aussi vite ? Et, plus important, où est-ce que Marcus avait posé son pistolet avant de passer sous la douche ?

« Une seconde. J'arrive », cria-t-il dans l'espoir de gagner un peu de temps.

Devoir chercher à toute vitesse son pistolet dans la chambre le fit paniquer. L'arme n'était nulle part, aussi se précipita-t-il dans la salle de bains. Son regard parcourut l'ensemble de la pièce en une demi-seconde. Où était donc cette saloperie de flingue ? Putain ! Il n'était pas non plus dans la salle de bains. Où est-ce qu'il avait pu le foutre ? Il se retourna et se rua à nouveau dans la chambre. Sous les oreillers ? *Il doit forcément être là.* Il les souleva brusquement. Non, il n'était pas non plus sous les oreillers. Merde, merde, MERDE ! Il allait devoir répondre à la personne qui avait frappé à la porte.

Pourquoi avait-il crié ? S'il avait gardé le silence, le visiteur inattendu en aurait déduit que Marcus ne se trouvait pas dans sa chambre. Il se dit qu'il serait sage de jeter un coup d'œil par le judas afin de voir de qui il s'agissait – après tout, ce pouvait être simplement le service de chambre. Mais il n'arrivait pas à retrouver son pistolet, et cela le rendait extrêmement nerveux.

Un des plus vieux trucs d'assassin est de frapper à la porte, d'attendre le bruit des pas de la cible s'approchant de la porte et de tirer par le judas lorsque la victime y hasardait un œil. BANG ! un gros trou dans la tête de la cible qui ne s'y attendait pas. Plus que familier de cette pratique, Marcus s'approcha de la porte sur la pointe des pieds et, lentement – aussi lentement que possible –, hasarda un œil dans ce qui pouvait bien se révéler être une ligne de tir. Pour une raison connue de lui seul, Marcus fermait l'œil à moitié, comme si cela avait pu suffire à amortir partiellement l'impact d'une balle propulsée à pleine vitesse.

Un demi-coup d'œil suffit. Il rejeta la tête en arrière et se mit à couvert en moins de temps qu'il en aurait fallu pour dire « Oups ! mon œil ». De l'autre côté du judas se trouvait le canon d'un pistolet. Par chance, son propriétaire n'avait pas décelé la présence fugace de Marcus face à lui, derrière le battant de la porte close.

Marcus revint sur la pointe des pieds à hauteur du lit double. Où était son putain de flingue ? Il saisit la bouteille de whisky qui reposait sur la table de chevet et en but une rasade. *Réfléchis ! Réfléchis, bordel !* Quels choix lui restait-il ?

Trouver ce flingue.

Il souleva à nouveau les deux oreillers. Toujours aucune arme en vue. Retour à la case salle de bains. *Bordel de merde, où est-il ?*

Un troisième frisson le parcourut, beaucoup plus long que les deux précédents, et ce pour deux raisons. La première était qu'on venait de frapper beaucoup plus fort à la porte, et la deuxième, eh bien, la deuxième, c'était vraiment celle qui achevait d'enfoncer le clou. *Son portefeuille avait disparu.* Kacy l'avait posé sur le bord du lavabo, mais il ne s'y trouvait plus. C'était également là qu'avait été posé son flingue. Il s'en souvenait à présent : il l'avait ramassé et l'avait posé sur le lavabo de la salle de bains. Cette putain de salope l'avait baisé ! *Putain. Putain de putain.* Il se précipita une énième fois dans la chambre. Quels autres choix lui restait-il ? Il pourrait peut-être sortir de la chambre par la fenêtre pour glisser le long de la façade de l'hôtel ou entrer dans une autre chambre.

Non, pas moyen. Il se trouvait au septième étage et avait horriblement peur du vide. Il devait forcément y avoir un autre moyen de s'en sortir.

La pierre bleue. Marcus avait entendu certaines rumeurs à son sujet. Il savait qu'El Santino la recherchait, et il savait que la récompense qu'il offrait pour cette pierre était énorme. Il connaissait également l'histoire, la légende plutôt, de cette nuit où Ringo avait été tué par le Bourbon Kid. D'après ce qu'on lui avait rapporté, Ringo avait été invincible tant qu'il avait gardé la pierre bleue autour du cou. Le Bourbon Kid lui avait tiré dessus une centaine de fois, mais il n'était mort que lorsque le Kid lui avait arraché la pierre. C'était une histoire à la con à laquelle Marcus n'avait jamais cru, mais, à présent, c'était son seul espoir. Qu'avait-il fait du pendentif ? Il se rappelait l'avoir mis en lieu sûr la veille au soir, mais il était alors complètement bourré. Où est-ce qu'il avait bien pu le foutre ? *Réfléchis... RÉFLÉCHIS... RÉFLÉCHIS !*

La réponse lui traversa l'esprit comme un éclair zébrant le ciel. Avant de se mettre au lit, il avait posé son pistolet sous l'oreiller, comme il le faisait habituellement, mais la pierre bleue, elle, il l'avait glissée à l'intérieur de la taie d'oreiller, où elle serait plus en sécurité. Mais laquelle ? Il bondit sur le lit et attrapa l'oreiller le plus proche. Bien que d'apparence tout à fait normal, il en arracha cependant la taie. Rien. Il attrapa l'autre oreiller. Il lui parut légèrement plus lourd, signe que quelque chose s'y trouvait. Les nerfs à fleur de peau, il tenta maladroitement de retirer la taie. Il y eut un nouvel impact contre la porte, mais, cette fois-ci, on ne tapait pas. Quelqu'un essayait d'enfoncer la porte. Plus le temps de finasser. Marcus déchira la taie d'oreiller et le pendentif tomba. Il ressentit un soudain soulagement… pendant tout juste une seconde. Le soulagement se changea aussitôt en horreur lorsqu'il se rendit compte qu'il ne s'agissait pas du collier qu'il avait volé à Jefe la nuit précédente. C'en était un autre. Un collier argenté de pacotille, avec un « S » en pendentif. Cette salope de Kacy l'avait vraiment baisé en beauté.

CRASH ! Marcus se retourna juste à temps pour voir la porte de la chambre exploser hors de ses gonds. Se recroquevillant sur le lit, il leva les mains au-dessus de la tête afin de signifier au visiteur qu'il se rendait.

Il n'entendit même pas le premier coup de feu : il éprouva simplement une horrible douleur alors que son genou explosait, éclaboussant de sang tout alentour, y compris ses propres yeux. Il tomba du lit, se retrouva par terre, en train de hurler comme un bébé ébouillanté, et, durant les sept minutes qui suivirent, pria de tout son cœur que sa mort survienne.

À la huitième minute, le vœu de Marcus la Fouine fut exaucé, après qu'il eut pu voir ce à quoi ressemblait la plus grande partie de l'intérieur de son abdomen. Il avait même été contraint de manger ses propres doigts et ses propres orteils. Et pire encore. Bien pire.

14

Cela faisait à peine deux semaines que Dante était réceptionniste à l'International Hotel de Santa Mondega. De nuit, qui plus est. En tout cas, ces deux semaines étaient sur le point de s'achever, et pour de bon. Juste après le début de son service à minuit, la nuit précédente, un sale type complètement soûl était entré dans le hall en exigeant une chambre. Il était tellement bourré qu'il ne se rendait même pas compte à quel point il était bruyant et embarrassant. Si M. Saso, le gérant de l'hôtel, avait été là, il n'aurait jamais permis à cet homme de franchir le seuil de l'hôtel. Mais, en sa qualité de réceptionniste, Dante était seul responsable de qui était accepté par l'établissement, et de qui ne l'était pas.

L'ivrogne avait insisté pour avoir l'une des meilleures chambres et avait voulu payer en espèces : Dante lui avait donc fait débourser le prix de la meilleure suite en lui donnant la clé d'une chambre moyenne, et avait ainsi empoché 40 dollars sur la transaction. Mais ce n'était pas cela qui mettait Dante dans un tel état de surexcitation. S'il était à ce point survolté, c'était parce que l'homme en question ne s'était pas soucié un seul instant de dissimuler la pierre bleue, apparemment très précieuse, qui pendait à la chaîne en or passée autour de son cou.

C'était une occasion comme celle-là que Dante attendait depuis longtemps. Un abruti complètement soûl avec un gros paquet de pognon – il avait révélé le contenu de son portefeuille en y piochant son permis de conduire – et une pierre précieuse bleue qui pouvait bien valoir plusieurs milliers de dollars, c'étaient pour Dante deux excellentes raisons de mettre un terme à sa brillante carrière de réceptionniste. De toute façon, c'était un boulot de femme, et l'uniforme qu'il devait porter était un costume de pédé. Une veste rose, putain ! Mais ce n'était ni la veste rose, ni le salaire misérable, ni les serviles « Oui, monsieur – Non, monsieur – Merci, monsieur » de rigueur qui le gênaient véritablement. C'était plutôt le fait d'avoir une vingtaine d'années bien entamée et de voir la vie lui passer sous le nez. Il avait été viré de l'école, et dès lors un boulot avec un salaire décent était difficilement envisageable. La plupart du temps, quand il passait un entretien d'embauche, son seul espoir d'obtenir le poste était de tomber sur une femme. Il était beau, avec des cheveux noirs et vigoureux, et un scintillement dans ses yeux bleu clair auquel les femmes, particulièrement les femmes plus âgées, avaient le plus grand mal à résister. En outre, à cause de l'aura de confiance naturelle qu'il dégageait, ces femmes tombaient à tous les coups sous son charme, et le poste lui revenait sans plus d'effort.

Midi était déjà passé, et le plan de Dante pour faire main basse sur l'argent de l'abruti soûl suivait paisiblement son cours. Tout allait au poil. Quand Stuart, le réceptionniste du matin, était arrivé à 9 heures pour prendre la relève, Dante l'avait convaincu de retourner chez lui pendant qu'il travaillerait à sa place. Stuart s'était empressé d'accepter, d'autant plus que Dante lui avait proposé de le remplacer gratuitement. Il travaillerait cinq heures supplémentaires non payées, mais, en ce début d'après-midi, le temps était enfin venu de récolter la récompense d'un tel sacrifice. Encore quelques minutes, et il serait plus riche qu'il ne l'avait jamais été depuis son arrivée à Santa Mondega, trois mois auparavant. Il avait déjà la tête pleine de projets, l'achat d'une nouvelle voiture, la location d'un appartement plus agréable, et ce n'était qu'un début. Celui que sa petite amie et lui louaient depuis quelques mois était tout juste assez grand pour accueillir une famille d'écureuils.

Ces derniers temps, les choses ne s'étaient pas passées comme Dante l'aurait voulu. À l'origine, il était venu à Santa Mondega dans l'espoir de trouver un emploi assez bien rétribué. Dans la semaine suivant son arrivée, un vieil ami de son père lui avait trouvé un boulot dans un musée, mais un malheureux incident, qui avait conduit Dante à fracasser un vase d'une valeur inestimable sur le crâne d'un visiteur, avait entraîné son licenciement, par chance sans qu'aucune plainte ne soit déposée contre lui. Depuis, il n'avait pas été gâté par le sort, et le seul boulot qu'il avait pu rapidement trouver avait été celui de réceptionniste à l'International Hotel de Santa Mondega. Il y travaillait depuis deux semaines à présent, et nom de Dieu, ce que ça pouvait être chiant ! Durant ces longues heures de service, il ne pensait qu'à la façon dont il allait bien pouvoir se sortir de là : un riche client lui proposerait un meilleur boulot, par exemple ; ou le vol pur et simple d'un de ces rupins. Dante n'était pas du genre à faire le difficile. L'option la plus simple serait la meilleure. Un client naïf qu'on aurait pu voler sans que personne ne s'en rende compte représentait de loin la meilleure solution à ses problèmes, et le gogo en question était arrivé. Cet abruti qui avait pris une chambre la veille ne pourrait même pas compter sur la sympathie du gérant de l'hôtel lorsqu'il se plaindrait de s'être fait voler : il n'avait vraiment pas le profil du client riche. Et, de plus, il était soûl.

Le plan de Dante pour le délester de son argent et de sa pierre précieuse bleue était des plus simples. Il n'était pas sans risques, mais il était d'une merveilleuse sobriété. Cependant, et comme de bien entendu, alors même qu'il se voyait déjà en train de compter les billets de sa victime, le sort s'ingénia à lui mettre des bâtons dans les roues. Un type très robuste, déguisé en Elvis, pénétra dans le hall en se pavanant et se dirigea droit vers la réception.

« Vous avez un mec du nom de Jefe, ici ? demanda-t-il d'un ton assez agréable.

— Veuillez m'excuser, monsieur, mais je ne suis pas en mesure de divulguer ce genre d'informations. » Dante lui avait opposé la réplique type de l'hôtel en pareille circonstance.

Elvis se pencha en avant et fourra un billet de 50 dollars dans la main du jeune homme. « Me pousse pas à reposer ma question, tu veux ? » Sa voix était à présent très nettement rocailleuse.

« Je suis désolé, mais je ne peux toujours pas vous communiquer cette information, monsieur », répondit Dante sans pour autant lui rendre le billet de 50 dollars.

Elvis encaissa la réponse puis, avec un mouvement majestueux, sortit un pistolet du holster niché sous la veste de son ensemble lilas. Il le pointa sur la gorge de Dante et rugit : « Tu vas me rendre ce putain de billet et tu vas me dire où je peux trouver Jefe. C'est une putain de sale pourriture et j'ai entendu dire qu'il était ici. »

Dante lui tendit l'argent. Soudain couvert de sueur, il déglutit douloureusement : « Chambre 73, monsieur, au septième étage. Bonne journée. »

Elvis lui décocha un clin d'œil. Enfin, il *parut* lui en décocher un : son sourcil gauche remua effectivement brièvement derrière ses lunettes de soleil. Puis il se retourna et se dirigea vers l'ascenseur, en rangeant son pistolet bien au chaud sous sa veste.

Alors qu'Elvis pressait le bouton d'appel afin de se rendre au septième étage, Dante finissait de composer un numéro à toute vitesse sur son téléphone portable. Il y eut un silence avant la connexion, suivi de la sonnerie d'attente. On décrocha presque aussitôt, mais Dante n'attendit même pas que son interlocuteur puisse prononcer une seule parole.

« Casse-toi tout de suite de là, ma puce, murmura-t-il d'un ton vif.

— Hein ? Pourquoi ça ?

— Parce qu'un putain de malade avec un putain de flingue est sur le point de rendre visite à Jefe et qu'il a vraiment pas l'air de rigoler.

— Mais je n'ai toujours pas trouvé la pierre précieuse.

— *On s'en fout, de cette pierre !* Sors ton joli petit cul de là. Cet enculé risque de te descendre.

— D'accord, mon cœur. Je vais juste jeter un dernier petit coup d'œil.

119

— Kacy, non… »

Trop tard. Elle avait raccroché. Dante vit Elvis entrer dans l'ascenseur après s'être retourné et avoir regardé en direction du réceptionniste, derrière ses grosses lunettes de soleil, alors que les portes se refermaient devant lui. Dante prit conscience de son essoufflement, comme s'il venait de finir un marathon dans un très lourd déguisement de pingouin. Il devait vite prendre une décision.

Et merde. Il lui fallait emprunter l'escalier et grimper assez vite pour attraper Kacy avant que ce malade déguisé en Elvis lui tombe dessus. Poussé par la peur, il sauta par-dessus le comptoir de la réception et se précipita vers la porte à côté de l'ascenseur qui menait à l'escalier. Les marches étaient assez larges, recouvertes d'un tapis beige, et d'une hauteur idéale pour être escaladées deux à deux. Et c'était bien deux à deux qu'il allait devoir les gravir, parce que le temps pressait vraiment ! Avant de s'engager, il avait vu au-dessus de la porte de l'ascenseur qu'Elvis se trouvait déjà au premier étage. Dante n'avait pas une forme qui lui aurait permis de croire qu'il arriverait au septième étage avant l'ascenseur, mais il se pouvait que la cabine s'arrête à un ou deux étages avant d'arriver à destination : il fallait tenter le tout pour le tout.

Au quatrième étage, il était déjà exténué. Il poursuivit son ascension, mais sa cadence diminuait de moitié à chaque palier. Il parvint enfin au septième en crachant quasiment un poumon, s'immobilisa à hauteur d'un coude et jeta un rapide coup d'œil sur le couloir qui s'étendait devant lui. Elvis se tenait sur le seuil d'une chambre, à une dizaine de mètres. Il pointait son pistolet sur la porte.

Dante ne savait vraiment pas quoi faire. L'instinct de survie l'emporta, et il essaya du mieux qu'il put de reprendre son souffle. Si Kacy était encore dans la chambre et qu'il lui fallait venir à son secours, il devait impérativement profiter de l'effet de surprise : Elvis ne devait donc pas savoir qu'il se trouvait là. Dante recula d'un pas dans l'escalier afin d'être complètement hors de vue et tâcha de se ressaisir. Après avoir repris son souffle, il jeta à nouveau un coup d'œil dans le couloir afin de voir si la situation avait évolué. Elvis avait rangé son pistolet et s'était reculé. Il se lança soudain en avant en décochant à la porte un incroyable coup de talon de sa chaussure en suédine bleue. La porte était plutôt solide : le coup de pied n'eut aucun effet. Elvis se recula plus encore et attendit quelques secondes. Puis, tel un taureau enragé, il précipita toute la masse de son corps contre la porte qu'il défonça, la faisant sortir de ses gonds. Le colosse pénétra dans la chambre comme une furie, hors de vue de Dante.

Dante attendit quelques secondes, sans trop savoir quoi faire. Puis il entendit un coup de feu. Un putain de coup de feu extrêmement bruyant. Immédiatement suivi de cris d'agonie provenant de la chambre. Les hurlements étaient si aigus qu'il était impossible de discerner s'il s'agissait d'un homme ou d'une femme. Soudain, il perçut du coin de l'œil un mouvement, plus avant dans le couloir. La porte d'une autre chambre venait d'être ouverte. Kacy en sortit en courant, portant une valise de cuir noir assez lourde en apparence. Elle passa très rapidement devant la porte qu'Elvis venait de défoncer et bondit dans la cage d'escalier. Dante poussa un soupir de soulagement en la voyant.

« Dante ! souffla-t-elle, surprise de le voir ainsi faire le guet dans l'escalier. Viens, on se casse ! »

Avant qu'il ait eu le temps de réagir, Kacy lui avait passé la valise de cuir noir et le tirait par la manche dans l'escalier.

« Ça va, ma puce ? haleta-t-il.

— Bien sûr, mon cœur.

— Tu as trouvé la pierre ?

— Carrément. »

Kacy descendait les marches quatre à quatre, et Dante avait le plus grand mal à la suivre. Porter la lourde valise qui ne cessait de cogner contre ses tibias s'avérait aussi fatigant que douloureux.

« Je t'aime, ma puce. T'es la meilleure, cria-t-il dans le dos de Kacy, tandis que la valise continuait à lui creuser un trou dans le bas de la jambe.

— Je sais », cria-t-elle en guise de réponse.

Dante avait la meilleure copine au monde et il le savait. Mais s'il s'avérait que la valise qui ne cessait de lui mordre le tibia était remplie d'échantillons de shampoing ou de chèques-cadeaux, il serait bien obligé de reconsidérer son opinion. Ce qui se trouvait dedans était sacrément lourd.

« Qu'est-ce qu'il y a dans cette valise ? cria-t-il en voyant l'amour de sa vie disparaître au détour d'une nouvelle volée de marches.

— C'est la cerise sur le gâteau, cria-t-elle à son tour. On a décroché le jackpot ! »

15

Jensen était agréablement surpris par la façon dont Somers avait accueilli ce qu'il venait de lui dire. S'il avait été heureux de lui révéler la vérité, c'était en partie parce que, selon toute probabilité, Somers n'en croirait pas un mot. Jensen était parvenu à la conclusion que, dans les deux cas, il en sortirait gagnant. Si Somers le croyait, tant mieux ; sinon, tant mieux aussi. La seule inquiétude de Jensen était qu'un trop gros nombre de personnes apprennent cette vérité et y croient : Santa Mondega aurait alors été submergée par une vague de panique. Quant à Jensen, il était dans l'incapacité de confirmer ou d'infirmer aucune des informations dont il portait le lourd fardeau. C'était précisément pour cela qu'il se trouvait dans cette ville, afin de confirmer ou de contredire ce que ses supérieurs, au sein du gouvernement, croyaient savoir.

Somers avait eu la courtoisie d'écouter la totalité de l'histoire sans l'interrompre une seule fois. Jensen lui avait expliqué qu'il avait été envoyé à Santa Mondega pour découvrir la vérité qui se cachait derrière un secret que gouvernements et chefs spirituels du monde entier partageaient depuis des siècles. Chaque gouvernement transmettait ce secret au suivant. Chaque nouvelle administration doutait de sa véracité, et envoyait des hommes de confiance à Santa Mondega afin de vérifier si la légende était vraie ou fausse. Certains enquêteurs revenaient en un seul morceau. Beaucoup disparaissaient. Tous ceux qui revenaient confirmaient sa véracité, et les disparus ne faisaient qu'alimenter le sentiment qu'il devait y avoir du vrai dans toutes les rumeurs qui couraient.

La vérité, c'était que le monde entier faisait comme si Santa Mondega n'existait pas. On ne trouvait cette ville sur aucune carte, et aucun des faits étranges qui y survenaient n'était jamais relaté à la radio ou à la télé en dehors de Santa Mondega. À en croire la légende, la raison en était que Santa Mondega était la capitale des créatures du mal. Jensen se souvenait encore de ce qu'il avait ressenti lorsqu'on lui avait communiqué cette information. Son instinct lui avait dit qu'on était en train de lui soumettre un ramassis de conneries. Qu'il ait été mis dans la confidence par une personne qui envoyait directement ses rapports au président des États-Unis lui imposait de devoir au moins faire semblant de prendre cette information au sérieux. Après tout, quand un membre du gouvernement vous faisait l'honneur d'une information extrêmement sensible, il était idiot de l'écarter comme un tissu de fariboles sans envisager une seule seconde qu'elle puisse être vraie. Au minimum, cela pouvait vous coûter votre poste.

Somers avait accueilli cette révélation de la même façon que Jensen, attitude qui parut admirable à ce dernier. Jensen ne vivait que pour le surnaturel, tandis que Somers n'était qu'un inspecteur normal, spécialisé dans les affaires d'homicides volontaires. Tous perpétrés par un seul et même meurtrier, si sa théorie était exacte.

« Je m'attendais à ce que vous soyez un peu plus surpris, voire carrément sceptique, dit Jensen à Somers qui, impassible, n'avait pas bougé de son siège, devant son bureau.

— Eh bien, vous savez quoi ? En fait, j'ai déjà entendu cette théorie, il y a de ça quelques années. Et, bien que je n'aie jamais trouvé le moindre élément pour la corroborer, je n'ai jamais rien trouvé non plus qui l'invalide », répliqua Somers.

Jensen était bien obligé d'éprouver du respect pour l'honnêteté de son collègue. Qu'il ait déjà entendu cette théorie était très intéressant. Leur seule divergence était que Jensen considérait que cette histoire relevait plus de la réalité de la théorie, tandis que pour Somers, c'était l'implication du Bourbon Kid dans tous ces meurtres qui relevait plus des faits que de la théorie. Enfin, ils s'étaient trouvé un terrain d'entente, en dehors du cinéma.

« Merci. J'apprécie beaucoup le fait que vous ne vous moquiez pas de moi, dit Jensen dans un profond soupir. La plupart des autres gars me riraient au nez à longueur de journée si je leur racontais tout ça. » Somers sourit et hocha la tête. « Qu'est-ce qu'il y a de si drôle ? demanda Jensen.

— Au long de ma carrière, j'ai vu des saloperies drôlement bizarres. Je n'ai qu'à jeter un coup d'œil à toutes ces photos de cadavres pour savoir que, très probablement, ce qui se cache derrière ces assassinats n'est pas complètement humain. Alors je vais retenir la théorie selon laquelle le Bourbon Kid serait une sorte de fantôme impossible à tuer. Si ça suffit pour que vous restiez sur l'affaire et que vous m'aidiez à l'attraper, je suis même prêt à croire que c'est le diable en personne.

— Merci.

— Pas de problème. Il reste néanmoins une dernière chose.

— Quoi donc ?

— Je crois que vous ne m'avez pas encore tout dit. Je me trompe ? »

Jensen réfléchit un instant. Il n'avait pas l'impression de lui avoir sciemment caché quelque chose.

« Non, je vous ai tout dit, Somers. En tout cas, aucun autre élément pertinent ne me vient à l'esprit. »

Somers se leva soudain et tourna le dos à Jensen. Il s'avança jusqu'à la fenêtre et regarda la rue en contrebas à travers les persiennes.

« La Fête de la Lune vient tout juste de débuter, dit-il au bout d'un certain temps. Santa Mondega sera le théâtre d'une éclipse solaire d'ici deux jours. Deux moines viennent d'arriver en ville, tout comme ceux qui étaient apparus il y a cinq ans. Et nous savons parfaitement ce qui s'est passé, n'est-ce pas ?

— Oui. Beaucoup de gens ont péri. Où voulez-vous en venir ?

— Vous savez parfaitement où je veux en venir, inspecteur. Ne me prenez pas pour un imbécile. Le jour où ces gens ont été tués par le Bourbon Kid était le jour de la dernière éclipse. En dehors de Santa Mondega, aucune autre ville au monde ne peut assister à deux éclipses solaires totales en l'espace de cinq ans. C'est impossible. Raison pour laquelle je crois à votre histoire. Mais vous êtes ici à cause de cette éclipse. Le Bourbon Kid est de retour à cause de cette éclipse, et

126

ces deux moines sont venus jusqu'ici à cause de cette éclipse. Alors pourquoi ?

— Vous avez déjà entendu parler de l'Œil de la Lune ? »

Somers se retourna pour faire face à Jensen. Sa voix était à présent lugubre. « La pierre bleue, c'est ça ? C'est ce que le Kid cherchait la dernière fois. Un certain Ringo l'avait volée aux moines. Eux aussi étaient venus pour la récupérer et, on ne sait pas trop comment, ils ont réussi à la reprendre au Kid. Si ça se trouve, il ne peut pas tuer des hommes de foi, ou un truc du genre – je n'en sais rien. Mais j'ai comme le sentiment, inspecteur Jensen, qu'on a volé une nouvelle fois l'Œil de la Lune. Et c'est pourquoi vous, les moines et le Bourbon Kid êtes tous arrivés en ville en l'espace de quelques jours. La question que je me pose, c'est qu'est-ce que ça a à voir avec l'éclipse ? » À ces derniers mots succéda un profond silence, durant lequel Jensen chercha la meilleure réponse.

« Bon, finit-il par dire en se rendant compte que Somers avait raison de penser qu'il ne lui avait pas tout dit. Je crois que vous feriez mieux de vous rasseoir. C'est là que toute cette histoire devient vraiment bizarre.

— Je vais rester debout, merci. Poursuivez.

— Vous avez raison : l'Œil de la Lune a bien été volé, une fois de plus. Et, selon mon contact au sein du gouvernement, la pierre possède ce qu'on pourrait appeler des "pouvoirs magiques".

— *Des pouvoirs magiques ?* répéta Somers d'un ton incrédule.

— Oui, je sais. Ça semble complètement insensé, et, en toute franchise, ces pouvoirs magiques sont l'élément le plus flou dans cette histoire très floue au demeurant. Apparemment, quiconque porte cette pierre devient immortel tant qu'il l'a en sa possession, bien que, je dois le préciser ici, il existe encore moins d'éléments pour étayer ce point que pour étayer tout ce que je vous ai dit jusqu'à présent. » Il patienta un instant, se demandant comment Somers prendrait ce qu'il était sur le point de lui révéler. « Selon une autre théorie, dit-il prudemment, la pierre aurait également le pouvoir de contrôler l'orbite de la Lune.

— Intéressant. Ça collerait assez bien avec le reste. Avec l'éclipse à venir, un homme capable de contrôler l'orbite lunaire se retrouverait en position de force.

— Tout à fait. À présent, considérez bien ceci, Somers. Si celui qui porte la pierre peut empêcher la Lune de tourner en orbite autour de la Terre au cours de l'éclipse, et que la Lune se trouve en position stationnaire relativement à la terre, sans arrêter de tourner autour, exactement au point même où elle a été immobilisée, alors la zone terrestre recouverte par l'ombre de la Lune restera dans les ténèbres. Pour toujours. »

Somers se décida enfin à s'asseoir à son bureau. Il attrapa quelques-unes des photos qu'il avait montrées auparavant à Jensen. Il les examina très attentivement. À son expression, Jensen comprit qu'il les regardait cette fois-ci sous un angle très différent.

« Je crois que je peux à présent voir ce que vous voyez, Jensen, dit-il.

— Vraiment ? Et, à votre avis, qu'est-ce que je vois au juste ?

— Vous voyez des gens qui prospéreraient dans une ville baignant dans des ténèbres totales.

— Je vois des morts vivants, dit Jensen en imitant le gamin du film *Sixième Sens*. Ils vont et ils viennent comme n'importe qui. Mais ils savent parfaitement qu'ils sont morts, voyez-vous. »

Jensen lisait sur le visage étonné de Somers qu'il avait d'ores et déjà tout compris. Ce type-là était loin d'être bête.

« Des vampires, lâcha Somers. La seule créature qui tirerait profit de l'absence continuelle de lumière du soleil *n'est autre qu'un vampire.*

— Exact.

— Nom de Dieu ! Pourquoi n'y ai-je jamais pensé ? »

Jensen sourit. « Qu'est-ce qui aurait pu vous y amener ? C'est une idée complètement absurde.

— C'*était* une idée complètement absurde. Mais, à présent, c'est l'évidence même. Si le Bourbon Kid est un vampire, alors nous ferions mieux de le retrouver avant qu'il ne mette la main sur cette pierre. »

16

Elvis avait accepté d'honorer le contrat depuis moins de vingt-quatre heures, et Sanchez n'avait pas reçu de nouvelles. Même s'il savait qu'il n'en aurait pas avant quelques jours, peut-être même quelques semaines, il bouillait déjà d'impatience. Rien n'aurait pu convaincre Sanchez de changer d'avis en lui faisant appeler le tueur à gages le plus craint de tout Santa Mondega pour annuler sa mission. En tout cas, c'était ce dont il était persuadé lorsqu'il avait chargé Elvis de la tâche peu enviable d'assouvir sa vengeance à sa place.

Et puis, comme on aurait pu s'y attendre, quelque chose se produisit qui fit changer d'avis Sanchez. Son bar accueillit une cliente inattendue. La soirée ne faisait que commencer lorsqu'elle entra. Il ne l'avait pas revue depuis un certain temps, mais c'était bien elle. Sanchez n'aurait pas été plus abasourdi si on lui avait servi un verre de pisse.

Jessica avait pénétré dans son bar avec la légèreté d'une personne n'ayant aucun souci au monde. Elle était seule et ne semblait pas plus inquiète que cela. Plus précisément, elle ne donnait pas du tout l'impression d'avoir assisté au massacre sauvage de deux personnes le matin même. En fait, elle semblait très sereine.

« Un café, s'il vous plaît », murmura-t-elle en s'asseyant au bar. Sanchez eut l'impression qu'elle ne l'avait pas reconnu, ce qui provoqua en lui une légère déception.

« Salut, Jessica », dit-il.

Elle releva les yeux, étonnée que le barman puisse savoir qui elle était alors qu'elle ne reconnaissait ni le bar ni l'homme qui se trouvait derrière.

« Vous me connaissez ? demanda-t-elle, incapable de cacher sa surprise.

— Ouais. Tu ne me reconnais pas ?

— Non. Je suis déjà venue ici ? L'endroit ne me rappelle rien. »

Elle regarda tout autour d'elle, complètement ahurie. Si elle était déjà entrée au Tapioca, ça devait remonter à un bon bout de temps, ou alors les lieux avaient dû changer, parce que rien ne lui paraissait familier.

« Ouais, tu es déjà venue ici, il y a environ cinq ans. Tu es sûre que tu ne t'en souviens pas ?

— Nan. Je n'ai pas très bonne mémoire. Mais ça me reviendra sûrement. »

Sanchez ne savait pas trop comment le prendre. Disait-elle la vérité ? Ne se souvenait-elle vraiment pas ? Était-elle victime d'une sorte d'amnésie ? Il n'y avait qu'une seule façon de le savoir.

« Alors, qu'est-ce que tu as fait de beau, ces cinq dernières années ? »

Elle lui jeta un regard méfiant. « Pourquoi vous me demandez ça ?

— Parce que je me souviens de ce qui s'était passé la dernière fois que tu étais ici. Tu as fait une sacrée impression.

— Ouais, ça m'arrive », répondit-elle froidement.

Ce soudain changement de caractère décontenança Sanchez. D'abord surprise et peu sûre d'elle-même, quelques instants seulement auparavant, Jessica se montrait à présent arrogante et distante.

« Ah ! Euh… Comment tu veux ton café ? lui demanda-t-il.

— Gratuit.

— Hein ?

— Je me fous de savoir comment est le café, du moment que je n'ai pas à payer. »

Généralement, Sanchez détestait les gens qui essayaient de lui soutirer des consommations gratuites, mais que Jessica fût éveillée et sur pied le stupéfiait, et il avait très envie d'apprendre ce qui lui était arrivé, et d'entendre ce qu'elle aurait peut-être à lui dire au sujet du meurtre de son frère et de sa belle-sœur. Aussi remplit-il à contrecœur une tasse de café, à l'aide de la verseuse crasseuse qui mitonnait sur la plaque de la cafetière depuis quatre bonnes heures.

Jessica jeta un coup d'œil à la tasse blanche et sale, et en renifla le contenu après que Sanchez l'eut posée sur le comptoir.

« Hmmm. J'espère que le café n'est pas la spécialité de la maison.

— Ce serait plutôt le whisky et la tequila.

— Tant mieux pour vous. »

Jessica commençait à déplaire très franchement à Sanchez. Ses manières le décevaient, car, durant ces cinq dernières années, il s'était imaginé que, lorsqu'elle reprendrait connaissance, elle verrait en lui son sauveur, plus digne de confiance que n'importe qui au monde. Il n'entendait pas y renoncer de sitôt, mais, jusqu'à présent, son comportement ne le poussait pas à une sympathie excessive.

« Alors, qu'est-ce que tu deviens, Jessica ? »

Elle avala une gorgée de café.

« Et en quoi ça vous intéresse à ce point, hein ? On ne peut même plus boire un café dans un bar sans se faire draguer par le serveur ? » Elle lui lança en prime un regard dédaigneux.

« Je suis pas en train de te draguer. »

Le ton de la réponse de Sanchez indiqua à son insu qu'il était sur la défensive. Il s'en aperçut, et cela le fit légèrement rougir. Bien évidemment, lorsqu'il se sentit rougir, sa honte en fut redoublée, et il devint absolument écarlate. Il devait absolument quitter le comptoir avant qu'un de ses clients ne le remarque et se mette à le charrier. Les habitués du Tapioca étaient toujours très prompts à profiter du moindre signe de faiblesse. Il tourna les talons et se dirigea vers le fond du bar pour retrouver Mukka, le cuistot. Il était temps que cette grande perche passe sa demi-heure réglementaire derrière le comptoir. Foutues bonnes femmes, qui arrivaient toujours à le faire rougir. Et puis pour qui elle se prenait, celle-là ? Il disait juste ça pour engager la conversation. Salope.

Il fallut deux minutes à Mukka pour sortir de l'arrière-boutique et passer derrière le comptoir. Le premier client qu'il dut servir fut un grand salopard de mauvaise humeur, du nom de Jefe.

« Barman. Où est cet enculé de raclure de Marcus la Fouine ? grogna-t-il.

— Marcus la Fouine ? Je ne vois pas du tout qui c'est », répondit poliment le cuistot.

Jefe tira de son gilet de cuir noir un fusil à canon scié qu'il pointa sur la tête de Mukka qui était lui aussi plutôt balèze, bien qu'il n'eût que 20 ans. Il lui restait encore quelques kilos de muscles à prendre, et il n'était pas très courageux. Un jour, dans quelques années, il serait lui aussi un vrai salopard ; mais, en outre, il n'avait pas d'arme à feu sur lui. Il ne tenait qu'une cuiller en bois qu'il avait ramenée de la cuisine.

« Euh, je sais toujours pas qui est Marcus, dit-il nerveusement.

— Je te donne trois secondes. Trois... Deux...

— Eh ! Attendez ! s'écria Mukka en agitant sa cuiller devant Jefe. Le patron, Sanchez, il sait forcément qui est Marcus. Il est en cuisine. Je peux aller le chercher si vous voulez.

— Va le chercher. Mais rappelle-toi bien ça : quand tu reviendras, je pointerai ce flingue sur toi, et si tu tiens à la main autre chose que cette putain de cuiller, je te tirerai dans les couilles. Pigé ?

— Dans les... Oui, j'ai pigé. »

Mukka pénétra en cuisine non sans une certaine appréhension. Sanchez, assis, regardait les infos sur la télé portable placée dans un coin.

« Eh, Sanchez, il y a un mec vraiment pas net qui vient de pointer un fusil sur moi en me demandant si j'avais pas vu un type qui s'appelle Marcus la Fouine.

— Dis-lui que tu ne connais personne du nom de Marcus la Fouine.

— C'est ce que j'ai fait, et c'est là qu'il a braqué son flingue sur ma tête en comptant à rebours à partir de trois. »

Sanchez poussa un profond soupir et se leva de sa chaise. Il était toujours d'aussi mauvaise humeur. Tous les clients lui tapaient sur les nerfs, aujourd'hui. De la racaille, tous autant qu'ils étaient.

« Espèce de fils de pute », marmonna-t-il en se glissant derrière le comptoir. Voir Jefe fut la seconde grande surprise de la journée. Il pensait que, à cette heure, Elvis avait déjà dessoudé le chasseur de primes. L'idée lui traversa l'esprit, l'espace d'un instant, que le tueur à gages avait peut-être échoué dans sa mission, et que Jefe se trouvait là pour exercer des représailles. Mais, comme toujours (à l'exception de l'instant où il avait rougi, juste avant), rien dans son visage ne trahissait ses sentiments.

« Jefe, c'est ça ? Qu'est-ce que tu veux ? » Sanchez fut rassuré de constater qu'il ne brandissait plus le fusil dont avait parlé Mukka.

« Je veux cette putain de fouine de Marcus. Tu sais où il est ?

— La dernière fois que je l'ai vu, il était avec toi.

— Eh ben, il est plus avec moi. Et mon portefeuille et le collier précieux que je portais hier soir non plus.

— Putain de poisse ! Et j'parie qu'il t'a aussi volé ta jolie bagnole, hein ?

— Quelle jolie bagnole ? demanda Jefe, fort étonné d'apprendre que le barman savait à quoi ressemblait sa voiture.

— La Cadillac jaune. T'as bien une jolie Cadillac jaune, non ?

— D'où tu sais tout ça, barman ? demanda Jefe avec un ton menaçant, prêt à dégainer son arme et à la pointer vers Sanchez.

— Oh, j'ai juste entendu dire que tu conduisais une Cadillac jaune vraiment chouette, c'est tout !

— Eh ben, c'est pas le cas. Je l'ai refourguée il y a pas longtemps et j'ai acheté une putain de Porsche, même si je me demande en quoi ça te regarde. Bon, maintenant, tu l'as vu quelque part, Marcus, ou quoi ?

— Non, nulle part. Mais je vais me tenir informé. Il y a des chances pour qu'il passe ici ce soir, mais s'il t'a dépouillé, j'imagine qu'il va se tenir à l'écart pendant un certain temps.

— Tu sais où il habite ?

— Ouais, dans le caniveau, comme le reste de la vermine de ce bled », répondit Sanchez. Puis, incapable de changer de sujet, il demanda : « Et quand est-ce que tu l'as vendue, ta Cadillac ? »

Sa question resta sans réponse. Jusque-là, Jessica était restée silencieuse. Sanchez avait remarqué qu'elle n'avait pas réagi à la mention de la Cadillac jaune. Peut-être ne l'avait-elle pas vue devant la ferme ? Ou peut-être l'avait-elle vue, mais ne s'en souvenait-elle pas ? Quoi qu'il en fût, elle était restée immobile sur son tabouret de bar, sans perdre un mot de la conversation du barman et du chasseur de primes.

Juchée sur son perchoir, Jessica avait été particulièrement impressionnée par l'intolérance de Jefe vis-à-vis d'à peu près n'importe quoi et n'importe qui. L'instant semblait tout choisi pour lui signifier sa présence à ses côtés.

« Combien cette fouine vous a-t-elle volé ? » lança-t-elle, effaçant tout net la question de Sanchez au sujet de la Cadillac jaune.

Jusqu'alors, Jefe ne l'avait pas remarquée. Il s'apprêtait à lui conseiller de s'occuper de ses putains d'affaires quand il prit conscience de sa beauté. « Quelques milliers de dollars, dit-il d'un ton désinvolte. Mais vous en faites pas, ma petite dame, il m'a laissé bien assez pour que je vous offre un verre. » Que Jefe se livre à une vague séance de séduction constituait, aux yeux de Sanchez, un spectacle véritablement hallucinant et à vrai dire assez écœurant. À sa demande, il servit à Jefe un verre de whisky et remplit à nouveau la tasse de Jessica de café. Jefe lui lança nonchalamment un billet et se tourna vers la jeune femme.

Pendant les vingt minutes qui suivirent, Jefe dragua Jessica avec application, et, en retour, elle se fit draguer avec application. Sanchez était devenu invisible. *Classique*. Les femmes semblaient ne s'intéresser qu'à une seule chose, les hommes avec de l'argent ou les hommes arrogants qui ne leur témoignaient aucun respect. Jefe réunissait ces deux qualités, bien que, à l'en croire, il ne fût plus aussi riche qu'avant, à cause de Marcus la Fouine.

Après de longues minutes à les regarder flirter comme deux lycéens en plein pic hormonal, Sanchez fut soulagé d'apercevoir la tête de Mukka pointer à l'autre bout du comptoir pour l'avertir qu'Elvis était au téléphone. Laissant Mukka s'occuper du bar, il alla répondre au King. Se laissant tomber dans son fauteuil en cuir préféré, dans le bureau qui jouxtait la cuisine, il saisit le combiné.

« Salut, Elvis.

— Hé ! mec. J'ai une bonne nouvelle. Jefe est mort. Je m'en suis occupé ce matin. Et il est pas mort de sa belle mort. Ta maman serait fière. »

C'est quand même sacrément bizarre, pensa Sanchez. Elvis ne mentirait jamais sur ce genre d'affaires. Il était bien trop fier. Mais il n'empêche : il se trompait, parce que Jefe était bel et bien là, au Tapioca, debout au bar, en train de draguer Jessica.

« D'accord, Elvis, alors explique-moi un truc : comment ça se fait que Jefe est devant mon comptoir en train de boire un whisky ?

— Hein ?

— Elvis, Jefe n'a pas de Cadillac jaune. Je viens d'apprendre qu'il l'avait vendue récemment pour s'acheter une Porsche. En tout cas, c'est ce qu'il raconte.

— Je comprends pas, dit Elvis rendu perplexe.

— Peu importe, du moment que tu as tué le mec à la Cadillac jaune. C'était bien lui, hein ?

— Putain, j'en sais rien, mec. Ce type n'avait pas de caisse. Il est descendu à l'hôtel sous le nom de Jefe. Le réceptionniste m'a dit la chambre dans laquelle il se trouvait, et voilà.

— Eh bien, ce n'est pas Jefe que tu as tué. Je peux t'assurer que cet enfant de putain est ici, dans mon bar, en ce moment même.

— Alors qui est-ce que j'ai tué, bordel ?

— Putain, j'en sais rien. Sans doute un certain Marcus la Fouine. Il a volé le portefeuille de Jefe, hier soir.

— Ah, putain de merde ! »

Une idée traversa l'esprit de Sanchez. « Hé ! attends une seconde. Est-ce que ce type avait un collier avec une sorte de pierre bleue en pendentif ?

— Nan, mec, il avait rien sur lui. Pas de portefeuille, pas de flingue, que dalle.

« — Merde, dommage… À quoi il ressemblait ?

— À une sale gueule de con crado et mal rasé. À moitié à poil, aucun courage : il a pas arrêté de me regarder avec un drôle d'air. Une vraie chochotte, aucune dignité. Ce fils de pute aurait donné sa mère pour sauver la peau de son cul.

— Hm, je vois. C'était bien Marcus la Fouine, aucun doute là-dessus. Tu es sûr qu'il n'a pas caché le collier quelque part ?

— Absolument sûr. Il y avait bien un petit collier argenté de rien du tout dans la chambre, mais sans pierre bleue, juste un petit truc à la con en pendentif. »

Il était temps de révéler à Elvis les dernières nouvelles. « Écoute, il a volé un diamant bleu ou quelque chose du genre à Jefe, la nuit dernière, et ce truc vaut un sacré tas de fric.

— Un diamant bleu ? Ah, il me semble bien que j'en ai entendu parler ! Et combien tu dis qu'il vaut, précisément ?

— Vraiment très cher aux yeux de Jefe. On pourrait se partager le fric, cinquante-cinquante.

— Et qu'est-ce qui me pousserait à t'en donner la moitié, Sanchez ? Si je retrouve ce machin, je peux très bien le lui refourguer tout seul. Et puis, attends, tu veux plus que je le tue ?

— Putain, non. Je veux que tu tues le salaud qui se trouvait au volant de la Cadillac jaune. Ce n'était pas Marcus, et on dirait que ce n'était pas Jefe non plus. Si tu n'arrives pas à retrouver le conducteur de la Cadillac jaune, alors rapporte-moi le collier à la place. On se partagera la récompense cinquante-cinquante, et tu pourras laisser tomber le contrat sur le mec à la Cadillac… En tout cas dans l'immédiat. »

Elvis laissa s'échapper un profond soupir. « Putain de merde ! OK, marché conclu. Je vais retourner à l'hôtel pour voir ce que je peux glaner.

— Merci, Elvis. Rappelle-moi un peu plus tard. Je vais essayer de m'entendre avec Jefe sur le prix. »

Elvis marmonna quelque chose et raccrocha. Il n'était pas du genre à dire « au revoir ». Le temps était le nerf de la guerre quand on était en quête d'une poignée de dollars.

Comme la plupart des gens du coin, Sanchez connaissait un peu l'histoire de la pierre précieuse bleue qu'on appelait l'Œil de la Lune. Certains pensaient qu'elle conférait une invincibilité totale à qui la portait. De nombreux autres n'en croyaient rien, mais savaient en revanche une chose : cinq ans auparavant, El Santino avait offert à Ringo environ 100 000 dollars pour cette pierre. Malheureusement pour lui, Ringo s'était fait abattre par le Bourbon Kid avant de pouvoir empocher son dû. Il y avait fort à parier que Jefe avait l'intention de vendre la pierre à El Santino, sans doute à un prix supérieur à celui qui aurait dû revenir à Ringo. C'était de cette information que Sanchez comptait tirer profit.

Il revint derrière le comptoir et se dirigea directement vers Jefe. Le chasseur de primes était occupé à faire rire Jessica, à tenter de l'impressionner en lui racontant ses nombreuses aventures, où et comment il avait pourchassé des abrutis qui avaient eu la bêtise de jouer au plus malin avec quelqu'un d'assez riche pour mettre un contrat sur leur tête. Sanchez considéra que c'était le moment idéal pour l'interrompre :

140

« Hé, Jefe, tu veux que je dise autour de moi que tu recherches ce collier ? Je connais des gens spécialisés dans la recherche d'objets de ce genre. »

Jefe réussit le tour de force de rugir et de ricaner en même temps à l'intention de Sanchez. Manifestement, il n'avait pas apprécié l'interruption, pas plus que l'aide généreuse qui lui était proposée.

« J'ai pas besoin de l'aide d'un barman miteux comme toi. Ce qui t'intéresse, c'est de gagner une récompense, rien de plus. Je me chargerai moi-même de parler de ça autour de moi.

— Je peux toujours dire à El Santino que tu l'as perdu, si tu veux. Lui aussi connaît des gens spécialisés dans la recherche d'objets de ce genre. »

C'était évidemment la menace la plus directe que Sanchez pouvait adresser à quelqu'un comme Jefe. El Santino avait très certainement chargé le chasseur de primes de voler cette pierre ; et, s'il apprenait que Jefe l'avait perdue, il péterait un plomb. Jefe comprit la subtilité de la menace : il fallait absolument laisser El Santino en dehors de cette affaire. Si quelqu'un mettait la main sur le collier et le refourguait à El Santino, Jefe ne recevrait rien, excepté une visite de la Faucheuse.

« OK, dit-il d'un ton las. Retrouve-moi cette pierre et je te donnerai 10 000 dollars.

— Parfait. Mais ce sera 10 000 pour moi, et 10 000 pour mon ami qui se chargera de la rechercher. »

Jefe lança un regard sombre à Sanchez. Le barman abusait de la situation, mais c'était un barman bien informé, avec un tas de connaissances, et qui savait que Jefe devait impérativement retrouver cette pierre.

« Marché conclu, patron. » Sanchez sentit une vague de soulagement le submerger.

Jessica, qui n'avait rien perdu de l'échange, était vraiment très impressionnée.

« Ouah ! Tu as mis de côté 20 000 dollars pour m'offrir un diamant en pendentif ? » demanda-t-elle, les yeux écarquillés en une parodie de candeur.

Jefe haussa un sourcil.

« Ah ! ah ! C'est super marrant, tu sais ? Mais non, désolé, ce n'est pas un diamant, et cette pierre n'est pas pour toi, beauté. J'ai un truc bien mieux pour toi.

— Oooh ! j'ai hâte de voir ça, répondit Jessica en le gratifiant d'un sourire concupiscent.

— Eh ben, va falloir attendre un peu. Je dois d'abord retrouver un type qui se fait appeler Marcus la Fouine. Il a pris rendez-vous sans le savoir avec le diable. »

Sanchez avait parfaitement entendu ce que Jefe venait de dire à propos de Marcus, mais jugea préférable de ne pas lui indiquer que, à son avis, la Fouine était déjà morte. Le chasseur de primes le découvrirait bien assez tôt.

17

Archibald Somers et Miles Jensen reçurent l'appel
téléphonique vers 18 heures. On venait de retrouver un
autre corps, à l'International Hotel de Santa Mondega.
Ils s'y étaient rendus en quatrième vitesse. Somers
avait conduit comme un fou furieux dans l'espoir
d'arriver à temps pour boucler le quartier, au cas où
l'assassin se trouverait encore dans le coin. Malheureusement, la rumeur s'était répandue comme une traînée
de poudre et, le temps qu'ils arrivent sur place, la
moitié de la ville se pressait autour de l'hôtel, guettant
l'évacuation du corps.

Somers se gara à une cinquantaine de mètres de
l'hôtel, et les deux inspecteurs durent se frayer un
chemin dans la masse de badauds jusqu'à l'entrée. La
façade de l'hôtel semblait indiquer qu'il s'agissait de
l'édifice le plus récent de tout Santa Mondega. Après
avoir montré leur insigne aux deux policiers de faction
devant l'issue principale, ils s'avancèrent dans le hall
de l'hôtel. Le raffinement des lieux impressionna
Jensen. Les tapis étaient d'un beige distingué, et des
canapés écarlates, très élégants, étaient mis à la disposition de la clientèle. Derrière le comptoir de la réception se tenait un jeune homme dont le regard croisa une

fraction de seconde celui de Jensen, avant de se détourner avec une expression faussement affairée.

« Je l'ai remarqué, murmura Somers à son coéquipier. Occupez-vous des lieux du crime. Je me charge d'interroger notre jeune ami le réceptionniste.

— Parfait. Je vous attends là-bas. »

Jensen emprunta l'escalier pour se rendre au septième étage, où avait été découvert le corps de la dernière victime d'un homicide. Il n'était pas nécessaire d'être un excellent inspecteur pour deviner dans quelle chambre avait eu lieu le meurtre. La porte était sortie de ses gonds, et un policier en uniforme se tenait juste en face, dans le couloir. Jensen s'approcha de lui en brandissant son insigne.

« Bonjour, je suis l'inspecteur Jensen.

— Je sais. On vous attendait. Par ici, inspecteur. »

Le policier désigna la porte défoncée et Jensen acquiesça poliment en franchissant le seuil. Une odeur pestilentielle s'était répandue dans la chambre – une odeur familière aux narines de Miles Jensen, mais tout de même pestilentielle.

Le contact des cadavres avait beau ne pas lui être étranger, il n'en avait jamais vu d'aussi révoltants que ceux auxquels il avait été confronté durant ses premières vingt-quatre heures passées à Santa Mondega. Cette nouvelle victime s'était révélée être un criminel de petite envergure, une raclure locale connue sous le nom de Marcus la Fouine. Il avait pris une chambre sous un nom d'emprunt, probablement parce qu'il se sentait en danger de mort. Son état présent confirmait ses craintes.

Dès que son regard se posa sur le cadavre, Jensen comprit. *Ce meurtre était un peu différent des autres.*

Les yeux de Marcus n'avaient pas été énucléés. Sa langue, bien qu'elle ait été coupée en deux, n'avait pas été arrachée non plus. Son estomac avait été grand ouvert et, selon l'un des membres de l'équipe scientifique déjà présente sur place, on avait traîné Marcus la Fouine par les boyaux dans une bonne partie de la chambre. Plusieurs clients de l'hôtel avaient dit avoir entendu plusieurs coups de feu. Cela expliquerait les deux genoux éclatés, mais l'on n'avait toujours pas retrouvé la moindre douille.

La chambre 73 était un bordel sanguinolent. Avant le meurtre, ce n'avait dû être qu'un simple bordel, comme en témoignaient les nombreuses bouteilles d'alcool du minibar qui jonchaient le sol, où les taches de bière et de whisky se mêlaient aux taches de sang. La porte du minibar ouverte laissait voir qu'il ne restait à l'intérieur que quelques bouteilles d'eau et une petite bouteille en verre de jus d'orange, posée horizontalement. L'équipe scientifique appliquait sa méthode routinière, inspectant et enregistrant tout ce qui se trouvait dans la chambre. Jensen prit soin de ne toucher à rien.

« Le lieutenant Scraggs se trouve dans la salle de bains, derrière cette porte, dit l'un des membres de l'équipe scientifique, occupé à ramasser, à quatre pattes, les bouts d'estomac de Marcus la Fouine avec une paire de fines pinces.

— Très bien. Merci. » C'était la réplique de circonstance, offerte à Jensen comme une sorte de rameau d'olivier. Il se sentait tout à fait inutile, risquant plus de gêner cette étape de l'enquête qu'autre chose. Soucieux de ne pas déranger son bon déroulement, il décida d'aller voir ce que Scraggs fabriquait dans la salle de bains.

« Eh, lieutenant, vous avez trouvé quelque chose d'intéressant ici ? » demanda-t-il en passant la tête par l'entrebâillement de la porte. Scraggs était en fait en train de considérer son reflet dans la glace au-dessus du lavabo. Il parut un peu embarrassé d'être vu en flagrant délit de narcissisme par Jensen.

« Rien du tout, inspecteur. Vous avez déjà votre théorie ?

— Rien pour l'instant, répondit Jensen. Mais il est encore un peu tôt. Est-ce que vous avez déjà vu un meurtre similaire à celui-ci ? »

Scraggs semblait s'être remis de sa surprise et de sa gêne. Il se retourna vers le miroir pour passer ses mains dans son épaisse chevelure sombre et ajuster sa fine cravate bleue.

« J'ai vu des tas de corps semblables à celui-là, et je vous dirai ceci à titre gracieux, inspecteur : ce n'est pas l'œuvre du Bourbon Kid. Votre partenaire, Somers, vous dira que c'est signé de sa main, mais s'il le pouvait, il mettrait l'assassinat de Kennedy sur le dos du Kid.

— Comment pouvez-vous être aussi sûr qu'il ne s'agit pas du Kid ?

— Parce que ce n'est jamais ce putain de Bourbon Kid, rugit Scraggs en faisant face à Jensen. Le Kid, c'est de l'histoire ancienne. Il est resté en ville une semaine, il a tué tout un tas de personnes et il a disparu. Somers a perdu à peu près toutes les personnes qui lui étaient chères cette semaine-là, toutes assassinées par le Bourbon Kid. Il essaie de tout mettre sur le dos de celui-ci parce qu'il croit que ça l'aidera à l'attraper, mais le seul résultat, c'est que la légende du Kid grossit de jour en jour. »

146

Scraggs ramassa une paire de gants chirurgicaux posée sur le bord du lavabo. Il les enfila et passa devant Jensen, retournant dans la chambre où il faillit piétiner les restes de la Fouine. Jensen s'empressa de lui emboîter le pas.

« C'est ce que tout le monde croit ? » lança-t-il au lieutenant.

Scraggs s'immobilisa, mais cette fois-ci sans se retourner. « Non, ce n'est pas ce que tout le monde *croit*. C'est ce que tout le monde *sait*. »

Scraggs évita d'autres bouts de chair épars sur la moquette et quitta la chambre par le trou béant qui avait jadis été une porte, bloquant le passage à l'inspecteur Archibald Somers qui franchit ensuite le seuil, avec dans les mains deux gobelets en carton remplis de café. Somers s'arrêta net dès qu'il eut mis un pied dans la chambre. « Eh bien, qu'est-ce qu'on a là, partenaire ? » demanda-t-il à Jensen.

Celui-ci observa Somers, dont le regard ne tarda pas à se fixer sur le tas sanguinolent qui avait jadis été Marcus la Fouine.

« Pas grand-chose, répondit Jensen. Les yeux n'ont pas été énucléés, et la langue a été tranchée, mais pas arrachée.

— Charmant, dit Somers en reniflant au-dessus du couvercle d'un des gobelets. Tenez, lança-t-il en le tendant à Jensen, je vous ai ramené un café.

— Non merci. Je n'en bois jamais.

— Comme vous le sentez. »

Somers regarda autour de lui, cherchant à se débarrasser du gobelet inutile. Il n'y avait en vérité aucun endroit dans toute la chambre où il aurait été possible de poser un café bouillant sans nuire à l'enquête.

L'équipe scientifique n'aurait certainement pas apprécié qu'il le laisse à un emplacement sur lequel il faudrait relever des empreintes digitales ou génétiques. Somers repassa donc le seuil et héla Scraggs qui s'apprêtait à emprunter l'escalier :

« HÉ, SCRAGGS ! ATTRAPEZ ÇA ! »

Tout ce que Jensen put voir, ce fut Somers en train de lancer le gobelet dans le couloir dans la direction que le lieutenant Scraggs avait prise en sortant. Un hurlement s'ensuivit, indiquant que le couvercle avait dû se désolidariser du récipient, et que le contenu avait très certainement ébouillanté des parties fragiles de l'anatomie du malheureux lieutenant. Celui-ci marmonna des jurons confus, sans doute destinés à Somers, mais il ne revint pas sur ses pas pour laisser éclater sa fureur au visage du vieil inspecteur.

« Vous avez tiré quelque chose du réceptionniste ? » demanda Jensen.

Somers pénétra à nouveau dans la chambre et avala une gorgée de café.

« Putain, c'est brûlant, pesta-t-il en se léchant les lèvres. Euh, oui, il m'a dit que son collègue chargé du service de nuit a vu Elvis se pointer.

— Elvis ?

— Oui, vous savez, Elvis. Le King. Le roi du rock'n roll.

— Eh, attendez un peu, dit Jensen en se souvenant d'une conversation qu'il avait eue plus tôt. À la ferme où a eu lieu le double meurtre, ce matin, un ambulancier a mentionné le nom d'Elvis.

— C'est vrai ? Et qu'est-ce qu'il a dit ?

— Il a dit que Sanchez le barman engagerait Elvis pour tuer l'assassin de son frère et de sa belle-sœur.

— *Comment ?* Putain. Pourquoi est-ce que vous ne me l'avez pas dit plus tôt ? » Somers se retourna, furibond, comme s'il cherchait un objet sur lequel il aurait pu passer ses nerfs. Le seul objet à portée de semelle étant la dépouille mortelle de Marcus, il préféra s'abstenir.

« Je croyais qu'il se fichait de moi.

— Oh que non ! Jensen, vous auriez dû m'en parler. Elvis est tueur free-lance dans le coin. Et c'est un sacré salopard, en plus de ça. Ce meurtre ressemble beaucoup au reste de son œuvre.

— *Vraiment ?* Alors vous ne pensez pas que le Bourbon Kid soit responsable de ce crime ? » Jensen était très surpris. Les autres flics qu'il avait rencontrés lui avaient dit que Somers mettait toujours tout sur le dos du Kid.

« Non, c'est signé Elvis, ce coup-ci. Retrouver un indice qui nous permettrait de le prouver, ça, c'est une tout autre paire de manches. C'est un pro. Il a fait en sorte que le réceptionniste le voie pour être identifié comme étant l'assassin et recevoir en conséquence sa récompense, mais il n'aura sans doute laissé aucune trace d'ADN dans cette chambre. Nous ne trouverons rien ici. Ce que nous devons découvrir, c'est la raison pour laquelle il s'en est pris à ce pauvre fils de pute. Marcus la Fouine n'aurait jamais tué Thomas et Audrey Garcia, quoi que puisse croire ce mongolien de Sanchez. C'est, enfin c'était un voleur, pas un assassin. Elvis s'est trompé de cible s'il a vraiment fait cela pour le compte de Sanchez. »

Jensen s'en voulait de ne pas avoir parlé à Somers de cette conversation : s'il l'avait fait, peut-être la vie de Marcus la Fouine aurait-elle pu être épargnée.

Première leçon : à Santa Mondega, quand quelqu'un tient des propos un peu délirants, il y a fort à parier que c'est vrai.

« Où peut-on retrouver cet Elvis ? demanda Jensen.

— S'il est encore à la recherche de la personne qui a tué le frère de Sanchez, il finira tôt ou tard par atterrir à la morgue. Elvis est un salopard du genre violent, et par là j'entends *vraiment* violent, mais s'il se met à traquer le Bourbon Kid, il risque vite de s'apercevoir qu'il a eu les yeux plus gros que le ventre. »

18

Ça n'arrivait pas souvent, et ça ne plaisait vraiment pas à Sanchez. Même dans le meilleur des cas, l'arrivée d'El Santino dans le bar n'augurait rien de bon et, avec tout ce qui se tramait dans la ville à ce moment-là, il y avait de grandes chances pour qu'il soit d'humeur littéralement massacrante.

« Sanchez, dit-il en lui décochant un mouvement de tête. Comment vont les affaires ?

— Bien, merci. Et pour vous ? »

En vérité, El Santino se foutait pas mal des affaires de Sanchez, et le barman était assez malin pour le savoir. Sanchez se réjouit malgré tout qu'El Santino ne semblât pas disposé à le tuer.

Ce criminel était un véritable titan. Vraiment énorme, vraiment imposant, et, malheureusement, un vrai fils de pute. Il portait des bottes noires, un pantalon de cuir noir qu'une rangée de boutons argentés parcourait sur chaque jambe, et une chemise de soie argentée également, sous un lourd manteau de cuir noir aux larges revers, qui lui tombait quasiment aux genoux.

Même sans avoir entendu parler de lui, il suffisait de ne jeter qu'un seul regard à El Santino pour comprendre pourquoi il était l'homme le plus craint de toute la ville. Ses cheveux noirs et ondulés qui descendaient sur ses épaules étaient plaqués en arrière, et maintenus ainsi par un chapeau de cow-boy noir. Son visage était un buisson de barbe et de cicatrices, dominé par deux épais sourcils qui se fondaient quasiment à la base de son nez en un monosourcil. Immobiles derrière lui, sur le pas de la porte du bar, se tenaient ses deux gardes du corps, Carlito et Miguel. Ils ressemblaient fortement à El Santino, et étaient vêtus tellement à l'identique qu'ils auraient très bien pu passer pour ses frères cadets. La seule différence d'importance était qu'ils portaient des chemises noires, et non argentées, et qu'aucun des deux n'était aussi grand que leur patron.

L'histoire de la domination d'El Santino sur la pègre locale remontait à de nombreuses années. Certains la considéraient comme une légende urbaine digne de celle de Keyser Söze. Pendant des années, il avait été un grand entrepreneur dans le domaine de la prostitution, Carlito et Miguel lui servant de souteneurs sur le terrain. Un jour, sa principale source de revenus, une superbe Écossaise du nom de Maggie May, avait été reprise en main par un gang rival que dirigeaient les fameux et très redoutés frères Vincent, Sean et Dermot, deux bouffeurs de patates très portés sur la bouteille et originaires d'Irlande. Du reste, personne n'aurait jamais osé les traiter de « bouffeurs de patates » car ils avaient tendance à se montrer très chatouilleux quand la discussion portait de près ou de loin sur leur pays d'origine.

Maggie était la pute préférée d'El Santino, et la seule entre toutes qu'il autorisait à le toucher ; qu'elle le quitte pour les Vincent constitua donc une insulte mortelle. Sa vengeance fut impitoyable. Les frères irlandais furent capturés alors qu'ils buvaient un coup au Nightjar. Quatre hommes parmi ceux qui les accompagnaient furent décapités par Carlito et Miguel, munis pour l'occasion de katanas (des sabres de samouraïs). Le même sort fut réservé à Maggie May pour la punir de son atroce trahison. À dire vrai, ce fut sans doute une délivrance pour elle, car, avant de la faire achever, El Santino l'avait laissée à la merci de Carlito et Miguel pendant plusieurs heures.

Sean et Dermot, quant à eux, n'eurent pas cette chance. On racontait qu'ils étaient retenus prisonniers dans les caves du château d'El Santino, aux abords de la ville. Chaque nuit, ils étaient offerts à titre de défouloirs sexuels aux pervers et aux malades qu'El Santino amusait régulièrement par de telles fantaisies.

Une fois les frères irlandais écartés, le gigantesque maquereau mexicain devint sans conteste le patron de la pègre locale, reconnu comme le criminel le plus violent et le plus craint de tout Santa Mondega. À chaque fois que Sanchez posait son regard sur lui, lui revenaient à l'esprit des images des frères Vincent, violés et torturés. C'était le cas à cet instant précis.

« Alors, Sanchez, tu as vu quelque chose dont tu aimerais me parler ? » demanda El Santino d'une voix sur laquelle on n'aimerait pour rien au monde mettre un visage. Le silence qui, à la suite de cette question, se répandit dans le bar était si dense qu'on aurait pu le couper au couteau.

« Eh bien, ce mec qui se fait appeler Jefe a dû venir une ou deux fois ici. » Sanchez saisit sous le bar un chiffon et un verre à bière. Il était tellement à cran qu'il avait besoin d'occuper ses mains : il se mit donc à essuyer le verre. El Santino était vraiment effrayant, et la nervosité de Sanchez s'accroissait de seconde en seconde.

« Ouais ? Et est-ce que Jefe t'a dit quelque chose ? demanda El Santino.

— Non, mais je l'ai entendu dire qu'il te cherchait.

— C'est vrai ?

— En tout cas, je crois que c'est ce qu'il a dit, ajouta Sanchez en se concentrant sur son verre.

— Bien sûr.

— Je peux te servir un verre… cadeau de la maison ?

— Carrément. Whisky. Un triple. Et pareil pour Carlito et Miguel.

— Tout de suite. »

Sanchez prit soin de choisir le meilleur whisky qu'il possédait et en remplit trois verres. Il s'aperçut qu'il tremblait, aussi les remplit-il le plus vite possible afin que personne ne s'en rende compte. Il versa des mesures aussi égales qu'il le pouvait en pareille circonstance et posa enfin les trois verres sur le comptoir, à côté du whisky qu'il buvait lui-même avant l'arrivée des trois hommes.

« Salud y dinero », baragouina-t-il avec un sourire forcé et peu rassuré. El Santino planta un regard froid dans le sien.

« Sanchez, dit-il.

— Ouais ?

— La ferme.

— OK. Désolé. »

Le colosse ne tendit pas la main vers son verre, et ses gardes du corps ne prirent même pas la peine de se rapprocher du comptoir.

154

« Alors, Sanchez, est-ce que Jefe avait quelque chose pour moi ?

— Ouais, il avait quelque chose pour toi. »

Sanchez savait qu'une moitié de mensonge serait déjà de trop pour El Santino. Ce dernier était réputé pour renifler les fausses vérités, ainsi que pour son manque total de pitié envers ceux qui essayaient de le tromper.

« Alors pourquoi ne me l'a-t-il toujours pas amené ? demanda-t-il, sans lâcher Sanchez du regard. Qu'est-ce qu'il fout ? »

Ça rime à rien, pensa Sanchez. Il allait devoir lui dire la vérité, toute la vérité, rien que la vérité, et sans l'aide de Dieu.

« Il se l'est fait voler par un certain Marcus. Mais je suis en train de l'aider à la retrouver.

— Toi, tu es en train de l'aider ?

— Ouais. Je connais un spécialiste de la récupération d'objets volés. Un mec qui a son petit carnet d'adresses. »

Un court instant, le regard d'El Santino suggéra qu'il pensait que Sanchez en savait peut-être plus sur le vol de la pierre que ce qu'il venait de lui raconter.

« Je vois. Et combien Jefe t'a proposé contre l'objet volé ? demanda-t-il.

— 20 000. »

El Santino se fendit d'un sourire très bref et très inquiétant.

« On va faire comme je vais te dire, Sanchez. Tu retrouves la marchandise avant Jefe, et je t'en offre 50 000 si tu me l'amènes directement. On se connaît depuis un bail, toi et moi, et j'ai confiance en toi.

— Ça roule, El Santino. C'est toi le patron.

— Bien, dit le colosse en saisissant enfin son verre. Et tu sais pourquoi j'ai confiance en toi, hein, Sanchez ? »

Le barman fut soudain recouvert de sueur. Il détestait qu'El Santino lui pose des questions délicates et, en l'occurrence, comme à son habitude, il attendit aussi longtemps que possible avant d'ouvrir la bouche, dans l'espoir que son interlocuteur réponde lui-même à sa question. Ce qu'El Santino ne manqua pas de faire.

« J'ai confiance en toi, parce que t'es pas assez con pour essayer de me doubler. Tu me connais trop pour prendre ce risque. Et c'est bien la seule chose que j'apprécie chez toi. » Il observa une pause, puis ajouta : « Tu sais où me trouver. »

Il avala d'un trait son triple whisky, heurta le verre contre le comptoir et sortit du Tapioca comme il y était entré, flanqué de Carlito et Miguel, qui n'avaient même pas touché leurs verres. Sanchez les récupéra pour en reverser le contenu dans la bouteille de whisky. Ses genoux tremblaient aussi fort que ses mains, et il remercia intérieurement ce qui faisait office de dieu à Santa Mondega que Jefe et Jessica aient quitté le bar vingt minutes plus tôt.

C'était une chance incroyable pour deux raisons. Premièrement, parce qu'El Santino aurait probablement tué Jefe ainsi que quelques clients innocents s'il avait trouvé le chasseur de primes dans le bar sans la pierre. Et, deuxièmement, parce que cela signifiait que si Elvis parvenait à retrouver la pierre avant Jefe, ils recevraient d'El Santino la magnifique somme de 50 000 dollars, à se partager en deux, au lieu des 20 000 offerts par Jefe. Bien entendu, si Jefe venait à apprendre qu'il avait été court-circuité, sa réaction poserait sûrement problème, mais Sanchez était convaincu qu'Elvis serait à même de le régler.

Il est temps d'appeler Elvis, pensa-t-il. Le tueur à gages avait retrouvé Marcus la Fouine très rapidement, il bénéficiait donc d'une longueur d'avance dans la quête de cette pierre. Ni El Santino ni Jefe ne semblaient être au courant de la mort de Marcus. Il ne faisait aucun doute qu'une pareille nouvelle ferait le tour de la ville en moins de temps qu'il en fallait à un moine pour cracher une gorgée de pisse : Sanchez savait que très vite ils finiraient par l'apprendre.

19

Jefe entra brusquement dans l'International Hotel de Santa Mondega et se dirigea tout droit vers le réceptionniste de nuit, assis derrière le comptoir, et qui manifestement s'ennuyait à mourir. Ce qu'il ne savait pas encore, c'est que le chasseur de primes s'apprêtait à le distraire comme jamais.

« Dans quelle putain de chambre se trouve Marcus ? » fut sa première question. Le réceptionniste, un jeune latino d'environ 18 ans, soupira et adressa à Jefe un regard qui traduisait la lassitude de devoir répondre, pour la centième fois, à cette question.

« Marcus la Fouine ? demanda-t-il en bâillant.

— Ouais.

— Il est mort.

— *Quoi ?*

— On a retrouvé son corps ce matin. La police a passé les lieux au peigne fin pendant toute la journée.

— Putain. Ils savent qui l'a tué ?

— Non, eux, ils l'ignorent. »

Cette révélation avait rendu Jefe de mauvaise humeur. *Vraiment de mauvaise humeur.* Le réceptionniste s'était avéré plus utile qu'il ne l'avait espéré, mais il ne s'attendait pas à une aussi mauvaise nouvelle. Si l'assassin de Marcus n'était pas en possession de la pierre, c'était la police qui devait l'avoir. Et qu'est-ce que le réceptionniste avait voulu dire par « *Eux*, ils l'ignorent » ?

« Qu'est-ce que tu veux dire par "*Eux*, ils l'ignorent" ? »

Le réceptionniste était un jeune homme naïf et qui, manifestement, ignorait à qui il avait affaire. D'une façon que Jefe jugea bien peu respectueuse, il fit signe au chasseur de primes de se pencher vers lui.

« Je ne fais qu'un remplacement. Le type habituellement en poste est parti hier soir, il s'est cassé tout simplement, avec sa copine qui était femme de chambre. Et ils sont pas près de revenir. À ce qu'on dit, ils ont vu quelque chose. À mon avis, ils savent qui a tué ce pauvre mec, et ils se sont cassés au cas où l'assassin reviendrait pour leur régler leur compte. »

Sainte-Marie-sur-une-Harley ! Les narines de Jefe se gonflèrent en une puissante inspiration. Ce qu'il venait d'entendre finissait de le mettre en rogne. Il était fou furieux, même si, contrairement à son habitude, il parvenait vaguement à se contenir.

« Où est-ce que je peux trouver l'ancien réceptionniste ? Où est-ce qu'ils habitent, sa pute et lui ?

— L'information ne sera pas gratuite. »

Erreur. Jefe attrapa la tête du réceptionniste et l'abattit violemment contre le comptoir.

« Maintenant écoute-moi bien, espèce de sale petite merde, siffla-t-il entre ses dents. Dis-moi où je peux les trouver ou je t'enfonce le nez jusqu'au cul.

— OK, OK. Merde, personne veut payer pour cette info. »

Le jeune latino grimaçait de douleur, vaguement assommé.

« Ça veut dire quoi, ça ? Qui d'autre t'a interrogé ? »

La réponse du réceptionniste ne se faisant pas entendre instantanément, Jefe écrasa à nouveau son visage contre le comptoir. Cette fois, un craquement désagréable se fit entendre : il venait de lui casser le nez. Il n'y avait plus le moindre doute sur l'identité de celui qui menait la discussion. Un couple d'un certain âge assis sur un canapé tout proche releva la tête, prêt à prendre la défense du jeune réceptionniste. Un rapide coup d'œil de Jefe dans leur direction, et ils décidèrent sagement de rester tranquilles. En levant la tête, le jeune homme eut la bonne idée de répondre aussitôt, malgré tout le sang et la morve qui coulaient de ses narines.

« Euh, articula-t-il tant bien que mal, les flics voulaient savoir la même chose, et aussi ce type bizarre déguisé en Elvis. Un putain d'enculé, je te jure. Un vrai malade. Il est passé il y a une heure.

— Et tu lui as dit où il les trouverait, l'autre réceptionniste et sa pute, c'est ça ?

— Hé, j'avais pas le choix ! Il m'a forcé à le lui dire. Regarde ce que cet enfoiré m'a fait. »

Il leva la main gauche, autour de laquelle était enroulé un épais bandage. Il tira un peu sur une extrémité, découvrant une profonde entaille qui sillonnait sa paume du pouce à l'auriculaire. Elle était si profonde qu'elle avait failli lui couper la main en deux. Jefe l'observa attentivement, un court instant, et adressa un regard d'empathie au jeune homme. Puis il sortit son flingue de sous son gilet de cuir noir et tira en plein dans la cicatrice.

BANG !

Le sang gicla dans tous les sens. Il y eut un hiatus de deux secondes, le temps que le réceptionniste comprenne ce qui venait de lui arriver, et il se mit soudain à hurler de douleur en tombant de son fauteuil.

Le couple de personnes âgées quitta le canapé et sortit de l'hôtel sans un mot. Jefe ne leur prêta pas la moindre attention. Il se foutait du nombre de personnes qui pouvaient le voir et pourraient l'identifier par la suite. Il devait récupérer cette pierre, et rien ni personne ne se mettrait en travers de sa route.

« Et maintenant, espèce de sale petite merde, dis-moi un peu : quel est ton plus gros problème, moi ou cet enculé d'Elvis ?

— Toi, c'est toi ! pleurnicha le réceptionniste en tentant désespérément de garder sa main en un seul morceau.

— Bien. Maintenant qu'on s'est mis d'accord sur l'essentiel, tu vas me dire où je peux trouver ce putain de réceptionniste qui a disparu dans la nature avec sa pute. Et je veux que tu me dises tout ce qui serait susceptible de m'intéresser. Tu peux commencer par leur nom.

— *Dante.* Il s'appelle Dante et sa copine s'appelle Kacy.

— Et où est-ce que ce Dante et cette putain de Kacy habitent ? »

Le réceptionniste n'était plus à présent qu'un tas tremblant et gémissant, recroquevillé en position fœtale, espérant de tout son cœur que quelqu'un viendrait l'aider.

« Shh… shh… bégaya-t-il.

— Me dis jamais "chut", espèce de sale petit enculé », gronda Jefe. Il pointa son arme vers la tête du réceptionniste.

« Shh… shh… Shamrock House… appartement 6 », lâcha précipitamment le jeune homme pétrifié.

Jefe dirigea le canon de son arme vers le plafond en signe d'apaisement.

« Comment tu t'appelles, fiston ? demanda-t-il d'une voix plus calme.

— G… G… Gil.

— Gil, ne me dis plus jamais "chut".

— Je… je le ferai plus… je le jure. »

BANG !

Jefe venait de tirer une balle en plein milieu du visage de Gil et il vit sans la moindre émotion les bouts de cervelle déchiquetés du jeune homme se répandre sur la moquette et le mur derrière lui.

« Et ne jure pas, espèce de sale petit con. »

Nanti de l'information dont il avait besoin, Jefe tourna les talons et se dirigea vers l'entrée principale de l'hôtel. Il s'arrêta une fraction de seconde pour tirer dans le pied d'une vieille femme qui passait devant lui dans le hall. Elle s'écroula, ravagée de douleur. Lorsqu'elle recouvra suffisamment ses esprits pour se rendre compte de ce qui lui était arrivé, Jefe était parti depuis bien longtemps. Direction Shamrock House, pour tuer Dante et Kacy.

Et récupérer cette pierre bleue.

20

Shamrock House, appartement 6. En réalité, Jefe ne s'attendait pas à y retrouver Dante et Kacy. Pas vivants, en tout cas. Ils n'étaient probablement pas très malins, mais quand bien même auraient-ils été stupides au point de rester dans leur appartement, ce foutu Elvis les aurait sûrement déjà massacrés.

Jefe avait du mal à comprendre ce qu'Elvis venait faire dans cette histoire. Il pouvait travailler pour le compte d'El Santino, à moins qu'il n'ait été engagé par Sanchez pour retrouver la pierre. Dans ce dernier cas, cela signifiait que le barman avait réagi très rapidement. Quoi qu'il en soit, si Elvis avait mis la main sur Dante et Kacy, ça signifiait qu'il le devançait dans cette course pour l'Œil de la Lune. Bien sûr, il était possible qu'il ne soit même pas à la recherche de la pierre. Le fait d'ignorer ce qu'Elvis savait, et pour qui il travaillait, si seulement il travaillait pour quelqu'un, emmerdait considérablement Jefe. Malheureusement, ce problème figurait tout en bas de la liste de ses priorités actuelles, et il ne pouvait décemment pas y consacrer ne fût-ce qu'une minute.

Un vieil homme vêtu d'un cardigan gris était assis derrière le comptoir de bois sale et quasi pourri de la réception de la résidence Shamrock House. Il n'essaya pas d'attirer l'attention du nouveau visiteur, et Jefe fut plus qu'heureux d'ignorer le vieux croulant. Comme s'ils s'étaient compris sans le moindre échange de mots ni même de regards, Jefe passa devant la réception et, dédaignant l'ascenseur miteux, gravit les marches de bois moisi qui menaient aux appartements. Il ignorait où se trouvait l'appartement numéro 6, mais, le bâtiment étant assez étroit, il y avait fort à parier qu'il ne se trouvait pas au premier étage.

Il se trouvait en réalité au troisième, et, lorsque Jefe le repéra enfin, il regrettait un peu de ne pas avoir demandé son chemin au vieil homme de la réception. La porte numéro 6 se trouvait au fond d'un couloir froid et humide, au sol recouvert d'une moquette verte et collante. Le papier peint avait dû être un jour couleur crème, mais il était à présent d'un jaune défraîchi, maculé de sombres taches d'infiltration. En plusieurs endroits, il semblait même sur le point de se détacher tout à fait du mur.

En arrivant à hauteur de la porte où était fixé un « 6 » rouillé, Jefe vérifia qu'il portait bien son arme. C'était un de ces gestes habituels qu'il faisait inconsciemment lorsqu'il s'apprêtait à fondre sur des gens qu'il avait l'intention de tuer. Même s'il le faisait sans y penser, il considérait ce geste comme une sorte de talisman, un rite qu'il devait suivre religieusement. Et, comme il s'agissait à présent d'un réflexe, il ne courait aucun risque de l'oublier un jour. S'étant assuré qu'il était bel et bien armé, il gonfla la poitrine, rejeta ses épaules en arrière et frappa trois coups à la porte.

« Hé ! Y a quelqu'un ? » cria-t-il.

Aucune réponse. Il frappa de nouveau. Toujours rien, mais il était à présent en proie à une sensation horrible. La sensation d'être observé par des gens qui se jouaient de lui. Un coup d'œil au fond du couloir sombre et pourri le rassura : il était apparemment seul, mais la sensation ne le lâchait pas. Ce n'était pas le moment de se laisser aller à de tels sentiments d'insécurité. L'heure était venue d'agir.

CRASH !

Il enfonça la porte. Un seul coup de pied suffit pour qu'elle cède. Elle faillit même sortir de ses gonds. Jefe se savait robuste, mais la facilité avec laquelle il venait d'enfoncer cette porte semblait indiquer que la serrure avait déjà été défoncée.

Le battant était ravagé par les champignons dus à l'humidité : peut-être la partie avoisinant la serrure était-elle également en sale état, prête à céder au moindre coup de pied. Jefe ne s'inquiéta pas longtemps de l'état de la porte. Sa priorité était de savoir si quelqu'un se cachait à l'intérieur de l'appartement. Il tira son arme de sous son gilet, prêt à tout, et bondit dans l'appartement, à la façon d'un flic de série télévisée, regardant à gauche et à droite en avançant, afin de s'assurer que personne ne se dissimulait derrière un élément du mobilier.

Il ne remarqua rien d'intéressant, du moins dans un premier temps. C'était un studio, modestement meublé d'un lit double recouvert d'une couette cramoisie, d'un fauteuil disposé face à une petite télévision et d'un lavabo jaune dégueulasse au-dessus duquel se trouvait une glace crasseuse. Le papier peint était dans un état encore moins enviable que celui du couloir, et il régnait une puanteur de tous les diables, comme si quelqu'un avait déposé un steak sous le lit et l'avait oublié.

Jefe allait ranger son arme lorsqu'il remarqua le sang sur la couette. Il regarda attentivement. Le sang n'avait pas encore été absorbé par le tissu et formait une flaque sur la housse cramoisie. C'était du sang frais. Et il s'en rendit d'autant plus compte lorsqu'une goutte tomba du plafond pour s'écraser au milieu de la flaque. Jefe leva lentement les yeux puis la tête et découvrit un type mort accroché au plafond. C'était son sang qui gouttait sur le lit.

L'homme avait été littéralement fixé à l'aide d'un arsenal de petits couteaux. Certains transperçaient ses mains, d'autres ses pieds et deux autres sa poitrine. On en avait enfoncé un dans sa gorge, deux, assez vicieusement, dans ses orbites et, apparemment, un autre dans son entrejambe. *Aïe, putain !* Il était assez difficile de s'imaginer à quoi avait bien pu ressembler cet homme de son vivant, vu son état présent. Sa peau était comme vernie de sang, et ses vêtements avaient été réduits en lambeaux. Jefe avait l'impression qu'il avait été écorché par une meute de bêtes sauvages avant d'être ainsi étendu à sécher. Le chasseur de primes avait vu des centaines de cadavres, mais aucun dans un état pareil.

« Putain de merde. Et toi, t'es qui ? » demanda-t-il à voix haute.

Le mort ne répondit pas, mais, lorsque Jefe pressa contre lui le canon de son arme, la réponse lui fut fournie. Une chaîne en or glissa du cou du mort et tomba sur le lit. Jefe sursauta violemment et, après avoir repris ses esprits et retrouvé un rythme cardiaque régulier, il se saisit de l'objet. C'était une chaîne plutôt épaisse, avec un lourd médaillon en or qui ne portait que ces simples lettres : « TCB ». Jefe comprit aussitôt. « TCB » – « Taking Care of Business ». Elvis Presley avait fait graver ces initiales sur l'une de ses légendaires paires de lunettes. C'était le signe du King. Inutile de chercher plus loin qui était ce type mort planté au plafond.

« Alors comme ça, c'est toi, Elvis ? Merde, mec. Qu'est-ce qui a bien pu t'arriver, putain ? On dirait que t'as rencontré le diable en personne. »

Le cadavre, sans surprise, ne répondit pas. Jefe passa quelques minutes à fouiller l'appartement. Il ne trouva rien et, lorsque le poids d'Elvis finit par désolidariser les couteaux du plafond pour s'écrouler lourdement sur le lit, il décida qu'il en avait assez vu pour la soirée, et déguerpit de cet appartement répugnant. Il dévala l'escalier d'un pas rapide, juste assez pour ne pas paraître trop pressé. Le vieil homme de la réception ne leva pas les yeux au passage de Jefe. Il savait pertinemment qu'il valait mieux ne pas s'intéresser à qui entrait et sortait de sa résidence. Il était complètement inutile d'être en mesure d'identifier un criminel et de risquer ainsi de se faire tuer pour rien.

Une fois dehors, soulagé d'être à l'air libre, Jefe inspira à pleins poumons avant de descendre la rue pour rejoindre sa voiture. Il allait être extrêmement difficile de récupérer l'Œil de la Lune. Il lui fallait suivre une nouvelle piste. Qui avait tué Elvis ? Et où se trouvait à présent l'Œil de la Lune ? Est-ce que ce petit con de Dante l'avait toujours en sa possession ? Et si c'était le cas, où est-ce qu'il pouvait bien se cacher ?

Les questions se bousculaient dans sa tête. Elles accaparaient tellement son attention qu'il ne remarqua pas son ancienne Cadillac jaune garée le long du trottoir lorsqu'il passa devant, alors qu'il s'avançait vers sa Porsche argentée flambant neuve.

21

Sanchez ne fut pas franchement ravi de voir Jessica revenir au Tapioca une deuxième fois ce jour-là. La première fois, elle s'était montrée assez désagréable et, après l'avoir méprisé, lui, son sauveur, elle était partie avec Jefe. Il fut donc surpris de la voir réapparaître d'humeur plus amicale qu'auparavant. Il n'y avait pas grand monde dans le bar, et Mukka s'occupait du service tandis que Sanchez, assis au comptoir, côté client, sirotait un verre de sa meilleure bière.

Jessica alla droit vers lui. Elle était vêtue avec la même tenue de ninja noire qu'auparavant. C'étaient du reste ces mêmes habits qu'elle portait le soir où Sanchez l'avait vue pour la première fois, cinq ans auparavant. En fait, il ne l'avait jamais vue vêtue d'autres habits, mais sans doute n'en avait-elle pas d'autres, du moins pas à sa connaissance. Ces vêtements avaient été réduits en loques par les impacts de balles, mais Audrey, la belle-sœur de Sanchez, avait réussi l'exploit de les rapiécer à merveille.

« Alors, Sanchez, dit Jessica en s'asseyant à ses côtés au comptoir. Tu voudrais bien m'offrir un verre et me dire qui je suis ? »

Bien qu'il répugnât à se l'avouer, Sanchez était heureux qu'elle s'intéresse soudain à lui. Il avait pensé à elle à de très nombreuses reprises depuis leur première rencontre. Elle était la plus belle femme qu'il eût jamais vue, mais aussi la plus passionnante. Cela faisait alors cinq ans qu'il la connaissait et pourtant il ne savait quasiment rien sur elle. Durant ces cinq années qui les séparaient de la nuit du massacre, elle n'avait été consciente que quelques heures, celles justement qui venaient de s'écouler.

« Mukka, sers quelque chose à la demoiselle.

— OK, patron. Ce sera quoi, pour la petite dame ?

— Un Bloody Mary.

— C'est parti. »

Pendant que Mukka préparait le cocktail, Sanchez adressa à Jessica force regards et sourires. Après une minute passée à rechercher les ingrédients du Bloody Mary, dans des tintements de bouteilles et de verres, Mukka posa un verre rempli d'un liquide rouge devant Jessica.

« Y a des glaçons, là-dedans ? demanda-t-elle, sachant parfaitement qu'il n'y en avait pas.

— Vous m'avez vu en mettre ? fut la réponse sarcastique de Mukka.

— Mets des *putains* de glaçons dans le verre de la dame, bordel de merde ! » mugit Sanchez.

Mukka s'exécuta, non sans proférer quelques jurons entre ses dents, juste assez fort pour que son patron l'entende.

« Excuse-le, Jessica », dit Sanchez avec son plus beau sourire. Il n'envisageait qu'un seul moyen de débuter la conversation : c'était de lui poser une question la concernant. Il inspira profondément et lança la première chose qui lui vint à l'esprit :

« Enfin… alors… Dis-moi un peu, comment ça se fait que je te connais depuis cinq ans et que je ne te connais pas du tout ?

— Oh, c'est pas possible ! Et si on gagnait du temps en s'épargnant les petites phrases, hein ? »

Ça allait être dur, mais Sanchez n'avait pas l'intention de raccrocher avant d'avoir tout essayé. « D'accord, répondit-il d'un ton posé, mais ça marche dans les deux sens, ma petite dame. Je veux que tu me dises ce que tu sais à propos de mon frère et de sa femme.

— Je les ai jamais vus, dit Jessica, apparemment troublée. Enfin je crois ?

— Oh, si, tu les as vus ! Ce sont eux qui t'ont maintenue en vie au cours de ces cinq dernières années, après que j'ai sauvé ta peau.

— Toi, tu m'as sauvé la vie ? *Conneries !* »

Sanchez fut plus qu'un peu déçu que Jessica rejette aussi catégoriquement ce qu'il venait de lui apprendre, comme s'il lui était impossible d'admettre qu'il ait pu lui sauver la vie. Mais il ravala sa fierté et poursuivit.

« Non, ce ne sont pas des conneries, dit-il avec obstination. Il y a cinq ans, tu t'es fait tirer dessus, et on t'a laissée pour morte dans la rue, juste en face de ce bar. Je t'ai emmenée chez mon frère. Sa femme Audrey était infirmière, elle s'est occupée de toi et t'a fait retrouver la santé. Pendant ces cinq dernières années où tu es restée plongée dans le coma, elle et mon frère t'ont maintenue en vie dans l'espoir que, par miracle, tu en ressortes un jour. »

Jessica semblait un peu dubitative, ce que Sanchez jugea tout à fait compréhensible. Il faudrait du temps pour gagner sa confiance, mais il y arriverait. Il fallait simplement persister.

« Pourquoi m'avoir confiée à *elle* ? Pourquoi ne pas m'avoir emmenée à l'hôpital, comme l'aurait fait n'importe quelle personne normale ? demanda-t-elle en l'observant attentivement, afin de s'assurer qu'il ne lui mentirait pas.

— Parce que l'hôpital était plein ce jour-là.

— C'est quoi cette excuse bidon ? ricana-t-elle.

— Environ trois cents hommes, femmes et enfants se sont fait tirer dessus durant cette semaine. La plupart sont morts parce que l'hôpital n'a pas pu s'occuper de tout le monde. Ma belle-sœur s'était fait virer de l'hosto quelques mois plus tôt, alors je me suis dit qu'elle représentait le seul espoir de survivre qui te restait. Que tu aies été encore en vie quand je t'ai trouvée est déjà un miracle en soi. » Il se tut un instant pour l'observer. « J'avais le pressentiment que tu t'en sortirais. On dirait que j'avais raison, pas vrai ?

— Ouais. J'imagine que je devrais te remercier. » Tout ce qu'il venait de lui dire la bouleversait, et d'autant plus désagréablement qu'elle ne se souvenait de rien.

Sanchez se résigna à ne recevoir aucun remerciement, se consolant en se disant que ses derniers mots étaient ce qui s'en rapprochait le plus : à Santa Mondega du moins, ça comptait pour un « merci ».

« Tu peux me remercier en me disant ce qui est arrivé à mon frère et à sa femme. »

C'était au tour de Jessica. Elle avait l'occasion de lui renvoyer l'ascenseur. Elle pouvait l'aider à retrouver l'assassin de son frère. Mais sa réponse ne fut d'aucun secours, comme il s'y attendait.

« Qu'est-ce que tu veux dire ?

— Qui les a tués ? Voilà ce que je veux dire.

— Ah, ça !

— Oui, ça.

— J'en sais rien.

— *T'en sais rien ?*

— Ouais. J'en sais rien.

— Mais tu étais là-bas, pas vrai ?

— J'y étais, en tout cas, je crois que j'y étais. Mais j'en sais rien. Je me souviens pas vraiment.

— Comment est-ce que tu pourrais ne pas t'en souvenir si tu étais bien dans leur ferme quand ils se sont fait tuer, bordel de merde ? » Sanchez, dont la patience commençait sérieusement à s'épuiser, avait de plus en plus de mal à dissimuler son agacement.

« J'ai l'impression que ma mémoire me joue des tours par intermittence, ces derniers temps, dit Jessica d'une voix adoucie, les yeux rivés quelque part au loin derrière le bar. Je sais que je souffre d'une sorte d'amnésie, mais elle ne se limite pas seulement à ce qui s'est passé avant que je tombe dans le coma. S'il est vrai que je suis tombée dans le coma. Je n'arrête pas d'oublier où je suis et comment je suis arrivée là. Ça finit par me revenir si je me concentre assez fort, mais, même comme ça, je ne suis jamais sûre de l'exactitude de mes souvenirs.

— Tu te souviens d'être venue ici plus tôt dans la journée, non ?

— Ouais. Ça, je m'en souviens. Et je me souviens aussi d'être partie avec Jefe : on est allés chez lui et il m'a dit de l'attendre là, j'ai attendu, mais il n'est jamais revenu. Et puis tout d'un coup, impossible de me rappeler pourquoi il voulait que je l'attende là, alors je me suis dit qu'il valait peut-être mieux revenir ici pour causer avec toi. Je croyais que tu pourrais peut-être m'éclairer sur deux ou trois trucs. Tu sais, histoire que tu me dises si j'étais quelqu'un de gentil ou une salope, parce que, là, je suis plus très sûre de savoir dans quelle catégorie je me place.

— Pour être honnête, Jessica, moi non plus, répliqua Sanchez dans un soupir.

— Oh ! » Elle parut un peu déçue, et Sanchez s'en voulut un bref instant de l'avoir blessée inutilement.

« Tu sais, tu es bien trop jolie pour être quelqu'un de mauvais, dit-il dans l'espoir de lui mettre du baume au cœur.

— Merci. » Elle aspira son Bloody Mary par la paille. Le niveau du verre dégringola de cinq centimètres avant qu'elle ne redresse soudain la tête.

« Une Cadillac jaune ! lâcha-t-elle, attirant aussitôt l'attention de Sanchez.

— Quoi, qu'est-ce que tu sais à propos de la Cadillac jaune ? demanda-t-il, le regard scintillant.

— Tu en as parlé tout à l'heure avec Jefe, non ?

— Ouais. J'ai vu cette bagnole s'éloigner de la ferme de mon frère après que je l'ai retrouvé mort. Tu sais qui était au volant ? Tu as vu quelqu'un dedans ?

— Oh, mon Dieu ! Ça y est, ça me revient. Il y avait deux hommes. Ils ont tué ton frère et sa femme. J'ai tout vu. En tout cas, je crois que j'ai tout vu. Non, attends un peu…

— Quoi ? *Quoi*, bon sang ?

— Non, ils n'étaient pas encore morts. Les deux hommes les battaient. Ils voulaient leur soutirer des informations. » Elle observa une courte pause, puis lâcha, le souffle court : « Oh, putain !

174

— "Oh, putain" quoi ?

— Oh, putain ! C'était *moi* qu'ils recherchaient ! »
Elle fixait Sanchez, les yeux écarquillés, manifestement tourneboulée.

« Et ils t'ont vue ? demanda-t-il.

— Non. Je ne sais pas pourquoi, mais ils ne pouvaient pas me voir. Alors je me suis glissée dehors, et
c'est là que j'ai vu la Cadillac jaune.

— Et qu'est-ce qui s'est passé ensuite ? » Sanchez
était aussi déçu qu'énervé qu'elle ne se souvienne que
de si peu de chose, mais il s'efforçait de conserver son
calme.

« J'ai couru. Je ne sais pas pendant combien de
temps, mais j'ai couru, jusqu'à atterrir ici. » Elle se tut
un instant pour réfléchir. « Je ne me souviens plus de
rien. Pour l'instant en tout cas. »

Elle saisit à nouveau la paille entre ses lèvres et
aspira. Cette fois-ci, elle vida complètement son verre
en une dizaine de secondes. Sanchez ne savait pas trop
quoi lui demander d'autre ; et toute chance de poursuivre leur conversation s'évanouit totalement lorsque
Jefe entra brusquement dans le bar. Le robuste chasseur de primes alla droit au bar et s'assit à côté de Jessica, qui se retrouva du coup entre Sanchez et lui.

« Un whisky pour moi, et un verre pour la demoiselle », commanda-t-il en regardant Mukka, qui venait
de quitter le fond du bar où il s'était tapi.

Le jeune cuistot-barman, se souvenant de la dernière visite de Jefe, s'empressa d'obéir, posant sur le
bar une bouteille de whisky presque pleine et un verre
à son attention. Sanchez tendit le bras, attrapa la bouteille, dont il retira le bouchon, et versa une dose généreuse de whisky. Jefe – et c'était assez inhabituel chez

lui – paraissait pas mal secoué. Sanchez en était déconcerté. Les hommes de la trempe de Jefe n'étaient pas censés paraître secoués.

« Ça va, l'ami ? demanda-t-il.

— Ça ira une fois que j'aurai bu quelque chose. Toi aussi, t'auras besoin d'un verre après avoir entendu ce que j'ai à raconter.

— Ah, ouais ? Pourquoi ? »

Jefe saisit le verre de whisky que Sanchez lui avait servi et le vida d'un trait. Puis il le reposa sur le bar pour une deuxième tournée. Il regarda le patron du bar droit dans les yeux.

« Ce putain d'Elvis est *mort*, Sanchez, dit-il. Quelqu'un en a fait de la chair à pâté. De la *vraie putain* de chair à pâté. »

22

Jefe et Jessica continuèrent à boire plusieurs heures dans le bar. Le chasseur de primes éclusa deux whiskys, huit bières et trois tequilas. Dès le deuxième verre, il avait retrouvé toute son assurance et son arrogance. Jessica, avec un score de cinq Bloody Mary, était un peu plus en retrait. Plus ils buvaient, plus ils semblaient se rapprocher, au grand dam de Sanchez. Il ne pouvait s'empêcher de remarquer que Jessica paraissait vraiment impressionnée par Jefe. Il lui racontait ses aventures de chasseur de primes, comment il avait capturé et parfois tué d'autres hommes pour de l'argent. Il avait pourchassé des fugitifs aux quatre coins de la planète. Des jungles les plus épaisses jusqu'aux plus hauts sommets, il n'existait pas un lieu au monde où Jefe n'avait pas traqué de proie.

Bien qu'il se gardât de mentionner le moindre nom, il émaillait son récit de quelques indices sous-entendant qu'il était responsable de la mort d'un certain nombre de personnes célèbres et puissantes, qu'on croyait disparues dans de banals accidents. C'était particulièrement rusé de sa part, car il était impossible de vérifier sa version des faits. De plus, personne n'avait l'intention de remettre en question ses propos, car tout le monde savait à quel point il excellait dans son boulot. Si quelqu'un d'assez riche souhaitait qu'un meurtre passe pour un accident, c'était sans hésitation à Jefe qu'il s'adressait.

Sanchez ne faisait pas le poids face à cette débauche de légendes, et il ne fut pas surpris de voir Jessica, vraiment plus très fraîche, partir en compagnie de Jefe une heure avant la fermeture du bar. Tous deux sortirent en titubant, prenant appui l'un sur l'autre. Une fois à l'air libre, ils entonnèrent une sorte de chanson sans queue ni tête, dont Sanchez ne parvint pas à saisir les paroles. Et puis ils disparurent.

Le Tapioca s'était presque vidé, à l'exception d'un petit groupe d'habitués qui jouaient aux cartes dans un coin, et deux hommes encapuchonnés assis à une table près du comptoir. Sanchez ne leur avait pas prêté beaucoup d'attention jusqu'alors. Mukka s'était chargé du plus gros du service, tandis que son patron passait de table en table, échangeant quelques phrases avec les habitués et tentant désespérément d'attirer le regard de Jessica.

Il existait une règle (tacite, en vérité) en vigueur au Tapioca, qui interdisait à la clientèle de dissimuler son visage sous une capuche. Sanchez l'avait imposée peu après l'épisode catastrophique du Bourbon Kid, cinq ans auparavant. Le carnaval de la Fête de la Lune aurait lieu quelques jours plus tard, et pourtant ces deux hommes semblaient déjà déguisés, apparemment en chevaliers Jedi. Tous deux portaient une longue robe marron au-dessus d'un pantalon blanc assez large taillé dans un tissu plutôt épais. Sanchez était confronté à un dilemme : aller leur demander de rabattre leur capuche ou ne rien faire. En vérité, il était crevé et la nouvelle de la mort d'Elvis l'avait pas mal secoué. Pour ne pas compliquer encore plus les choses, il décida de laisser courir, pour cette fois du moins.

En fait, les deux hommes avaient justement l'intention de rabattre leurs capuches sans qu'on le leur demande. Ils se levèrent et s'approchèrent, l'un derrière l'autre, de Sanchez, accoudé au bar ; le second, tête baissée, comme s'il avait moins d'assurance que son compagnon. Lorsqu'ils se furent assez rapprochés de Sanchez pour que celui-ci ressente un léger malaise, ils rabattirent leurs capuches et dévoilèrent leurs visages. Il les reconnut aussitôt. C'étaient les deux moines. S'ils arboraient une mine patibulaire, capuches sur la tête, découverts, ils ne ressemblaient plus qu'aux deux simplets qui étaient passés au Tapioca la veille.

« Qu'est-ce que vous voulez, bordel de merde ? » demanda Sanchez d'un ton agressif. *Encore des problèmes*, pensa-t-il en poussant un lourd soupir.

« La chose que tout le monde recherche apparemment dans cette ville, répondit l'homme qui était le plus proche de lui (et qui n'était autre que Kyle). Nous voulons mettre la main sur l'Œil de la Lune. Nous voulons le récupérer, parce qu'il nous appartient de droit.

— Oh, foutez-moi le camp d'ici, d'accord ? Je suis vraiment pas d'humeur à ce genre de conneries. » Sanchez voulait leur faire comprendre que leur présence l'incommodait. Ces deux clowns avaient foutu un beau bordel lors de leur dernière visite, et, pour cette raison même, Sanchez avait espéré qu'ils auraient eu la décence de ne plus approcher de son bar. Mais son agressivité resta sans effet. Les deux moines ne s'en soucièrent même pas.

« Nous venons de passer plusieurs heures ici, dit Kyle. Nous avons entendu ce qui se racontait. El Santino vous a offert 50 000 dollars si vous retrouviez la pierre pour son compte. Nous vous en donnerons 100 000 si vous nous dites simplement où elle se trouve. Vous n'aurez même pas à la récupérer. Nous nous en chargerons. Vous n'avez qu'à nous indiquer la direction à suivre. Une fois que nous l'aurons en notre possession, les *100 000 dollars* seront à vous. Je doute fort que quelqu'un d'autre vous offre meilleure récompense. »

Kyle venait de lui soumettre une offre très alléchante, il fallait bien l'avouer. Sanchez le lui avoua.

« C'est une offre très alléchante, dit-il.

— Je sais. Alors marché conclu ? »

Sanchez se gratta le menton un moment comme pour réfléchir à l'offre, ce qui en réalité n'était pas le cas. La proposition était vraiment parfaite. Dans tous les cas, il ressortirait gagnant. Les moines étaient de saints hommes, ce qui voulait dire qu'ils étaient probablement des hommes de parole. S'il arrivait à mettre la main sur la pierre, il pourrait la leur vendre pour 100 000 dollars, avant de dire à Jefe et El Santino que les moines étaient en sa possession, et d'empocher quelques milliers de dollars supplémentaires.

« D'accord. Marché conclu, finit-il par répondre. Je retrouve celui qui détient cette pierre, et je fais en sorte qu'il croise votre chemin. Vous me filez les 100 000 dollars, et tout le monde est content, ça vous va ?

— Parfait, dit Kyle. On se serre la main ?

— Mais carrément. »

Sanchez s'étonna que la coutume de la poignée de main pour conclure un marché leur fût familière. Peut-être avaient-ils appris deux ou trois usages locaux ? À moins qu'ils ne veuillent en profiter pour lui faire une prise de karaté dont ils avaient le secret. De toute façon, pour 100 000 dollars, Sanchez était plus que prêt à prendre le risque de leur serrer la main. Il tendit la sienne et découvrit, non sans un certain déplaisir, que les deux moines avaient une poignée de main très molle, ce qui laissait penser qu'il s'agissait d'une coutume qu'ils avaient observée sans jamais en avoir fait l'expérience.

« Nous vous recontacterons très vite, dit Kyle dans un bref salut de la tête. D'ici là, veuillez faire en sorte d'avoir de bonnes nouvelles à nous annoncer. »

Sur ce, les deux moines tournèrent les talons et se dirigèrent vers la sortie. Leur changement d'attitude depuis leur première visite intriguait passablement Sanchez. Ils semblaient à présent bien plus à leur aise et sûrs d'eux, et paraissaient presque soucieux de se fondre dans la faune locale.

« Hé, les moines ! appela-t-il. Juste une question. Vous avez une bagnole, par hasard ? »

Kyle marqua soudain le pas, ce qui contraignit Peto à buter contre son dos, ruinant leur sortie magistrale. Il ne se retourna pas vers Sanchez mais ne manqua pas de lui répondre.

« Non. Nous n'avons pas de voiture. Pourquoi cette question ?

— Pour rien. Laissez tomber. À plus tard. »

23

Lorsque Jensen arriva au bureau, à 10 heures du matin, Somers se trouvait à sa place habituelle, assis à son bureau. Il se livrait à ce qui semblait être son occupation habituelle : regarder des photos Polaroid de cadavres.

« Cette ville est vraiment un ramassis de menteurs et de raclures », maugréa Jensen. Il enleva sa veste de suédine marron et la balança à travers le bureau. Elle heurta le dossier de son fauteuil et tomba par terre. « Il n'y a pas une seule personne honnête à plusieurs kilomètres à la ronde, poursuivit-il. J'ai passé la nuit à interroger des associés de cet Elvis, et aucun n'a daigné me livrer une info qui ne soit pas un mensonge éhonté. Vous saviez qu'Elvis était mort il y a trois ans ? Il a également émigré en Australie il y a quatre mois de ça. Et aux dernières nouvelles, il a quitté la ville pour passer le week-end avec Priscilla. Des putains de menteurs, tous, jusqu'au dernier.

— Jensen, le King est mort, dit Somers.

— Ah, commencez pas, vous aussi !

— Je ne plaisante pas. On a retrouvé le corps d'Elvis dans une résidence merdique il y a à peine trois heures.

— *Vous vous foutez de moi !*

— Non. On lui a enlevé les yeux et la langue comme les autres, à l'exception de Marcus la Fouine qui, admettons-le une bonne fois pour toutes, a sans doute été assassiné par Elvis.

— Ce sont les photos que vous avez là ? demanda Jensen.

— Ouais.

— Je peux les voir ? » Jensen se pencha au-dessus du bureau en tendant la main. Somers lui passa les photos noir et blanc de dix-huit centimètres sur treize.

« Elles sont rigoureusement identiques à celles des autres, Jensen. Vous perdez votre temps.

— Merde, Somers ! Ce type représentait la meilleure piste dont nous disposions.

— Pas nécessairement… il en est une autre.

— Vous vous prenez pour qui, maintenant, pour Yoda ? »

Somers ne releva pas la remarque agacée de Jensen et lui tendit son calepin. Quelques mots avaient été écrits au crayon sur la page à laquelle il était ouvert. Jensen s'en saisit et lut à haute voix : *Dante Vittori et Kacy Fellangi. Jeune et joli couple.*

« Qu'est-ce que c'est que ça ? Vous venez d'adhérer à un club échangiste ? » demanda-t-il d'un ton sarcastique. La journée avait beau n'en être qu'à ses débuts, elle lui avait déjà réservé tant de mauvaises surprises qu'il ne se sentait plus la patience pour ce genre de petits jeux.

« Dante Vittori, dit posément Somers, était le réceptionniste de l'International Hotel de Santa Mondega. Kacy Fellangi est sa petite amie. Elle était femme de chambre dans le même hôtel.

— Et ?

— Et ils ont tous deux disparu juste après l'assassinat de Marcus la Fouine. Le corps d'Elvis a été retrouvé dans leur appartement.

— Oh ! dit Jensen en reposant le calepin et les photos sur le bureau. Qu'est-ce que ça signifie à votre avis ? »

Somers reprit son calepin et le glissa dans la poche de sa chemise blanche.

« Ça signifie que, pour une raison qui nous échappe, Elvis a suivi leur piste après avoir tué Marcus la Fouine.

— Et donc, ils ont assisté au meurtre, c'est ça ? pensa Jensen à voix haute. Ce qui a dû le pousser à vouloir les éliminer afin que personne ne puisse l'identifier ?

— Peut-être. Peut-être pas.

— Je ne comprends pas. À part ça, qu'est-ce qui aurait bien pu l'obliger à les pourchasser ? À moins qu'ils n'eussent été de mèche avec lui…

— Nan. Je ne crois pas. Elvis travaille sans l'aide de personne. C'est un soliste. Les Beatles travaillaient en groupe, mais Elvis ne s'est jamais reposé que sur lui-même. Non, je crois qu'ils étaient en possession de quelque chose qu'il recherchait, et, quoi que ce soit, le Bourbon Kid court lui aussi après. Raison pour laquelle Elvis est mort. Lui et le Kid ont dû se retrouver par hasard dans l'appartement du jeune couple. Le seul problème, c'est que nos amis Dante et Kacy avaient déjà détalé avant qu'Elvis et le Kid s'invitent chez eux. Ils doivent un mois de loyer, du reste. »

Jensen s'approcha de sa veste et la ramassa. Il l'épousseta, l'accrocha au dossier de son fauteuil et s'assit. Il posa son regard sur Somers, qui attendait qu'il se soit suffisamment calmé pour assembler les pièces du puzzle. L'inspecteur chevronné avait manifestement une longueur d'avance sur son cadet et il avait bénéficié de trois heures pour étudier les détails de la mort d'Elvis.

« Bon, soupira Jensen. Donc, Elvis était en train de fouiller leur appartement en quête de quelque chose quand soudain notre tueur...

— Le Bourbon Kid.

— Soit. Le Bourbon Kid apparaît, à la recherche de... disons l'Œil de la Lune, et il trouve Elvis déjà sur place. Tout naturellement, puisque c'est un psychopathe patenté...

— ... et probablement un vampire...

— ... il tue Elvis et s'exclame : "Putain !"

— C'est vrai ? Il s'arrête vraiment pour dire : "Putain !" ?

— Oui, il se fige et il s'exclame : "Putain !", parce qu'il se rend compte que le King n'a pas ce qu'il cherche. » Jensen se tut un instant, ne sachant plus trop quelle direction prenait sa théorie. Il poursuivit avec un peu moins de conviction : « Mais qu'est-ce qui le pousse à croire que ce Dante et cette Kacy l'ont en leur possession ? »

Somers leva une main, suggérant à Jensen qu'il serait peut-être préférable de la fermer et d'écouter.

« Vous voulez connaître ma théorie ?

— Bien sûr.

— La voici : nous savons que Marcus la Fouine était un voleur expérimenté, n'est-ce pas ?

— Oui.

185

— Bon. Alors supposons que Marcus la Fouine était en possession de l'Œil de la Lune. Survient ensuite le coup classique de l'arroseur arrosé, et il se fait voler par ces deux gamins, Dante et Kacy. Ils s'emparent de l'Œil et prennent leurs jambes à leur cou. C'est là que ma théorie devient un peu plus nébuleuse : peut-être sont-ils en mesure d'identifier Elvis comme l'assassin de Marcus, aussi Elvis décide-t-il de leur régler leur compte, juste au cas où. Il se rend à leur appartement, mais le Bourbon Kid, qui est à la recherche de l'Œil de la Lune, a précisément la même idée. Leurs routes se croisent, et BOUM ! Fin de l'histoire pour le King.

— Vous avez beaucoup réfléchi à tout ça, hein ? remarqua Jensen en relevant le ton excité de Somers.

— Il faut bien se rendre à l'évidence : celui qui a tué Elvis est le même individu qui a assassiné les autres victimes, à l'exception de Marcus. Le coup des yeux et de la langue sont des preuves irréfutables. »

Jensen pesa un instant le pour et le contre, avant de déclarer : « C'est plutôt mince, mais votre théorie me plaît bien. Vous êtes peut-être sur quelque chose. Mais vous avez omis un détail.

— Quoi donc ? » Somers avait haussé un sourcil interrogateur.

« Je sais que vous pensez que le Bourbon Kid est derrière tout ça, et vous avez sans doute raison, mais… et si c'était ce Dante qui avait assassiné Elvis et tous les autres ? »

Somers hocha vigoureusement la tête, avant de s'adosser à son fauteuil en poussant un profond soupir.

« Est-ce que vous êtes résolu à ne pas croire que c'est bien le Bourbon Kid qui est responsable d'à peu près tous ces meurtres ? Combien de fois encore allons-nous devoir revenir là-dessus ? Enfin quoi, vous ne voulez pas tout simplement *me faire confiance* ?

— Vous ne m'avez pas compris, dit Jensen, levant à son tour la main pour signaler à Somers de le laisser finir. Je crois effectivement que le Bourbon Kid est potentiellement coupable de tous ces meurtres – en tout cas, de tous ceux dont vous possédez des photos Polaroid.

— Alors où voulez-vous en venir, nom de Dieu ?

— Tout ce que j'essaie de vous dire, répondit Jensen en adressant un regard froid à son collègue, c'est que ce Dante pourrait très bien *être* le Bourbon Kid. »

24

Dante n'appréciait pas beaucoup les diseuses de bonne aventure. Elles avaient la fâcheuse habitude d'attirer le mauvais œil. Plus précisément, elles donnaient de bonnes nouvelles à tout le monde, et, lorsque son tour venait, il ne recevait que des mises en garde sur les désastres qui se profilaient à l'horizon. En fait, il n'avait pas consulté un grand nombre de diseuses de bonne aventure sa vie durant, mais Kacy, elle, y avait habituellement recours, aussi, de temps en temps, Dante l'accompagnait lors de ces visites.

La dernière fois qu'ils s'étaient rendus chez une cartomancienne, cette dernière avait prédit à Kacy toutes sortes de bonnes nouvelles, mais, lorsque Kacy lui avait demandé de regarder le futur de Dante, il lui fut prédit des cochonneries de tous types. La cartomancienne l'avait prévenu de la mort prochaine de son chien, Hector, qui mourut effectivement trois semaines plus tard. Dante n'était donc pas très enthousiaste à l'idée d'accompagner Kacy chez la dernière diseuse de bonne aventure qu'elle avait repérée. Kacy le savait parfaitement, mais, après son exploit de l'International Hotel de Santa Mondega (en l'espèce, dépouiller une pourriture encore soûle de la veille), Dante ne pouvait pas le lui refuser. Et puis Dante tenait à montrer qu'il n'accordait aucun crédit à toutes ces conneries de prédictions. Son chien bien-aimé était mort, soit, mais cela n'avait été qu'une simple coïncidence.

La maison de la Dame Mystique avait un air familier, comme si Dante l'avait déjà vue en rêve. Il avait pourtant la certitude de ne s'être jamais rendu là auparavant, tout du moins pas dans cette vie. Elle se trouvait sur la promenade qui longeait le port. De l'extérieur, on aurait dit une vieille roulotte de gitan qu'on aurait transformée en petite maison. Le toit était bas et voûté, tout l'extérieur était peint en rouge et le cadre des fenêtres minuscules en jaune. La petite volée de marches qui permettait d'y accéder pouvait être repliée et rangée à l'intérieur, si la Dame Mystique décidait de changer d'emplacement.

Kacy gravit les marches en premier, suivie de Dante qui traînait les pieds. La porte était déjà ouverte, mais il était assez difficile de voir à l'intérieur, car un rideau de perles multicolores pendait sur le seuil, jusqu'au sol.

Un croassement se fit entendre à l'intérieur :

« Entrez donc. C'est bien Kacy et Dante, n'est-ce pas ? »

Dante haussa un sourcil et murmura à l'oreille de sa petite amie : « Comment elle sait ça, putain ? »

Kacy le regarda dans les yeux pour voir s'il plaisantait et hocha la tête en se rendant compte que ce n'était pas le cas.

« Je l'ai appelée pour prendre rendez-vous, espèce d'idiot.

— Ah, d'accord ! Forcément. »

La pièce dans laquelle ils pénétrèrent était très sombre et si étroite que Dante aurait presque pu en

189

toucher simultanément les deux cloisons opposées en écartant les bras. Des bougies étaient disposées à intervalles irréguliers sur les étagères qui couraient le long des parois. Elles brillaient d'une flamme rosée et enchanteresse qui ne vacillait quasiment pas. Leurs yeux s'adaptèrent à la pénombre, et ils aperçurent, assise juste en face d'eux à une table de bois sombre, à l'autre bout de la pièce, la silhouette encapuchonnée de la Dame Mystique. La capuche en question était d'un violet sombre et, comme c'était trop souvent le cas à Santa Mondega, elle était rabattue, dissimulant ainsi le visage.

« Prenez place, mes jeunes amis, coassa-t-elle.

— Merci », répondit Kacy en s'asseyant sur l'une des deux chaises en bois qui se trouvaient face à la Dame Mystique. Dante s'assit sur l'autre, en prenant sciemment un air ennuyé, dans l'espoir que la vieille dame se rende compte qu'il n'avalerait aucune des conneries qu'elle allait leur servir.

« Vous êtes convaincu que je ne vous dirai rien de juste, n'est-ce pas ? demanda la voix âpre qui s'échappa du capuchon.

— Je suis ouvert d'esprit, vous inquiétez pas.

— Tant mieux, jeune homme, tant mieux. Qui sait ? Vous pourrez peut-être apprendre quelque chose que vous ignoriez à votre sujet ou à propos de Kacy.

— Ouais, ce serait pas mal. »

La femme rabattit lentement sa capuche en arrière, révélant un visage âgé et ridé, recouvert de nombreuses verrues et de furoncles. Elle fixa Kacy et sourit, mais un bref instant seulement. Son sourire disparut subitement lorsqu'elle aperçut le pendentif qu'elle portait au cou.

« Où avez-vous trouvé cette pierre bleue ? » demanda-t-elle d'un ton inquisiteur. Sa voix avait perdu toute chaleur.

« Quoi ?

— Ce pendentif autour de votre cou. Dites-moi, où l'avez-vous trouvé ?

— Nulle part, interrompit Dante. Je le lui ai offert… il y a quelques années.

— Conneries !

— Non, c'est vrai.

— Ne me mentez pas. Je ne suis pas une imbécile, mon garçon. Alors ne faites pas l'idiot. Où avez-vous trouvé cette pierre ? »

Le ton de la Dame Mystique traduisait une forte intolérance aux mensonges. Kacy se demanda donc en conséquence s'il était très judicieux d'abonder dans le sens de Dante. Elle se dit finalement qu'il était inutile de mentir carrément mais qu'il était tout aussi inutile de lui avouer qu'elle avait volé la pierre dans la chambre d'hôtel à une raclure à moitié soûle qui, à l'heure qu'il était, devait probablement être feu M. Raclure.

« Quelqu'un me l'a donnée hier à l'hôtel », répondit-elle.

La vieille femme s'adossa à son siège en lançant un long regard sombre à Kacy, toisant la jeune femme comme pour mesurer son degré d'honnêteté.

« Peu importe comment vous vous l'êtes procurée, finit-elle par dire. Débarrassez-vous-en. Cette pierre ne vous apportera que tristesse et malheur.

— Comment le savez-vous ? lança Kacy, curieuse d'apprendre ce que la Dame Mystique savait concernant cette pierre.

— Dites-moi donc un peu, répondit la vieille femme. L'homme qui, à vous croire, vous l'a donnée, est-ce qu'elle lui a porté chance ?

— Comment est-ce que je le saurais ?

— Très bien, permettez-moi de reformuler ma question, Kacy. Aimeriez-vous vous retrouver à la place du précédent propriétaire de la pierre ? »

Kacy hocha la tête.

« Non.

— Il est mort, n'est-ce pas ? »

C'était bien une question, mais le ton de la Dame Mystique indiquait qu'elle en connaissait déjà la réponse, tout comme un présentateur de jeu télévisé connaît la réponse aux questions qu'il pose aux concurrents sur leur vie, juste avant de commencer le jeu proprement dit.

« Pas la dernière fois où je l'ai vu, répliqua Kacy d'un ton ferme.

— Quiconque porte cette pierre finit par se faire tuer, immanquablement. Et, habituellement, dans un délai très court. L'homme qui possédait cette pierre avant vous est d'ores et déjà mort. »

Non sans un certain agacement, Dante se surprit à s'intéresser réellement à ce que disait la diseuse de bonne aventure.

« Comment le savez-vous ? Quelle preuve avez-ous ? » demanda-t-il d'un ton agressif, presque avec un sourire suffisant.

Il voyait d'un très mauvais œil que la Dame Mystique effraie Kacy de la sorte. Kacy était sans doute la fille la moins impressionnable qu'il ait jamais connue, mais elle croyait tout ce qui sortait de la bouche d'un médium.

« Consultons ma boule de cristal, voulez-vous ? » dit la vieille femme en guise de réponse. Elle tira sur le mouchoir de soie noire qui recouvrait un objet sphérique posé sur la table d'acajou sombre. « Déposez 20 dollars dans ma paume et je vous révélerai votre destinée. »

Un peu à contrecœur, Dante tira de sa poche un billet de 20 dollars et le lança sur la table en direction de la Dame Mystique. Elle s'en saisit aussitôt et le fit disparaître, à l'instar d'un mendiant auquel on aurait tendu assez d'argent pour qu'il s'achète une bouteille de son alcool préféré. Puis elle s'adossa à nouveau à sa chaise, apparemment absorbée par ses pensées. Lorsqu'elle fut enfin prête, elle se mit à remuer doucement ses mains au-dessus de la boule de cristal.

À la grande surprise de Dante et Kacy, un nuage blanc se matérialisa au cœur de la boule. Après quelques secondes de manipulation, la nuée s'estompa pour n'être plus qu'une légère brume, au cœur de laquelle Dante parvint à distinguer vaguement le visage d'un homme. Il se pencha pour mieux voir. C'était à s'y méprendre le visage de l'homme à qui ils avaient volé la pierre bleue.

« Mon Dieu, c'est Jefe ! chuchota-t-il à Kacy en espérant que la vieille femme ne l'entende pas.

— Êtes-vous sûr qu'il s'agit bien de son nom ? » demanda la Dame Mystique.

Kacy et Dante se regardèrent, tous deux surpris par son intonation. La diseuse de bonne aventure connaissait-elle cet homme sous un autre nom ? L'homme que Kacy avait volé possédait deux portefeuilles. Le premier l'identifiait comme Jefe, nom qu'il avait utilisé pour réserver sa chambre, mais le second contenait une pièce d'identité d'un homme qui se prénommait Marcus.

« En fait, il se pourrait bien qu'il s'appelle Marcus », dit Kacy d'un ton désolé, comme si elle savait ce qui les attendait.

La Dame Mystique se pencha sur sa droite et ramassa quelque chose par terre. Dante se crispa, prêt à réagir si elle brandissait une arme quelconque. Elle avait ramassé, en réalité, un simple journal, qu'elle déplia sur la table en face du jeune couple. Il s'agissait du *Daily Scope*, dont la une était barrée du gros titre « MORT ATROCE DE MARCUS LA FOUINE ».

Dante et Kacy lurent en diagonale l'article qui prolongeait le gros titre. Il y avait la photographie de l'homme à qui ils avaient volé la pierre bleue. La photo n'était pas des plus récentes, mais c'était bien lui. Il souriait d'un air niais et avait les yeux franchement bouffis, signe que la photo avait été prise une nuit de cuite, semblable à toutes les autres nuits de la vie de Marcus la Fouine. L'article ne donnait que peu de détails sur les circonstances de son trépas, mais il y en avait assez pour suggérer que ses derniers instants avaient été particulièrement désagréables. L'image du sosie d'Elvis enfonçant la porte revint à l'esprit de Dante. C'était ce faux Elvis qui avait assassiné Marcus la Fouine. Et ce faux Elvis spécialisé dans les meurtres abominables pourrait très bien s'intéresser de près à Kacy et à lui.

La Dame Mystique recouvrit la boule de cristal à l'aide du mouchoir de soie noire. Elle tira le billet de l'endroit où elle l'avait caché et le posa dans la main de Kacy.

« Reprenez l'argent et sortez-vous du bourbier où vous vous êtes mis, dit-elle posément. Débarrassez-vous de ce pendentif avant que quiconque apprenne que vous êtes en sa possession. Son aura est extrêmement puissante, et jamais il ne cessera d'attirer le mal à lui, où qu'il aille. Tant que vous l'aurez, vous ne serez pas en sécurité. En réalité, vous courez déjà un réel danger, de l'avoir touché. Nombreux ont été ceux qui ont tenté de s'emparer de cette pierre, et beaucoup ont péri par sa faute.

— Qu'est-ce qu'elle a de si mauvais ? » demanda Kacy. Dante ne lui connaissait pas ce ton apeuré.

« La pierre n'a rien de mauvais en soi », répondit la vieille femme. Elle semblait à présent exténuée, presque découragée. « Mais elle L'attirera à elle. Il vous retrouvera, et rien ne pourra L'empêcher de s'en saisir.

— Qui ?

— J'ignore de qui il s'agit, et je n'ai aucune envie de le savoir. S'il me soupçonne de savoir qui Il est, Il me pourchassera, moi aussi.

— Ce n'est pas un type qui ressemble à Elvis, par hasard ? » demanda Dante. La vieille sorcière commençait vraiment à lui faire peur.

Le visage de la Dame Mystique se crispa en un froncement torturé. « *Que savez-vous à son sujet ?* siffla-t-elle.

— Eh bien, on pense que c'est peut-être lui qui a tué Marcus », murmura Kacy.

La vieille femme se pencha au-dessus de la table. « Vous ne regardez jamais les infos, tous les deux ? répondit-elle à voix basse. Elvis est mort.

« — Non, dit Dante en riant. C'était juste un type qui ressemblait à Elvis. »

La diseuse de bonne aventure hocha la tête d'un air condescendant. « Où habitez-vous ? s'enquit-elle.

— Pourquoi vous nous demandez ça ? » Dante était un peu sur la défensive. Kacy, quant à elle, se fit un plaisir de la renseigner.

« Nous venons juste de nous installer dans un motel, hier.

— Est-ce que vous habitiez auparavant dans une résidence du nom de Shamrock ?

— Ouais. Comment vous savez ça ? » demanda Dante. Cette Dame Mystique – cette *diseuse de bonne aventure* – ne les avait pas trompés sur ses talents, contrairement à tant d'autres chez qui Kacy l'avait traîné par le passé. La vieille femme s'adossa de nouveau à son siège et lui décocha un sourire qui découvrit son immense dentition.

« Je regarde les infos et j'écoute la radio, répondit-elle. C'est à Shamrock House qu'on a retrouvé le cadavre d'Elvis, ce matin.

— *Pardon ?*

— Cet homme dont vous venez de parler, cet Elvis : il est mort. Il semblerait qu'il vous ait traqués, et qu'il n'ait pas été le seul. Et, manifestement, c'est Elvis qui a perdu. On a retrouvé son corps dans *votre* appartement. Ç'aurait pu très bien vous arriver. »

Dante ne se sentait plus très à l'aise. En fait, ses jambes étaient même légèrement cotonneuses. Cette dernière information finissait de le déstabiliser. Pire, elle l'inquiétait. Beaucoup. Quelqu'un avait pourchassé et assassiné Elvis, probablement à cause de cette pierre bleue en pendentif sur laquelle Kacy et lui avaient mis la main. Mais ce n'était peut-être pas pour cette raison. La valise que Kacy avait dérobée dans l'une des chambres après avoir volé Marcus la Fouine : et si c'était cela que quelqu'un recherchait ? Se débarrasser de la pierre était une bonne idée, mais se débarrasser de la valise, cela, ce n'était pas envisageable. Elle contenait 100 000 dollars en coupures de 50 dollars. Dante ignorait quel objet était le plus recherché, de la pierre précieuse bleue ou de la valise contenant tout cet argent. Mais que ce fût l'une ou l'autre, traîner plus longtemps à Santa Mondega était une très mauvaise idée.

« Et merde. Allez, Kacy, on se casse d'ici. On peut toujours refourguer cette putain de pierre à un prêteur sur gages avant qu'il soit trop tard.

— Bonne idée, mon cœur. »

La Dame Mystique n'avait pas besoin de regarder dans sa boule de cristal pour savoir qu'elle ne reverrait plus jamais Dante et Kacy. Les forces du mal avaient la vilaine habitude de pourchasser tous ceux qui entraient en contact avec l'Œil de la Lune, et elles ne reculeraient devant rien pour le récupérer. Ces deux gamins pourraient s'estimer heureux s'ils se trouvaient encore en vie à la tombée de la nuit.

25

En prenant possession de leur chambre à l'International Hotel de Santa Mondega, Kyle et Peto avaient été très impressionnés par la courtoisie de l'équipe. Le gérant avait insisté pour que le portier monte leurs bagages dans leur chambre, en dépit de quoi, et malgré le charmant naturel du gérant et du portier, Kyle avait tenu dans sa main crispée la poignée de leur valise noire. Il avait répété au gérant qu'elle pesait moins qu'un sac de plumes, et ne contenait qu'un livre de prières et qu'une paire de sandales.

Kyle avait signifié à Peto un nombre incalculable de fois qu'il ne fallait se fier à personne. Quel que fût leur réel désir, à tous deux, de faire confiance à toute l'équipe de l'hôtel, ils avaient indiqué avec insistance que personne ne devait toucher à cette valise, eux mis à part. Dès que le portier eut quitté leur chambre, ils s'étaient empressés de la cacher sous le lit. Comme Kyle l'avait expliqué à Peto, quiconque recherchait des objets de valeur ne pensait jamais à regarder sous le lit. Très certainement, Kyle n'avait pas assez regardé la télévision car, dans ce cas, il aurait su qu'il s'agissait du pire endroit où cacher quoi que ce soit de valeur. N'importe quelle femme de chambre, n'importe quel portier ayant l'intention de voler un client commençaient avant tout par regarder sous le lit.

À présent Kyle comprenait pleinement pourquoi père Taos avait si lourdement insisté sur la nécessité de ne se fier à personne et de bien veiller à mettre la valise en lieu sûr, hors de vue de tous. Kyle avait suivi les recommandations du vieux sage et les avait répétées à l'envi à Peto. Mais cette fois, et bien qu'il lui fût très désagréable de se l'avouer, le novice n'était en rien responsable du faux pas. C'était Kyle qui avait eu l'idée de cacher la valise sous le lit. Il avait pensé à tort qu'il suffisait de verrouiller la porte de leur chambre d'hôtel avant de se rendre au Tapioca. Résultat : il n'y avait à présent plus rien sous le lit. La valise avait disparu, et, plus important, les 100 000 dollars en coupures usagées qui s'y trouvaient, aussi. Ils avaient été dérobés, et ils ignoraient par qui.

« Kyle, qui a pu faire une chose pareille ? » demanda Peto, manifestement en colère, regardant pour la centième fois sous le lit, dans l'espoir d'y trouver la valise que, par une malchance incroyable, ils n'auraient pas aperçue jusqu'alors.

« À en juger par ce que j'ai vu du monde extérieur, à peu près n'importe qui a pu commettre ce forfait. Personne ne semble doué de sens moral ou de la moindre notion du bien et du mal. Nous sommes vraiment dans de beaux draps, Peto. Cet argent était tout ce dont nous disposions pour nous procurer informations et renseignements. À présent, il ne nous reste plus qu'à devenir des voleurs, à l'instar du reste de la population de cette ville, si nous voulons avoir une chance de récupérer l'Œil de la Lune. »

Peto n'en croyait pas ses oreilles. Abandonnant ses recherches inutiles sous le lit, il s'affaissa sur une chaise à côté de la fenêtre. Kyle venait de proposer de briser le code qui régentait leur existence, du berceau jusqu'à la tombe. Par ailleurs, c'était aussi la première idée qu'il avait eue. Il n'avait rien trouvé de mieux. L'heure était grave.

« Mais cela irait à l'encontre de nos vœux, dit Peto, horrifié. Cela reviendrait à renier tout ce que l'on nous a enseigné.

— Tout à fait, confirma Kyle d'un air songeur. Mais c'est probablement ce qui est arrivé à tous les moines ayant quitté un jour Hubal pour remplir d'autres missions, mon ami. C'est pour cela qu'aucun d'eux n'a pu revenir sur l'île et passer le reste de son existence parmi nous. Il me semble que nous mesurons mieux à présent le sacrifice qu'exige en réalité la quête de l'Œil.

— Il doit forcément exister une façon de récupérer l'Œil sans avoir à voler ! insista Peto.

— Crois-tu réellement que quelqu'un acceptera de nous aider à mettre la main dessus gratuitement, alors que, par ailleurs, on offre 50 000 dollars pour cette pierre sacrée ? » Kyle passa une main sur son visage et se frotta brièvement les yeux. Puis il poursuivit : « Non, Peto. Nous n'avons pas le choix. Nous devons mettre de côté tout ce qui nous a été enseigné. Il nous faudra briser chacun de nos vœux si nous voulons vraiment récupérer la pierre.

— Cela veut-il dire que nous devrons nous mettre à boire, fumer, jurer, jouer et coucher avec des femmes faciles ? demanda Peto.

— Tu as passé un peu trop de temps devant la télévision, Peto. Je ne pense pas qu'il nous sera nécessaire de briser ces vœux-là. Mais le mensonge et le vol sont sans doute les premiers crimes que nous devrons commettre », répondit son frère moine.

Kyle était assis sur le grand lit sous lequel ils avaient caché la valise remplie de billets. Il avait enfoui son visage dans ses mains. Violer les saintes lois d'Hubal... ce n'était pas ce qu'il avait envisagé en se lançant dans cette quête, même s'il avait su que cette mission requerrait quelques entorses au code.

« Mais si nous devons briser un vœu et être bannis à tout jamais d'Hubal, autant tous les briser et en finir une bonne fois pour toutes, non ? raisonna Peto. Et puis, en plus, j'ai déjà abattu une pourri... une personne d'une balle dans le visage.

— Ça ne compte pas, répliqua Kyle d'un ton sec. C'était un accident. »

Pour la première fois de sa vie, Kyle semblait ne plus maîtriser ses émotions. Peto ne l'avait jamais vu dans cet état. La perte de tout cet argent bouleversait profondément son aîné, et la simple idée d'avoir à briser l'un des vœux qu'il avait suivis toute sa vie le démoralisait plus encore. De son côté, Peto s'adaptait avec rapidité à la nouvelle situation. Pour parler tout à fait franchement, cette perspective le réjouissait carrément. Plein d'aplomb, il se leva.

« Et merde, Kyle, où est le minibar ? demanda-t-il d'un ton provocateur.

— Holà, doucement, Peto ! lança Kyle qui se redressa également. J'ai dit que nous devrions peut-être briser certains de nos vœux. Tu viens de jurer, contentons-nous de cette entorse pour le moment, d'accord ? Si nous nous trouvions contraints de mentir et de voler dans notre quête de l'Œil de la Lune, et qu'en conséquence, nous nous retrouvions bannis d'Hubal, alors pourrons-nous envisager de briser d'autres vœux, tels que celui qui nous interdit de boire de l'alcool. »

Peto ne parvint pas à dissimuler sa déception. D'avoir observé tous ces ivrognes dans le bar de Sanchez avait suscité en lui le profond désir de s'essayer à la chose. Il savait au fond de lui que Kyle ne l'aurait jamais laissé toucher au minibar, mais le simple fait de s'imaginer ouvrir une bouteille lui donnait le sentiment d'être plus vivant. Et le fait d'avoir dit « merde » s'était avéré très libérateur.

« Tu as raison, Kyle, c'est évident. Mais écoute-moi. Si nous devons arracher l'Œil de la Lune des mains de la raclu… du bandit qui se trouve en sa possession, ne nous serait-il pas utile de savoir ce que c'est que d'être un individu peu recommandable ? De nous mettre à la place de nos ennemis ?

— Je suis tout à fait d'accord, mais je n'envisageais pas pour autant de nous soûler pour y arriver.

— Alors qu'est-ce que tu envisageais ?

— Misons sur nos talents. » Kyle avait enfin l'air d'avoir un plan, au plus grand soulagement de Peto. « Le combat au corps à corps, qu'il s'agisse de voler quelqu'un en l'agressant ou simplement de se battre pour gagner de l'argent. Telle doit être notre marche à suivre dans l'immédiat.

— Est-ce que tu crois sérieusement que nous pourrons récupérer 100 000 dollars en volant des gens ? »

Kyle posa ses mains sur les hanches et regarda fixement le plafond, en quête d'inspiration. « Non, probablement pas, mais il faut bien commencer par quelque chose, répondit-il. Nous n'avons plus un cent, aussi devons-nous nous rabattre sur ce genre de solution dans un premier temps.

— Et dans un deuxième temps ? demanda Peto, se rendant soudain compte qu'il ne leur était même pas possible de s'acheter de quoi manger.

— Nous ne sommes pas en mesure de voir aussi loin. Nous devons agresser plusieurs personnes, amasser de la sorte autant d'argent que possible et, euh... en tirer profit. J'ai entendu dire au Tapioca qu'une foire itinérante s'était installée aux limites de la ville. D'après ce que j'ai compris, il nous serait possible d'y investir notre argent pour en accumuler plus encore. »

Les yeux de Peto étincelèrent : « Tu veux dire, en jouant ?

— Non. Cela reviendrait à briser un vœu sacré. Nous ferons usage de notre argent dans l'espoir d'en gagner plus, non pour notre profit personnel, mais pour le bien de l'humanité.

— Ça me va parfaitement, dit Peto en souriant.

— Bien. Pour lors, regardons encore un peu la télévision et voyons ce que nous pouvons apprendre de plus sur le monde extérieur, avant l'éclipse de demain.

— D'accord. Qu'est-ce qu'il y a à la télé ?

— *Week-end chez Bernie.*

— Ça a l'air bien. »

26

Jensen avait passé le plus clair de son temps au bureau à pianoter sur son ordinateur portable, sans le moindre résultat. Il avait accès à des fichiers et des informations sur chaque citoyen qui auraient constitué, pour la majorité des gens, une ignoble violation de la vie privée, si l'existence de ces fichiers avait été connue d'autres personnes que la poignée de hauts fonctionnaires du gouvernement américain. Jensen avait examiné toutes les données relatives aux cinq victimes des meurtres qu'on l'avait chargé d'élucider et, au terme de recherches minutieuses qui ne semblaient pas devoir lui permettre de trouver ne fût-ce qu'un début de piste, il était finalement tombé sur quelque chose.

Quelque chose d'intéressant. De vraiment très intéressant. Mais de très peu avéré également. C'était une des qualités qui faisaient de Jensen un enquêteur hors du commun. Il étudiait à fond la moindre piste, quand bien même les chances de découvrir un élément pertinent étaient quasi nulles. Les fichiers professionnels des personnes décédées n'avaient rien donné. Les boîtes de nuit et les bars où elles avaient leurs habitudes non plus. Leurs proches et amis, rien encore.

Quel était donc ce lien commun à toutes les victimes que Jensen avait trouvé ?

Somers avait passé la matinée dehors à rechercher lui aussi des pistes, et très probablement à boire du café. Lorsqu'il rentra au bureau, gobelet en main, il trouva Miles Jensen, apparemment très content de lui, assis sur son propre fauteuil, à son propre bureau. Rien de moins.

« J'espère pour vous que vous avez une sacrée bonne raison d'être assis à ma place avec cet air si satisfait, lança Somers en posant son gobelet sur le bureau avant de se saisir du fauteuil qu'occupait habituellement Jensen.

— Aujourd'hui, ce sera les films d'horreur, dit Jensen dans un sourire. *Copycat* ou *Ring* ?

— *Ring*, sans hésiter, répondit aussitôt Somers. *Copycat* n'est rien d'autre qu'un film de série B : n'importe quel cinéphile digne de ce nom est capable de deviner l'identité du tueur en série dès la première scène.

— C'est vrai ? » Jensen semblait surpris. « Je ne m'en souviens plus.

— Ben tiens. William McNamara, qui commençait à l'époque à avoir le vent en poupe, était perdu dans la première scène au milieu d'une foule de figurants. Je me souviens encore de l'avoir vu et de m'être dit : qu'est-ce qu'un acteur qui a joué plusieurs rôles principaux dans de plus petits films peut bien faire assis au milieu d'un tas de figurants, à moins qu'il ne s'agisse du tueur en série dont on découvrira plus tard l'identité ? J'avais bien évidemment raison, mais je dois admettre que cela ne m'a pas vraiment gâché le reste du film : le réalisateur s'en est très bien chargé tout seul.

— Pour ma part, je dois avouer que j'ai trouvé *Copycat* assez bon, avec pas mal d'originalité.

— Vous ne pensez pas que c'est un meilleur film que *Ring*, tout de même ? demanda Somers.

— Eh bien, jusqu'à aujourd'hui, je trouvais l'histoire de *Ring* un peu tirée par les cheveux, mais vous savez quoi ? Il y a de ça une vingtaine de minutes, j'ai complètement reconsidéré mon jugement. »

Somers pencha la tête sur le côté et fit courir une main dans ses cheveux, comme il en avait l'habitude lorsqu'il réfléchissait. Il paraissait intrigué.

« Racontez-moi. Qu'avez-vous trouvé ? Ne me dites pas que toutes nos victimes ont regardé une cassette vidéo pour mourir sept jours plus tard ?

— Pas exactement », répondit Jensen en lançant un paquet de feuilles sur le bureau en direction de Somers qui s'en saisit.

« Qu'est-ce que c'est ?

— Des registres de bibliothèque.

— *Des registres de bibliothèque ?* » Il les reposa sur le bureau comme si les pages s'étaient soudain enflammées.

« Tout à fait. Les cinq premières victimes ont emprunté le même livre à la bibliothèque municipale. Ce sont les seules personnes à l'avoir jamais emprunté. On peut donc dire que tous ceux qui ont lu ce livre sont morts. »

Somers ne paraissait pas convaincu. « Et qu'en est-il des autres bibliothèques et librairies qui comptent ce livre dans leur stock ? demanda-t-il. Il est évident que notre tueur ne saurait éliminer tous ceux qui en ont acheté un exemplaire, ou qui en ont emprunté un dans une autre bibliothèque.

— Ça ne vous intéresse pas de savoir de quel livre il s'agit ? » Jensen haussa les sourcils pour lui signifier qu'il s'étonnait que Somers ne lui ait pas encore posé la question.

« Laissez-moi deviner. C'est l'autobiographie de Victoria Beckham ?

— Non. C'est une affaire de meurtres en série qui nous intéresse, pas de suicides.

— Soit, sourit Somers. Alors dites-moi. De quel livre s'agit-il ? »

Jensen se pencha et pointa une ligne dans la moitié inférieure de la première page du tas qu'il avait déposé face à Somers. Celui-ci reprit la liasse et examina l'entrée qu'il venait d'indiquer.

« *The Mighty Blues* [1] ?

— Non, répondit Jensen en pointant à nouveau le même endroit. L'entrée du dessous.

— *The Highly Embarassing Goat* [2] ?

— Non plus, dit Jensen en appuyant plus fort du doigt. Au-dessus. »

Somers leva les yeux. Il semblait quelque peu irrité. Puis, comme s'il venait de comprendre et qu'il souhaitait rattraper son retard, son regard s'empressa de se poser à nouveau sur la page et son visage se décontracta quelque peu. Il regardait l'entrée que désignait Jensen. À première vue, on aurait dit que *The Mighty Blues* était suivi de *The Highly Embarassing Goat*, mais, en y regardant de plus près, on remarquait une

---

1. « La puissance du blues ».
2. « Une chèvre des plus embarrassantes ».

entrée vide entre les deux titres, associée à un auteur désigné dans la colonne de droite par l'abréviation « Anon. ».

The Mighty Blues	Sam McLeod
	Anon.
The Highly Embarassing Goat	Richard Stoodley
Life On The Game	Ginger Taylor

« C'est un livre sans nom ? demanda Somers.

— Je crois bien, répondit Jensen. Cette première page est une liste des livres empruntés par Kevin Lever. Sur les pages suivantes figurent les listes des ouvrages empruntés par les autres victimes. Elles ont toutes emprunté ce livre sans titre écrit par un auteur anonyme. Nous devons retrouver ce livre.

— Jensen, vous êtes un génie.

— Non, j'ai juste la chance d'avoir accès à une tripotée de fichiers confidentiels dont l'existence apparaîtrait aux yeux d'une majorité de citoyens comme une atteinte flagrante aux droits de l'homme. »

Somers hocha calmement la tête. « Ce serait peut-être le cas, mon ami, dit-il, mais, lorsqu'on les utilise convenablement et pour le bien de tous, ce genre de données peut sauver des vies.

« C'est plutôt l'individu qui arrache la langue et les yeux de ses victimes qui enfreint les droits de l'homme, vous ne pensez pas ? » Jensen trouva sa tirade encore plus sentencieuse que d'habitude, mais il avait plus ou moins raison.

« Sans doute. »

Somers feuilleta les autres feuilles où figuraient les emprunts des autres victimes. Ces informations ne concernaient en revanche que les cinq premières victimes, détail qu'il avait négligé lorsque Jensen lui avait présenté le résultat de ses recherches. Somers ne souhaitait pas rabaisser son mérite, mais il lui fallait tout de même poser la question qui s'imposait : « Et pour Thomas et Audrey Garcia ? Ou Elvis, tant qu'on y est ? Ils n'ont pas emprunté ce livre ?

— C'est le gros problème qui se pose, avoua Jensen. Ces trois-là n'étaient pas inscrits à la bibliothèque. Ils n'ont donc emprunté aucun livre. Ce qui semble indiquer que notre tueur les a assassinés pour une autre raison. Puisque nous avons en quelque sorte établi un mobile valable pour le meurtre d'Elvis, nous pouvons écarter son cas pour le moment. »

Somers hocha de nouveau la tête. Ils devaient être sûrs de leur piste, aussi insista-t-il. « Ce n'est peut-être rien. Peut-être ne s'agit-il que d'une erreur dans les registres de la bibliothèque, vous voyez ce que je veux dire. Une coquille ou quelque chose dans ce goût-là. Il y a peut-être plusieurs livres répertoriés dans les catalogues comme sans titre et d'auteur anonyme. Peut-être que…

— Non, coupa Jensen. Je vous l'ai déjà dit. J'ai passé au crible *tous* les registres. Ces cinq personnes sont les seules à avoir emprunté à la bibliothèque municipale un livre sans nom d'un auteur anonyme. La coïncidence est un peu grosse. Peut-être Thomas et Audrey connaissaient-ils l'une des autres victimes : ils auront vu ou consulté le livre sans l'avoir emprunté.

— Avez-vous quand même cherché d'autres liens existant entre les victimes ?

— Oui. Et ça n'a mené à rien. Mais qui sait ce que je trouverai en continuant à creuser ?

— Alors continuez à creuser, Jensen. Et n'arrêtez que lorsque vous aurez trouvé notre tueur. Hé ! Qu'est-ce qu'il y a ? »

Durant leur conversation, Jensen n'avait cessé de pianoter sur son ordinateur portable : il venait cependant de s'immobiliser, bouche bée, les yeux rivés sur son écran.

« Somers, souffla-t-il d'un ton surexcité. Je crois que c'est précisément ce que je viens de faire ! »

Somers se redressa sur le fauteuil de Jensen et lâcha les registres de la bibliothèque sur son bureau. « Qu'est-ce qu'il y a ? demanda-t-il. Qu'avez-vous trouvé ?

— Vous n'allez pas le croire. Selon ces données, alors même que nous étions en train de discuter, quelqu'un d'autre a emprunté le livre sans nom. Nous avons une piste ! »

Somers se leva, incapable de contenir son enthousiasme. « Qui est-ce ? Comment s'appelle-t-il ? »

Jensen plissa les yeux en scrutant l'écran de son ordinateur. « C'est une femme. Et elle s'appelle Annabel de Frugyn.

— *Annabel de Frugyn ?* Qu'est-ce que c'est que ce nom ?

— Un nom à la con, si vous voulez mon avis. Attendez, laissez-moi voir si je peux trouver son adresse. »

Jensen tapota frénétiquement sur son clavier. À chaque fois qu'il appuyait sur la touche « entrée », il s'arrêtait quelques secondes d'écrire et fronçait un peu plus les sourcils.

« Qu'est-ce qu'il y a ? Vous ne trouvez pas d'adresse ? » demanda impatiemment Somers.

Jensen ne lui répondit pas et continua de pianoter pendant trente secondes encore, marmonnant et fronçant les sourcils de temps en temps. Puis il se décida enfin à parler. « Rien. Je n'ai rien trouvé. Cette personne, cette fameuse Annabel, n'a pas la moindre adresse. Je n'arrive pas à y croire : un livre sans nom, écrit par un auteur anonyme, emprunté par quelqu'un qui n'a pas d'adresse. Complètement improbable. »

Somers hocha la tête et se pencha vers Jensen. Il attrapa le rebord du bureau et se mit à serrer les mains si fort que ses doigts devinrent vite blancs. Il était manifestement très contrarié.

« Les chances qu'Annabel de Frugyn reste en vie, en possession de ce livre, diminuent de seconde en seconde. Nous devons la retrouver avant qu'elle ne se fasse tuer. Faites ce que vous pouvez avec vos fichiers secrets pour trouver son adresse. Moi, je vais m'y prendre à l'ancienne, en allant voir en ville si quelqu'un peut me renseigner. Quelqu'un doit forcément savoir qui est cette Annabel de Frugyn. Estimons-nous simplement heureux de ne pas être tombés sur un John Smith.

— Parfait, dit Jensen. Le premier à trouver l'adresse gagne. Le perdant est une femmelette, et c'est lui qui paie sa tournée, ça vous va ? »

Somers sortait déjà du bureau d'un pas décidé.

« Pour moi, ce sera un café. Noir, avec deux sucres », grogna-t-il.

27

Dante et Kacy auraient aimé se rendre directement chez le prêteur sur gages pour se débarrasser de la pierre, mais il y avait un très léger problème : la boutique était fermée. Que faire ? Il leur paraissait complètement fou de jeter simplement la pierre sur le bord de la route, vu sa valeur.

La meilleure idée de substitution qui vint à Dante fut de la présenter à un gentleman de sa connaissance qui travaillait au musée d'Art et d'Histoire de Santa Mondega. Le professeur Bertram Cromwell était un vieil ami du père de Dante et avait eu la gentillesse de lui trouver un emploi au musée, même s'il avait été de courte durée. Dante avait appris à apprécier Bertram Cromwell à cette occasion et s'était senti extrêmement coupable à la suite de son licenciement, motivé par le malheureux incident du vase précieux. Cromwell ne lui en avait cependant pas voulu et avait même eu la délicatesse de lui remettre une lettre de recommandation lorsque Dante avait postulé pour l'emploi de réceptionniste. Voilà pourquoi Dante lui serait toujours reconnaissant : ce seul geste l'avait dispensé de retourner chez lui, dans l'Ohio, la queue entre les pattes.

Dès leur première rencontre, Dante avait noté à quel point Cromwell correspondait à l'image qu'il se faisait d'un professeur d'université. Ses cheveux blancs et ondulés étaient impeccablement peignés, il dardait son regard au-dessus de ses fines lunettes lorsqu'il s'adressait à son équipe et possédait une bonne centaine de costumes différents, tous sur mesure, et extrêmement chers. Il devait avoir la cinquantaine bien avancée, mais son air et son attitude étaient ceux d'un homme plus jeune de dix ans. Bien que d'un savoir et d'une intelligence nettement supérieurs, il était d'une politesse infinie et, chose rare, parvenait toujours à se montrer extrêmement aimable sans jamais paraître condescendant. C'était vraiment à ce type de personne que Dante aurait aimé ressembler s'il avait été riche ou intelligent. Mais, pour l'heure, il était pauvre et rusé, ce qui n'était pas tout à fait la même chose.

Le musée était l'un des plus gros édifices de tout Santa Mondega, occupant à lui seul l'équivalent d'un pâté de maisons sur la grand-rue. C'était un bâtiment imposant de huit étages. Fixés à sa façade flottaient les drapeaux de tous les pays du monde. L'une des grandes particularités du musée d'Art et d'Histoire de Santa Mondega était qu'il recélait un objet représentatif de chaque pays du monde, qu'il s'agisse d'une œuvre d'art inestimable ou d'un simple coquillage.

Dante et Kacy gravirent les trois larges marches de béton blanc de l'entrée principale, avant de franchir la porte à tambour aux parois de verre qui leur permit d'accéder au grand hall. Le professeur Bertram Cromwell se trouvait dans une vaste pièce pleine de peintures, à gauche du grand hall. Il finissait une visite guidée organisée pour un groupe d'une bonne quinzaine d'étudiants, tous affairés à photographier en tous sens plutôt qu'à écouter ce que Cromwell disait au sujet des tableaux qui leur étaient présentés. Dante comprit que la visite allait prendre fin. Il savait combien le professeur détestait s'adresser à des touristes ignares qui ne daignaient même pas l'écouter, alors que, en véritable professionnel, il les guidait à travers les salles et les galeries leur donnant la moindre information potentiellement intéressante. Malgré tout, il avait certainement hâte d'en terminer tant la lueur des flashs des appareils photo était pour lui une véritable torture.

Dès qu'il aperçut Dante et Kacy dans le grand hall, il leur fit signe de s'asseoir en attendant qu'il ait fini. Ils prirent place sur un confortable canapé couleur crème, près du comptoir de la réception. Le grand hall était vraiment très impressionnant. Il était encore plus grand que les trois derniers appartements que Dante et Kacy avaient loués, mis bout à bout. Le plafond était particulièrement haut, d'une bonne dizaine de mètres, le parquet était impeccable et l'air était délicieusement frais, grâce au meilleur système d'air conditionné de tout Santa Mondega.

D'où ils se trouvaient, ils pouvaient voir, au-delà de la grande entrée en voûte, la première galerie du musée aux murs recouverts de tableaux ; un certain nombre d'objets avaient été disposés au milieu, à intervalles réguliers, ainsi que des présentoirs surmontés de verre présentant de plus petits artefacts. Aucun des objets exposés ne semblait d'une valeur ou d'un intérêt quelconque aux yeux de Kacy et Dante, mais ce dernier, par respect pour Cromwell, s'efforçait de s'intéresser un tant soit peu à ce qui était présenté. Il posa le regard sur un tableau et le regarda avec attention comme pour se pénétrer du sens que la peinture était supposée révéler aux spectateurs. Malheureusement, c'était une peinture d'un genre qu'il détestait tout particulièrement. Pour lui, un bon tableau était un tableau qui ressemblait à une photographie. Or celui-ci ressemblait plutôt à un tas d'éclaboussures de couleurs différentes qu'on aurait jetées au hasard sur une toile. Si quelque beauté se cachait dans cet amas, Dante était bien incapable de la voir.

Le troupeau d'étudiants finit par sortir du musée, encouragcant Dante à se lever du canapé pour s'approcher de Cromwell. Kacy lui prit discrètement la main et le suivit, restant un demi-pas en retrait.

« Salut, Cromwell. Comment ça va ? lança Dante d'un ton joyeux.

— Pour le mieux, merci, monsieur Vittori fils. C'est un plaisir de vous revoir, ainsi que vous, mademoiselle Fellangi. Que puis-je pour vous ?

— Cromwell, j'aimerais bien que vous jetiez un œil à quelque chose. On est tombé sur un truc qui vaut sûrement beaucoup de fric et, vous l'imaginez aisément, on est un peu en train d'essayer de voir comment on pourrait profiter de ce coup de chance qu'on a eu. »

Bertram Cromwell sourit. « Avez-vous cet objet sur vous ?

— Ouais, mais est-ce qu'on pourrait pas aller dans un coin un peu plus discret pour vous le montrer ?

— En réalité, j'ai beaucoup à faire, Dante.

— Croyez-moi, prof, vous allez pas le regretter. »

Le professeur haussa un sourcil. Il semblait convaincu que tout cela ne serait qu'une perte de temps, mais il était bien trop aimable et bien trop poli pour les congédier sans se plier à leur requête.

« Eh bien, ce doit vraiment être un objet très particulier. Suivez-moi, je vous prie. Nous verrons cela dans mon bureau. »

Dante et Kacy suivirent Cromwell le long d'un dédale de couloirs pendant plusieurs minutes, échangeant avec lui quelques petites plaisanteries tout en jetant des coups d'œil aux tableaux et objets qu'ils croisaient en chemin. Dante avait beau avoir fait partie de l'équipe d'entretien jusqu'à une date relativement récente, il ne reconnaissait pas un seul des objets exposés. Ce n'était pas un amateur d'art, et les artefacts historiques ne l'intéressaient en rien : il y avait fort à parier que, lorsqu'il réemprunterait le même chemin pour sortir du musée, il ne reconnaîtrait toujours pas un seul des objets présentés.

Kacy pour sa part regardait attentivement tout ce qui défilait sous leurs yeux et mémorisait chaque œuvre, non parce qu'elle trouvait ces objets intéressants mais parce qu'elle tenait absolument à se souvenir du chemin à prendre pour sortir. Ce n'était que la deuxième fois qu'elle voyait Bertram Cromwell, et elle ne s'était pas encore fait d'opinion précise à son sujet. Il convenait donc d'être extrêmement prudente et de mémoriser le chemin, au cas où Dante et elle se verraient forcés de s'échapper au plus vite. L'échange qu'ils avaient eu avec la Dame Mystique l'avait rendue un peu paranoïaque et beaucoup plus méfiante envers autrui que d'habitude.

À juste titre.

28

Le bureau de Cromwell était situé en sous-sol. C'était une très grande pièce, le genre de pièce qu'on devait s'enorgueillir d'occuper. Face à la porte se trouvaient un bureau en chêne massif et poli datant du XIXᵉ siècle et un fauteuil tapissé de cuir noir aux dimensions proprement effrayantes. Face au bureau étaient disposés deux fauteuils également tapissés de cuir noir, plus petits mais tout aussi distingués. Cromwell fit signe à Dante et Kacy d'y prendre place et, quant à lui, s'installa confortablement dans l'énorme fauteuil.

Si Dante semblait n'attacher aucun intérêt à la pièce où ils se trouvaient, Kacy, pour sa part, était stupéfaite par sa magnificence. Deux murs entiers étaient recouverts du sol au plafond d'épais ouvrages reliés, serrés les uns contre les autres, sur des dizaines d'étagères en chêne. C'était exactement l'image qu'elle se faisait de la bibliothèque la plus précieuse au monde. Les deux autres murs étaient recouverts de panneaux de bois sombres et brillants, auxquels avaient été fixées plusieurs grandes toiles, toutes extrêmement sombres. On ne décelait pas la moindre couleur vive. Sans la douce chaleur produite par le chauffage intégré aux murs et la lumière éclatante du magnifique lustre, cette pièce aurait été vraiment très intimidante, voire tout à fait effrayante.

Cromwell trouva enfin la position la plus confortable, après quelques instants passés à se dandiner dans les crissements du cuir de son fauteuil. Il rapprocha ses mains l'une de l'autre et se mit à tapoter le bout des doigts de l'une contre le bout des doigts de l'autre pendant quelques secondes, avant de sourire à tour de rôle à ses deux hôtes. D'abord à Dante, puis à Kacy. Voyant qu'aucun des deux ne semblait se rendre compte à quel point son temps était précieux, il se décida finalement à prendre la parole plutôt que d'attendre que ses hôtes entament la conversation.

« Fort bien, Dante, puis-je voir ce si précieux objet que vous possédez ? »

Kacy attendit le feu vert de Dante, qui s'empressa de le lui accorder d'un bref acquiescement. Elle retira alors la chaîne qui pendait à son cou, et le pendentif émergea de son vêtement pour la première fois depuis qu'ils étaient entrés dans le musée. Cromwell tendit la main au-dessus de son bureau, et Kacy déposa le pendentif dans sa paume. Pendant quelques secondes, Cromwell demeura immobile, se contentant uniquement d'examiner ce qu'elle venait de déposer dans sa main. À en juger par son expression, il semblait reconnaître cette pierre. Ses yeux étincelèrent, et, pendant un bref instant, son visage fut celui d'un enfant au comble de l'excitation, le soir de Noël. Enfin, après avoir scruté la pierre assez longuement pour qu'il ne subsiste plus aucun doute quant à l'intérêt qu'il lui portait, il l'approcha de son visage et l'observa avec un regard sombre et inquisiteur.

« Qu'est-ce que vous en pensez ? » demanda Kacy.

Cromwell ignora sa question et ouvrit un tiroir sur sa gauche. Il fouilla d'une main tâtonnante à l'intérieur, cherchant manifestement un objet bien précis, sans pour autant lâcher la pierre du regard, ne serait-ce qu'un instant. Il finit par en extraire une très petite loupe qu'il porta à son œil. S'ensuivirent trente secondes durant lesquelles il examina la pierre sous tous les angles, la manipulant sous la loupe de la main droite.

« Alors ? » relança Kacy, à présent un peu embarrassée qu'il ne lui ait toujours pas répondu.

Cromwell déposa le collier et la loupe sur son bureau et inspira profondément.

« Cette pierre est effectivement extrêmement précieuse, murmura-t-il, presque pour lui.

— Combien elle vaut, à votre avis ? » demanda Dante. Le comportement assez étrange du professeur suscitait en lui tous les espoirs.

Cromwell fit pivoter son fauteuil et se leva. Il se dirigea droit vers le mur recouvert de livres à sa gauche et fit courir ses doigts le long du dos des ouvrages de l'étagère au niveau de son menton. Après en avoir caressé de la sorte huit ou neuf, sa main s'immobilisa sur un livre très épais à la reliure noire. Il s'en saisit et revint s'asseoir, posant délicatement l'ouvrage sur son bureau.

« Cette pierre bleue est sans doute la pierre la plus précieuse au monde, dit-il en regardant Dante, puis Kacy, afin de s'assurer qu'ils comprenaient les implications de ce qu'il venait de leur révéler.

— Génial, lança Dante. Où est-ce qu'on peut la vendre ? »

Cromwell laissa s'échapper un profond soupir. « Je doute que vous puissiez la vendre », répondit-il d'une voix radoucie.

Dante ne put s'empêcher d'exprimer à voix haute son profond mécontentement. « Ah ! je l'attendais, celle-là. Et pourquoi pas ?

— Permettez-moi de consulter un instant ce livre. Il s'y trouve un passage concernant cette pierre que vous devez absolument lire avant de décider ce que vous entendez en faire.

— OK. »

Dante et Kacy échangèrent des regards brillants d'excitation pendant que Cromwell feuilletait l'ouvrage. Kacy saisit la main de Dante et la serra très fort afin de maîtriser ses émotions.

« Comment s'appelle ce bouquin ? demanda-t-elle à Cromwell.

— Il s'agit du *Livre de mythologie lunaire*.

— Ah ! D'accord. » Kacy ne comprit pas la réponse et regretta d'avoir posé cette question. Elle n'était pas seule dans ce cas. Dante n'avait pas la moindre idée de ce que pouvait signifier « mythologie lunaire ».

Au terme d'une bonne minute de recherche via une lecture rapide du texte, et une bonne dose de « hmm » et de « aah ! », Cromwell trouva enfin la page qu'il recherchait et se mit à la parcourir silencieusement. De sa place, Dante parvenait à voir l'illustration en couleurs sur la page : la représentation d'une pierre bleue qui ressemblait beaucoup à celle qu'ils avaient remise à Cromwell. La pierre du livre n'était pas montée en pendentif, comme celle que Kacy avait portée jusqu'alors, mais elle était quasi identique à celle qui reposait sur le bureau, sous leur nez.

Après une ou deux minutes, Cromwell leva les yeux en direction de ses hôtes et retourna le livre vers eux. Kacy et Dante parcoururent du regard les deux pages qui leur faisaient face, s'attendant à ce que quelque chose de particulièrement enthousiasmant leur saute aux yeux, comme par exemple une somme en dollars indiquant la valeur de la pierre. Ils ne virent cependant rien de tel et furent donc très vite contraints de lancer des regards vers Cromwell, espérant qu'il leur explique ce qu'ils étaient censés voir.

« Jeune fille, cette pierre bleue que vous portez au cou est connue des historiens sous le nom d'Œil de la Lune.

— Ouah ! »

Kacy était très impressionnée. « L'Œil de la Lune », ça avait vraiment de l'allure, sans compter qu'elle n'avait jamais eu le privilège de porter un bijou qui possédait son nom propre.

« Alors combien est-ce que ça vaut ? demanda à nouveau Dante.

— Cette question, jeune homme, ce n'est pas à moi que vous devriez la poser, mais à *vous-même*, répondit Cromwell d'une voix grave. Cette pierre vaut-elle que vous mettiez votre vie en danger ?

— Oh, merde, pas vous ! » s'exclama Dante en repensant à cet oiseau de mauvais augure de Dame Mystique. Cromwell ne releva pas la remarque et poursuivit.

« L'Œil de la Lune n'a pas de valeur marchande, Dante. Sa valeur réside dans les yeux de celui ou celle qui le porte. Certaines personnes sont prêtes à tout pour mettre la main sur cette pierre. Et ce n'est pas pour s'enrichir qu'elles cherchent à l'obtenir.

— Alors pourquoi ?

— Parce qu'elle est très belle ? proposa Kacy.

— Non, répondit Cromwell. Elle est effectivement très belle, je vous le concède, mais à en croire la légende, ainsi que ce livre, l'Œil de la Lune tient son incommensurable valeur de ses pouvoirs. Il s'agit d'une sorte de pierre magique, si vous préférez.

— Pardon ? » lança Dante, à présent très décontenancé.

Il connaissait suffisamment Bertram Cromwell pour savoir qu'il était tout sauf idiot. C'était un homme intelligent, pas le genre à raconter n'importe quoi. Et s'il disait que cette pierre avait une sorte de pouvoir magique, il y avait toutes les raisons de penser qu'il disait la vérité, aussi absurde qu'elle puisse sembler.

« Il existe diverses histoires concernant les pouvoirs de l'Œil de la Lune, poursuivit le professeur. Certains prétendent que quiconque le porte – par exemple en pendentif autour du cou – ou même se contente de le tenir dans la main devient immortel.

— Immortel ? Genre… il peut pas se faire tuer ? Il vit pour toujours ? souffla Kacy.

— Tout à fait, mais d'aucuns racontent également qu'il vole l'âme de quiconque le porte. »

Dante sourit.

« Et y en a qui croient à ces conneries ?

— Oh, assurément !

— *Vous* croyez à ces conneries, Bertie ?

— Je ne dispose pas d'assez d'éléments pour trancher.

— Alors qu'est-ce qu'on doit en faire ?

« — Eh bien, répondit le professeur en se relevant, vous pourriez éprouver la théorie selon laquelle cette pierre possède un incroyable pouvoir de guérison. »

La proposition piqua la curiosité de Dante. « Comment ça ? »

Bertram Cromwell saisit le pendentif posé sur la table et le lança à Dante, qui le rattrapa au vol.

« Passez le collier autour de votre cou, et je trancherai très légèrement dans la chair de votre bras, juste assez pour faire couler le sang. Si la pierre possède le pouvoir qu'on lui prête, alors la blessure guérira d'elle-même et vous ne ressentirez aucune douleur. »

Dante lança un regard vers Kacy afin de voir ce qu'elle en pensait. Elle semblait impatiente de le voir essayer, même si c'était un peu à contrecœur (parce qu'il ne croyait pas en la sorcellerie ou en ce genre de foutaises ; mais il ne croyait pas non plus en la notion de douleur) ; il enfila le collier et le laissa tomber autour de son cou. Puis il retroussa sa manche droite et tendit son bras. Cromwell le saisit de la main gauche et, de sa droite, tira un couteau à cran d'arrêt de la poche intérieure de sa veste. Il fit surgir la lame et l'approcha du bras de Dante, soudain très surpris qu'un professeur se balade avec un cran d'arrêt dans la poche.

« OK, dit Dante en fixant la lame acérée de Cromwell. Allez-y carrément.

— Vous êtes sûr ? demanda Cromwell.

— Ouais, allez-y. Mais dépêchez-vous avant que je change d'avis. »

Bertram Cromwell inspira profondément puis enfonça vigoureusement la pointe du couteau dans l'avant-bras de Dante. Deux choses se produisirent quasi simultanément : la lame s'enfonça de cinq centimètres, et Dante poussa un hurlement retentissant.

« AOUH !… PUTAIN !… Mais merde !… AOUH ! Espèce de *putain* d'abruti ! *Putain de merde, vous m'avez planté !* BORDEL DE MERDE ! Espèce de… espèce de vieil *enculé* !

— Ça fait mal ? » demanda Kacy et ce ne fut franchement pas l'une de ses plus brillantes remarques.

« BIEN SÛR QUE ÇA FAIT MAL, PUTAIN ! JE VIENS DE ME FAIRE POIGNARDER, BORDEL ! »

Dante agrippait son bras, tentant désespérément de juguler l'hémorragie, dont le débit était fort impressionnant. Cromwell avait tiré de sa poche un mouchoir en papier avec lequel il essuyait la lame de son couteau.

« Sentez-vous la blessure guérir d'elle-même, Dante ? demanda-t-il posément.

— *Vous vous foutez de ma gueule ?* Vous avez failli me couper le bras en deux. *Bien sûr* que c'est pas en train de guérir tout seul. Ça va prendre des putains de semaines à guérir. Il va sûrement falloir me faire des points de suture. Putain, Cromwell, mais qu'est-ce qui vous est passé par la tête ? Je pensais que vous alliez juste me faire une petite entaille, pas me découper le bras, bordel de merde !

— Je suis confus, Dante. Je voulais simplement que la plaie fût assez conséquente pour nous assurer sans l'ombre d'un doute de l'efficacité de la pierre ou de son inefficacité.

— En tout cas si le but c'était de me laisser une putain de cicatrice à vie, je crois qu'on peut dire qu'elle est sacrément efficace, cette putain de pierre ! »

Cromwell tira un mouchoir en tissu blanc de la boutonnière de sa veste et le tendit à Kacy.

« Tenez, Kacy. Attachez ceci autour de la blessure de Dante, en serrant fort. Cela jugulera le saignement. »

Kacy prit le mouchoir et saisit le bras de Dante. Elle enveloppa le mouchoir autour de la plaie et fit un nœud aussi serré qu'elle le put. « Ça va comme ça, mon cœur ? » demanda-t-elle.

L'expression de Dante changea soudain, passant d'une douleur et d'une colère infinies à la surprise la plus complète.

« Holà, attendez une minute ! J'ai l'impression que la blessure a guéri toute seule, s'exclama-t-il.

— *C'est vrai ?* demanda Cromwell sans rien cacher de son excitation.

— *Non, espèce de gros con !* Bien sûr qu'elle n'a pas guéri ! Vous m'avez enfoncé un couteau dans le bras, vous vous rappelez ? Putain, et dire que vous êtes professeur ! » Il retira le collier et le tendit à Kacy. « Tiens, prends cette saloperie et cogne-lui sur le crâne avec, s'il te plaît.

— Dante, je suis désolé, vraiment, je le suis, dit Cromwell en s'adossant à son bureau. Écoutez, je vais me faire pardonner, je vous le promets. Je vous ferai rembaucher par le musée, si vous le souhaitez. »

Dante commençait enfin à se calmer. En fait, il s'en voulait un peu d'avoir injurié le professeur, surtout de l'avoir traité de « vieil enculé ».

« Oh, oubliez ça, prof ! dit-il d'un ton aimable. Je survivrai. J'ai connu pire.

— Même ainsi, Dante, si je peux faire quelque chose pour vous…

— Oui, vous pouvez faire quelque chose pour moi, répondit Dante. Dites-moi simplement où est-ce que je peux vendre ce foutu collier au meilleur prix. »

Cromwell hocha la tête.

« Ne cherchez pas à le vendre, Dante. Débarrassez-vous-en, mon jeune ami. Il ne vous vaudra que plus de souffrances et de peines encore si vous le gardez plus longtemps.

— Ça peut pas être pire que ce que je viens de vivre, pas vrai ?

— Au contraire, ça peut être bien pire, dit Cromwell d'un ton sinistre. Je ne vous ai pas encore tout dit.

— Quoi ? lança Dante, serrant son bras en grimaçant de douleur.

— Demain à midi aura lieu une éclipse solaire totale. Assurez-vous de ne plus avoir cette pierre en votre possession lorsque cela arrivera.

— Pourquoi ça ?

— Parce que ce serait très dangereux. Cette pierre appartient aux moines d'Hubal. Ils viendront la chercher et ils ne reculeront devant rien, absolument *rien*, pour la récupérer. Plus longtemps vous garderez cette pierre, plus courte sera votre espérance de vie.

— Ah, ouais ? Et pourquoi cette pierre est-elle si importante pour ces moines ?

— Parce que, mon jeune ami, aussi ridicule que cela puisse nous sembler, à tous deux, les moines croient que cette pierre bleue permet de contrôler les mouvements de la Lune. Si elle tombait entre de mauvaises mains, elle pourrait être utilisée pour empêcher la Lune de tourner en orbite autour de la Terre.

— Et ce serait grave ? » demanda Kacy. Elle savait que la question était stupide, mais le professeur et l'atmosphère générale du musée la rendaient extrêmement nerveuse. Quand Kacy était nerveuse, elle ne pouvait s'empêcher de parler pour ne rien dire et donc de toujours proférer des stupidités. C'était pour cette raison qu'elle adorait la compagnie de Dante. Il n'était pas bien malin, mais cela ne le dérangeait pas parce qu'il avait confiance en lui. Kacy, en revanche, était intelligente, mais il lui arrivait souvent de passer pour une imbécile parce que, malgré tout son courage, elle n'arrivait pas à se maîtriser lorsqu'elle se trouvait en compagnie de gens importants ou dans un environnement qui ne lui était pas familier, en particulier dans un décor aussi impressionnant que celui du musée.

Fort heureusement, Cromwell ne jugeait personne selon son intelligence, pour la simple et bonne raison que la plupart des gens faisaient figure d'imbéciles comparés à lui. Aussi répondit-il à la question de Kacy sans le moindre signe de suffisance.

« Oui, ce serait très grave. D'abord, la Lune conditionne les marées, mais plus important encore, et bien plus précisément en l'occurrence, une éclipse solaire totale se produira demain à midi. Si la légende dit vrai, si la personne qui porte la pierre peut contrôler l'orbite de la Lune, à votre avis, qu'est-ce que cette personne pourrait bien projeter pour demain ? »

Dante n'avait aucune envie de passer pour un abruti, mais il ignorait complètement la réponse à cette question. Elle devait certainement être évidente aux yeux de la plupart des gens, mais lui était complètement perdu, et, apparemment, c'était également le cas de Kacy. En conséquence, après quelques secondes de silence, Cromwell répondit lui-même à sa propre question.

« Si celui qui porte la pierre s'en sert durant une éclipse, il est fort possible qu'il cherche à rendre cette éclipse permanente. Je ne vous assommerai pas de détails techniques, mais je puis vous assurer que celui qui portera la pierre sera en mesure de maintenir la Lune alignée sur le Soleil par rapport à la Terre, afin d'empêcher la lumière du jour d'inonder Santa Mondega. Pour résumer, la ville se retrouverait alors dans les ténèbres les plus complètes durant les 365 jours de l'année. Et ceci, mes amis, n'est pas le plus sûr moyen d'attirer des vacanciers. En fait, c'est le plus sûr moyen d'attirer des détraqués.

— *Putain.* » Dante avait laissé s'échapper le premier mot qui lui était passé par la tête.

« Ce n'est pas tout à fait ainsi que j'aurais synthétisé mes propos.

— Mais qui aurait intérêt à ce que ça arrive ? Vous avez dit que pas mal de monde aimerait bien mettre la main sur la pierre, mais j'imagine qu'aucun d'eux n'a envie de cacher le soleil jusqu'à la fin des temps. Ce serait complètement stupide », raisonna Dante. Il était incapable d'imaginer quel bénéfice on pouvait tirer d'un acte aussi irrationnel, à part peut-être pour de l'argent.

« Je suis tout à fait de votre avis, mon jeune ami, mais, toujours selon la légende, certains individus souhaitent vraiment que cela arrive.

— Comme qui ?

— Je n'en sais rien. Des adorateurs de Satan, peut-être ? Des personnes allergiques au soleil ou redoutant le cancer de la peau ? Vos spéculations seront en la matière aussi valables que les miennes, en vérité. Mais il n'en reste pas moins que l'Œil de la Lune est entré dans Santa Mondega quelques jours avant que survienne l'éclipse solaire, Dante, et l'on est forcé de se demander, au vu des circonstances, si la personne qui l'y a amené a choisi ce moment précis à dessein. »

Kacy sentait la paranoïa se répandre en elle comme une tumeur maligne. Des adorateurs de Satan ? Il y avait trois choses que Kacy savait des adorateurs de Satan :

Un : ils adoraient Satan. Évidemment.

Deux : c'était le genre à aimer sacrifier des êtres humains. Probablement.

Trois : quand ils n'étaient pas spécialement habillés pour leurs rituels satanistes, ils ressemblaient à n'importe qui.

29

Il n'était pas encore midi et le Tapioca était déjà rempli d'inconnus. En temps normal, Sanchez aurait déjà littéralement pété un plomb, mais il se fendait en pareille occasion d'une relative tolérance. La grande Fête de la Lune battait son plein en ville et ces réjouissances attiraient toujours un grand nombre de touristes.

Cette fois-là, il existait une autre raison à cette tolérance. Sanchez avait détaillé chacun de ses clients afin de voir si l'un d'eux portait la pierre bleue en pendentif autour du cou. Ce n'était le cas de personne au Tapioca, mais il avait l'intention de sortir durant l'après-midi afin de passer discrètement en revue un nombre encore plus important de badauds.

La Fête de la Lune n'avait lieu qu'à l'occasion d'une éclipse. Cela aurait été un événement exceptionnel partout ailleurs sur terre, mais Santa Mondega, la ville oubliée, connaissait une éclipse solaire totale tous les cinq ans. Personne ne savait à quoi cela était dû, mais tous les gens du coin s'en félicitaient, parce que, lorsque la fête battait son plein, il n'existait pas d'autre endroit au monde où ils auraient préféré se trouver. Ces festivités faisaient partie de la culture de Santa Mondega depuis longtemps : elles remontaient à des siècles, quasiment au jour où une poignée d'aventuriers espagnols avaient établi leur premier campement sur le site où se dressait à présent la ville.

La préférence de Sanchez, dans cette fête, allait aux déguisements. Tout le monde en ville faisait vraiment un gros effort pour se déguiser, ce qui contribuait à établir une ambiance joyeuse, vivante et agréable. Tout le monde étant d'humeur enjouée et amicale (malgré la consommation de quantités homériques d'alcool), les risques qu'une bagarre n'éclate s'en trouvaient considérablement réduits, ce qui facilitait le travail de Sanchez et assurait une plus grande sécurité aux clients, aux meubles et aux différentes installations du Tapioca.

En outre Sanchez appréciait particulièrement, lors de la Fête de la Lune, la foire qui s'installait aux abords de la ville. Des forains étaient arrivés quelques jours plus tôt, comme à chaque fois, et la foire battait son plein depuis alors une semaine. C'est seulement la veille de l'éclipse que Sanchez avait enfin trouvé le temps d'y faire un tour.

Laissant Mukka s'occuper du Tapioca et des parfaits inconnus qui l'emplissaient, il partit seul pour la foire. Son principal objectif était de jouer. Il existait à la foire toutes sortes de possibilités de parier l'argent gagné à la sueur de son front. Sanchez avait entendu parler d'un casino installé sous l'un des chapiteaux et d'un minicircuit de course de rats dans un autre. Mais c'étaient surtout les rumeurs concernant le concours de boxe qui l'intéressaient. On disait que le chapiteau qui l'accueillait n'avait jamais désempli depuis son ouverture. Sur un ring où le premier venu pouvait se mesurer à un boxeur forain, avec, en général, pour objectif de tenir trois rounds sans être mis K.-O.

La foire se composait d'un gigantesque ensemble de chapiteaux aux couleurs vives et de stands aux décorations somptueuses, tous emplis de touristes aux yeux écarquillés. Toute la zone grouillait de gens, qui passaient d'une attraction à une autre, au rythme des différents morceaux que diffusaient pêle-mêle des haut-parleurs montés sur des mâts. Sanchez ignorait complètement ces divertissements secondaires. Seul comptait pour lui le chapiteau de boxe. Le plus bondé de tous. On aurait dit que toute la population de Santa Mondega avait eu la même idée que lui : se rendre dans ce chapiteau et s'y rendre de bonne heure. Il était du reste très facile à repérer : juste devant étaient alignées en rangs impeccables des centaines de Harley-Davidson, signe évident que les Hell's Angels étaient entrés dans la ville.

Il lui fallut une bonne vingtaine de minutes pour entrer dans l'énorme chapiteau. À l'intérieur, les flux et reflux de la marée humaine rendaient difficile, voire périlleuse, toute progression en direction du ring. Les organisateurs avaient manifestement anticipé le nombre important des visiteurs : le ring avait été installé au sommet d'une plateforme, afin que chacun puisse jouir d'une vue relativement bonne.

On était ici bien loin des règles du marquis de Queensberry. Il s'agissait de boxe sauvage à poings nus, et, à l'exception de morsures et de fourchettes aux yeux, tout le reste était autorisé, y compris l'usage des pieds, des coudes et de la tranche de la main.

Lorsque Sanchez parvint enfin à entrer, un combat était déjà en cours. Un combat complètement inégal, au demeurant. L'un des types était quasiment deux fois plus grand que l'autre. C'était un gros balèze au crâne rasé, entièrement recouvert de tatouages. Son modeste adversaire avait tout du père de famille, sur le ring uniquement parce que ce combat représentait pour lui le plus sûr moyen de nourrir femme et enfants. Il suffisait de jeter un simple regard sur ce type pour se convaincre que le combat durait depuis déjà un petit bout de temps. Il était en charpie. L'un de ses yeux pendait littéralement hors de son orbite, et l'homme titubait en tenant son épaule gauche, comme si celle-ci avait été disloquée et qu'il essayait de la remettre en place. La condition du boxeur au crâne rasé offrait un puissant contraste : il était aussi frais que la plaie au-dessus de l'œil encore valide de son adversaire, d'où le sang giclait en tous sens. Sanchez ne fut pas surpris de voir le combat s'achever presque immédiatement. Le père de famille fut vite emmené hors du ring, par la sortie des artistes, certainement pour prendre un peu l'air et recevoir des soins susceptibles de le sauver d'une mort quasi certaine.

Le combat fini, une partie de la foule se dispersa, et Sanchez eut une meilleure vision des lieux. Une espèce de Monsieur Loyal, coiffé d'un haut-de-forme et vêtu d'un costume à queue-de-pie, fit son entrée sur le ring et, appuyant son micro contre sa bouche, se mit à hurler des mots que, dans le vacarme assourdissant du chapiteau, Sanchez fut incapable de comprendre. Quelqu'un avait dû cependant saisir le sens de son message, car il ne se passa pas une minute avant qu'un autre volontaire ne monte sur le ring, sous les vivats retentissants de la foule. Au moins, ce type avait l'air un peu plus crédible que le précédent. Le pugiliste au crâne rasé, qui apparemment répondait à un vague aboiement que Sanchez interpréta comme « Hammer-head [1] », n'avait pas quitté le ring. Il ne fallait pas être un génie pour comprendre qu'il s'agissait du boxeur professionnel payé pour se battre contre tout boxeur volontaire, pour le compte des gérants de l'attraction.

Il fallait tenir trois rounds de trois minutes face à Hammerhead sans tomber K.-O. ou se voir contraint de jeter l'éponge. La participation coûtait 50 dollars, mais si le challenger parvenait à tenir les trois rounds, il recevait la somme de 100 dollars Si, par quelque miracle complètement improbable, il arrivait à mettre Hammerhead K.-O. dans la limite des trois rounds, il repartait avec 1 000 dollars. Pour de nombreux imbéciles complètement ivres, c'était une raison suffisante pour tenter leur chance. En fait, c'était une raison de tenter le coup même pour des imbéciles qui n'avaient pas bu une goutte d'alcool.

Le challenger qui entra dans le ring était un homme blanc, d'apparence plutôt banale. Hammerhead pesait bien vingt kilos de plus : le nouvel arrivé devait certainement vouloir survivre aux trois rounds, sans la moindre espérance de mettre K.-O. le champion en titre. Sanchez se fit donc une joie de miser 20 dollars sur une victoire d'Hammerhead dès le premier round. Au milieu du public, un bookmaker lui offrit un taux qui lui permettrait de doubler la mise s'il l'emportait. Mais Sanchez aurait dû se méfier.

À son très grand déplaisir, le challenger dansa pendant les deux premiers rounds, envoyant de temps en temps un crochet timide en direction de son robuste adversaire. De son côté, Hammerhead rata swing sur

---

1. « Tête de marteau » *(NdT)*.

swing (probablement intentionnellement). Puis, au début de la deuxième minute du troisième round, il se réveilla soudain de sa léthargie, et en trois directs – BOUM-BOUM-BOUM ! – il mit un terme au match. C'était ainsi que se passait ce genre de combats. Sanchez le savait, tout le monde le savait, et pourtant les bookmakers étaient toujours les seuls à éclater de rire à chaque fin de match. Les salopards.

Ce dont Sanchez avait besoin, c'était d'un vrai bon tuyau. Il devait savoir ce que les bookmakers savaient ou, mieux encore, ce qu'ils ignoraient. Alors qu'il en était encore à maudire le sort, il pressentit le tuyau en or qu'il avait espéré. À l'autre bout de l'énorme chapiteau, portant un intérêt évident aux combats, se trouvaient les deux moines d'Hubal, Kyle et Peto. Malgré leur accoutrement bizarre, ils ne ressemblaient plus à deux enfants de chœur perdus dans un bordel. En fait, ils commençaient même à se fondre dans la faune locale de Santa Mondega. Sanchez les observa une minute. Ils passaient le plus clair de leur temps à échanger des murmures, acquiesçant après chaque phrase chuchotée pour exprimer leur accord. Un pari, peut-être ? Mieux encore : peut-être l'un d'eux allait-il se mesurer au boxeur professionnel ? Ces types étaient vraiment de redoutables combattants. Sanchez le savait, mais les bookmakers ne pouvaient que l'ignorer. N'ayant rien à perdre, il se fraya un chemin jusqu'aux moines.

« Hé, salut, les mecs, comment ça va ? J'espérais pas vous revoir de sitôt, s'exclama Sanchez d'un ton jovial, comme si tous trois avaient été les meilleurs amis du monde.

— Sanchez le patron de bar, salua Kyle de façon assez formelle. C'est un plaisir de vous rencontrer à nouveau. » Peto acquiesça en affichant un demi-sourire.

« Et si l'un de vous deux allait cogner un peu sur ce mec ? Vous pourriez le terrasser en deux temps, trois mouvements. Je vous ai vus vous battre, vous vous rappelez ? Vous êtes des vraies brutes épaisses.

— C'est clair », dit Peto. *Ouais*, pensa Sanchez, *ils commencent vraiment à se fondre dans le tableau.*

« C'est certain, ajouta Kyle. Mais il n'est pas dans notre nature de nous battre à moins que ce ne soit vraiment nécessaire ou impossible à éviter.

— Et si je paie votre droit d'admission ? »

Les deux moines échangèrent un bref regard. Ils n'arrivaient pas à y croire. Peut-être ne seraient-ils pas obligés de voler quelqu'un, après tout.

« OK », répondit Kyle.

Sanchez, lui non plus, n'arrivait pas à y croire.

30

Refroidis, si ce n'est franchement terrifiés par leur conversation avec Cromwell, Dante et Kacy quittèrent le musée et se rendirent à la foire avec un but précis. Comme tant d'autres, ils se dirigèrent directement vers le chapiteau de boxe, mais pour des raisons bien différentes.

Ils avaient assisté aux matchs successifs plus d'une heure durant avant d'arriver à une conclusion incontestable. Hammerhead était bien l'homme sur qui ils devaient investir une partie de leur argent. Il avait enchaîné quatre combats et à chaque fois remporté une victoire confortable, sans montrer le moindre signe de fatigue. Mais ils n'étaient pas venus là pour parier sur lui ; pour miser de l'argent sur une victoire ou une défaite du boxeur. Leur intention était de miser leur vie sur ce champion.

Dante, après avoir consulté la Dame Mystique et le professeur Cromwell, avait conclu qu'il leur fallait un garde du corps. S'ils voulaient échanger l'Œil de la Lune contre une importante somme d'argent, il leur fallait une protection digne de ce nom. Et, pour ce faire, choisir le meilleur combattant d'un concours de boxe à poings nus ouvert à tous semblait être la meilleure façon de procéder. Kacy semblait totalement convaincue qu'Hammerhead était l'homme de la situation, mais Dante avait encore quelques doutes. Il avait envie de voir encore un peu le gros molosse à l'œuvre, car il avait le pressentiment que tous les combats étaient truqués.

Force fut de constater que le cinquième adversaire d'Hammerhead ne fit pas spécialement dresser les cheveux de l'assistance lorsqu'il monta sur le ring. C'était un type au crâne rasé, assez petit et avec une drôle de dégaine, vêtu d'une sorte de tunique de karaté orange et d'un pantalon noir bouffant. Après un court échange avec l'arbitre, durant lequel il fut sans doute informé des règles (très peu nombreuses) du combat, le petit homme fut présenté au public. Le présentateur en haut-de-forme et queue-de-pie saisit l'un des poignets de Peto, l'amena au centre du ring et beugla dans son micro : « Mesdames et messieurs ! Notre challenger pour ce nouveau match est venu tout droit d'une île du Pacifique pour tenter sa chance. Veuillez applaudir Peto l'Innocent ! » Dans le coin attribué au petit homme se trouvait un autre individu, vêtu à l'identique et à peine plus grand, et qui réussissait le tour de force de paraître aussi inquiet que piteux.

La présentation du challenger fut suivie des huées tonitruantes des spectateurs, qui, très vraisemblablement, essayaient ainsi de faire enrager le nouveau venu, dans l'espoir d'assister à un véritable bain de sang. Peto était tout juste deux fois plus petit qu'Hammerhead, et peu de personnes semblaient avoir misé sur lui.

Dante hocha la tête. Même si Hammerhead remportait haut la main la victoire, il ne serait toujours pas sûr de vouloir remettre sa vie entre les mains du gros dur tatoué. Kacy le sentait bien et se dit qu'elle devait l'en convaincre d'une autre façon. Elle désirait quitter cet endroit au plus vite. Les lieux n'étaient pas sûrs. Le seul endroit où elle se sentait en sécurité était leur chambre de motel.

« OK, si Hammerhead remporte ce match, on ira lui faire une offre, suggéra-t-elle. On peut pas rester comme ça à attendre sans rien faire. »

À contrecœur, Dante approuva. « D'accord. Mais c'est moi qui causerai.

— Combien tu vas lui proposer ?

— Je pensais à 5 000.

— *5 000* ?

— Tu crois que c'est trop, c'est ça ? demanda Dante, même s'il savait pertinemment que c'était exactement ce qu'elle pensait.

— Ben, ça fait quand même beaucoup de fric. Mais si tu penses que c'est ce qu'il vaut, alors je me range à ton avis.

— C'est pour ça que je t'aime, Kace », dit-il en la tirant vers lui pour lui planter un baiser sur les lèvres. Cela suffit à réchauffer le cœur de Kacy et calmer ses craintes tout à la fois.

Ils se frayèrent un chemin à coups de coudes dans la foule bruyante, transpirante et gorgée de bière, pour se retrouver au pied du ring. Paradoxalement, c'était l'endroit le moins bondé du chapiteau : le ring était si haut perché qu'on ne pouvait rien voir si près de la plateforme. Désirant échanger un ou deux mots avec Hammerhead avant le début du match, Dante se rapprocha au maximum du ring.

« Hé, mec… YO ! ESPÈCE DE MASSE ! » hurlat-il au-dessus des bruits de la foule. Il fut aussitôt évident qu'Hammerhead ne pouvait l'entendre, aussi Dante se dirigea-t-il vers son coin. L'entraîneur d'Hammerhead prêterait sûrement une oreille à ce qu'il avait à lui dire. C'était lui aussi un type plutôt musclé et patibulaire, et il portait des tatouages à des endroits qui traduisaient une très forte tolérance à la douleur. Il y en avait des gros, des petits aussi, tous sinistres. Serpents et couteaux semblaient être les principaux thèmes d'illustration, émaillés de mots aussi évocateurs que « MORT » et « ÉLU ». Son visage était en outre recouvert de poils, non pas par une barbe épaisse et broussailleuse, mais plutôt par une sorte de duvet épais qui recouvrait aussi bien la moitié supérieure de sa face que la moitié inférieure. Il devait bien faire une tête de plus que le petit chauve qui venait de se mettre en garde face à Hammerhead, et pourtant il n'était que l'entraîneur.

« Hé, toi ! Je peux te parler une seconde ? cria Dante à l'oreille de l'homme, en essayant de se faire entendre dans le vacarme qui régnait.

— Non. Fous le camp.

— Alors est-ce que je peux parler à Hammerhead après le match ? J'ai une proposition de boulot à lui faire.

— Je t'ai dit de foutre le camp. Alors grouille-toi de dégager avant que je t'enfonce la tête dans le cul ! »

Dante accueillit particulièrement mal le ton de la réponse et se dit que si bagarre il devait y avoir avec l'entraîneur, il était fin prêt à entrer dans le vif du sujet. La profonde blessure que Cromwell lui avait infligée plus tôt dans la journée avait guéri aussi proprement que rapidement (mais il préférait ne pas l'avouer à Kacy) : il pourrait sans aucun mal envoyer deux, trois coups de poing si la situation l'imposait.

« Va te faire enculer, répondit-il dans un grognement.

— T'as dit quoi ?

— Je t'ai dit d'aller te faire enculer, espèce de sale tête de singe à la con. »

C'était le genre de situation que Kacy redoutait sans cesse. Dante avait la fâcheuse habitude, par moments, de ne pas se maîtriser. Assez régulièrement, il éprouvait le besoin de rester droit dans ses bottes lorsqu'il s'estimait provoqué par un supérieur hiérarchique au travail ou, comme c'était le cas ici, par quelqu'un qui pesait bien vingt-cinq kilos de plus que lui.

Le robuste entraîneur déposa son seau et approcha son visage de celui de Dante, aussi près qu'il put, sans toutefois le toucher.

« Répète ça, fiston. Vas-y. Essaie un peu. » La tonalité de sa voix était presque aimable.

Dans un silence inconfortable, Dante préparait sa réponse. Kacy vint à son secours en s'empressant de couper net l'escalade verbale.

« Est-ce que ça vous dirait, à toi et ton pote Hammerhead, de vous faire 5 000 dollars pour une heure de boulot ? » proposa-t-elle en arborant son sourire le plus large et le plus éclatant.

L'entraîneur regardait toujours Dante droit dans les yeux, mais il avait parfaitement entendu l'offre de Kacy et semblait y réfléchir. Après un très bref instant, il afficha un sourire plein de dents.

« Vous savez quoi, les mioches ? Attendez la fin du match, et on ira s'asseoir pour en discuter. Hammerhead doit faire une pause après ce combat. On sortira pour parler de ce que vous avez à nous proposer.

— Merci », dit Kacy, souriant toujours comme si elle avait un cintre coincé en travers de la bouche.

Dante et l'entraîneur se toisèrent encore quelques instants, avant que Kacy ne tire son petit ami vers le gros de la foule.

La cloche ne tarda pas à retentir : le match débutait. Ce fut un combat très bref. Dante et Kacy, bouche bée, virent Hammerhead traverser le ring à toute vitesse pour asséner son premier coup avant même que la cloche ait cessé de vibrer. Dans son coin, le petit chauve à la tunique orange se retourna vers son adversaire pour recevoir sur la tête un coup d'une violence inouïe, qui faillit le mettre K.-O. alors que le match n'avait commencé que depuis deux secondes ! Il reprit cependant ses esprits à une vitesse surprenante et, au plus grand étonnement de la plupart des spectateurs (y compris Kacy et Dante, mais excepté Sanchez), le petit chauve flanqua à Hammerhead une dérouillée telle que celui-ci n'en avait jamais connue.

Tout d'abord, avec une rapidité incroyable, le petit chauve décocha un coup de poing excessivement puissant dans la gorge d'Hammerhead, qui, pris de vitesse, en eut la respiration coupée net. Ce premier coup fut suivi, une fraction de seconde plus tard, par un coup de pied sauté qui frappa le côté gauche du visage du boxeur. Avant qu'Hammerhead ait compris ce qui lui arrivait, sa gorge se retrouva dans l'étau du bras du petit chauve, et sa trachée-artère fut aplatie. Rideau pour Hammerhead.

Le combat s'acheva au bout de trente secondes. Dans un premier temps, la foule resta silencieuse, abasourdie, incertaine d'avoir bien vu ce à quoi elle avait assisté. Tous ceux qui avaient misé sur la victoire d'Hammerhead (et ils étaient sacrément nombreux) voulaient croire à tout prix que le combat avait été truqué. N'importe quel combat où un type nettement plus petit gagnait était toujours truqué. Malheureusement, cette fois-là, cela ne semblait pas être le cas. Hammerhead ne se serait jamais laissé battre aussi facilement par un adversaire aussi insignifiant et ridicule que « Peto l'Innocent ». C'était forcément un vrai combat.

Lorsque l'ensemble des spectateurs comprirent ce qui s'était passé, un rugissement assourdissant s'éleva, un mélange de huées et de vivats. De huées parce qu'à peu près tout le monde venait de perdre de l'argent, et de vivats parce que ça changeait un peu, et très agréablement, de voir un type né apparemment pour perdre l'emporter de façon si éclatante sur une brute telle qu'Hammerhead.

Peto et Kyle restèrent plantés sur le ring, étourdis par les acclamations tonitruantes, tandis qu'Hammerhead, inerte, était transporté au-dehors, sous des sifflements redoublés. Peto venait de prendre la place de combattant à vaincre. Tous ceux qui se trouvaient sous le chapiteau souhaitaient le voir combattre encore. Une seule question occupait les esprits : qui serait son prochain adversaire ?

31

Sanchez était en pleine extase. Il venait d'empocher 1 000 dollars grâce à la rapide mise hors d'état de nuire d'Hammerhead par Peto. Il n'avait eu qu'à payer le droit d'admission de Peto et à miser 50 dollars sur sa victoire, à vingt contre un. S'il avait eu le cran de parier sur la victoire du moine dès le premier round, il en aurait ramassé encore plus. Mais cela ne le dérangeait pas vraiment. Les moines lui devaient une sacrée chandelle. Il avait réglé leur droit d'admission : avec de la chance, il pourrait à présent exploiter la naïveté de ces imbéciles, pousser Peto à se battre à nouveau et à l'emporter au round qu'il lui indiquerait avant le début de chaque match.

Lorsqu'il offrit à Kyle 50 dollars de ses propres gains, Sanchez put lire sur le visage du moine une expression de profonde reconnaissance. Peto et Sanchez avaient remporté 1 000 dollars pour l'incroyable démolition d'Hammerhead, reversés à contrecœur par le patron de l'attraction en petites coupures crasseuses, mais Kyle avait accepté de bon cœur les 50 dollars de Sanchez qui en conclut que les moines avaient manifestement développé un goût certain pour l'argent et les paris. Des hommes selon son cœur. Ces deux branques pourraient vite devenir des amis. Pendant un court laps de temps, en tout cas.

Vingt minutes s'étaient écoulées, et Peto avait promptement envoyé au tapis le nouveau champion de l'attraction, un type assez quelconque du nom de Big Neil, qu'on avait aussitôt appelé pour remplacer Hammerhead. Sanchez, qui faisait à présent office de conseiller et de manager auprès des deux moines, négocia avec le patron de l'attraction afin que Peto puisse se mesurer à tout candidat du public. Très vite, Sanchez, les moines et le patron décidèrent entre eux du round auquel Peto devait remporter la victoire. Pour plus de discrétion, un groupe de vauriens qui cherchaient à se faire un peu d'argent de poche fut chargé de placer des paris pour eux, et, en un rien de temps, Sanchez et les deux moines d'Hubal se mirent à amasser de généreuses sommes au détriment des bookmakers.

Peto fit la démonstration exhaustive de l'éventail de ses techniques d'arts martiaux durant près de deux heures, qui semblèrent passer en un clin d'œil. Lorsque le jeune moine terrassa son cinquième adversaire consécutif, Sanchez avait empoché une douzaine de milliers de dollars. Kyle avait commencé par miser des sommes bien moins importantes, mais, en ajoutant ses gains aux prix successivement encaissés par Peto pour ses victoires, le total de leurs bénéfices dépassait les 4 000 dollars. Plus que 96 000 dollars pour retrouver les 100 000 volés.

Le problème qui surgit alors fut de trouver des adversaires. La majeure partie des spectateurs s'étaient aperçus que le moment où Peto gagnait était fixé d'avance. Plus important encore, tous avaient remarqué la très grande facilité avec laquelle il remportait ses victoires. En cinq combats, il n'avait été frappé que trois fois : même ceux qui, dans le public, se croyaient assez balèzes pour asséner des coups de poing dignes de ce nom n'étaient pas assez téméraires pour se mesurer à un homme qu'ils n'auraient même pas pu toucher. C'est à cet instant précis, au moment où il semblait que plus aucun candidat ne se présenterait, qu'un nouvel adversaire fit son apparition. Et ce de la façon la plus théâtrale qui soit.

Alors que Sanchez, les moines et le patron de l'attraction s'inquiétaient sur le ring de la pénurie de combattants, un puissant mugissement de moteur retentit à l'autre bout du chapiteau. Assez puissant pour réduire la foule au silence et faire se tourner toutes les têtes en direction d'une imposante Harley-Davidson qui franchissait le seuil du chapiteau. La foule se fendit telle la mer Rouge face à Moïse et aux enfants d'Israël. La moto était un de ces bons vieux modèles de Harley, dans le style de ceux de Dennis Hopper et Peter Fonda dans *Easy Rider*. Elle était du reste impeccablement entretenue. Son propriétaire devait l'adorer : elle était comme neuve. La peinture métallisée étincelait, le chrome resplendissait, comme si l'engin sortait d'un salon de la moto, et le sublime moteur V-twin était réglé à la perfection, à en juger par les ronronnements satisfaits qu'il poussait.

Cependant, pour les habitants de Santa Mondega et de ses environs qui se trouvaient sous le chapiteau, la Harley en soi était infiniment moins intéressante que l'homme qui la chevauchait. Il était bien connu dans le coin. Le patron de l'attraction le reconnut immédiatement et bondit au centre du ring pour attiser encore plus l'excitation de la foule. Il y avait encore beaucoup d'argent à se faire, la journée ne faisait que commencer, et le titan assis sur sa Harley était venu se mesurer au jeune moine. Afin de signifier qu'il relevait le défi, il jeta au-dessus de la foule son énorme Stetson marron. Le couvre-chef atterrit sur le ring, aux pieds du patron de l'attraction, qui le ramassa et le coiffa en lieu et place de son haut-de-forme.

« Mesdames et messieurs, hurla-t-il dans son micro, veuillez accueillir comme il se doit l'homme que nous attendions tous. Le plus grand combattant à mains nues toujours en vie, le plus grand que le monde ait jamais vu… Le seul… L'unique… Rodeeeeooooooo Rexxxxx ! »

Dire que la foule devint hystérique serait un gentil euphémisme. Kyle et Peto ne savaient pas trop que penser de la furie qui s'empara de tous, mais, à l'instar du reste des spectateurs, ils avaient été grandement impressionnés par l'entrée en scène de cet homme. La Harley se dirigea droit vers l'un des côtés du ring, sa roue arrière projetant sable et poussière à la face de tout un chacun dans un rayon de cinq mètres, avant de ralentir pour s'arrêter complètement. Rodeo Rex fit mugir le moteur à l'arrêt, pour le plus grand plaisir du public, avant de couper le contact et de descendre, lentement, afin qu'aucune personne équipée d'une caméra ou d'un appareil photo ne perde une miette du spectacle.

Il était énorme. *Vraiment* énorme. C'était l'homme le plus massif que Kyle et Peto aient jamais vu. Il n'était que muscles : sa silhouette massive était absolument dépourvue de la moindre once de gras. Il portait un tee-shirt moulant du groupe Helloween, trop petit d'au moins deux tailles apparemment : en fait, il était si étroit que, de loin, on aurait dit un énorme tatouage. L'homme portait également un gant de cuir noir à la main droite, mais, étrangement, pas à la gauche. Son jean bleu était déchiré aux genoux et enfoncé dans ses bottes noires qui lui arrivaient à mi-mollet. À présent qu'il était descendu de sa Harley, on pouvait prendre la pleine mesure de sa taille imposante. Il mesurait bien deux mètres, avec une chevelure châtaine ébouriffée, maintenue par un bandeau noir qui lui barrait le front. Il aurait pu être un catcheur professionnel de la télé, à ceci près qu'il était bien trop effrayant pour être engagé pour ce genre d'émission, même pour incarner un méchant. Les gamins n'auraient pas seulement eu peur de lui ; ils en auraient fait des cauchemars. Toutes les nuits. En fait, ce type aurait refilé des cauchemars à beaucoup d'adultes.

Rodeo Rex n'était entré dans ce chapiteau que pour une seule raison, évidente aux yeux de tous. Il bondit sur le ring, sa silhouette de colosse survola les cordes et atterrit à côté du patron de l'attraction qu'il enlaça comme un frère. Puis il saisit le micro et salua l'assistance.

« Vous êtes tous venus me voir *botter quelques culs* ? mugit-il.

— OUAIS ! rugit la foule en réponse.

— Alors, pour reprendre les mots éternels du grand Marvin Gaye… *Let's get it on !… Oh, baby, let's get it on* [1] *!* » meugla-t-il en dressant les bras au ciel.

_____

1. « C'est parti », « Mettons-nous-y » – en l'occurrence, (dans la chanson de Marvin Gaye, l'acception est sexuelle) *(NdT)*.

Les bookmakers faillirent se faire écraser par la ruée qui s'ensuivit. Des nuées de gens s'agglutinèrent autour d'eux, hurlant et brandissant des billets de 20 dollars. Cette fois, très peu de personnes misèrent sur Peto, et les bookmakers offrirent toutes sortes de taux.

Sanchez avait déjà vu Rodeo Rex se battre et, bien qu'il considérât Peto comme un combattant sans pareil, il était d'emblée pour Rex. Kyle le comprit en découvrant l'expression de gamin surexcité qui s'affichait sur le visage du patron de bar.

« Est-ce que cet homme est une sorte d'idole ? demanda le moine à Sanchez, qui souriait comme une écolière amoureuse folle.

— Nan, répondit Sanchez. Ce mec, c'est un héros, vrai de vrai. Une putain de légende vivante. Je l'ai jamais vu perdre. Et je vais te dire autre chose : jamais ça n'arrivera.

— Combien de fois l'avez-vous vu se battre ?

— Des putains de centaines de fois, mon gars. Dis à ton pote Peto de se coucher. Ce mec pourrait lui faire vraiment mal. »

Un peu en retrait, Peto entendit Sanchez et Kyle : il s'approcha pour se joindre à la discussion.

« Je l'emporterai aisément sur cette personne, Sanchez. Vous ne m'avez pas vu combattre les précédents ? Aucun de ces hommes ne fait le poids face à moi. Ils sont tous ou bien soûls ou bien sans entraînement, voire les deux, et il leur manque cette confiance en soi nécessaire pour me battre. »

Sanchez savait que Peto était un excellent combattant mais, à ses yeux, il n'y avait aucune chance que le jeune moine l'emporte sur ce titan. Et puis, au-delà de ça, Sanchez adorait Rodeo Rex : c'était son héros. Il aimait également bien Peto, mais si le jeune moine battait Rex, sa victoire briserait la réputation d'invincibilité que cet homme incroyable s'était forgée à Santa Mondega au long des ans.

« Tu n'arriveras pas à vaincre ce mec. T'es un bon, gamin, mais, lui, c'est le meilleur. Rends-toi service : mise sur ta défaite au premier round et couche-toi au premier coup qu'il t'enverra… et reste au tapis. T'as pigé ? »

Peto et Kyle quittèrent le ring d'un saut gracile et s'éloignèrent de la foule qui se massait dans l'espoir de s'approcher le plus possible de Rodeo Rex. Ils trouvèrent un coin tranquille juste en dessous de leur coin de ring. En les regardant en contrebas, Sanchez comprit à leurs expressions qu'ils croyaient à la victoire de Peto. Il avait raison. Kyle et Peto considérèrent ce combat comme une occasion exceptionnelle de se faire un maximum d'argent grâce à leurs paris, activité à laquelle ils avaient pris très vite goût. Ils passèrent plusieurs minutes penchés l'un vers l'autre à discuter tactique, avant que Peto ne revienne sur le ring et que Kyle disparaisse dans la foule en quête d'un bookmaker. Il vint retrouver Peto sur le ring quelques minutes plus tard.

« Tu as placé le pari ? » demanda Peto, alors qu'ils attendaient le début du combat dans leur coin. Sanchez, inquiet, descendit du ring et chargea un des jeunes vauriens de placer un pari pour lui.

« Les jeux sont faits, répondit Kyle en clignant de l'œil. Et on m'en a donné un taux excellent. »

À leur grande surprise, juste avant le début du match, Rodeo Rex s'avança vers eux pour s'entretenir avec son adversaire. Aucun des précédents combattants n'avait agi de la sorte, et les deux moines s'inquiétèrent soudain de ce que le titan leur voulait.

« Vous êtes bien des moines d'Hubal, tous les deux, pas vrai ? » Les mots qui sortirent de la bouche de Rex sur un ton étonnamment civilisé étaient tout à fait inattendus.

« Certes. Comment pouvez-vous le savoir ? » demanda Kyle. La surprise avait donné à son ton une nuance condescendante totalement involontaire. Il fallait bien avouer que la situation était absolument extraordinaire. Comment est-ce qu'un homme qui semblait à première vue passer le plus clair de son temps à boire, se battre et, plus généralement, mener le contraire absolu d'une vie d'ascète avait-il pu entendre parler des moines d'Hubal ?

« J'en ai déjà rencontré, des comme vous. Des chouettes types. D'excellents combattants, qui plus est. Ça devrait être un bon match. »

Peto lui aussi était abasourdi, tout particulièrement par la politesse du colosse.

« Merci. Hum, et quand avez-vous fait connaissance d'autres moines d'Hubal ? » demanda-t-il d'un ton respectueux.

Rex inspira profondément par le nez et expira par la bouche, comme pour faire des ronds de fumée avec de l'air.

« Il y a plusieurs années. J'imagine que vous êtes en ville pour la même raison qui les a poussés à venir à l'époque.

— De quelle raison voulez-vous parler ? demanda Kyle, curieux de savoir à quel point Rex était au courant de ce qui se passait.

— De l'Œil de la Lune. Je parie qu'on l'a encore volé. J'ai raison, pas vrai ?

— Peut-être, répondit Kyle en guettant sur le visage de Rex tout signe de traîtrise ou de duperie. Et comment avez-vous eu vent de l'existence de l'Œil de la Lune ? » De nouveau, et toujours sans le vouloir, sa question fut posée d'un ton condescendant.

Rodeo Rex sourit. « Disons que nous avons des intérêts communs. Et si on allait boire un verre tous les trois, après le combat ? Je suis sûr qu'on pourrait s'aider efficacement les uns les autres.

— Carrément, s'empressa de répondre Peto. Ce serait un plaisir d'aller boire un verre, n'est-ce pas, Kyle ?

— Très certainement, confirma Kyle. Nous serions ravis de boire en votre compagnie, monsieur Rex.

— C'est Rex, tout court. Ou Rodeo Rex. Jamais monsieur Rex. *Jamais.* »

Puis, sous les acclamations retentissantes de la foule, il rejoignit en trois bonds son coin de ring et brandit ses bras en l'air, en une pré-célébration de sa victoire imminente.

32

Depuis la défaite d'Hammerhead, Dante et Kacy avaient assisté aux combats avec un intérêt croissant. Kacy aimait bien le petit chauve qui avait démoli le champion de l'attraction avant de s'occuper des cinq adversaires qui avaient osé le défier. Dante ne partageait pas son enthousiasme. Il voulait un garde du corps capable d'effrayer les gens rien que par son apparence physique. Ce n'était pas là l'homme qu'il leur fallait, et, en outre, quelque chose commençait à gêner franchement Dante.

En fait, plusieurs choses le gênaient. Premièrement, tout le monde sous ce chapiteau semblait se connaître d'une façon ou d'une autre. Deuxièmement, et c'était bien là le plus important, il s'était rendu compte qu'il avait d'autres raisons de ne pas trop aimer cet homme qui se faisait appeler « Peto l'Innocent ».

« Kacy, regarde un peu ce Peto et son pote qui lui ressemble. Qu'est-ce que tu remarques de spécial chez eux ?

— Eh bien, ils se ressemblent, dit Kacy pour l'asticoter un peu.

— Oui, ça, on avait remarqué. Mais à quoi ressemblent-ils, tous les deux ? Enfin quoi, deux petits chauves qui portent des tuniques orange et des pantalons noirs et larges ? Ça te dit rien ?

— Tu crois qu'ils sont daltoniens ?

— Non, ma puce. Ce sont des moines. Regarde-les bien. Ce sont des putains de moines. Des putains de moines en acier trempé. Tu sais quoi ? Cassons-nous d'ici tout de suite. Ces types sont peut-être ici pour nous tuer. La vieille folle chez qui tu m'as traîné nous a dit de nous débarrasser de la pierre avant de nous faire tuer. Et Bertie Cromwell a dit exactement la même chose. » En se rendant compte que, pour une fois, Dante s'était mis sur la défensive plus rapidement qu'elle, Kacy fut aussitôt sur ses gardes.

« Mon Dieu, tu as raison ! » Elle se tut un instant pour réfléchir. « Peut-être qu'ils ne s'en prendront pas à nous si on leur vend le collier ?

— Aucune chance, répondit Dante en hochant la tête. Le prof avait l'air de dire qu'on pourrait tirer de ce pendentif plusieurs milliers de dollars. Tu as vu la force de ces moines. Si on leur dit qu'on a le pendentif, ils nous arracheront la tête pour nous le prendre. On va juste faire profil bas, et, demain, on essaiera de vendre la pierre à un joaillier ou un antiquaire. Et, après ça, on fout le camp de ce bled.

— Et pour ce qui est du garde du corps ?

— L'idée me paraît de plus en plus mauvaise. C'est trop risqué, à mon avis. Tout le monde a l'air de connaître tout le monde, ici. Vaut mieux pas se faire remarquer. À mon avis, on peut faire confiance à personne, ici.

— D'accord. Moi, c'est à toi que je fais confiance, Dante. J'aurai toujours confiance en toi. Si tu dis : "On se casse", alors on se casse. »

Et ils partirent. Juste avant le début du combat entre Peto et Rodeo Rex. Tout ce qu'on leur avait raconté au sujet de l'Œil de la Lune était en train de soulever en eux une vague de paranoïa aiguë. Dante était convaincu que toutes les personnes présentes sous le chapiteau les espionnaient subrepticement. On aurait dit que tout le monde savait ce qu'ils possédaient. Il soupçonnait tous les badauds d'épier Kacy dans l'espoir de voir ce qu'elle portait autour du cou. Même si l'Œil était soigneusement dissimulé par son tee-shirt blanc, Dante et Kacy avaient tous deux l'impression de le montrer ostensiblement à la foule.

Fort heureusement, ce n'était pas le cas. On leur avait dit que de nombreux individus n'hésiteraient pas à les tuer pour s'emparer de la pierre. En sortant du chapiteau, ils croisèrent sans le savoir l'un de ces individus, un homme encapuchonné qui les aurait tués sur-le-champ si ses yeux s'étaient posés sur le pendentif.

33

La bibliothèque municipale de Santa Mondega était tout simplement gigantesque : Miles Jensen ne pouvait s'empêcher de se demander pourquoi un trou aussi perdu et pourri que Santa Mondega nécessitait de telles ressources, et en quoi il les avait méritées. D'abord, la bibliothèque s'étendait sur trois niveaux. Plus impressionnant encore, chaque étage était aussi grand qu'une piste d'athlétisme. Il y avait des rangées et des rangées de livres alignés sur des étagères, jusqu'au plafond, haut de neuf mètres. Chaque étage disposait d'une agréable salle de lecture, à l'écart des rayonnages, avec par-dessus le marché distribution gratuite de café par un groupe de serveuses extrêmement aimables, qui se précipitaient dès qu'un lecteur en souhaitait un nouveau.

Jensen faisait, depuis déjà près d'une heure, le tour du propriétaire, mais, en parfait bibliophile, il n'avait pas vu le temps passer.

Si seulement toutes les bibliothèques ressemblaient à celle-ci, se surprit-il à penser.

Retrouver un livre sans titre et d'un auteur anonyme s'avérait d'emblée difficile, et le fait qu'il ne savait même pas à quelle catégorie il appartenait ne facilitait rien. Mais savoir que cette Annabel de Frugyn venait d'emprunter ce livre allait, sans doute, lui faciliter la tâche. La solution la plus sûre était de s'adresser à l'accueil pour demander à un bibliothécaire si ce livre lui était familier, plutôt que de partir seul à sa recherche dans les rayonnages.

La bibliothécaire de l'accueil, une jeune femme d'environ 30 ans, blonde et assez menue, portait une blouse blanche très simple et une paire de lunettes démodées à la monture épaisse. Ses cheveux étaient ramassés sur le haut de la tête en un chignon strict et elle n'était pas maquillée. Jensen était persuadé qu'elle cachait son jeu à la perfection. Elle lui rappelait le vieux cliché cinématographique du « Mais… mais vous êtes superbe, mademoiselle Machin ! » lorsque l'héroïne du film enlève ses lunettes ou détache ses cheveux pour révéler sa beauté. Une *top model* en puissance. Peut-être en était-elle consciente et tâchait-elle de masquer de son mieux sa véritable beauté, afin de ne pas attirer un certain type d'attention peu adéquat en un lieu aussi respectable que cette bibliothèque. Peut-être était-il stipulé dans son contrat qu'elle devait cacher ses atouts, ou peut-être Jensen était-il le seul à percevoir à quel point elle était jolie. Quoi qu'il en fût, la beauté est intérieure, comme on dit, et la bibliothécaire adressa à Jensen un regard glacial lorsqu'il approcha, lui signifiant très clairement que sa présence n'était pas la bienvenue.

Elle était assise derrière un bureau en faux teck, dans le coin réception qui ressemblait à un bar, à ceci près que derrière elle, en lieu et place de bouteilles de bière et d'alcool, se trouvaient livres et ordinateurs.

« En quoi puis-je vous aider, monsieur ? » demanda-t-elle d'un ton las, comme si elle avait déjà posé cette question un bon millier de fois dans la journée. À sa décharge, c'était probablement le cas.

« Je cherche un livre, répondit Jensen.

— Vous avez essayé la boucherie à l'angle de Dunn Street ? »

Oh, génial. Une comique.

« J'ai essayé, mais ils n'avaient pas le livre que je recherche. Alors j'ai tenté ma chance chez un marchand de tapis puis dans une boutique de farces et attrapes, pour finalement me rabattre sur la bibliothèque. »

La jeune femme (qui à en croire le nom gravé sur la plaque de son bureau s'appelait Ulrika Price) prit assez mal le retour de service de Jensen. Le sarcasme était la seule arme dont elle disposait face aux usagers qui posaient des questions stupides : le fait qu'on lui réponde sur le même mode l'ulcérait littéralement.

« Quel est le titre du livre que vous cherchez, monsieur ?

— Je l'ignore, malheureusement. Vous voyez, c'est...

— Nom de l'auteur, s'il vous plaît ?

— Eh bien, justement, c'est là le problème, voyez-vous. Le registre indique qu'il a été écrit par un auteur anonyme. »

Ulrika Price haussa le sourcil gauche. La chose ne l'amusait manifestement pas, et elle attendit quelques secondes que Jensen admette qu'il ne s'agissait que d'une plaisanterie et lui propose une réponse sensée. Il vit son expression passer du ressentiment à l'égard de ce qu'elle considérait être une mauvaise blague à une contrariété infinie : elle venait de comprendre qu'il était tout à fait sérieux.

« Mon Dieu ! soupira-t-elle. Quelle catégorie ? »

Jensen sourit et haussa les épaules. Mlle Price ferma les yeux et plongea doucement sa tête dans ses mains. Apparemment, la jeune femme avait eu une journée difficile et sa patience touchait à ses limites.

« Est-ce que vous pouvez simplement consulter votre fichier informatique ? Je crois qu'une dame du nom d'Annabel de Frugyn vient d'emprunter le livre que je recherche. »

Ulrika Price leva les yeux et son visage parut s'éclairer un peu.

« Alors vous ne me faites pas complètement marcher ? lança-t-elle.

— Pas le moins du monde », répondit Jensen en lui adressant un sourire auquel, il l'espérait, elle répondrait. À sa grande surprise, Mlle Price lui retourna effectivement un sourire discret. Quelque chose dans son regard semblait même indiquer qu'elle commençait à succomber à l'assurance et au calme de Jensen. *Je lui plais*, pensa-t-il. *Ça pourrait peut-être faciliter les choses.*

La bibliothécaire se mit à taper sur un clavier sous le bureau, sans même regarder ses doigts, le regard fixé sur le moniteur placé sur le comptoir, à sa droite. Jensen ne parvenait pas à voir ce qu'elle écrivait, mais il espérait qu'elle tournerait l'écran pour qu'il puisse prendre connaissance des résultats de sa recherche. Hélas ! elle n'en fit rien. Manifestement, elle n'avait pas totalement succombé à son charme.

« Vous avez raison, dit-elle d'un ton surpris. Annabel de Frugyn a bien emprunté un livre qui n'a ni titre ni auteur.

— C'est bien ce que je pensais, répliqua Jensen. Dans ce cas, pouvez-vous me dire de quel livre il s'agit ? Dans quelle section est-il habituellement rangé, à quelle catégorie il appartient ? Ou bien s'il y a une personne ici susceptible de me renseigner quant au contenu de ce livre ?

— Je puis vous renseigner sur tous ces sujets, monsieur, à la condition que vous soyez inscrit à cette bibliothèque, et je doute que ce soit le cas. Cela fait dix ans que je travaille ici. Je connais quasiment tous les usagers et je ne vous ai jamais vu auparavant.

— Eh bien, je puis vous assurer que je suis bel et bien inscrit ici, mademoiselle Price. Je m'appelle John Creasy et j'ai emprunté deux livres pas plus tard que la semaine dernière. »

Le sourire qu'elle arborait s'effaça aussitôt. Elle pianota à nouveau sur son clavier et fronça les yeux en scrutant le moniteur. Sauf impondérable, elle devait être en train de consulter le fichier de John W. Creasy, un personnage fictif que Jensen avait introduit dans la banque de données de la bibliothèque, la veille au soir, à partir de son ordinateur portable, en prévision d'un obstacle de ce genre. Il avait emprunté le nom du personnage joué par Denzel Washington dans le film *Man on Fire*. C'était l'un des noms d'emprunt que Jensen utilisait à l'occasion : il possédait toute une série de cartes à ce nom, y compris une carte de bibliothèque.

« Avez-vous une pièce d'identité ? Ainsi que votre carte de bibliothèque ? demanda-t-elle.

— Mais très certainement, mademoiselle Price. »

Jensen tira un portefeuille de la poche intérieure de sa veste. Il en sortit une carte de bibliothèque et un permis de conduire qu'il tendit à la bibliothécaire, qui semblait à nouveau de très mauvaise humeur. Elle s'en saisit d'un geste un peu brusque et les examina une fraction de seconde avant de les rejeter sur le bureau.

« C'est amusant, dit-elle. À part le fait que vous soyez noir, vous ne ressemblez pas du tout à Denzel Washington. »

Il ne faisait aucun doute qu'elle avait vu elle aussi *Man on Fire* et qu'elle savait que Jensen lui cachait sa véritable identité. Il se demanda ce qui pouvait cependant pousser une bibliothécaire à se montrer aussi méfiante vis-à-vis d'une personne qui venait de lui prouver qui elle était. Peut-être devrait-il abandonner le nom d'emprunt « John Creasy ». Dommage, il l'aimait bien. Mais si une bibliothécaire était capable de voir clair dans son jeu, n'importe quel génie du crime pourrait en faire autant.

« Que savez-vous sur ce livre ? demanda-t-il.

— Rien », répondit-elle. Elle venait de troquer sa grise mine contre un sourire suffisant. « Si ce n'est qu'une femme du nom d'Annabel de Frugyn vient de l'emprunter.

— Vous m'avez dit que vous connaissiez quasiment toutes les personnes inscrites ici, n'est-ce pas ? À part moi, bien entendu.

— Oui.

— Êtes-vous en mesure de me dire où habite Annabel de Frugyn ?

— Son adresse ne figure pas dans nos fichiers.

— Je ne vous ai pas demandé si elle y figurait, répliqua Jensen sur un ton soudain plus autoritaire. Je vous ai demandé si vous saviez où elle habitait.

— C'est une romanichelle. Elle n'a pas d'adresse fixe.

— Et vous prêtez des livres à des personnes sans domicile fixe ?

— Oui.

— Pourquoi ?

— Parce que j'ai le droit de le faire. » Elle soutint son regard, impassible.

Jensen se pencha vers elle en appuyant ses mains sur le bureau. Il approcha son visage suffisamment près de celui d'Ulrika Price pour lui signifier qu'il cherchait à l'intimider.

« Essayez de deviner où je peux la trouver, dit-il froidement. Sa vie est en danger. Si je ne la retrouve pas avant qu'elle se fasse tuer, je vous tiendrai pour responsable.

— Vous êtes flic, c'est ca ?

— Oui. Je suis flic. Et votre devoir en tant qu'honnête bibliothécaire de ce bled de merde est de m'aider. Alors. Où est-ce que je peux trouver cette Annabel de Frugyn ?

– Elle vit dans une roulotte, mais elle ne reste jamais au même endroit deux nuits de suite. C'est tout ce que je sais.

— C'est tout ce que vous savez ? » Jensen était sceptique, et ça se voyait.

« Pas tout à fait, en réalité », soupira Mlle Price. Elle inspira profondément et poursuivit : « Ce n'est pas tout. Il est arrivé quelque chose qui peut peut-être vous intéresser.

— Dites-moi tout.

— Un homme est venu ici ce matin. Il cherchait à se renseigner au sujet d'Annabel de Frugyn et de ce livre que vous cherchez.

— Qui était-ce ? À quoi ressemblait-il ? »

Ulrika Price sembla soudain plongée dans une profonde détresse. Elle en frémit même. Son regard froid et son air pincé n'étaient plus qu'un souvenir.

« C'était lui. L'homme sans visage.

— Sans visage ? Qu'est-ce que… Qu'est-ce que vous voulez dire, par "sans visage" ? Il portait un masque ? Qu'est-ce que ça signifie ?

— Il ne montre jamais son visage », répondit-elle presque à voix basse. Sa voix tremblait et ses yeux commençaient à s'emplir de larmes. Jensen s'en voulut de l'avoir intimidée de la sorte et se recula légèrement pour lui laisser un peu plus d'espace. « C'était l'homme à la capuche, poursuivit-elle. La dernière fois qu'on l'a vu à Santa Mondega, c'était avant la dernière éclipse. Il est venu ici deux fois : il y a plusieurs jours, et ce matin.

— Quel homme à la capuche ? Vous voulez parler du Bourbon Kid ? Vous avez entendu parler du Bourbon Kid, c'est ça ? » L'excitation de Jensen était presque palpable.

« Bien sûr, j'en ai entendu parler. Tout le monde sait qui il est. Mais je vous l'ai déjà dit : je n'ai pas vu le visage de l'homme qui est venu ici. Je ne peux donc pas vous dire si c'était vraiment lui. Du reste, je n'ai jamais vu… le visage de l'homme dont vous parlez. »

Jensen se mit à tambouriner des doigts sur le comptoir. Il faisait souvent ce geste lorsqu'il réfléchissait. Le tempo des impacts l'aidait à mettre de l'ordre dans

ses idées. Il était temps d'accélérer le rythme de l'interrogatoire.

« D'accord, d'accord. Et qu'est-ce que vous avez dit
à cet homme qui portait une capuche ? demanda-t-il
d'un ton très pressé.

— Je lui ai donné une adresse à laquelle je lui ai dit
qu'il pourrait trouver Annabel de Frugyn.

— Mais vous venez de me dire qu'elle n'en avait
pas.

— C'est vrai, elle n'a pas d'adresse. Je lui ai donné
celle d'un patron de la pègre de Santa Mondega. El
Santino.

— El Santino ? Je ne comprends pas. Pourquoi
avoir fait cela ?

— Parce que si cet homme à la capuche est bel et
bien le Bourbon Kid, alors c'est lui qui a tué mon mari
il y a cinq ans. Je me suis dit que si je l'envoyais chez
El Santino, un combat s'ensuivrait nécessairement. El
Santino est le seul homme capable de tuer le Bourbon
Kid. S'il y parvient, je serai vengée. »

Jensen recula d'un pas. Elle cachait vraiment bien
son jeu. La garce. Elle lui avait fourni de précieuses
informations, mais il lui fallait à présent décider ce
qu'il convenait d'en faire. Il devait avant toute chose
retrouver Somers et concocter un plan avec lui. Il lui
restait cependant une dernière question à poser à Ulrika
Price.

« Vous avez dit que l'homme à la capuche était venu
deux fois, n'est-ce pas ?

— Oui.

— Que s'est-il passé la première fois ?

— Ça remonte à deux semaines. Il a fait sortir tout
le monde en deux temps, trois mouvements. Nous

étions tous terrorisés. Seule l'équipe de la bibliothèque est restée. Il est venu se camper face à mon bureau et m'a priée de le laisser se servir de mon ordinateur.

— Et vous avez obtempéré, c'est ça ?

— Qu'aurais-je pu faire d'autre ? J'étais pétrifiée.

— Qu'a-t-il fait ?

— Ça n'a duré qu'une minute. Il a recopié une liste de noms et il est parti.

— Avez-vous vu cette liste ? »

La bibliothécaire renifla, comme si les larmes qui faisaient luire ses yeux étaient sur le point de l'emporter.

« Non, mais, lorsqu'il est parti, j'ai pu prendre connaissance de l'objet de sa recherche : l'identité de tous ceux qui avaient lu le livre sans nom. »

Miles Jensen comprit soudain. Le Kid avait retrouvé les noms de celles et ceux qui avaient lu le livre et avait entrepris de les tuer ensuite. Cela n'expliquait pourtant pas le double assassinat des Garcia. Ni le meurtre d'Elvis, au demeurant. Ce qui entraîna une autre question.

« Mademoiselle Price. Connaissiez-vous Thomas et Audrey Garcia ? »

Ulrika acquiesça et renifla plus encore. « Oui, Audrey passait ici de temps en temps. Elle n'empruntait jamais rien, mais elle lisait des livres sur place. Je crois qu'elle a lu le livre sans nom il y a quelques mois de cela.

— Je vois. L'avez-vous révélé à l'homme à la capuche ?

— Non, je ne lui ai rien dit de tout ça.

— Très bien. Merci infiniment, mademoiselle Price, dit Jensen en reprenant le permis et la carte au nom de John Creasy pour les ranger dans sa poche intérieure. Écoutez, mon vrai nom est Miles Jensen. Inspecteur Jensen. » Il lui montra son insigne avant de poursuivre : « Si vous vous souvenez de quoi que ce soit qui pourrait m'intéresser, même s'il s'agit d'un détail tout à fait banal, appelez-moi au commissariat central de Santa Mondega. Si je suis absent, demandez l'inspecteur Archibald Somers. »

Ulrika Price haussa à nouveau son sourcil gauche. « Archie Somers ? Il a repris du service ?

— Oui, dans un sens. Vous le connaissez ?

— Bien sûr que je le connais. C'est lui qui a complètement fichu en l'air l'enquête sur les meurtres du Bourbon Kid. C'est à cause de lui qu'on n'a jamais retrouvé l'assassin de mon mari.

— Je retrouverai l'assassin de votre mari, mademoiselle Price. En réalité, Archie Somers a toute sa place dans cette enquête. Il connaît sur le bout des doigts le moindre détail de cette affaire. Mais soyez assurée que c'est *moi* qui suis à présent en charge de l'enquête. Et je ne la ficherai pas en l'air, cette fois-ci. »

Ulrika sourit, comme si la confiance de Jensen en ses propres qualités la rassurait.

« Merci, murmura-t-elle.

— Je vous en prie. Prenez soin de vous, mademoiselle Price. »

Jensen se hâta vers la sortie, plongé dans ses pensées. Alors qu'il traversait le seuil de l'entrée principale, Ulrika Price saisit le téléphone de son bureau et composa un numéro. Une seule sonnerie retentit avant qu'une voix lui réponde par un simple mot : « Allô !

— Bonjour, c'est Ulrika, de la bibliothèque…
Miles Jensen vient de passer… Oui, je lui ai dit exactement ce que vous m'aviez demandé de lui dire… Oui,
exactement. »

« Peto ! Réveille-toi ! Réveille-toi, c'est moi, Kyle. Ça va ?

— Qu'est-ce qui s'est passé ? Aïe, ma tête ! Ouh ! »

Peto avait l'impression qu'un train avait percuté son crâne. Où était-il ? Tout ce qu'il était en mesure de voir, c'était le visage de Kyle, penché au-dessus de lui, au milieu d'un ciel blanc immaculé. Il avait l'impression d'être étendu sur de l'herbe. Mais pourquoi l'avait-on allongé là ? Et comment s'était-il retrouvé là ?

« Tu t'es fait battre dès le premier round, comme nous en avions convenu, dit Kyle en lui souriant. Mais tu n'as vraiment pas été crédible. Tu aurais dû lui envoyer quelques coups avant de te coucher.

— Hein ? Quoi ?

— Allons, Peto. Cesse tes plaisanteries. Tu étais censé faire semblant *pendant* le combat, pas *après*. Nous sommes entre nous.

— Kyle, où est-ce que je suis ?

— Nous sommes dehors, avec l'équipe médicale. »

Peto tourna la tête vers la gauche. Une ambulance était garée à moins de trois mètres. Stéthoscope au cou, un docteur en blouse blanche se tenait là, appuyé à la portière arrière, souriant à Peto. Son propre corps lui donnait l'impression d'être un poids mort et il n'était pas sûr d'être en mesure de bouger. Il inspira une bouffée d'air frais et remarqua qu'il était allongé sur l'herbe rare d'un petit talus sableux, à l'extérieur du grand chapiteau. Les événements qui l'avaient amené à se retrouver là demeuraient néanmoins un peu flous. Complètement flous, en vérité.

« C'est le chapiteau où se déroulaient les matchs de boxe ? demanda-t-il.

— Oui, répondit Kyle d'un ton légèrement exaspéré. Maintenant, cesse tes enfantillages. Nous devons aller retrouver ce charmant Rodeo Rex qui nous a invités à boire en sa compagnie.

— *Charmant ?* Il a failli me *tuer*. Ce type est un malade. »

Jusqu'ici, Kyle n'avait pas envisagé un seul instant que son frère d'Hubal ait pu être sérieusement blessé.

« Comment ? Alors tu n'as pas fait semblant ?

— *Mais non, putain !* Est-ce que j'ai eu l'air de faire semblant ? Ce mec a failli m'arracher la tête, bordel de merde. *Putain.* » Une idée lui traversa soudain l'esprit. « Est-ce que j'ai perdu des dents ? »

Kyle décida de lui pardonner ses écarts de langage, le temps qu'il recouvre tous ses esprits.

« Non, répondit-il. Apparemment, Rex a sciemment bridé la force de son coup de poing pour s'assurer qu'il ne casserait aucune de tes dents. C'est plutôt gentil de sa part, tu ne trouves pas ?

— Oh, qu'est-ce que c'est sympa, il a bien mérité qu'on lui offre à boire ! Putain de merde, ma tête. Merde. »

L'amnistie langagière arrivait à son terme. Kyle avait supporté plus de jurons qu'il était prêt à en souffrir. « Pourrais-tu cesser d'être grossier, s'il te plaît, Peto ? Il ne me semble pas nécessaire de parler ainsi.

— Bien sûr. Demande un peu à Rodeo Rex de te mettre un putain de pain dans la gueule. On verra quel effet ça te fait, ducon. »

Peto se redressa et, assis, lança un regard noir à l'autre moine. Ce mouvement brusque suffit cependant à lui faire tourner la tête, et il passa les secondes qui suivirent à rouler des yeux autant qu'il put. Kyle, bien que compatissant, ne se laissa pas impressionner par la réaction violente de son ami.

« Hé, du calme ! ordonna-t-il.

— Je *suis* calme. Je n'ai pas l'air calme ?

— Non.

— Alors faisons comme si j'étais calme. D'accord ?

— D'accord. »

Kyle aida le novice à se relever et passa quelques instants a lui rapprendre à marcher. Lorsque Peto eut les idées un peu plus claires, ils se dirigèrent vers un vaste chapiteau-buvette, à deux pas de là. Un grand verre d'eau serait le bienvenu.

35

Rodeo Rex se repaissait des acclamations et de l'attention de la foule. Tous l'adoraient, ct lui les adorait pour cette même raison. Dans toute cette ébullition et cette frénésie, Sanchez était devenu en quelque sorte l'assistant de Rex, seau à la main, dans son coin du ring. C'était sans doute le plus grand honneur que le patron de bar ait jamais reçu de toute sa vie. Il connaissait Rex depuis des années : il avait en effet coutume de passer boire un verre au Tapioca lorsqu'il était en ville. Il ne restait jamais que quelques semaines d'affilée à Santa Mondega, mais, lorsqu'il s'y trouvait, il égayait vraiment l'ambiance. Il racontait de fantastiques aventures, qui le présentaient presque tout le temps en train de démolir quelqu'un ou, très souvent, en train de démolir un gang entier afin de gagner le cœur de quelque superbe jeune femme.

Il venait tout juste de l'emporter sur sa quatrième victime après Peto, et il semblait que plus personne n'oserait à présent le défier. Sanchez prenait appui d'un pied sur la corde la plus basse du ring, tentant d'atteindre le front de Rex pour essuyer d'un revers de serviette la sueur dont il était recouvert.

« Tu es en ville juste pour les combats ou tu es venu pour affaires ? demanda Sanchez, se rendant compte qu'il était à présent encore plus essoufflé que Rex.

— Pour affaires. Ça, c'est juste un petit échauffement pour un truc que j'aurai à faire plus tard.

— Tu vas éliminer quelqu'un que je connais ? »

Sanchez ne savait pas exactement ce que faisait Rex pour gagner sa vie, mais cela semblait impliquer tout un tas de meurtres. Il était sûrement chasseur de primes, bien que, à en croire la plupart des histoires que Sanchez avait entendues, il tuât beaucoup plus souvent pour son propre compte que pour d'autres.

« Même moi, j'ignore qui je dois tuer. Ça ne fait que pimenter encore plus la partie de plaisir. » Il observa une courte pause et se tourna vers Sanchez pour lui demander : « J'ai manqué quelque chose d'intéressant dans le coin, ces derniers temps ? »

Rex ne montrait aucun signe de fatigue, malgré les cinq combats qu'il avait menés en l'espace de vingt minutes. Il était de bonne humeur, aussi fut-ce à grand regret que Sanchez se résolut à lui révéler des informations qui n'allaient pas manquer de plomber quelque peu l'ambiance. Ce que Sanchez s'apprêtait à dire à Rex le meurtrirait plus encore qu'aucun coup de poing qu'il pourrait recevoir ce jour-là. Il devait lui révéler que son vieil ami Elvis ne se pointerait pas de sitôt.

« Écoute, Rex, c'est vraiment pas facile à dire, mais j'ai une mauvaise nouvelle. Ton pote Elvis a rencontré la Faucheuse, hier. On l'a retrouvé dans un appartement. Assassiné. »

La nouvelle ne plomba pas l'ambiance, elle enterra littéralement la bonne humeur de Rex. Son visage s'allongea, son sourire s'effaça. Un bref instant, il parut extrêmement en colère, puis il regarda Sanchez dans les yeux, comme s'il s'attendait à ce que celui-ci lui dise qu'il l'avait fait marcher. Mais il n'en fut rien.

« Quoi ? Putain ! Mon pote Elvis, le King ? Mort ? Comment ça a pu arriver, bordel de merde ? Qui est le putain de cadavre en sursis qui a fait ça ?

— Personne ne le sait. Un type du nom de Jefe a trouvé son corps dans un petit appart pourri du centre-ville. Épinglé au plafond, comme si on l'avait crucifié. Des couteaux plein le corps. Plantés dans les yeux, la poitrine… »

Et merde ! Sanchez se rendit soudain compte qu'il lui en disait beaucoup trop. Rex ne souhaitait peut-être pas connaître tous les détails abominables du terrible destin de son meilleur ami.

« Ouais, c'est bon, soupira le colosse. J'ai compris. » Puis il demanda : « Tu dis qu'un certain Jefe l'a retrouvé ? Tu veux parler de Jefe le chasseur de primes mexicain, c'est ça ?

— Ouais, acquiesça Sanchez.

— Tu crois que c'est lui qui a fait ça ?

— Peut-être bien. C'est un sacré salopard. »

Si Jefe était l'assassin et que Rex en avait la confirmation, le chasseur de primes, malgré tous ses talents, aurait certainement la présence d'esprit de quitter la ville sans se poser d'autre question. Rex n'avait pas besoin de raisons personnelles pour tuer quelqu'un, mais s'il en avait alors sa victime pouvait s'attendre à subir des supplices dépassant l'imagination. Même si cette victime était quelqu'un d'aussi redoutable que Jefe.

« Personne dans le coin n'aurait eu les couilles d'adresser ne serait-ce qu'un regard de travers à Elvis, encore moins de l'épingler au plafond, lança Rex d'un ton furibond. Un inconnu dans les parages qui serait susceptible d'avoir quelque chose à voir avec tout ça ?

— Tu rigoles ? À l'heure qu'il est, il y a plus d'inconnus en ville qu'il n'y en a jamais eu. Ces deux moines, pour commencer. Et c'est pas tout. Y a tout un tas de trucs dont t'as même pas dû entendre parler.

— Et si tu me mettais au parfum ? »

Sanchez rejeta la serviette sur son épaule gauche et se pencha pour tirer l'éponge du seau d'eau avant de la passer sur la poitrine gonflée de Rex qui, sous l'emprise de la rage, s'était mis à transpirer abondamment.

« Écoute, Rex, voilà ce qui s'est passé. Mon frère et sa femme ont été assassinés d'une façon aussi dégueulasse qu'Elvis. Je suis allé leur rendre visite un matin, et je les ai retrouvés à terre. Raides morts, et pas de leur belle mort. À deux minutes près, j'aurais pu voir le visage de l'enfoiré qui a fait ça. J'ai juste eu le temps d'apercevoir une Cadillac jaune qui s'éloignait de l'endroit où je les ai retrouvés. C'est à peu près le seul indice dont je dispose. J'ai demandé à Elvis de m'aider. Il était sur la piste du conducteur de la Cadillac jaune quand… quand il est mort. À mon avis, ça veut dire qu'il avait retrouvé ce salopard.

— Un mec qui conduit une Cadillac jaune, hein ? Et qui en plus a tué Thomas et Audrey ? Putain, mon vieux, on dirait que je vais devoir rester en ville un peu plus longtemps que prévu. »

Malgré ce qu'il venait de révéler à Rex, Sanchez éprouvait une certaine excitation. Que le colosse se soit souvenu des prénoms de son frère et de sa belle-sœur l'avait beaucoup impressionné. Mais ce qui lui coupait

vraiment le souffle, c'est que Rex voulait manifestement venger la mort de Thomas, le propre frère de Sanchez, nom de Dieu ! Cela le conforta dans l'idée que
son bonheur avait une importance aux yeux de Rex.
Évidemment, la principale motivation de Rex était de
venger la mort d'Elvis, son meilleur ami à Santa Mondega, mais il semblait également considérer Sanchez
comme un ami. Et pas comme un simple patron de bar.

Sanchez finit d'essuyer la sueur qui recouvrait Rex
et jeta l'éponge dans le seau d'eau. Il regarda tout
autour de lui et eut le sentiment qu'il n'y aurait plus de
volontaires. La foule avait perdu de son entrain et les
adversaires potentiels rechignaient à présent à la perspective de se faire démolir en l'espace de quelques
minutes. Rex, considérant qu'il n'aurait plus à se battre
pour un bon bout de temps, attrapa la serviette qui
reposait sur l'épaule de Sanchez et essuya ses aisselles
et sa nuque, comme si les efforts de son entraîneur
occasionnel n'avaient eu aucun effet.

« Autre chose, Sanchez ?

— Ben, en fait, ouais. Mon frère gardait une fille du
nom de Jessica dans son grenier. Il la cachait. Elle a
passé ces cinq dernières années dans le coma, mais elle
en est sortie, apparemment juste avant qu'il se fasse
tuer. Elle s'est pointée hier dans mon bar. Elle prétend
ne plus se souvenir de ce qui s'est passé, mais elle
pense qu'elle se trouvait là-bas quand c'est arrivé.

— Tu es sûr que ce n'est pas *elle* qui a tué Thomas
et Audrey ? »

Sanchez avait bien entendu envisagé cette possibilité, mais Jessica ne semblait pas être du genre à tuer
quelqu'un sur un coup de tête. De plus, elle n'était

sûrement pas assez forte pour pouvoir assassiner si brutalement deux personnes.

« Je pense pas. Elle a pas la tête de l'emploi. C'est une petite nana vraiment super mignonne. »

Rex hocha la tête. « Ne te laisse pas tromper par les apparences, Sanchez, l'avertit-il. Je parie qu'il n'y avait pas grand monde prêt à miser sur ce petit moine chauve quand il a mis un pied dans le ring, et pourtant il s'est pas mal débrouillé, pas vrai ? En tout cas, jusqu'à ce que je lui mette sa pâtée.

— Ouais, mais je crois vraiment pas que c'est elle. Elle est vraiment spéciale. Je l'ai vue se prendre une centaine de balles dans le corps. C'est ça qui l'a plongée dans le coma. »

Rex écarquilla les yeux et, d'un coup d'œil circulaire, s'assura que personne n'était assez près pour entendre leur conversation.

« C'est elle qui a survécu au Bourbon Kid ? demanda-t-il presque dans un murmure.

— Ouais. Comment ça se fait que tu es au courant de ça ? » Sanchez lui aussi avait baissé la voix.

« Tout le monde connaît cette histoire. Et tu me dis qu'elle est de retour en ville ? Et que ton frère l'a cachée pendant tout ce temps ? Pourquoi tu ne m'as pas prévenu avant, putain ?

— Je pensais pas que ça t'intéresserait. En plus, avant de tomber dans le coma, elle m'a supplié de la cacher en lieu sûr et de ne rien dire à son sujet, parce que des gens chercheraient certainement à la tuer. Évidemment, à l'heure qu'il est, elle ne se souvient plus de toutes ces conneries, mais j'ai tenu parole. Je n'ai jamais dit à personne où je l'avais cachée. »

Rex inspira vraiment, vraiment profondément, et secoua la tête. « Putain, Sanchez, cette fille est peut-être la clé de toute cette histoire. Elle est la seule personne que le Bourbon Kid n'a pas réussi à tuer. Il faut que je lui parle. Elle saura identifier celui qui a assassiné Elvis et ton frère. Et mon petit doigt me dit que ce sera notre ami le Bourbon Kid qu'elle désignera. Cet enfant de putain.

— Mais il est mort, non ?

— Crois pas un seul instant toutes ces salades. Je suis prêt à te parier jusqu'à mon dernier dollar que ce salopard est encore en vie, tapi quelque part, et qu'il ne tardera pas à montrer sa sale gueule. »

La fureur qui semblait emplir peu à peu Rex inquiétait Sanchez. Il lui sembla soudain que les projets du colosse étaient loin de se cantonner à venger les morts d'Elvis, de Thomas et d'Audrey.

« Écoute, Rex, est-ce qu'il y a quelque chose que tu ne me dis pas ? demanda nerveusement Sanchez. Est-ce que quelque chose de vraiment énorme est en train de se préparer ? Parce que si ce putain de buveur de bourbon de merde est de retour, je te jure que je ferme mon bar, Fête de la Lune ou pas Fête de la Lune.

— Sanchez, mon pote, crois-moi, tu ne veux pas savoir ce que je suis venu faire en ville… Pour rien au monde, tu ne voudrais le savoir. Maintenant je ferais bien d'aller retrouver ces deux moines. Eux et moi, on a un tas de trucs à se… *Putain d'enculé, je le crois pas !* »

Le regard de Rex venait de se figer sur un point, au-dessus de l'épaule droite de Sanchez, vers l'entrée du chapiteau.

« Qu'est-ce qu'il y a ? » Sanchez avait compris que quelque chose captait l'attention de Rex, quelque chose d'assez important pour durcir son regard et retrousser sa lèvre supérieure sur ses crocs. Il avait l'air furieux, comme s'il était sur le point d'arracher la tête de quelqu'un.

« Il est ici. Ce fils de pute, siffla-t-il entre ses dents.

— Qui ça ? »

Rex avait toujours les yeux rivés au-dessus de l'épaule de Sanchez.

Ce dernier se retourna pour voir ce que Rex regardait fixement. À l'autre bout du chapiteau avait été installé un petit café de fortune. Le bar devait mesurer un mètre cinquante de long, à tout casser, avec un seul garçon derrière le modeste comptoir. Il n'y avait quasiment personne dans ce coin : on ne pouvait y consommer que des cafés et personne ne buvait de café ou, tout du moins, personne *n'avait bu* de café jusque-là. Mais, à présent, un homme était en train d'en siroter un.

Le cœur de Sanchez faillit cesser de battre. Cela faisait cinq ans qu'il n'avait pas revu le Bourbon Kid, et s'il avait dormi paisiblement depuis, c'était uniquement parce qu'il l'avait cru mort. Et pourtant il était bien là, assis sur un tabouret, en train de boire un café au comptoir. Sa capuche recouvrait son visage : en principe, Sanchez n'aurait pas pu être sûr qu'il s'agissait bien de lui. Mais, quand on a vu un homme tuer de sang-froid tous les clients d'un bar plein à craquer, on le reconnaîtrait même s'il se cachait derrière un arbre distant d'un kilomètre et demi. Même de nuit.

« Oh, mon Dieu ! pensa Sanchez à voix haute. Le Bourbon Kid.

— Quoi ? dit Rex en se retournant vers Sanchez. Où ça ?

— Ben, là ! répondit-il en le pointant du doigt. Ce type que tu regardes. C'est lui. C'est le Kid. »

D'une main, Rex passa la serviette autour de la nuque de Sanchez et, de l'autre, en attrapa l'extrémité. Puis tirant dessus, il attira Sanchez vers lui. Les bonnes manières étaient oubliées. À leur place, il ne restait plus qu'une agressivité pure et simple.

« Est-ce que tu te fous de ma gueule, Sanchez ? Parce que si c'est le cas, je te jure que je te massacre. » *Un ton rocailleux*, pensa Sanchez, presque pris de vertiges. *Un gros tas de rocailles dans la voix de ce bon vieux Rex.*

« Non, mec, je te jure que non. C'est bien lui. C'est le Kid. ». Sanchez n'aurait su dire qui, de Rex ou de l'homme au capuchon près de l'entrée, l'effrayait le plus.

Sanchez et Rex portèrent à nouveau leurs regards vers le café. L'homme qu'ils y avaient vu ne se trouvait plus sur son tabouret de bar. Ils ne l'avaient quitté des yeux que quelques secondes, et pourtant cela lui avait suffi pour disparaître. Il s'était tout simplement volatilisé dans la foule.

« Tu penses que *ce* type était le Bourbon Kid ? demanda Rex.

— Je sais que c'était lui. »

Rex était bien obligé de croire Sanchez sur parole. Il n'avait jamais croisé le Bourbon Kid, du moins en le sachant : il ne connaissait de lui que les histoires qui couraient à son sujet. Mais à présent, en plus des autres choses qu'il devait digérer, comme la mort violente de son ami Elvis, il lui fallait accepter l'idée qu'il avait bel et bien rencontré le Bourbon Kid, une fois dans sa vie, sans savoir alors qu'il s'agissait de lui. Bon sang, comment cela était-il possible ?

« L'enfant de putain. Sanchez, tu es vraiment absolument sûr que c'était lui ?

— Mais oui, putain. Je l'ai vu nettoyer toute ma clientèle de base il y a cinq ans. Je pourrais reconnaître ce salaud n'importe où. » Sanchez réfléchit un instant puis reprit : « Attends un peu. Et *toi*, qui pensais-tu que c'était ? »

Rex se détourna et s'avança lentement vers le centre du ring, tête baissée. La foule s'était tue, comme si elle pressentait que quelque chose n'allait pas et que Rex ne se battrait plus dans l'immédiat. Nombreux furent ceux qui s'éloignèrent même du ring, craignant qu'il ne soit sur le point de perdre totalement les pédales. Ce n'était pas le cas, bien entendu, mais il était néanmoins sur le point de révéler à Sanchez une information que peu de gens connaissaient. Il se retourna et planta son regard dans celui de son comparse tremblant.

« Ce mec, dit-il lentement, cet homme qui selon toi est le Bourbon Kid, c'est à ce type que je dois ça. » Rex brandit sa main droite. Celle qui portait le gant noir.

« Ouah ! s'exclama Sanchez très mal à propos. C'est du vrai cuir ?

— Pas le gant, espèce d'imbécile... ça. » De la main gauche, Rex tira l'un après l'autre sur les doigts du gant, pour finalement le retirer d'un geste vif, dévoilant une main telle que Sanchez n'en avait jamais vu. Elle n'était pas faite de chair et d'os comme n'importe quelle autre main. Rodeo Rex avait un poing d'acier, au sens le plus littéral du terme. Une main de

280

fer totalement fonctionnelle. Une main si parfaitement conçue que chaque articulation bougeait comme celle d'une main normale.

« Mon Dieu ! lâcha Sanchez, bouche bée. Je n'ai jamais rien vu de pareil. Je savais même pas qu'on fabriquait des trucs comme ça.

— On en fabrique pas, dit Rex. C'est moi-même qui l'ai conçue, après que ce fils de pute eut écrasé tous les os de ma main, jusqu'au dernier. Et depuis, j'ai compté les jours qui me sépareraient de notre prochaine rencontre, j'ai attendu patiemment d'avoir une chance de lui mettre un pain avec ça. » Il brandit à nouveau sa main de fer, cette fois-ci serrée en un poing.

Sanchez était abasourdi. « Il t'a battu au cours d'un combat ? » laissa-t-il s'échapper de sa bouche. L'idée même lui était inconcevable.

« Je ne pense pas qu'on puisse appeler ça un combat. Plutôt une épreuve de force, mais il a eu de la chance. Ça n'arrivera plus. Ça, tu peux en être sûr. »

La révélation était véritablement incroyable. D'après les histoires que Sanchez avait entendues, personne n'avait jamais battu Rex dans quelque domaine que ce soit : mieux encore, personne ne s'était ne serait-ce qu'approché d'une hypothétique victoire. Sanchez se dit pourtant qu'il serait mal avisé de s'attarder sur cette défaite légendaire du colosse : un changement de sujet s'imposait.

« Alors tu es la seule personne au monde à avoir une main comme ça ? demanda-t-il.

— Ouais. Y a que moi et Luke Skywalker. »

36

Au long de toutes ses années de service, le lieutenant Scraggs n'avait jamais été convié à un entretien secret avec le capitaine Rockwell. À sa connaissance, personne n'avait jamais eu cet honneur, mais cela n'avait rien d'étonnant : un entretien secret avec le capitaine se devait d'être, par définition, secret. Le mot que Rockwell avait laissé sur son bureau disait simplement : « RENDEZ-VOUS AU VESTIAIRE À 16 H. N'EN PARLEZ À PERSONNE. »

Il attendait, assis dans le vestiaire désaffecté, au premier sous-sol du commissariat. Jadis, il y avait eu là un gymnase mais il avait été fermé pour des raisons qui n'avaient jamais été clairement précisées. Quelque chose de vraiment atroce s'y était produit, mais on en avait tu la nature. Le capitaine savait certainement ce qui s'était passé, et avec lui, seule une poignée d'autres policiers devaient être au courant de toute l'affaire. À Santa Mondega, il existait autant de mystères dans la police que dans le milieu du crime.

Scraggs n'attendit pas plus d'une minute avant d'entendre le capitaine Rockwell descendre l'escalier qui débouchait sur le vestiaire. Il était précisément 16 h 01. Bien que le capitaine fût en retard d'une minute, Scraggs n'avait aucune envie de le lui faire remarquer. Il admirait Jessie Rockwell tout autant qu'il le respectait. Et, plus que tout, le capitaine l'effrayait.

Rockwell ouvrit la porte sans un bruit et jeta un coup d'œil à l'intérieur.

« Vous êtes seul ? murmura-t-il en regardant derrière lui afin de s'assurer qu'il n'avait pas été suivi.

— Oui, capitaine, chuchota Scraggs.

— Personne ne sait que vous êtes ici ?

— Non, capitaine.

— Bien. » Le capitaine se glissa à l'intérieur et referma la porte le plus silencieusement possible, comme s'il s'était efforcé de ne pas éveiller un enfant. « Rasseyez-vous, Scrubbs, ordonna-t-il.

— C'est Scraggs, capitaine.

— Rien à foutre. Rasseyez-vous. »

Le lieutenant reprit place sur le long banc de bois qui longeait le mur. Les lieux étaient en piètre état, et il y régnait une forte odeur de sueur. Le capitaine s'assit juste en face de lui et se pencha, de sorte que son visage se retrouve à quelques centimètres à peine de celui de Scraggs.

« J'aimerais que vous fassiez quelque chose pour moi, lui dit-il dans un grognement chuchoté.

— À votre service, capitaine. Ce que vous voulez.

— Ça concerne l'inspecteur Jensen. J'ai mis son téléphone portable sur écoute et, après avoir entendu un certain nombre de ses communications, j'ai le sentiment qu'il est sur quelque chose de beaucoup plus gros que ce qu'il nous laisse entendre.

— Avez-vous demandé à Somers sur quoi Jensen était ? J'ai entendu dire que ces deux-là s'entendaient plutôt bien.

— *Conneries !* » Rockwell avait élevé la voix. « Somers ne s'entend avec personne. Vous le savez parfaitement.

— Ça veut dire que vous ne le lui avez pas demandé, c'est ça ?

— Exact. Et je n'ai pas l'intention de le faire.

— Alors que voulez-vous que je fasse, capitaine ?

— Je veux que vous trouviez l'inspecteur Jensen et que vous le suiviez partout où il ira, répondit Rockwell, baissant la voix pour murmurer. Faites en sorte qu'il ne se sente pas pris en filature. »

Rockwell posa une main sur l'épaule de Scraggs, le regardant droit dans les yeux pour bien lui faire comprendre que tout cela était extrêmement sérieux. Scraggs acquiesça pour lui signifier qu'il avait parfaitement compris les ordres.

« Vous avez une piste, capitaine ? Je veux dire, vous savez dans quelle direction je dois chercher ?

— Commencez par le café Olé Au Lait.

— Pourquoi ? Qu'est-ce qu'il y a d'intéressant là-bas ?

— Si vous vous pointez dans ce café vers 20 heures ce soir, vous y trouverez Jensen et Somers. Ils ont convenu d'un rendez-vous afin que Jensen livre à Somers le résultat de ses recherches à la bibliothèque. »

Scraggs n'était pas sûr d'avoir bien compris. « Je risque de me faire remarquer si je m'approche pour écouter ce qu'ils se diront.

— Ce n'est pas ce que je veux que vous fassiez. Je veux simplement que vous suiviez Jensen quand il sortira de ce café. Et vous me tiendrez au courant du chemin qu'il prendra.

— Très bien, capitaine. Ce sera tout ?

— Non. Si vous manquez de pot en filant Jensen ou s'il arrive à vous semer, je veux que vous retrouviez Somers et que vous le suiviez. Je pense que ces deux clowns ont découvert quelque chose dont ils n'auraient jamais dû avoir connaissance.

— De quel ordre ? Mais ma question est peut-être déplacée ? »

Le capitaine sembla hésiter à lui en dire plus, bien conscient que c'était le boulot du lieutenant de lui demander le plus d'informations possible.

« Jensen s'est rendu à la bibliothèque municipale. Quand il en est sorti, il a appelé Somers sur son portable pour lui dire qu'il avait découvert une piste très sérieuse. Quelle qu'elle soit, il se pourrait bien qu'il ait trouvé l'explication des récents assassinats, ainsi que l'identité du tueur. Je veux savoir ce qu'il en est avant que quelqu'un d'autre lui mette le grappin dessus. Il se pourrait bien que sa vie et celle de Somers soient en danger.

— Est-ce que nous sommes en train de parler du Bourbon Kid, capitaine ?

— Ça se pourrait bien, répondit Rockwell en acquiesçant. Vous comprenez, Scrubbs, c'est bien là qu'est tout le problème. On n'arrête pas de recevoir des appels au sujet du Bourbon Kid.

— Je sais. J'ai entendu dire qu'on reçoit au moins un signalement par jour. »

Le capitaine se releva, s'apprêtant à partir.

« En fait, c'est plus de l'ordre d'un signalement par semaine, Scrubbs. Mais aujourd'hui… eh bien, aujourd'hui, nous en sommes déjà à une centaine de signalements de ce fils de pute. »

37

Kyle et Peto étaient assis à une table de bois ronde dans le chapiteau-buvette, et discutaient de la raclée monumentale que Rodeo Rex avait infligée à Peto. Les deux moines avaient été élevés selon les préceptes de la plus grande humilité, mais un observateur extérieur aurait remarqué sans mal que le jeune novice paraissait peu désireux de parler de son dernier combat, alors que son mentor semblait ne vouloir parler de rien d'autre. Lorsqu'ils étaient entrés sous le chapiteau-buvette, le lieu était bondé, mais au cours des trente dernières minutes, le tumulte s'était considérablement apaisé. Alors que cinq rangées de buveurs s'étaient naguère agglutinées contre le bar, on n'en comptait plus que deux à présent.

Une heure s'écoula avant que Rodeo Rex ne fasse son apparition. Il portait à présent une veste de cuir noir sans manches sur son tee-shirt (de mémoire d'homme, nul fabricant n'avait jamais conçu de manches adaptées à la taille de ses biceps). La foule du bar se fendit à son passage et il se dirigea droit vers l'un des barmans auquel il commanda une bouteille de bière XXL. Il se la vit offrir en l'espace de quelques secondes, suscitant la désapprobation muette de tous ceux qui attendaient pour commander.

Rex aperçut presque aussitôt Kyle et Peto, et sa silhouette massive s'ébranla au milieu de la foule d'admirateurs ivres jusqu'à ce qu'il vienne prendre un siège à leur table.

« Comment tu te sens, mon petit gars ? J'espère que je t'ai pas fait trop mal, dit-il à Peto, tapotant son épaule et s'asseyant juste en face de lui.

— Non, ça va, maintenant, merci. J'étais un peu groggy après le combat, mais c'est passé.

— Bien. » Rex semblait véritablement s'en réjouir. Les mots qu'il prononça par la suite brisèrent cependant l'ambiance guillerette. « Bon, maintenant, trêve de bavardage. L'Œil de la Lune a de nouveau été dérobé, n'est-ce pas ?

— Oui », avoua Kyle. Il aurait été peu constructif de le nier, surtout face à cet homme. « Il y a quelques jours de cela. Nous devons le récupérer avant l'éclipse de demain. S'il tombait entre de mauvaises mains, les conséquences seraient désastreuses pour cette ville.

— Sans déconner, Sherlock ? Tout le coin serait plongé dans des ténèbres éternelles, c'est ça ?

— Oui, c'est exact. Mais comment savez-vous tout cela ?

— Parce que, tout comme vous, je suis ici en mission pour le compte du Tout-Puissant.

— *Vraiment ?* » demanda Kyle, ébahi. Il était assez difficile, pour ne pas dire impossible, d'envisager qu'un géant hyperviolent tel que Rodeo Rex puisse être au service de Dieu. Bien qu'il fût d'un abord assez courtois, il ne semblait pas, entre autres, assez humble pour être un serviteur du Seigneur.

« Ouais, *vraiment*, répondit Rex. Vous voyez, ce bled – Santa Mondega –, je m'y rends une à deux fois par an. J'arrive toujours par surprise et je ne reste jamais très longtemps. Vous savez pourquoi je m'y prends comme ça ?

— Non, dit Kyle. Nous sommes censés le savoir ? » La conversation commençait à l'agacer.

« Pas vraiment, non. Je n'ai pas l'habitude de divulguer ce genre d'informations à n'importe qui, mais en vérité mon existence a une finalité très singulière. Dieu m'a chargé d'un boulot dont peu d'hommes peuvent s'acquitter. Moi, j'ai été spécialement conçu pour cette tâche. Je suis le chasseur de primes du Très-Haut.

— Je vous demande pardon ? » lâcha Peto. Jusque-là, il avait attentivement écouté la conversation, mais il ne pouvait à présent plus se retenir de réagir à de tels blasphèmes. « Vous êtes en train de dire que Dieu vous offre de l'argent pour tuer des gens. C'est tout à fait inepte. Et, qui plus est, ce n'est rien moins que blasphématoire.

— Dis-moi, petit con, ça te dirait que je t'en mette une autre devant tous ces gens ?

— Non.

— Alors ferme ta gueule et laisse-moi finir.

— Désolé.

— Tu m'étonnes, que t'es désolé, putain. Maintenant écoutez bien, tous les deux. Dieu m'emploie au même titre qu'il emploie Ses prêtres ou Ses exorcistes. Mais je suis le seul à faire ce que je fais. Je suis unique en mon genre. » Il se pencha légèrement afin de s'assurer que toute l'attention des deux moines lui était acquise. « Notre Seigneur Tout-Puissant m'a chargé de débarrasser le monde des créatures du mal. Et Santa

Mondega, mes bien chers frères, est la capitale mondiale des créatures du mal. »

Rex se redressa, but une gorgée de bière et attendit la réaction des deux moines. Un silence inconfortable s'ensuivit : tous deux attendaient qu'il leur dise que ce n'était qu'une simple plaisanterie. Kyle finit par prendre la parole.

« Vous êtes sérieux ? » demanda-t-il, tâchant de dissimuler le ton légèrement moqueur de sa question. Rex posa sa bouteille de bière sur la table et se pencha à nouveau.

« Tu m'étonnes, que je suis sérieux. Réfléchis un peu. Si Santa Mondega était plongée dans d'éternelles ténèbres, à qui ça profiterait le plus, hein ? Aux vampires, voilà à qui ça profiterait. Tout le bled est infesté de ces pourritures, et dans le tas se trouve le seigneur des créatures du mal. Le chef des vampires, c'est peut-être plus parlant pour vous. Et si jamais celui-ci met la main sur l'Œil de la Lune, alors on se fera baiser. Jusqu'au fond, et jusqu'au dernier.

— Comment savez-vous qu'il y a des vampires dans les environs ? demanda Peto.

— C'est un don. Tu fais pas attention à ce que je raconte, ou quoi ? C'est un don de Dieu. Je renifle les créatures du mal dix fois mieux que tu ne pries. » Il se tut un instant et regarda autour de lui. « Cette fille, par exemple. Là-bas. » Il pointa du doigt une jeune femme d'une vingtaine d'années aux cheveux noirs, excessivement attirante, assise à une table, à une dizaine de mètres. C'était l'archétype de la bikeuse, revêtue d'un pantalon de cuir noir, d'épaisses bottes noires et d'un tee-shirt « Iron Maiden », noir également, qui dévoilait les tatouages peints sur ses bras. Quatre hommes partageaient sa table, tous âgés d'une trentaine d'années. Eux aussi devaient être des bikers. À leurs côtés, elle semblait parfaitement à sa place. En fait, elle était parfaitement à sa place dans la foule du chapiteau-buvette.

« C'est un vampire ? demanda Peto d'un ton où se mêlaient l'incrédulité et la curiosité.

— Regarde bien. Je vais te montrer. »

Rex se releva, sortant un énorme revolver argenté du holster dissimulé sous sa veste de cuir noir. La jeune femme le surveillait manifestement du coin de l'œil depuis un bon moment, car elle fut la première à réagir. Rex tendit son bras en avant, pointant le canon de son arme droit sur le cœur de la femme. Elle écarquilla les yeux d'horreur, et, avant qu'elle ait pu esquisser un geste, Rex avait tiré à trois reprises.

Le vacarme des déflagrations fut assourdissant, et l'écho de chaque coup de feu si retentissant qu'il aurait été difficile de déterminer combien de balles avaient été tirées. Les lieux furent soudain plongés dans un silence total, à l'exception du sifflement qui résonnait dans les oreilles de chacun. Les quatre hommes assis à la table de la jeune femme bondirent de leurs sièges en voyant la poitrine de leur amie transpercée par les trois balles de Rex. Leur surprise redoubla lorsque la jeune femme prit soudain feu, juste après l'impact de la troisième et dernière balle. Le sang gicla abondamment de ses plaies, éclaboussant tout alentour. Au bout d'un bref moment, le flot se tarit et les flammes moururent, ne laissant sur son siège qu'un tas de poussière grise. Tout fut fini en moins de vingt secondes. Il ne restait plus de la scène qu'un peu de cendre et une odeur désagréable de poudre et de chair carbonisée.

Lorsque toutes les personnes présentes (y compris les hommes assis à la table de la défunte) eurent digéré le spectacle auquel elles venaient d'assister, elles reprirent leurs activités respectives comme si rien ne s'était passé. Ce genre d'événements était loin d'être habituel à Santa Mondega, mais personne n'éprouva vraiment le besoin d'en faire toute une histoire : c'était Rodeo Rex qui avait appuyé sur la détente.

Rex avait rangé son revolver bien avant que les dernières flammes eussent fini de se consumer.

« Eh bien, on ne voit pas ça tous les jours, observa Kyle.

— C'était assez singulier, effectivement », ajouta Peto en acquiesçant.

Rex n'était pas le moins du monde déstabilisé par ce qu'il venait de faire, pas plus que par la réaction de l'assistance : il se rassit tranquillement à la table des deux moines, but une longue gorgée de son énorme bouteille de bière et reprit.

« C'était un loup-garou, dit-il en rotant tout l'air qu'il venait d'avaler avec sa bière. À dire vrai, elle ne nous aurait sûrement pas embêtés. Les loups-garous ne représentent pas de réel danger, sauf les nuits de pleine lune. C'est des vampires qu'il faut se méfier. Ils ne sortiront pas avant une heure. Il ne fait pas encore assez sombre. La plupart de ces salopards ne peuvent pas sortir tant que le soleil n'a pas complètement disparu.

— Alors ça ! s'exclama Kyle. Est-ce que les vampires s'enflamment aussi quand on leur tire dessus ? »

Rex semblait aussi surpris qu'agacé par leur méconnaissance des créatures du mal, même s'il s'efforçait de le cacher.

« Comment est-ce que deux moines comme vous peuvent en savoir si peu sur ce genre de conneries ? C'est vous qui devriez m'apprendre des trucs sur leur compte, bordel. C'est vous qui êtes venus ici pour retrouver l'Œil de la Lune. Est-ce que vous savez seulement pourquoi ces enculés veulent mettre la main dessus ?

— Père Taos n'a jamais rien mentionné à ce sujet, n'est-ce pas, Kyle ? lança Peto en guise d'aveu.

— Non, jamais. Peut-être devrions-nous l'en informer. Il se pourrait que nous ne puissions pas remplir la mission à nous seuls.

— Vous voulez dire que vous êtes les seuls moines envoyés pour récupérer l'Œil de la Lune ? Bordel de merde, vous n'apprendrez donc jamais rien ? grogna Rex, de plus en plus en colère.

— Que voulez-vous dire ? demanda Kyle.

— Je veux parler de *la dernière fois*. La dernière fois que l'Œil a été dérobé, seuls trois moines ont été envoyés. J'en ai rencontré deux. J'ai juste entendu parler du troisième, je l'ai jamais vu en chair et en os, mais c'est le seul à avoir survécu, et c'est lui qui a ramené l'Œil à Hubal. Vous êtes au courant de tout ça, quand même ? Dites-moi que vous êtes au courant.

— Oui, nous savons tout cela, répondit Kyle. Il y a cinq ans, nos frères Milo et Hezekiah furent envoyés pour récupérer l'Œil. Ils échouèrent dans leur mission, mais père Taos vint ici seul et parvint à la mener à bien. Sans l'aide de personne.

— *Conneries !* » meugla Rex d'un ton profondément dégoûté. Plusieurs personnes assises aux tables voisines relevèrent la tête et décidèrent très sagement de détourner aussitôt le regard. « Je parie que c'est votre pote Taos qui vous a raconté toutes ces foutaises, pas vrai ?

— Ce ne sont pas des foutaises, cher monsieur.

— C'en est, bordel de merde. La véritable histoire, c'est qu'un mec qui répond au surnom de "Bourbon Kid" était en possession de l'Œil et que vos amis Milo et Hezekiah ont réussi à le lui reprendre. C'est là que votre putain de père Taos arrive, tue Milo et Hezekiah, prend cette putain de pierre et, d'après ce qu'on dit, rentre à couilles rabattues à Hubal pour recevoir tous les lauriers. Cette putain de charogne.

— C'est impossible, dit Peto. Dis-lui, Kyle. Père Taos ne ferait jamais une chose pareille. C'est l'homme le plus intègre et le plus honnête au monde. N'est-ce pas, Kyle ?

— J'aimerais de tout mon cœur le croire, répondit prudemment Kyle. Cependant, il y a tout juste deux minutes, je ne pensais pas que certaines personnes, lorsqu'elles étaient touchées par balle, se consumaient spontanément pour se voir réduites en un tas de cendre. Je commence à croire, Peto, que nous ne savons pas tout ce que nous devrions savoir. Il est temps d'ouvrir nos esprits à toute éventualité et d'accepter que peut-être, je dis bien peut-être, ce que l'on nous a enseigné ne soit pas absolument vrai. »

Peto resta sans voix. Le fait que Kyle puisse suggérer que tout ce qu'ils avaient appris à Hubal pouvait ne pas être complètement vrai le stupéfiait. Pourtant, il respectait grandement Kyle et lui faisait instinctivement confiance, aussi accepta-t-il à contrecœur ce que son mentor, plus âgé et plus sage, venait de lui dire.

« Est-ce que ça veut dire qu'il est peut-être bon de boire de l'alcool ? demanda-t-il.

— Vas-tu arrêter avec ça ?

— Hé, lâche-lui un peu la grappe, tu veux ? lança Rex. Tiens. Bois un peu de ma bière. Ça va te plaire.

— Non, ça ne lui plaira pas, s'empressa de dire Kyle en tendant le bras pour empêcher Rex de passer sa bouteille à Peto. Écoutez, Rex, reprit-il, nous vous sommes vraiment reconnaissants pour votre aide, mais le fait de lui faire boire de l'alcool ne nous serait d'aucune utilité. Avez-vous d'autres informations à nous livrer susceptibles de nous intéresser ? »

Rex inspira profondément. Le ton de Kyle ne lui plut absolument pas mais il garda son calme. S'adossant à sa chaise, il tira un paquet de cigarettes souple d'une poche de sa veste sans manches et en proposa une à Peto, qui eut la présence d'esprit de refuser.

« Vous êtes au courant, à propos de cette fille qui vient de sortir du coma ? Cinq ans qu'elle est restée plongée dedans, à ce qu'il paraît.

— Non. Est-ce important ? demanda Kyle.

— Je dirais que oui. Faites un saut au bar de Sanchez, le Tapioca. Il sait tout de cette fille. Avec un peu de chance, vous la trouverez peut-être même au comptoir.

— Qu'est-ce qu'elle a de si spécial ? demanda Peto.

— Elle vient de sortir d'un coma de cinq ans, espèce de con. T'écoutes jamais ce qu'on te dit ?

— Euh si, si, j'ai bien entendu. Mais qu'est-ce que ça a à voir avec tout le reste ? »

Dans un profond soupir, Rex gratta une petite allumette sur la table et alluma sa cigarette. Il aspira une longue, lente et profonde bouffée, et la braise rutila. Puis il recracha la fumée par le nez et se pencha en avant, comme s'il voulait leur dire un secret qu'il ne souhaitait révéler à personne d'autre.

« Elle était plongée dans le coma, dit-il, parce que le Bourbon Kid a essayé de toutes ses forces de la tuer, en vain. Tout le monde s'accorde à dire qu'elle est la seule personne qu'il ait jamais tenté de tuer et qui lui ait survécu. Je dirais que c'est un talent plutôt spécial, pas vous ?

— Cela signifie-t-il qu'elle aussi est une créature du mal ? demanda Kyle.

— J'ignore complètement ce qu'elle peut être, répondit Rex. Et, à en croire Sanchez, elle ignore elle-même qui elle est ou ce qu'elle est. Elle est peut-être complètement folle à lier, mais elle prétend être amnésique.

— Je vois. C'est pour le moins fort intéressant, commenta Kyle d'un air pensif. Nous ferions bien de nous lancer à la recherche de cette femme, Peto.

— Je mettrais le turbo, à votre place, suggéra Rex. La nuit commence à tomber. Les vampires seront bientôt à vos trousses. Je dois avouer que Peto a fait sa petite impression sous le grand chapiteau, avant que j'arrive. Vous devriez vous montrer un peu plus discrets, les mecs. Vous savez, y a qu'à vous regarder pour savoir que vous êtes moines. Les créatures du mal risquent de vous coller aux fesses comme des mouches à merde. Mieux vaut que vous partiez tout de suite. Je vous retrouverai demain.

— Parfait. Désirez-vous convenir d'un lieu de rendez-vous ? s'enquit Kyle.

— Ouais. Au bar de Sanchez. Demain. Juste avant l'éclipse. À moins que vous n'ayez déjà récupéré l'Œil de la Lune, auquel cas je vous suggère de vous casser de ce bled avant qu'il soit trop tard. »

Kyle et Peto se félicitaient d'avoir Rodeo Rex pour allié. Ils le remercièrent de nouveau pour toutes les informations qu'il leur avait transmises (bien qu'ils ne fussent pas entièrement convaincus de leur authenticité) et prirent la direction du centre-ville dans l'espoir de retrouver la fille dont il leur avait parlé. Celle qui venait de sortir du coma.

38

Jensen attendait Somers en sirotant tranquillement une énorme tasse de chocolat au lait au café Olé Au Lait. Il était assis seul au comptoir et admirait la parfaite propreté des lieux. L'hygiène, dans des endroits où l'on servait à boire et à manger, était chose rare à Santa Mondega. C'était donc une très agréable surprise que de pouvoir découvrir ces tables de bois verni impeccables et le marbre lustré et brillant du comptoir.

Vingt minutes passèrent avant l'arrivée de Somers. Jensen avait tenté de le joindre depuis qu'il avait quitté la bibliothèque en laissant d'innombrables messages sur sa boîte vocale : il indiquait à son collègue qu'il avait trouvé une information extrêmement importante. Somers ne l'avait rappelé qu'à 15 h 30, si brièvement que son appel confinait à l'impolitesse. « Retrouvez-moi au café Olé Au Lait sur Cinnamon Street à 8 heures » avaient été les seuls mots qu'il avait prononcés avant de raccrocher.

Jensen avait reçu cet appel alors qu'il se trouvait dans sa chambre d'hôtel, tâchant de se relaxer. Malgré le ton de Somers, il s'était réjoui d'aller rejoindre son collègue en ville, parce que le seul programme relativement digne d'intérêt qu'il avait trouvé à la télé était une vieille rediffusion de *Happy Days*. Et ce n'était même pas un bon épisode : pour une raison inconnue de tous sauf de la production, Robin Williams y incarnait le personnage de Mork, l'extraterrestre de la série *Mork and Mindy*. Pas vraiment le genre de créature paranormale que traquait Jensen. Aussi, très logiquement, la perspective de boire quelque chose de chaud en conversant intelligemment avec Somers l'avait tout de suite enthousiasmé.

Somers fit une entrée assez remarquée. Il portait un long trench-coat gris par-dessus son costume sombre, une chemise d'un blanc immaculé et une cravate grise. Tous les autres clients du Olé Au Lait étaient habillés de façon nettement plus décontractée, y compris Miles Jensen, qui avait opté pour un pantalon de toile noir et une chemise bleu clair dont il avait défait les boutons du haut.

« Qu'est-ce que je vous offre ? demanda Jensen alors que son partenaire tiré à quatre épingles s'approchait du comptoir.

— Je prendrai un café noir avec deux sucres, s'il te plaît, Sarah, lança Somers à la jolie jeune fille qui se trouvait derrière le comptoir.

— Je dois vous tirer mon chapeau, Somers. Vous avez choisi un lieu de rendez-vous excessivement vivant », lança Jensen d'un ton ironique.

Les cafés n'étaient franchement pas le pivot de l'économie de Santa Mondega : ils n'étaient jamais pleins à craquer. Le Olé Au Lait avait beau être le plus réputé de tous, il ne devait pas y avoir plus d'une dizaine de personnes sur place, en comptant le personnel.

« Vous avez dû déjà comprendre que je n'aimais pas vraiment me mêler à la populace, je suppose, maugréa Somers. Tenez, allons nous asseoir là-bas. » Il désigna une table relativement proche du comptoir. Personne ne se trouvait à portée d'oreille de la table : cela semblait être le meilleur choix pour deux inspecteurs désireux de parler d'une affaire. « Sarah, tu voudras bien m'amener mon café, s'il te plaît ? »

Ils allèrent s'asseoir à la petite table ronde, l'un en face de l'autre.

« J'ai passé l'après-midi à tenter de vous joindre, dit Jensen. Pourquoi n'avez-vous pas décroché ?

— Le temps joue contre nous, Jensen. Avez-vous trouvé quelque chose d'intéressant à propos du livre ?

— C'est justement à ce sujet que je vous ai appelé. Je me suis rendu à la bibliothèque. L'une des bibliothécaires prétend qu'un homme correspondant au signalement du Bourbon Kid est venu s'enquérir du bouquin, ce matin même. Et, apparemment, il s'était déjà rendu à la bibliothèque quelques jours plus tôt. Il sait qu'Annabel de Frugyn a emprunté le livre, mais, comme de bien entendu, aucune adresse n'est associée à ce nom. Tout ce que j'ai pu apprendre, c'est qu'elle vivait dans une roulotte et ne restait jamais au même endroit deux soirs de suite.

— Voilà qui est intéressant, dit Somers.

— Mais ça ne nous aide pas beaucoup, n'est-ce pas ? Si le Bourbon Kid sait que le livre est en sa possession et s'il s'est déjà lancé sur sa piste, il est probable qu'elle est déjà morte à l'heure qu'il est. »

Somers soupira. « Si seulement elle existe vraiment.

« — Écoutez, Somers. Il est peut-être temps de tout raconter au capitaine Rockwell et de solliciter son aide pour la retrouver, vous ne pensez pas ? proposa Jensen.

— Je crois qu'il est déjà au courant.

— Quoi ? Comment aurait-il pu l'apprendre ? Je viens tout juste de trouver cette piste. »

Somers jeta un coup d'œil furtif à gauche, puis à droite, avant de se pencher vers Jensen pour lui murmurer : « C'est précisément à cause de cela que je n'ai pas répondu à vos appels : on a mis notre bureau sur écoute. J'ai trouvé un mouchard derrière votre bureau et un autre dans le combiné de mon téléphone.

— Comment ? » Un frisson glacial parcourut Jensen. « Vous pensez que le capitaine nous espionne ? C'est scandaleux ! Je vais porter plainte.

— Calmez-vous, nom de Dieu ! Dorénavant, il conviendra de ne plus parler de l'affaire au bureau. Si nous révélons que nous sommes au courant pour les mouchards, nous perdons l'avantage de cette découverte. Faisons-leur plutôt croire que notre enquête piétine. Comme ça, il leur sera impossible de nous doubler et de tout faire foirer. Utilisons cela à notre avantage. À partir de maintenant, nous ne discuterons plus que dans des cafés de ce genre.

— D'accord. Excellente idée. *Les salauds.*

— Vous feriez bien d'inspecter votre chambre d'hôtel. Peut-être qu'ils l'ont également mise sur écoute.

— Putain. » Jensen secoua la tête de dégoût. « Autre chose ?

— Il se trouve que oui. » Somers s'adossa à son siège. « J'ai interrogé un type du nom de Jericho, cet après-midi. C'est un de mes anciens indics. Soit dit en passant, pas franchement digne de confiance : seule la moitié de ce qu'il raconte est à moitié vraie.

— Poursuivez, dit Jensen, impatient de savoir ce que Somers avait réussi à soutirer à Jericho.

— Il se trouve que Jericho était en compagnie d'un certain Rusty lorsque celui-ci s'est fait descendre par les deux moines, l'autre jour. Jericho a eu la chance de s'en tirer avec tout juste une balle dans la jambe.

— Bien. » Somers avait totalement capté l'attention de Jensen. Ce Jericho lui semblait être une excellente piste. « Alors, que vous a-t-il dit ?

— Eh bien, il prétend que les deux moines étaient à la recherche d'un chasseur de primes du nom de Jefe.

— Jefe, hein ? Vous avez déjà entendu parler de lui ?

— Oh, oui, j'ai déjà entendu parler de lui ! Et c'est un sacré enfoiré.

— Ce n'est pas le cas de tout le monde, ici ? lança Jensen d'un ton caustique, avant d'avaler une gorgée de chocolat chaud.

— Soit, mais ce type est pire que la moyenne. Le fait est que Jericho se trouvait au Tapioca, le bar de Sanchez, lorsqu'il s'est fait tirer dessus par les moines. Et il m'a dit qu'après le départ des moines ce Jefe est entré dans le bar et qu'il était à la recherche d'un certain El Santino. »

Jensen se redressa soudain. « C'est la deuxième fois que j'entends ce nom aujourd'hui. Vous le connaissez ?

— Tout le monde le connaît.

— Pas moi.

— C'est parce que vous n'êtes pas tout le monde. Vous n'êtes personne.

— C'est assez vrai, répondit Jensen d'un ton amusé. Alors qui est El Santino, et qu'est-ce que ce Jefe lui veut ? »

Somers se redressa alors que la jeune et jolie serveuse approchait avec une gigantesque tasse de café. Il la lui prit des mains et huma l'arôme puissant. Après en avoir empli ses poumons, il posa la tasse sur la table et sortit un billet de 5 dollars de sa poche.

« Garde la monnaie, mon ange », dit-il en glissant le billet dans la poche du tablier de Sarah. Elle tourna les talons et s'éloigna sans dire un mot. « Où est-ce que j'en étais ? reprit-il.

— El Santino.

— Ah oui ! El Santino est quasiment le maître de cette ville. C'est le plus gros gangster du coin. Du menu fretin en dehors de Santa Mondega mais un gros poisson entre ses murs. Une rumeur qui ne date pas d'hier veut qu'il cherche à tout prix à se procurer l'Œil de la Lune. À ce qu'il paraît, la dernière fois que la pierre est arrivée en ville, il était prêt à l'acheter à hauteur de plusieurs milliers de dollars. Mais El Santino, pour puissant qu'il soit, a horreur de mettre sa vie en danger, ce qui explique pourquoi on le voit très rarement en ville. Et il semblerait qu'il n'apparaisse jamais qu'une fois la nuit tombée.

— Un vampire ? suggéra Jensen.

— Ce serait effectivement un excellent candidat, répondit Somers. Mais le plus important dans l'histoire, c'est qu'El Santino paie d'autres personnes pour faire le sale boulot à sa place. On raconte qu'il avait payé un certain Ringo pour que celui-ci vole l'Œil de la Lune, il y a de cela cinq ans.

— Ringo ? Il me semble que vous m'en avez déjà parlé.

— Effectivement. Ringo a bel et bien volé l'Œil de la Lune il y a cinq ans, avant de se faire trouer de balles par le Bourbon Kid. Résultat : El Santino n'a pas pu mettre la main sur la pierre précieuse. Mais notre ami Jericho est convaincu que Jefe a été engagé par El Santino pour voler à nouveau l'Œil de la Lune et le lui remettre avant l'éclipse.

— Ça voudrait dire que Jefe est en possession de l'Œil de la Lune ?

— Non, non. » Somers remua son index. « Apparemment, Jefe s'est pris une cuite avec, je vous le donne en mille, Marcus la Fouine, la veille du meurtre de celui-ci. »

Jensen écarquilla les yeux. « Ce qui signifie que nous avions raison d'envisager que la Fouine avait volé ce fameux Jefe ? demanda-t-il.

— Sans le moindre doute. La Fouine a pris sa chambre à l'International Hotel de Santa Mondega sous le nom de Jefe, en utilisant le permis de conduire de celui-ci.

— Ça tient plutôt la route, tout ça.

— Tout à fait. La Fouine vole Jefe. Le réceptionniste et sa petite amie volent la Fouine. Elvis entre en scène, tue la Fouine, mais ne trouve pas l'Œil. Alors il se met à la recherche du réceptionniste pour retrouver l'Œil. Et c'est là qu'il se fait tuer… par le Bourbon Kid.

— Qui pourrait être le réceptionniste, Dante. Ou pas.

— Exact.

— Merde, Somers, c'est du sacré bon boulot. Vous avez eu le temps de réfléchir à la suite ? »

Somers avala une gorgée de café qu'il fit tourner dans sa bouche avant de l'avaler. Jensen but également une gorgée de son chocolat qui commençait à refroidir, en attendant la réponse de Somers.

« Eh bien, dit-il enfin, je vais aller enquêter dans quelques hôtels pour voir si ces deux gamins, Dante et Kacy, ont pris une chambre quelque part. J'aimerais que vous alliez espionner du côté de chez El Santino. Guetter les allées et venues. Les deux gamins pourraient très bien se rendre chez lui dans l'espoir de lui vendre l'Œil de la Lune.

— Pourquoi feraient-ils cela ? Ce serait beaucoup trop dangereux. »

Somers sourit et avala une grosse gorgée de café. « Pas si, comme je le pressens, Dante *est* le Bourbon Kid. Peut-être ne recherche-t-il l'Œil que dans le but de le vendre à El Santino. Gardez bien cela à l'esprit : El Santino est la seule personne en ville à pouvoir s'offrir ce genre de bijoux.

— Attendez un peu, Somers. Vous pensez à présent que le Bourbon Kid fait tout cela par simple appât du gain, et pas pour l'Œil de la Lune en soi ? Si c'est le cas, pourquoi ne pas l'avoir vendu il y a cinq ans quand il avait réussi à mettre la main dessus ?

— Ne vous emballez pas. Je ne fais que suivre vos suggestions en gardant l'esprit ouvert à toute éventualité. Je n'ai pas dit que le Kid ne voulait pas garder l'Œil. J'ai simplement évoqué la possibilité que son seul intérêt soit l'argent qu'il pourrait lui rapporter. Peut-être El Santino et lui travaillent-ils de concert. Qui sait ? Contentez-vous simplement de surveiller l'entrée de la demeure d'El Santino, d'accord ? » Somers tira un bout de papier plié et un petit *pager* de la poche intérieure de son trench-coat gris. « Voici l'adresse d'El Santino. Il habite une grande bâtisse, une sorte de château, aux abords de la ville. » Il tendit le papier à Jensen. « Et voici un *pager* pour vous. Si vous rencontrez le moindre problème, contactez-moi et j'arriverai *illico presto*. » Il saisit la main de Jensen et plaça le *pager* dans sa paume. « Faites en sorte que personne ne vous voie, OK ?

— Il ne vaudrait pas mieux que je vous contacte sur votre téléphone portable ? proposa Jensen.

— Nan. N'essayez même pas, je ne répondrai pas, à moins que vous ne m'ayez envoyé au préalable un message avec le *pager*. Ne me téléphonez qu'en dernier recours. Le capitaine a sûrement mis nos téléphones portables sur écoute. Ne mentionnez aucune découverte sensible, aucun détail quant à l'endroit où vous vous trouverez, à moins d'y être *vraiment* contraint. C'est compris ? »

Jensen fulminait intérieurement contre le capitaine Rockwell, en se demandant cependant si c'était vraiment lui qui les avait mis sur écoute. « C'est compris. C'est vous qui savez, Somers. Autre chose ? Est-ce que je dois vérifier que mon cul n'a pas de mouchard la prochaine fois que j'irai chier ?

— Aucune précaution n'est inutile, Jensen. Ne prenez aucun risque. Fouillez partout et parlez à voix basse, et uniquement à moi. Je crois que nous ne pouvons plus nous fier à personne, dorénavant. Mais je suis convaincu que nous saurons bientôt le fin mot de toute cette histoire. » Il se leva de table et rabattit les pans de son trench-coat sur ses jambes, afin de s'assurer qu'ils n'étaient pas coincés sous les pieds de la chaise. « Bon, il faut que j'y aille. Si je n'ai pas de vos nouvelles d'ici demain matin, je vous retrouve au bureau à la première heure.

— Ça marche. Faites bien attention à vous, Somers – et, au fait, ça vaut aussi bien pour vous que pour moi, d'accord ? Si vous avez des soucis, envoyez-moi un message sur le *pager*, OK ? »

Somers sourit. « Sans faute », dit-il.

39

Dante et Kacy étaient assis à une table du Nightjar, un bar à la lisière de la ville, plutôt spacieux, à la fréquentation raisonnable. La salle comptait un grand nombre de tables. La plupart étaient entourées de quatre ou cinq chaises, mais seules une à deux personnes les occupaient. Le Nightjar ne comptait pas encore beaucoup de clients, et l'atmosphère était vraiment décontractée.

Ils y étaient entrés après avoir quitté la foire, afin de se délester un peu du stress qu'ils avaient accumulé dans la journée, et qui s'était mué en paranoïa sous le chapiteau de boxe. Après quelques bières, ils s'étaient sentis progressivement beaucoup plus détendus. Dans leur chambre de motel les attendaient bien sagement 100 000 dollars, à l'abri dans une valise qu'ils avaient volée dans une chambre de l'International Hotel de Santa Mondega, et ils avaient avec eux l'Œil de la Lune, acquis sensiblement de la même façon. Après une longue discussion sur les avantages d'une hypothétique vente de la pierre, ils étaient arrivés à la conclusion que le jeu n'en valait pas la chandelle. Ils ne pouvaient se fier à personne, et, avec déjà 100 000 dollars en poche, à quoi bon risquer leur vie pour quelques milliers de plus ? En réalité, c'était Kacy qui avait fini par convaincre Dante de son point de vue. Après avoir ingurgité quelques bières, Dante était toujours beaucoup plus facile à manipuler. Il était plus détendu et plus ouvert à ses arguments. De plus, il détestait ergoter avec elle lorsqu'il décompressait une bière à la main, et Kacy le savait parfaitement.

Mais aux alentours de 20 heures, leurs plans furent chamboulés. Ils entamaient joyeusement leur quatrième bière après un toast en l'honneur des joies que l'avenir leur réserverait, lorsqu'ils virent entrer les deux moines du chapiteau de boxe. Dante les remarqua le premier et, tout en tentant de faire du pied à Kacy, sous la table, pour la prévenir, il commit l'erreur de regarder dans leur direction une fraction de seconde trop longtemps. Alors qu'ils s'avançaient dans la salle, l'un des moines surprit Dante en train de les dévisager. Il soutint son regard juste assez longtemps pour que Dante se sente mal à l'aise. Comme si cet échange n'était déjà pas suffisamment inquiétant, le moine sollicita l'attention de son compagnon d'un coup de coude en désignant Kacy d'un mouvement de tête. Tous deux regardèrent dans leur direction pendant un moment et échangèrent quelques murmures avant d'aller s'asseoir au bar en commandant une consommation.

D'un regard furtif, Dante s'assura que l'Œil de la Lune ne dépassait pas du tee-shirt de Kacy. Ce n'était pas le cas, mais cela ne voulait pas forcément dire que les moines ignoraient qu'il se trouvait autour de son cou. Dante devait la sortir de là, et il devait s'y prendre aussi subtilement que rapidement. Nul besoin de perdre du temps en lui expliquant tout : rien qu'en le regardant dans les yeux, Kacy avait compris que quelque chose n'allait pas.

« Partons d'ici », lui chuchota-t-elle. Sous la table, elle tapota le genou droit de Dante et désigna la porte du regard.

« Attends un peu, répondit Dante. Restons discrets. Tu vas te lever comme pour aller aux toilettes et, en chemin, tu vas essayer de sortir sans que les deux moines qui viennent de rentrer ne te remarquent.

— Qu'est-ce que tu vas faire ?

— J'vais rester assis ici comme si je t'attendais. S'ils te suivent, je serai juste derrière eux. S'ils ne bougent pas, je me barrerai au bout de cinq minutes. Et on se retrouve au motel. Vas-y aussi vite que tu peux. Ne t'arrête en chemin sous aucun prétexte. *Aucun*, d'accord ?

— D'accord. Je t'aime, mon cœur.

— Moi aussi, je t'aime. Maintenant, fous le camp d'ici. »

Kacy quitta la table et se dirigea vers les toilettes pour dames. Elle passa derrière les moines devant le comptoir, sans cesser de les surveiller du coin de l'œil. Certaine qu'ils ne la regardaient pas, elle passa rapidement derrière un petit groupe de clients soûls et prit la direction de la sortie. En quelques secondes, elle se retrouva dans la rue.

La nuit tombait. Et Kacy était seule.

40

Kyle et Peto convinrent que le fait de se rendre directement au Tapioca n'était pas nécessairement la meilleure idée. Après une assez longue discussion, ils tombèrent d'accord pour passer d'abord dans d'autres débits de boissons. En entrant dans les bars qui se situeraient sur le chemin du Tapioca, ils augmente-raient à coup sûr leurs chances de retrouver l'Œil de la Lune, ou tout du moins de récolter quelques indices sur l'endroit où il pouvait être. Il se trouva que leur pre-mière escale fut le Nightjar. En entrant, Peto chercha du regard un coin où ils pourraient s'installer. Détail plutôt inquiétant, toutes les personnes qu'il remarqua ressemblaient à des vampires potentiels, bien que cela relevât moins de la réalité que de la paranoïa qu'avait suscitée en lui leur rencontre avec Rodeo Rex. Depuis que le colosse l'avait démoli sur le ring, Peto se sentait bien plus vulnérable qu'à l'accoutumée.

Toutes les tables étaient prises et tous les clients semblaient très peu recommandables, du genre à brandir une arme à feu (ou pire encore) à tout moment. Tous, à l'exception d'un couple d'amoureux assis à une table, en train de boire des bières. Ces deux-là avaient l'air normal, et c'étaient les seuls clients apparemment de bonne humeur. Peto remarqua également que la jeune femme était extrêmement jolie. Si jolie, en vérité, qu'il se surprit à la dévisager plus longtemps qu'il n'eût fallu. Il poussa Kyle du coude.

« Hé ! Kyle, toutes les tables sont occupées, mais il y a un couple apparemment très sympathique assis à celle-ci. Nous pourrions nous joindre à lui. »

Kyle considéra la table que Peto désignait. Il hocha la tête. « Non, allons plutôt nous asseoir au bar. Je doute qu'ils aient envie d'être dérangés. » Tout en s'approchant du comptoir, il éleva la voix : « Deux verres d'eau, s'il vous plaît, barman. »

Le barman, un type à l'air franchement sournois, le visage à moitié dissimulé par des cheveux noirs, filasses et ébouriffés, leur servit les deux verres demandés contre la somme scandaleuse de 4 dollars. Puis, poliment, il les informa que s'ils ne voulaient boire que de l'eau, il leur était interdit de rester au comptoir.

« S'il te plaît, allons nous asseoir à la table des jolis amoureux, insista Peto.

— Il n'y en a plus qu'un, fit remarquer Kyle. La jeune fille n'est plus là. »

Peto vérifia par lui-même. Effectivement, la fille était partie. C'était assez décevant, car Peto avait espéré goûter aux plaisirs d'une conversation avec une femme d'une telle beauté. Néanmoins, le jeune homme qu'elle avait laissé seul semblait plutôt inoffensif, et accepterait certainement que deux inconnus lui tiennent compagnie.

« Raison de plus pour lui proposer de nous accueillir à sa table. Allez, allons lui parler », suggéra-t-il joyeusement.

Kyle inspira profondément. « Très bien, soupira-t-il, mais s'il se révèle être un vampire et tente de nous assassiner, tu peux avoir la certitude que je te tuerai avant de m'occuper de son cas. »

41

Malgré l'obscurité croissante à l'approche de la nuit, Jensen trouva la propriété d'El Santino sans la moindre difficulté. Il n'y avait pas la moindre maison en vue dans un rayon d'au moins un kilomètre et demi. Il avait traîné sa vieille BMW sur une longue route étroite et sinueuse, bordée de part et d'autre d'un épais sous-bois et de très grands arbres, et ce n'était qu'au bout de vingt minutes qu'il avait aperçu la demeure du patron du crime local, la « Casa de Ville », sur sa droite. Il décida de continuer à rouler jusqu'à trouver un coin dans les sous-bois où il pourrait garer sa voiture à l'abri des regards.

Il parcourut encore plus d'un kilomètre avant de repérer une petite aire sablonneuse, sur le bas-côté gauche de la route. Les bois étaient particulièrement denses à cet endroit. Jensen l'ignorait totalement, mais l'aire en question était un lieu de rendez-vous connu d'un grand nombre de couples en voiture, où il leur était possible de faire la connaissance d'inconnus également en voiture et de s'adonner en leur compagnie à toutes sortes de pratiques sexuelles. Par chance, Jensen était arrivé trop tôt pour se retrouver au milieu du tohu-bohu. La nuit n'était pas encore tout à fait tombée : les voitures n'arriveraient qu'une heure plus tard.

Dans un souci de discrétion, Jensen pensa qu'il serait mal avisé de se garer en plein milieu de l'aire, au vu et au su de tous. Avec l'habileté d'un enfant de 12 ans au volant, il parvint à diriger sa voiture entre les arbres, au-delà de quelques bosses, pour finir par immobiliser le véhicule derrière d'épais buissons qui constituaient un assez bon camouflage.

Il sortit de la voiture et referma la portière derrière lui, s'efforçant de faire le moins de bruit possible. Il s'immobilisa un instant, perdu dans ses pensées. Qu'allait-il faire à présent ? De quoi aurait-il besoin en cas d'urgence ? Il avait sur lui le *pager* que Somers lui avait donné, ainsi que son téléphone portable. Avait-il oublié de prendre avec lui quelque chose de potentiellement vital si les choses tournaient mal ? Et pourquoi était-il si inquiet ? Normalement, il n'était pas du genre à se laisser impressionner par quoi que ce soit dans l'exercice de ses fonctions, quel que soit le danger couru. Soudain, il comprit. C'était le fait même que Somers lui ait donné ce *pager* qui le déstabilisait. Ce cadeau signifiait que son aîné avait parfaitement conscience des risques que prenait Jensen. Pourtant, sa mission était des plus simples : se cacher dans l'épais sous-bois pour surveiller l'entrée d'une vaste résidence plantée au milieu de nulle part. En l'occurrence, la demeure du gangster le plus connu de tout Santa Mondega, un criminel qui pourrait très bien s'avérer être l'équivalent contemporain du comte Dracula et de Vito Corleone réunis.

Tout en rebroussant chemin dans le sous-bois en direction de la Casa de Ville, il continua à garder un œil sur la route. La progression dans la végétation dense était plus ardue qu'il ne s'y était attendu. Le bois n'était que racines sortant de terre, plantes rampantes et branches serpentines, qui semblaient s'ingénier à le faire trébucher et à s'enrouler autour de ses membres, l'obligeant à se frayer un chemin assez violemment. Il lui était quasiment impossible de progresser silencieusement. À chaque pas, une branche craquait, et, dans le silence qui régnait, ce simple bruit retentissait comme le tonnerre.

Au bout d'une bonne vingtaine de minutes, la résidence apparut de l'autre côté de la route, sombre silhouette se détachant sur le ciel nocturne. Un haut mur de pierre délimitait le vaste périmètre de la propriété. À présent qu'il se tenait face au domaine, immobile et pas au volant de sa voiture, Jensen pouvait pleinement admirer sa magnificence. Ce Santino possédait un sacré bout de terrain. Placé juste en face de l'entrée principale, Jensen constata que le mur courait de part et d'autre du portail aussi loin que portait la vue. Très impressionnant.

Il resta ainsi pantois devant l'incroyable propriété plus longtemps qu'il n'aurait dû et, s'arrachant à sa rêverie, eut enfin la présence d'esprit de se dissimuler derrière un buisson. Le portail était quasiment deux fois plus grand que le mur, soit d'une hauteur approximative de dix mètres. Ses puissantes barres d'acier noires recouvertes de lierre et surmontées de barbelés lui donnaient un air tout à fait menaçant. Le tableau nocturne était extrêmement intimidant et Jensen doutait qu'il fût plus accueillant à la lueur du jour. Par-delà le portail, une route d'asphalte menait jusqu'au bâtiment principal, situé à une cinquantaine de mètres. C'était un édifice de pierre apparemment assez ancien, dont la construction aurait pu dater de plusieurs siècles si, à cette époque-là, la région avait été habitée, ne serait-ce que par un maçon européen. Le bâtiment avait tout d'un château médiéval et devait valoir une véritable fortune : plusieurs millions de dollars, peut-être même des centaines de millions de dollars, selon l'état des lieux. De l'extérieur, il semblait très ancien et était vraiment terrifiant, mais Jensen pressentait qu'à l'intérieur un criminel richissime tel qu'El Santino avait dû installer du mobilier contemporain ainsi que tous les éléments du confort moderne.

Espionner cet énorme château se révélait être une mission fort intéressante. La Casa de Ville était riche d'une multitude de détails admirables et Jensen se promit que, si la mission traînait un peu en longueur, il s'aventurerait un peu plus loin le long de la route, en quête d'autres éléments architecturaux dignes d'intérêt.

Il observait les lieux depuis moins d'une vingtaine de minutes lorsqu'il fut contraint de constater qu'il avait commis une faute non négligeable. Son téléphone sonna. Très fort. La sonnerie, particulièrement bruyante dans les ténèbres silencieuses, le fit littéralement sursauter, retardant d'autant le moment où il décrocha.

« Allô, Somers, c'est vous ? murmura-t-il.

— Ouais. Comment ça va ? bruissa la voix de Somers à l'autre bout de la ligne.

— Je suis à l'endroit dont nous avons parlé mais je n'ai encore rien vu. Et vous ?

— Pas grand-chose par ici non plus. Je me suis rendu dans deux hôtels, mais vous savez ce que c'est. Rien qu'un tas d'enfoirés, pas coopératifs pour un sou. Enfin bref, je vous appelais pour vous rappeler de bien mettre votre téléphone en mode silencieux. Je ne savais pas trop si vous étiez vraiment au courant des procédures des missions furtives. »

Jensen était mort de honte. « Bien sûr. Vous me prenez pour qui ? Au fait, je croyais que vous ne vouliez qu'on se serve de nos téléphones portables qu'en cas d'absolue nécessité ?

— C'est vrai, vous avez raison. Désolé. Mais on n'est jamais trop prudent. Si vous vous sentez ne serait-ce que légèrement en danger, vous fichez le camp de là, entendu ?

— Entendu, Somers, je n'hésiterai pas. Ne vous inquiétez pas.

— Bien. À présent, écoutez-moi bien : je vous passerai un autre coup de fil quand je finirai le service, un peu plus tard dans la nuit, alors assurez-vous que votre téléphone reste en mode vibreur. Ce sont des petits détails comme ça qui sauvent des vies, Jensen. Allez-y prudemment, il se peut que des gardes armés surveillent les lieux. Si vous ressentez la moindre nervosité, vous vous cassez sur-le-champ.

— Bien compris. Faites attention à vous.

— Pas de problème. On se rappelle. »

Jensen fit passer son téléphone en mode vibreur. *Abruti*, pensa-t-il. L'erreur d'écolier. Le bon vieux scénario du blaireau qui se fait attraper à cause de la sonnerie de son téléphone. Le fait qu'il ait failli tout faire foirer aussi bêtement ne fit qu'alimenter plus encore le malaise qu'il éprouvait. Les ténèbres devenaient de plus en plus denses, et la Casa de Ville était de plus en plus flippante.

Jensen décida finalement de ne pas bouger de son poste, face au portail. Il resta planté là durant près de deux heures, regardant fixement une propriété où rien ne bougeait. Rien n'y entra, rien n'en sortit, et, assez singulièrement, rien ne passa devant, sur la route. Pas un seul véhicule. Pas un seul passant. Pas même un animal. Peut-être les gens du coin savaient-ils qu'il valait mieux éviter les parages de nuit. On comprenait facilement pourquoi. Lorsque la lune se leva pour illuminer la Casa de Ville, l'endroit devint tout à fait sinistre. Un véritable manoir de film d'horreur. Deux heures passées sur les lieux suffisaient amplement. *Ça ira comme ça,* pensa Jensen. Si les créatures du mal avaient projeté de sortir de leur antre en quête d'une proie, ce serait maintenant qu'elles le feraient. Et ce serait probablement ici. Il était quasiment 22 h 30 : Jensen décida qu'il était grand temps de retourner à sa voiture. Le retour dans l'épais sous-bois risquait d'être plus difficile encore qu'à l'aller, mais, du moment qu'il pouvait toujours voir la route sans se faire repérer par quiconque l'emprunterait, il serait en sécurité.

Il se releva lentement. Ses jambes étaient un peu engourdies par le froid, et il éprouvait un début de crampe. Il avait à peine fait un pas sur sa gauche en rebroussant chemin, lorsqu'il eut la deuxième frayeur de sa nuit. Mais, cette fois, ce ne fut pas une sonnerie de téléphone qui le fit sursauter. Ce fut une voix. Une voix d'homme, profonde et gutturale, émanant de quelque part dans son dos.

« Je commençais à croire que tu allais passer ta nuit agenouillé là. Peu de personnes auraient tenu aussi longtemps que toi. »

Jensen sentit son cœur bondir contre sa cage thoracique. Il se retourna en direction de la voix. Dans un premier temps, il ne vit rien d'autre que de sombres branches d'arbre. Puis, dans les ténèbres, il parvint à distinguer une silhouette plus noire que la nuit, celle d'un colosse qui se dressait sur une branche massive, à quasiment trois mètres au-dessus de l'endroit où il s'était tapi.

42

Kacy se trouvait dans sa chambre de motel, lumières éteintes, regardant par la fenêtre en attendant Dante. Elle avait cru qu'il arriverait cinq minutes à peine après elle. Trois quarts d'heure s'étaient écoulés. Elle avait essayé de regarder la télé mais n'avait réussi à se concentrer sur aucun programme. Elle avait tenté de passer le temps en faisant les cent pas dans la chambre. Mais sans résultat, car la pièce n'était pas assez grande. Le lit double qui se trouvait au beau milieu de la chambre occupait plus de la moitié de la superficie, et ce qui en restait se prêtait assez peu à ses déambulations.

Il faisait à présent très sombre dehors et Kacy avait peur, pas tant pour elle que pour Dante. Il avait ce tempérament de tête brûlée qui, elle le savait, lui vaudrait un jour des ennuis dont il aurait le plus grand mal à se sortir. Elle savait à quel point Santa Mondega regorgeait de dangers et il lui semblait parfois que Dante n'en avait pas vraiment conscience. Il lui arrivait de se montrer téméraire sans la moindre raison valable. D'une témérité absolue. Elle adorait ce trait de caractère, mais ça la faisait vraiment flipper.

Elle regardait à travers les persiennes ouvertes depuis déjà une éternité lorsqu'elle vit s'approcher une voiture. Au début, elle ne vit en réalité que les phares. Ce n'était pas des phares standard. Kacy ne s'y connaissait pas trop en voitures, mais elle était d'avis qu'il s'agissait du type de phares dont étaient équipées les Cadillac. Et son avis s'avéra juste. En découvrant que c'était bel et bien une Cadillac, elle regretta de ne pas pouvoir se taper elle-même dans le dos pour se féliciter. Une Cadillac jaune clair, à première vue. La chambre du motel étant située au rez-de-chaussée, elle disposait d'une assez bonne vision sur le véhicule qui roulait au pas dans sa direction, sa peinture jaune étincelant dans la nuit, et qui se gara juste en face de la fenêtre. Les puissants faisceaux des phares l'aveuglaient : elle ne put pas même voir la silhouette du conducteur. Sa peur redoubla. Pourquoi est-ce que la Cadillac s'était garée juste en face de leur chambre d'hôtel ? Il y avait pourtant tout un tas d'autres places de stationnement.

Le moteur du véhicule était très bruyant, aussi éprouva-t-elle un léger soulagement lorsque le conducteur coupa le contact. Il fallut quelques secondes pour que les vrombissements cessent tout à fait. Puis la lumière des phares faiblit, pour s'éteindre complètement. Kacy, toujours éblouie, s'efforçait d'adapter sa vision aux ténèbres soudaines. Elle entendit une portière claquer mais il lui fut impossible de voir qui sortait de la Cadillac. Puis elle entendit des bruits de pas, le son du gravier du parking crissant sous des semelles particulièrement épaisses. Elle eut le réflexe un peu tardif de fermer les persiennes en se reculant, dans l'espoir de ne pas se faire remarquer.

Une silhouette masculine passa devant la fenêtre et se dirigea directement vers la porte de la chambre. Elle ressemblait à celle de Dante, mais Kacy n'en était pas certaine. L'homme tourna le bouton de porte en laiton de l'extérieur. Kacy avait poussé le verrou dès qu'elle était entrée dans la chambre. Le bouton cliquetait plus bruyamment de seconde en seconde. Devait-elle appeler, pour avoir confirmation qu'il s'agissait bien de Dante ? Ou valait-il mieux rester silencieuse, au cas où ce n'était pas lui ? Si elle se taisait, il finirait bien par lui demander de le laisser entrer. Et s'il n'en faisait rien ? Et s'il partait à sa recherche sans rien dire ? Et merde. Elle se résolut à faire le premier pas :

« Dante ? C'est toi, mon cœur ? »

Le bouton de porte s'immobilisa, mais aucune réponse ne se fit entendre. Kacy s'approcha de la porte sur la pointe des pieds.

« Dante ? » répéta-t-elle, un ton plus bas. Toujours pas de réponse. Bien qu'elle fût à présent totalement terrifiée, elle ne voyait pas ce qu'elle pouvait faire d'autre, à part ouvrir la porte. L'homme était apparemment toujours sur le seuil, et le simple fait de l'imaginer en train de défoncer la porte la terrifiait tellement qu'elle pensa qu'il était préférable de lui ouvrir. Elle pourrait toujours faire semblant d'être quelqu'un d'autre, quelqu'un qui n'avait rien à cacher. Elle tendit le bras et posa une main tremblante sur le verrou de la porte. Elle tremblait si fort que, sans le faire exprès, elle la déverrouilla avant d'être prête, et la porte s'entrebâilla aussitôt de quelques centimètres. Une main surgit, saisissant le panneau et ouvrant grand la porte. Kacy recula d'un bond, poussant un petit cri de surprise. Face à elle, souriant et brandissant un trous-seau de clés, se tenait Dante.

« Oh, mon cœur ! Tu m'as foutu une de ces putains de frousse ! Pourquoi est-ce que tu n'as pas répondu quand je t'ai demandé si c'était toi ? »

Le sourire de Dante s'effaça.

« Kace, dit-il très sérieusement, si tu n'étais pas sûre que c'était moi, tu n'aurais pas dû ouvrir. Il faut que tu sois beaucoup plus prudente que ça, d'accord ?

— Désolée, mon cœur. J'étais terrifiée, toute seule, dans le noir et tout. »

Dante jeta les clés sur le lit et s'approcha d'elle. Kacy se sentit complètement soulagée lorsqu'il l'en-laça et l'embrassa. Il prit ensuite sa main et la guida jusqu'au seuil de la porte restée ouverte. Sur le perron, il désigna la voiture garée face à leur chambre.

« Regarde un peu ça, ma puce. Qu'est-ce que tu penses de ma nouvelle caisse ? » lança-t-il en admirant la Cadillac jaune. Kacy lança un regard par-delà le seuil et écarquilla les yeux.

« Ouaouh ! Elle est vraiment terrible ! Où est-ce que tu l'as dégottée ?

— Je l'ai trouvée garée sur le trottoir juste en sortant du bar. Elle était là, avec les clés sur le contact. Ç'aurait été malpoli de pas la prendre, tu trouves pas ? Quelqu'un aurait pu la voler, tu vois. »

Kacy aurait voulu engueuler Dante, lui dire à quel point il était stupide d'avoir volé une voiture alors qu'ils ne devaient sous aucun prétexte attirer l'attention. Mais elle était si heureuse d'être à nouveau avec lui qu'elle ne parvint pas à se fâcher.

« Mon cœur, tu as perdu la tête ou quoi ? dit-elle d'un ton inquiet. La moitié de la ville est à nos trousses parce qu'on a volé ce fichu Œil de la Lune, et tu ne trouves rien de mieux à faire que de piquer une Cadillac jaune pétant. Ce n'est pas vraiment le summum de la discrétion, tu ne trouves pas ? Et puis qu'est-ce que tu as fait pendant tout ce temps ? Ça fait presque une heure que je t'attends ! »

Dante rentra dans la chambre et ferma la porte derrière lui. Ses joues étaient légèrement roses, comme s'il était resté trop longtemps dehors, dans le froid. Mais ce n'était pas le cas : il devait tout simplement cette charmante coloration à son excellente humeur.

« J'ai une autre bonne nouvelle. Tu sais, les deux moines qui sont entrés dans le bar ? Eh bien, une fois que tu es partie, ils sont venus s'asseoir à notre table. J'avais grave la frousse, tu peux me croire, mais j'ai vite compris qu'ils ne savaient rien à notre sujet. Ils ne savent pas qu'on a la pierre.

— Oh, mon Dieu ! Tu ne le leur as pas dit, quand même ?

— Bien sûr que non. Tu me prends pour quoi, un abruti ? »

Kacy haussa un sourcil mais jugea bon de ne pas répondre. Elle voulait connaître le sujet de leur conversation. Et il semblait que Dante avait tout autant envie de le lui raconter, aussi le laissa-t-elle poursuivre.

« Enfin bon, reprit-il, on a commencé à discuter, et, en fait, c'est vraiment des mecs super sympas. Un moment, je leur ai dit que j'avais entendu raconter qu'ils recherchaient l'Œil de la Lune.

— Oh ! Dante, non…

— Si, ma puce, mais c'est cool. Je leur ai dit que je pensais pouvoir le retrouver, mais seulement contre de la thune. Ils sont prêts à nous en donner 10 000 dollars !

— Mais, mon cœur, on n'a pas besoin de 10 000 dollars.

— Je sais, je sais. En même temps, ça peut pas nous faire de mal, tu trouves pas ? Et ces types sont vraiment pas du genre violent. Ils sont à fond dans un trip paix, amour et karma à la con. »

Kacy s'éloigna de Dante, s'assit sur le bord du lit et plongea sa tête dans ses mains. « Et maintenant ? Ils vont nous rejoindre ici ? demanda-t-elle, terrifiée à l'idée de connaître déjà la réponse.

— Ça va pas ? Je suis pas stupide. Je leur ai fixé rendez-vous demain matin, dans le même bar, à l'ouverture. »

Kacy était loin d'être convaincue des qualités de ce plan. Dante n'y avait manifestement réfléchi que très peu, et en discutait à présent avec elle alors que la décision avait déjà été prise.

« À mon avis, il vaut mieux se débarrasser de cette pierre avant que l'éclipse ait lieu, demain. Je veux m'en débarrasser tout de suite et foutre le camp, dit-elle d'un ton suppliant.

— Kacy, calme-toi et fais-moi confiance, tu veux ? Est-ce que je t'ai déjà déçue ?

— Oui, c'est déjà arrivé. Tu te rappelles la fois où on n'avait plus rien à manger et où tu as claqué tout ton fric pour acheter tous ces DVD du capitaine Crochet ?

— Ouais, c'est vrai. Mais quelqu'un m'avait dit qu'il y avait un tas de pognon à se faire en vendant des vidéos pirates. Comment j'aurais pu savoir que le mot "pirate" avait aussi un autre sens ? »

C'était très fâcheux, mais Dante affichait un grand sourire auquel Kacy savait qu'elle ne pouvait résister. « T'es vraiment un sale con, dit-elle, mais son ton n'avait rien de rude.

— Je sais, je sais. » Son sourire ne le quittait pas. « Cette fois, je sais parfaitement ce que je fais. Je te jure que je ne te décevrai pas. » Il s'assit à côté d'elle et passa son bras autour de ses épaules pour la serrer contre lui. « J'ai tout prévu. Demain, c'est le jour de l'éclipse, le dernier jour de la Fête de la Lune. C'est le jour où tout le monde se déguise. Je vais me trouver un putain de déguisement dans lequel personne, même pas les moines, ne pourra me reconnaître. Comme ça, si ça devait mal tourner ou si quelque chose a l'air de clocher, je pourrai foutre le camp sans problème. Tu peux jeter cette pierre aux égouts si tu veux, mais, pour 10 000 dollars, ça vaut quand même le coup de tenter notre chance, tu trouves pas ? »

Kacy réfléchit très sérieusement. Dante n'était jamais particulièrement convaincant lorsqu'il essayait de lui faire faire quelque chose qu'elle trouvait douteux. Et ce plan lui paraissait extrêmement douteux. Mais elle l'aimait, et elle savait qu'elle finirait par accepter de jouer le jeu. Dante, lui aussi, le savait.

« Je t'aime, mon cœur », furent les seuls mots de Kacy.

Plutôt que d'admettre qu'elle se pliait à sa volonté, il lui suffisait de dire « Je t'aime » pour qu'il sache qu'elle ferait ce qu'il voulait.

« Moi aussi, je t'aime, dit-il dans un sourire. Tout va bien se passer, ma puce. Crois-moi, la chance va enfin nous sourire. Demain, quelque chose d'incroyable va arriver, je le sens. Une nouvelle vie va commencer pour nous, je vais vendre cette pierre bleue aux moines, et après ça, toi et moi, on aura toute notre vie pour dépenser ce qu'on aura amassé. On a trimé dur pour en arriver là, on l'a bien mérité. »

Kacy adorait Dante quand il était comme ça. Son enthousiasme et sa confiance absolue en un avenir radieux l'excitaient à chaque fois. Et, comme il lisait en elle comme dans un livre ouvert, il avait certainement remarqué qu'elle avait très, très envie de lui. Elle n'eut pas même à ouvrir la bouche pour le lui confirmer : Dante l'enlaça simplement et la coucha sur le lit. Ils passèrent les quarante-cinq minutes qui suivirent à baiser comme deux amoureux qui ne se sont pas vus depuis des mois.

Ils s'écroulèrent enfin sous les draps défaits, et Dante embrassa la nuque de Kacy en lui répétant à quel point il l'aimait. Elle s'endormit dans ses bras, priant pour que ce ne soit pas la dernière fois qu'elle sentirait la chaleur de son corps contre le sien. Plus que tout, elle redoutait que, cette fois, il les ait mis tous les deux dans une situation impossible à maîtriser. Parfois, sa témérité touchait presque à la folie. Et, cette fois, leur vie était en jeu.

43

Kyle et Peto saluèrent Dante qui sortait du bar. Il leur répondit par un simple mouvement de la tête et passa la porte. Son départ leur donna l'occasion d'échanger ce que l'un et l'autre avaient pensé de lui, à la table où il les avait laissés. Ni Kyle ni Peto n'avaient remarqué que le Nightjar s'était considérablement rempli pendant qu'ils s'étaient entretenus avec le charmant jeune homme.

« Crois-tu qu'il disait la vérité ? demanda Peto à Kyle en espérant une réponse affirmative.

— Tu veux savoir, Peto ? répondit Kyle. Je crois effectivement qu'il ne nous a pas menti. Je conçois que nous puissions nous tromper en nous fiant ainsi à un inconnu, mais je suis convaincu qu'il s'agit d'un homme honnête et serviable.

— Je suis tout à fait d'accord. Et si nous commandions une boisson alcoolisée pour fêter cela ? »

Kyle réfléchit à la proposition. Peto mourait manifestement d'envie de goûter à ce type de boisson, et, pour être tout à fait honnête, Kyle était forcé de reconnaître qu'il était tout aussi curieux que le jeune novice. Oh ! et puis pourquoi pas, finalement.

« Fort bien. Mais juste un verre, et personne d'autre que nous ne devra savoir que nous en aurons bu, d'accord ? Ce sera notre secret.

— Génial. Que demanderons-nous ? De la bière, du whisky… du bourbon ?

— Pas de bourbon. Dieu sait quel effet cet alcool pourrait avoir sur nous. S'il y a bien quelque chose que nous avons appris ces derniers jours, c'est que le bourbon est la boisson du diable. Essayons plutôt la bière. C'est ce que Rodeo Rex buvait, et c'est un joyeux compagnon.

— Je crois que c'est également ce que buvait notre nouvel ami Dante.

— De la bière, dans ce cas. Je vais en commander deux au bar, Peto. Garde donc notre table.

— D'accord. »

Peto était au comble de l'excitation. Depuis leur départ d'Hubal, il avait vu quantité de personnes boire et en concevoir généralement beaucoup d'allégresse : il avait hâte de vivre cela autrement qu'en simple spectateur. Ce qu'il ignorait pourtant, c'était que, dans les cinq minutes qui allaient suivre, il aurait grand besoin d'un alcool fort. Peto ne le savait pas encore, mais il s'apprêtait à vivre les cinq minutes les plus déstabilisantes de sa vie (jusqu'alors) rangée.

Le Nightjar offrait de nombreux coins tranquilles et d'alcôves où des personnages douteux pouvaient à loisir se cacher pour observer le reste de la clientèle. Les nouveaux arrivés, comme Kyle et Peto, avaient la fâcheuse tendance à attirer l'attention sur eux sans même s'en apercevoir. Rodeo Rex les avait mis en garde à ce sujet, mais ils n'avaient pas apprécié le conseil à sa juste valeur.

Lorsque Kyle s'accouda au comptoir, un certain nombre de personnages louches se mirent à lorgner le jeune homme à l'air naïf assis seul à une table, attendant que son compagnon revienne avec leurs consommations. Deux de ces observateurs furtifs, à la tête du groupe, sortirent bientôt des ténèbres. Sans un mot, ils vinrent s'asseoir de part et d'autre de Peto. Tous deux étaient vêtus de longs manteaux noirs dont ils avaient relevé le col. Tous deux portaient également des colliers constitués d'une série de dents qui semblaient avoir appartenu jadis à quelque bête sauvage et très franchement carnivore. L'un des deux hommes, une sorte de paumé malpropre et mal rasé, aux cheveux longs et noirs en bataille, se pencha pour s'adresser à Peto. Ses yeux verts perçants se plantèrent dans ceux du jeune moine, marron et beaucoup moins perçants.

« Tiens, tiens, tiens, dit-il. Regarde donc qui voilà, Milo. C'est le jeune Peto, si je ne m'abuse. »

Son compagnon se pencha légèrement en avant, comme pour examiner les traits de Peto.

« Tu penses, Hezekiah ? » lança-t-il d'un ton moqueur.

Milo avait de longs cheveux blonds et sales, et ressemblait assez à Hezekiah, si ce n'est que ses yeux étaient d'un rouge très déconcertant. Il sourit à Peto, et le jeune moine eut droit à une vue imprenable sur ses horribles dents, grandes et jaunes, ainsi qu'à une bouffée de son haleine fétide. La triste mine des deux hommes, qui collait parfaitement avec leurs oripeaux miteux, n'impressionnait pas Peto. *Ils doivent vivre dans la rue*, se dit-il. Ils étaient d'une saleté indicible, tout comme leurs habits, et sentaient incroyablement mauvais. Peto n'était pas du genre à juger des personnes qu'il ne connaissait pas, et, manifestement, ces deux-là le connaissaient, aussi n'y avait-il aucune raison de ne pas se montrer amical… à moins que…

« Comment se fait-il que vous me connaissiez ? demanda-t-il à celui qui avait les yeux verts et qui l'avait appelé par son prénom.

— Tu ne te souviens pas de nous ? répliqua Hezekiah dans un sourire sardonique.

— Non, je suis vraiment désolé.

— Ne t'inquiète pas, fiston. Ton ami Kyle, lui, nous reconnaîtra.

— Oh, j'ai compris ! Vous êtes de ses amis, c'est ça ?

— Oui. C'est juste, non, Milo ? Nous sommes bien des amis de Kyle, n'est-ce pas ?

— Oui, Hezekiah. Nous sommes des amis de Kyle. De *bons* amis. »

Ce ne fut qu'à cet instant que Peto se souvint de leurs prénoms.

« Attendez, lâcha-t-il. Vous êtes Milo et Hezekiah ? » Il les observa à tour de rôle, abasourdi.

Kyle revint avec deux bouteilles de bière et s'assit à la table, se demandant qui pouvaient être les deux nouveaux compagnons de Peto. Il ne tarda pas à le découvrir. Il les reconnut à l'instant où il entendit la voix d'Hezekiah. Tous deux avaient été de grands amis avant qu'Hezekiah quitte Hubal. Cependant, la créature que Kyle avait à présent devant lui n'avait plus grand-chose à voir avec le jeune moine au teint frais, dépêché loin d'Hubal cinq ans auparavant.

« *Mon Dieu ! Hezekiah !* s'exclama Kyle. Tu es en vie ! Et c'est bien Milo qui est là ! Je n'arrive pas à y croire ! Et vous avez laissé pousser vos cheveux !

Qu'ils sont longs. Vous semblez si différents. Qu'avez-vous fait durant toutes ces années ? »

Hezekiah saisit une des bouteilles que Kyle avait posées sur la table et en but une gorgée avant de la reposer. Il répondit dans un long ricanement grinçant : « Oh ! nous avons bu, forniqué, volé, tué… en gros, nous avons fait tout ce que père Taos nous a interdit de faire. »

Son ton avait quelque chose de sinistre, et Kyle ne savait pas trop qu'en penser. Ce n'était pas le même Hezekiah, celui au côté de qui il avait grandi. À l'époque où ils n'étaient encore que de jeunes novices, ils avaient été très bons amis. Hezekiah avait un an de plus que Kyle et l'avait toujours devancé dans tous les domaines. Cela avait parfois suscité la jalousie de Kyle mais c'était également pour cette raison, entre autres, qu'il avait toujours voué à son ami le plus grand respect. Dans sa jeunesse, il avait toujours considéré Hezekiah comme un mètre étalon, à l'aune duquel il pouvait évaluer ses progrès en tant que moine novice. À présent qu'il se retrouvait face à son ancien cama-rade, il aurait dû se sentir fou de joie, mais cette parodie de moine, piteuse et moqueuse, ressemblait à n'importe quel autre habitant de Santa Mondega. L'instinct de Kyle lui disait qu'Hezekiah était indigne de confiance et imprévisible, deux traits de caractère qu'il détestait particulièrement. Mais c'était également un ancien ami, et Kyle se refusait à juger quiconque aussi rapidement, surtout lorsqu'il s'agissait d'une per-sonne qu'il avait connue avant même d'apprendre à marcher.

« Pourquoi n'êtes-vous pas revenus à Hubal, alors ? demanda Kyle. Tout le monde vous croit morts. »

La commissure des lèvres d'Hezekiah se retroussa, dévoilant son désagréable sourire plein de dents.

« Aux yeux du monde je suis mort, et Milo aussi. Père Taos nous a abandonnés… il ne vous a pas raconté ?

— Hm, non. Non, il ne nous a rien dit dans ce sens.

— Comme c'est surprenant », marmonna Milo, juste assez fort pour que les trois autres attablés puissent l'entendre. Kyle et Peto se souvinrent soudain des paroles de Rodeo Rex un peu plus tôt. Ainsi, Rodeo Rex leur avait probablement révélé la vérité pure et simple. Peut-être père Taos leur avait-il réellement dissimulé une partie de la vérité. En fait, ce « peut-être » était de trop. Il leur avait dit que les deux moines qui avaient quitté Hubal sous ses ordres cinq ans auparavant étaient morts. Cependant, Hezekiah n'avait pas l'intention d'attendre que Kyle et Peto aient fini de réunir toutes les pièces du puzzle par eux-mêmes.

« Écoute, dit-il en tapotant doucement un long ongle noirci sur la partie la plus charnue de l'épaule droite de Kyle. Vous n'êtes pas les bienvenus dans cette ville. Partez, tout de suite. Nous savons pourquoi vous êtes là, mais vous pouvez faire une croix dessus. L'Œil est hors de votre portée, et même si vous arriviez à le récupérer, vous signeriez de la sorte votre arrêt de mort. »

Ce fut là l'une des occasions où Peto s'estima très heureux que Kyle fût son aîné et qu'il lui incombe, en tant que tel, la tâche de poser des questions. Le novice se contenta donc de s'adosser à sa chaise et se concentra sur la conversation, tandis que son mentor se chargeait de la mener.

« Qu'est-ce que ça veut dire ? demanda Kyle. Hezekiah, que vous est-il arrivé ?

— Milo et moi sommes passés du côté obscur, Kyle. Nous ne pouvons plus retourner en arrière. Vous, en revanche, vous avez une chance d'en réchapper. Quittez Santa Mondega dès ce soir et ne revenez plus jamais. Demain, le Seigneur des Ténèbres sera de retour et il revendiquera la ville au nom de toutes les créatures du mal. Si vous êtes encore en ville lorsque cela arrivera, vous deviendrez comme eux. Et vous ne le souhaitez pas, crois-moi.

— Mais, Hezekiah, protesta Kyle, avec Milo et toi à nos côtés, nous serions largement en mesure d'en faire notre affaire. Quel retour glorieux ce serait alors, vous pourriez rentrer enfin à Hubal avec nous, et avec l'Œil ! »

Hezekiah hocha la tête et, tout aussitôt, retira sa main de son épaule afin de retenir Milo, comme s'il s'attendait à ce que celui-ci se rue sur Kyle. Il fixa à nouveau son vieil ami de son regard vert et perçant.

« Écoute-moi bien, Kyle. Ne me rends pas la tâche encore plus difficile. Nous ne pourrons jamais retourner à Hubal. Père Taos s'en est assuré. Lui aussi possède un côté obscur, tu sais, et, lorsque Milo et moi avons découvert son vilain petit secret, il nous a abandonnés aux vautours. Ne doute pas un seul instant de ce que je te dis, Kyle. Il nous a trahis et a ramené tout seul l'Œil de la Lune à Hubal. Pourtant, c'est bien nous qui avions retrouvé l'Œil. C'était nous qui étions censés revenir à Hubal, couverts de gloire, mais père Taos avait d'autres plans. Il fera de même avec toi, Kyle… et avec toi aussi, Peto. Il vous abandonnera. Lorsqu'on quitte Hubal, c'est pour toujours. » Il observa un court silence, puis demanda : « Combien connais-tu de moines à être partis d'Hubal et à y être revenus ? »

Du vivant de Kyle, seul un moine avait quitté le havre de paix qu'était Hubal durant plus d'un jour pour revenir vivant.

« Un seul, répondit-il. Père Taos. Tous les autres se sont avérés incapables de surmonter les dangers du monde extérieur. C'est pourquoi ils ne sont jamais revenus.

— Crois-tu que c'est pour cette raison que Milo et moi ne sommes jamais revenus ?

— Eh bien, non… enfin, je veux dire… je n'en sais rien.

— Regarde les choses en face, Kyle : tu ne sais rien du tout. Tout comme Milo et moi ne savions rien lorsque nous avons quitté Hubal. Nous ne savions rien avant de rencontrer l'homme que l'on nomme… le Bourbon Kid. »

Hezekiah prononça ces trois derniers mots dans un murmure. Il était interdit de les proférer à voix haute au Nightjar, par respect pour les morts.

« Le Bourbon Kid ? s'exclama Kyle avec force. Qu'est-ce qu'il a à voir avec tout cela ? »

BANG !

Le coup de feu assourdit à peu près tout le monde dans le bar. Aussitôt, la panique s'empara des lieux. Tous les clients qui jusque-là buvaient tranquillement à leurs tables, ne s'occupant que de leurs propres affaires, se dispersèrent tous simultanément. Mais Hezekiah fut le premier à réagir. Il se leva de table, se retournant pour faire face à l'homme qui venait de tirer une balle en plein dans la poitrine de Milo.

Celui-ci était debout et, tel un boxeur groggy, titubait à reculons en poussant des hurlements stridents. La chaise se renversa et manqua de le faire tomber. Il s'efforçait de garder l'équilibre et, en même temps, tâchait de son mieux de comprimer de la main le trou béant qui s'était creusé dans sa poitrine. Littéralement assommés par la surprise, Kyle et Peto restaient assis, les yeux écarquillés, aussi immobiles que des statues.

Milo tentait avec difficulté de respirer. Le sang coulait abondamment de sa poitrine et de sa bouche, éclaboussant son long manteau noir ainsi que tous ceux qui avaient la malchance de se trouver trop près de lui. Plus perturbant encore, ses yeux étaient devenus complètement noirs et son visage changeait à vue d'œil. Devant les deux moines interdits, Milo était en train de se transformer en une créature du mal… un vampire. Mais un vampire mourant, un vampire qui se désintégrait, tombait en poussière, se précipitant à toute vitesse vers les portes de l'enfer.

Hezekiah, quant à lui, s'était métamorphosé quasi instantanément en un suceur de sang à part entière. Il était à présent bien plus terrifiant que le clodo décati qui s'entretenait encore avec les deux moines quelques secondes auparavant. Il se tenait droit, les épaules rejetées en arrière, tous crocs dehors, prêt à s'attaquer à celui qui avait été à l'origine du coup de feu. L'homme qui se trouvait face à lui était une montagne de muscles saillants revêtue d'un pantalon et d'une veste de cuir noir, ainsi que d'un tee-shirt *Helloween* noir et sans manches. Kyle et Peto reconnurent sur-le-champ Rodeo Rex.

Rex visa, pointant son arme droit sur la poitrine d'Hezekiah. Le vampire gronda de rage à l'intention de son assaillant, qui se trouvait à moins de deux mètres de lui. Il ne périrait pas sans se battre. Il savait exactement qui était Rodeo Rex et quelles étaient ses intentions. En un clin d'œil, avant que Rex ait pu appuyer sur la détente pour lui loger une balle dans la poitrine, Hezekiah avait bondi, atteignant presque le plafond. La rapidité de ses mouvements était supérieure à celle de n'importe quel être vivant que Kyle et Peto aient jamais vu. Il fallut à Hezekiah moins d'une demi-seconde pour se retrouver derrière Rex, tendant ses longs doigts noueux dans sa direction, prêt à lui rompre le cou. Ses ongles avaient considérablement poussé et étaient à présent presque aussi longs que ses doigts, donnant ainsi à ses mains l'apparence de racines fines et torturées. En se précipitant sur sa proie, il ouvrit grand la bouche, dévoilant deux rangées de dents affûtées comme des rasoirs et qui semblaient avoir doublé de taille. Son intention était claire : se repaître de l'homme qui avait abattu son compagnon sans semonce ni pitié. Cependant, et Peto pouvait en témoigner, Rex n'était pas une victime facile. C'était là son boulot, et, manifestement, il connaissait par cœur tous les coups tordus des vampires. Au moment même où Hezekiah tendit les mains pour attraper son cou, le colosse se laissa tomber par terre, pivota sur son dos comme un danseur de break et ouvrit le feu, le tout d'un seul mouvement fluide et rapide. Un hurlement monstrueux jaillit de la bouche assoiffée de sang d'Hezekiah. Il pencha la tête en arrière et son cri résonna contre le plafond. Par la plaie béante, son sang giclait de son cœur au rythme de ses dernières pulsations agonisantes. Le hurlement perça les tympans de tous ceux qui se trouvaient dans un rayon de quinze mètres, et, au bout de quelques secondes de ce cri ignoble, quasiment tous les clients du Nightjar se précipitèrent vers la sortie. Le combat était déjà fini. Le hurlement se tut au bout de quelques secondes supplémentaires : la chose qui se faisait appeler Hezekiah finit de se consumer dans les flammes pour ne plus être qu'un tas de poussière, à l'instar de Milo.

Au milieu de la ruée de la clientèle en direction de la sortie, Rodeo Rex se releva de terre et s'avança droit vers la table de Kyle et Peto. Ils étaient toujours assis, muets, les yeux rivés à l'endroit où, moins d'une minute auparavant, Hezekiah venait de se transformer à grand bruit en vampire, puis en particules de cendre.

« Est-ce que ça vous arrive d'écouter ne serait-ce qu'un seul putain de mot qui sort de ma putain de bouche, bande de cons ? » demanda Rodeo Rex d'un ton plus qu'autoritaire.

Ni l'un ni l'autre n'étaient en mesure de répondre. Mais tel un instituteur surprenant deux élèves en train de fumer dans les toilettes, Rex les attrapa tous deux par la tunique et les obligea à se lever de leurs chaises.

« Cassez-vous d'ici tout de suite, et que je ne vous voie pas avant que le soleil se remette à briller ! Est-ce que je me suis bien fait comprendre ? » Il paraissait extrêmement mécontent de leur conduite, et les deux moines n'avaient pas la moindre envie de discuter ses ordres.

« Oui, Rex, nous avons parfaitement compris, répondit Peto qui, pour une fois, semblait avoir repris ses esprits plus vite que Kyle. Viens, Kyle, sortons d'ici. » Il attrapa leurs bouteilles de bière restées sur la table et se dirigea droit vers la porte du bar. Kyle, sur ses talons, fixait toujours des yeux l'emplacement où Hezekiah, son ami de toujours, avait pris feu avant de se désintégrer.

« Hé, vous deux ! cria le barman. Vous ne pouvez pas sortir avec ces bouteilles. »

Rex répondit à la place des moines, dans un beuglement très intimidant : « Ils font ce qu'ils veulent, bordel de merde ! Et si t'allais plutôt te faire enculer dans l'arrière-boutique, ducon ? »

Le barman s'empressa de disparaître. Il avait assez de problèmes comme ça, et il était assez futé pour savoir qu'il était dans son intérêt de ne pas trop s'approcher de la légende locale et néanmoins machine à tuer, que tous connaissaient sous le nom de Rodeo Rex.

Le bar à présent vide, y compris derrière le comptoir, Rex saisit une bouteille de whisky, ainsi qu'un cigare caché derrière le zinc, et s'assit sur un tabouret. Il était temps de méditer un peu sur sa journée de boulot.

44

L'inspecteur Miles Jensen était dans un sacré pétrin et il le savait parfaitement. Quand il reprit connaissance, il éprouva une intense douleur à la base du crâne, qui se doublait de la désagréable sensation d'avoir la nuque recouverte de sang. Du sang coagulé, ce qui signifiait qu'il était resté inconscient pendant un bon bout de temps. Il était cependant dans l'incapacité de vérifier s'il s'agissait vraiment de sang, car ses mains étaient solidement liées dans son dos par du gros scotch. On lui avait passé un chiffon en guise de bâillon, qu'on avait noué derrière sa tête, accentuant d'autant l'insupportable mal de crâne. Il était couché sur le côté, les genoux ramenés vers le torse, et, sans qu'il sût pourquoi, avait l'impression de sautiller de bas en haut dans les ténèbres. Puis il comprit. Il se trouvait dans le coffre d'une voiture, et on le conduisait quelque part. Il n'y voyait absolument rien et, en se rendant compte de la situation excessivement délicate dans laquelle il se trouvait, il ne put que se remémorer tous ces films de gangsters, dans lesquels de pauvres malheureux se retrouvent dans le coffre d'une voiture et se font abattre au bout du chemin. Penser à une fin si désagréable et si précoce le rendait tout à fait malade, bien plus que son intolérable mal de crâne ou les incessants soubresauts de la voiture.

Dans le vacarme du moteur et des pneus, il ne parvenait pas à distinguer la moindre voix : impossible de déterminer combien de personnes se trouvaient à bord du véhicule. Il ne se souvenait plus de grand-chose, mise à part la grande silhouette qui s'était dressée derrière lui, sur l'arbre. C'était celle d'un homme extrêmement robuste, mais on aurait presque dit qu'il ne s'agissait que d'une ombre en trois dimensions dans les ténèbres. Avant qu'il ait pu réagir, l'homme avait sauté de l'arbre pour atterrir juste devant lui. Et là... *attends voir...* on lui avait asséné un coup à la base du crâne. Un autre homme avait dû l'attaquer par-derrière. Oui, ça semblait tout à fait logique. Il n'avait tourné le dos à aucun moment à l'homme qu'il avait surpris dans l'arbre : celui-ci avait donc nécessairement un complice. Il en aurait le cœur net très bientôt, de toute façon. Entre-temps, il devait trouver un moyen d'alerter Somers. Son coéquipier représentait son seul espoir. Il sentait dans sa poche gauche le *pager* que Somers lui avait donné, mais parviendrait-il à appuyer sur le bouton pour appeler son collègue à l'aide ? Et même s'il y parvenait, comment pourrait-il attraper son téléphone portable si Somers l'appelait ?

Sans le moindre doute possible, la priorité absolue était de libérer ses mains du gros scotch qui les liait dans son dos. Il lui faudrait de plus agir très discrètement. Si ses ravisseurs s'avisaient qu'il avait repris connaissance, les représailles seraient sans aucun doute saignantes. Inutile d'en arriver là.

Ses mains étaient liées par une sorte de ruban adhésif épais, qu'on avait enroulé autour de ses poignets jusqu'à la base des pouces, immobilisant ainsi ses mains en deux poings serrés. Il semblait assez délicat de s'en libérer, mais s'il disposait d'un peu de temps, c'était largement de l'ordre du possible.

Au bout de ce qu'il pensa avoir duré dix minutes, mais qui avait dû être bien moindre, Jensen arriva à libérer un peu son pouce gauche. Ça ne suffirait pas à le sortir d'embarras, mais c'était bien assez pour appuyer sur le bouton du *pager* qui se trouvait dans sa poche gauche. *Nom de Dieu, Somers !* pensa Jensen. *Vous avez intérêt à ne pas roupiller.*

Après avoir appuyé sur le bouton, il passa les dix minutes qui suivirent à tenter de libérer un peu plus ses mains, mais sans succès. La voiture s'était arrêtée à plusieurs reprises, souvent pour prendre soudain à gauche ou à droite, le faisant ballotter dans le coffre. Au bout de ces dix minutes, la voiture s'arrêta de nouveau, mais, cette fois, on coupa le moteur. Un bref silence précéda le bruit d'au moins deux portières ouvertes, puis refermées. Jensen entendit des voix étouffées, puis on ouvrit le coffre et il se retrouva face à deux ombres sans visages qui se détachaient vaguement dans l'obscurité. Il avait vu juste. Deux hommes s'étaient chargés de son enlèvement. Deux hommes vraiment très costauds mais dont il ne parvenait pas à distinguer les traits dans les ténèbres.

« Inspecteur Miles Jensen, dit la voix lugubre qui s'était adressée plus tôt à lui du haut de l'arbre. Vous êtes arrivé au bout de votre existence. »

45

La Dame Mystique avait une très nette tendance à la paranoïa. Cela faisait partie de son charme, et c'était l'une des raisons pour lesquelles les gens la prenaient un minimum au sérieux. Ce trait renforçait l'aura mystique qui l'entourait, sa crédibilité et, bien entendu, le solde de son compte en banque. Les rares fois où elle s'éloignait significativement du seuil de sa roulotte, elle passait son temps à épier autour d'elle, à l'affût du moindre poursuivant. Tous les gamins du coin la prenaient pour une folle, et la plupart des adultes partageaient cet avis. La majorité des personnes qui ne la considéraient pas comme une timbrée avait entre 17 et 23 ans, généralement parce que, par sa pratique de drogues diverses, cette classe d'âge était plus sensible aux questions du surnaturel et du paranormal.

La Dame Mystique ne sortait jamais à la nuit tombée car elle avait peur des vampires (et des créatures du mal en général : il faut dire que fantômes, morts vivants et loups-garous n'avaient rien d'agréable). Et ce n'était qu'en proie à une agitation extrême qu'elle sortait de sa demeure durant la Fête de la Lune, même de jour. Le nombre d'entités maléfiques que la Fête attirait à Santa Mondega la poussait à stocker des provisions pour un mois, afin qu'elle n'ait pas à mettre un pied hors de chez elle. Mais, cette fois-ci, sa curiosité l'avait emporté. La visite de Dante et Kacy l'avait piquée à vif. Après leur départ, elle avait exploré les derniers recoins de sa mémoire, en quête du moindre élément concernant la pierre bleue magique connue sous le nom d'Œil de la Lune. La plupart des contes qui couraient à son sujet étaient sans aucun doute faux, mais ils étaient bien ancrés dans le folklore local. En tout début d'après-midi, la Dame Mystique avait traversé la ville pour se rendre à la bibliothèque de la ville. L'auguste institution possédait un assez gros rayon dédié à la mythologie et aux légendes de Santa Mondega : il y avait de bonnes chances qu'elle y trouve quelque chose d'intéressant.

Pourtant, contrairement à ce qu'elle espérait, il avait été assez difficile de trouver un livre évoquant l'Œil de la Lune. Sans son intuition, son sixième sens, elle n'aurait sûrement rien trouvé. Mais ses recherches furent finalement couronnées de succès. En l'espèce, un livre sans nom, d'un auteur anonyme. Trouver un tel ouvrage dans les rayonnages de la vaste bibliothèque ne fut pas chose aisée, et elle y consacra beaucoup de temps. Aussi, lorsqu'elle rentra enfin chez elle, elle se trouva fort fatiguée et affamée.

Elle s'était préparé un déjeuner sur le pouce et avait fait une sieste avant d'ouvrir enfin le livre, en début de soirée. Son expédition s'était bien passée et avait été couronnée de succès. Elle était à présent assise à sa table, en train de lire un livre épais d'au moins sept centimètres et à la reliure de cuir brun élimée. Il devait être extrêmement ancien, et la Dame Mystique s'étonna de ce que la bibliothèque le proposât au prêt.

Mais, après tout, comment est-ce qu'une personne ne connaissant pas son existence aurait pu le trouver ?

Le livre était en anglais (à son grand soulagement), en majeure partie manuscrit, écrit à l'encre noire, de manière parfaitement lisible. À en croire les variations des lettres, on pouvait en déduire que plusieurs personnes avaient contribué à son écriture ; plusieurs pages étaient ponctuées de corrections et les marges de notes. La page de garde comportait un avertissement, où l'auteur semblait se décharger de toute responsabilité :

Cher lecteur,

Seuls les cœurs purs sont dignes de contempler les pages de ce livre.
Chaque page que vous tournerez, chaque chapitre que vous lirez vous rapprochera un peu plus de la fin.
Tous n'y arriveront pas. Les nombreuses histoires et les nombreux styles sont susceptibles d'éblouir et de confondre.
Et, tandis que vous rechercherez la vérité, elle ne cessera jamais d'être sous vos yeux.
Les ténèbres viendront et, avec elles, un mal indicible.
Et ceux qui auront lu le livre pourraient ne jamais revoir la lumière.

Malheureusement, l'ouvrage ne possédait aucune table des matières, aucun titre de chapitre, et pas le moindre index : les informations sur l'Œil de la Lune étaient sûrement disséminées dans ces pages innombrables. Pour lire entièrement ce livre, d'un bout à l'autre, il aurait fallu à la Dame Mystique au moins trois jours pleins, avec peu d'heures de sommeil, voire aucune. C'eût été bien trop long : la Fête de la Lune battait son plein, et le temps manquait. Elle décida donc de feuilleter les pages manuscrites en quête d'une mention de l'Œil. Une heure s'écoula avant qu'elle trouve la première, à quasiment 22 heures.

Elle était tellement concentrée sur la plus petite référence à l'Œil de la Lune que la Dame Mystique n'avait saisi que vaguement ce dont ce livre parlait. Apparemment, l'auteur des premiers chapitres semblait insinuer qu'il était l'un des douze apôtres du Christ et qu'il avait commencé la rédaction de cette sorte de journal intime après la crucifixion de Jésus. Là où d'autres s'étaient attachés à la description de la vie et de l'époque du Christ, dans ces textes qui constituèrent par la suite le Nouveau Testament, lui ne s'était intéressé pour sa part qu'à ce qui s'était passé après la crucifixion. Les yeux et le cerveau de la Dame Mystique commencèrent à s'habituer à l'écriture manuscrite. Les pages étaient d'un parchemin épais et jaunâtre, ce qui expliquait l'incroyable état de conservation de cet ouvrage si ancien.

À une certaine époque, ce journal était tombé entre les mains de quelqu'un qui l'avait traduit en anglais. Au premier cinquième du livre, l'écriture changeait et le nouvel auteur contait l'histoire d'un personnage du nom de Xavier, un gentilhomme sillonnant l'Égypte en quête du Graal. Le changement était tout aussi brusque que désarçonnant : d'un journal intime, on passait soudain aux aventures de Xavier, qui rappelaient à la Dame Mystique un mauvais scénario d'Indiana Jones.

Pourtant, ce fut bien dans cette partie du livre qu'elle trouva une référence à la pierre magique.

Le récit indiquait que Xavier était resté quelque temps dans un temple où il avait trouvé une peinture représentant une magnifique pierre bleue, du nom d'Œil de la Lune. Il avait appris que la localisation de l'endroit où se trouvait cette pierre était un secret jalousement gardé par les moines du temple, qui refusèrent de le lui révéler. L'auteur anonyme s'enflammait sur ce point, noircissant de nombreuses pages à décrire le désir irrépressible de Xavier de découvrir l'emplacement de cette pierre et son secret. Apparemment, les vœux des moines leur interdisaient de posséder le moindre bien matériel, surtout d'ordre financier : Xavier ne fut que plus étonné qu'ils eussent en leur possession un objet si précieux et, plus curieusement encore, qu'ils prissent tant de soin à le cacher. Il avait découvert la peinture un beau jour, par hasard, alors qu'il recherchait père Gaius, le moine supérieur. Gaius s'était considérablement fâché contre Xavier et était même allé jusqu'à ordonner la destruction du tableau, qui avait été brûlé séance tenante.

La quête d'informations sur le Graal poussa finalement Xavier à voguer vers d'autres rivages, et il n'y eut plus d'autre mention de l'Œil de la Lune pendant un certain nombre de pages. La Dame Mystique s'était finalement laissé entraîner par les aventures de Xavier, à tel point qu'elle fut tentée de continuer à lire le récit de sa quête. Mais elle savait qu'elle aurait tout le temps d'y revenir par la suite : pour lors, elle devait ne s'intéresser qu'à l'Œil. C'était là sa priorité absolue.

Il était presque 23 heures lorsqu'elle débusqua de nouvelles informations. Le récit était toujours axé sur

Xavier et se déroulait en plein hiver de l'an 1537. En parcourant l'Amérique centrale, Xavier avait croisé la route d'un des moines du temple égyptien. La première fois qu'ils s'étaient vus, le moine n'était encore qu'un jeune novice : il était à présent un homme. Ce qui semblait intéresser Xavier plus que tout, c'était que ce moine, Ishmael, avait été banni du temple après s'être opposé au père Gaius. Bien que le récit fût extrêmement flou quant aux raisons de cette brouille, il semblait clair qu'Ishmael avait rompu l'un de ses vœux sacrés et, ce faisant, avait compromis le secret de l'emplacement de l'Œil de la Lune. L'histoire se fit alors plus lente, narrant les aventures de Xavier et Ishmael, devenus inséparables et lancés tous deux à la recherche du Graal.

De nouveau, la Dame Mystique sentit son attention se déporter sur ce récit, alors que Xavier et son nouveau compagnon semblaient sur le point de trouver l'emplacement de la soi-disant « Coupe du Christ ». Au moment précis où ils étaient à deux doigts de mettre la main dessus, le récit changea d'auteur, au beau milieu d'une phrase. Une écriture radicalement différente prit le relais et il ne fut plus fait mention du Graal.

Le nouvel auteur ne donnait pas son nom, mais il devait très certainement s'agir d'un homme. La Dame Mystique le sentait, à sa façon de parler d'une bataille contre les forces du mal ainsi que de la nécessité de retrouver l'Œil de la Lune avant le « Seigneur des Ténèbres ». Jusqu'ici, il n'y avait eu aucune mention du Seigneur des Ténèbres, ou tout du moins n'en avait-elle lu aucune. Ce nouvel auteur contait ses merveilleuses aventures en mer et ses palpitantes expéditions au cœur des déserts. Un excellent récit héroïque, jusqu'à ce que le narrateur tombe soudain amoureux. Agacée par les sentiments qui dégoulinaient à présent à chaque phrase, la Dame Mystique tâcha de sauter au plus vite cette ennuyeuse partie. L'auteur ne cessait de pérorer sur les circonstances de sa rencontre avec une certaine Maria et sur cet amour interdit qui l'avait banni à tout jamais de chez lui.

Cette histoire d'amour assommante suscita une certaine somnolence chez la Dame Mystique qui, peu après minuit, décida de se préparer un café. La caféine ne parvint que bien peu à stimuler son cerveau, aussi décida-t-elle de dormir quelques heures. Elle sortit d'un tiroir un marque-page de cuir noir qu'elle coinça à la page où il lui faudrait reprendre la lecture. Alors qu'elle s'apprêtait à fermer le livre, celui-ci lui glissa des mains et tomba ouvert à une page illustrée. Au cours de sa lecture, elle était déjà tombée sur plusieurs cartes et plans, ainsi que des croquis d'objets ou de bâtiments, qui ponctuaient sporadiquement l'ouvrage. Tous les auteurs successifs avaient fait preuve à cet égard d'un réel talent, mais cette illustration était bien différente. C'était le portrait d'un couple heureux. En légende figurait une phrase en minuscules italiques. Clignant de ses yeux exténués, la Dame Mystique parvint à lire :

Xavier, Seigneur des Ténèbres, le jour de son mariage.

Quelqu'un frappa à la porte. Un coup retentissant. Surprise, la Dame Mystique sursauta telle une biche effrayée. Elle eut sur le coup envie d'aller ouvrir afin de déverser un flot de jurons sur l'imbécile qui osait la déranger à une heure si tardive. D'habitude, les seules personnes qui frappaient à sa porte à une heure pareille étaient de jeunes gens ivres ou des voyageurs désireux de connaître leur destin. Cependant, à cause de la Fête de la Lune, elle jugea préférable de faire preuve d'un peu de circonspection avant d'ouvrir la porte à quelqu'un dont elle ignorait l'identité.

« Qui est-ce ? » demanda-t-elle.

Il n'y eut aucune réponse. Ça n'avait rien d'inhabituel. Il arrivait souvent que certains petits rigolos venus lui rendre visite ne répondent pas lorsqu'elle leur criait : « Qui est-ce ? » Cela faisait partie des grands classiques préférés de ses clients les plus étroits d'esprit. « Je pensais que vous sauriez que c'était moi, répondaient-ils lorsqu'elle leur ouvrait. C'est quand même curieux, pour une voyante, de ne pas savoir qui frappe à sa porte ! », etc., le genre de mauvaises plaisanteries qu'elle avait entendues un bon millier de fois au long des ans.

Avec une certaine nervosité et passablement ennuyée du dérangement, elle se leva et alla ouvrir. Aussi précautionneusement et silencieusement qu'elle put, elle déverrouilla la porte et jeta un coup d'œil dans l'entrebâillement, prête à décocher des insultes bien senties à l'idiot qui se trouvait sur le seuil. Mais elle fut confrontée à sa deuxième surprise de la soirée.

Debout face à sa porte, dans la nuit froide, se tenait une jeune femme entièrement vêtue de noir. La Dame Mystique avait failli ne pas la voir dans les ténèbres. Si son visage n'avait pas été aussi pâle, elle aurait été complètement invisible dans cette nuit de poix.

« Vous savez l'heure qu'il est ? demanda-t-elle d'un ton grognon à la jeune femme.

« — Veuillez m'excuser. J'ai vraiment besoin de votre aide, répondit la visiteuse.

— Comment vous appelez-vous ?

— Jessica.

— Jessica, oserais-je vous demander de revenir demain, dans la journée ? Je ne donne plus de consultations à l'heure qu'il est, et j'étais sur le point d'aller au lit.

— Je vous en prie, madame, je ne vous demande que cinq minutes », supplia la jeune femme.

Elle semblait souffrir du froid et d'une grande fatigue, ainsi que d'un profond désespoir. De plus, elle avait l'air sobre, et ses yeux suppliants étaient très convaincants. La Dame Mystique eut pitié d'elle. Comment est-ce qu'une si jolie jeune fille, si innocente en apparence, aurait pu être une mauvaise farceuse ?

« J'aimerais simplement que vous m'aidiez à découvrir qui je suis, poursuivit Jessica. Vous voyez, j'ai passé cinq ans dans le coma, et je crois que je souffre d'amnésie. »

Hm, pensa la vieille voyante, *après tout, c'est peut-être bien une petite farceuse.* Elle répondit d'un ton glacial : « Comme c'est original. Franchement, vous n'auriez pas pu trouver autre chose ?

— Je vous en supplie, madame, vous devez me croire. Je n'arrête pas d'avoir des visions… vous voyez… comme des flash-backs. J'ai le sentiment qu'un homme qui se fait appeler le Bourbon Kid va bientôt tenter de me tuer. Il me semble que ça a quelque chose à voir avec l'Œil de la Lune. »

L'Œil de la Lune ! Alors ça, pour un hasard ! La mention du Bourbon Kid et de l'Œil de la Lune était à peu près la seule raison pour laquelle elle aurait consenti à recevoir quelqu'un à cette heure-là. Il lui fallait réunir un maximum d'informations sur l'Œil, et, à ce titre, le fait d'éconduire cette jeune femme, au risque de ne plus jamais la revoir, aurait constitué une bien mauvaise décision.

« Très bien, dit-elle. Entrez. Mais cinq minutes, pas plus.

— Oh, merci infiniment ! C'est très gentil de votre part. »

La Dame Mystique guida la jeune femme dans la pièce étroite et lui fit signe de s'asseoir derrière la petite table. Jessica s'exécuta.

« C'est quoi, le livre que vous lisez ? demanda cette dernière.

— Ça ne vous regarde pas », répondit la voyante en se renfrognant.

La Dame Mystique n'avait aucune envie de se mêler de trop près à ceux qui cherchaient à mettre la main sur la pierre. Si Jessica s'avérait être une menteuse (ou pire encore), la diseuse de bonne aventure n'aurait voulu pour rien au monde que la jeune femme fût au courant du profond intérêt qu'elle portait à l'Œil de la Lune. Elle ferma le livre et le posa par terre, sous sa table, avant de prendre place comme à son habitude sur son fauteuil de bois à haut dossier, juste en face de Jessica.

« Eh bien, Jessica. Que savez-vous de *vous* ?

— Pas grand-chose. Je n'ai pas trop posé de questions autour de moi, par peur qu'on ne profite de mon état. Une jeune femme qui ne connaît personne et que personne ne connaît, ça peut donner des idées à certains, vous voyez ?

— C'est très vrai, acquiesça la Dame Mystique. Vous ne savez donc *rien* ?

— En fait, j'en sais un tout petit peu. Je sais qu'un homme qui se fait appeler le Bourbon Kid a tenté de me tuer il y a cinq ans, raison pour laquelle je suis tombée dans le coma. J'ai l'impression qu'il m'en veut encore, mais j'ignore pourquoi. Je ne sais pas ce que j'ai pu faire pour l'énerver à ce point. Vous croyez que vous pouvez m'aider ? C'est mon ami Jefe qui m'a conseillée de m'adresser à vous.

— Jefe, dites-vous ? s'enquit la Dame Mystique, se souvenant du terrible chasseur de primes.

— Oui. Vous le connaissez ?

— Un peu. Il est venu ici une ou deux fois.

— Alors… est-ce que vous pouvez m'aider ?

— Peut-être bien. Consultons ma boule de cristal et voyons ce que nous pourrons y trouver. »

La Dame Mystique se pencha en avant, ôta le carré de soie noire qui recouvrait la boule de cristal posée sur la table et le jeta sur le livre sans nom qui se trouvait à ses pieds. Puis elle se mit à caresser lentement la boule, comme pour la réchauffer. La brume singulière tourbillonna à l'intérieur pendant quelques instants, avant de se dissiper. Peu à peu, la silhouette d'un homme apparut au cœur de la sphère de cristal.

« Oh !… Je vois un homme encapuchonné… le Bourbon Kid, lâcha la vieille femme, le souffle court. Il semblerait que vous ayez raison et qu'il soit à vos trousses. » Elle leva les yeux et plongea son regard dans celui de Jessica afin d'étudier sa réaction. « Cet homme n'apporte que le malheur. Il ne sait semer qu'horreur et dévastation. Il y a cinq ans, il a tué énormément de personnes dans cette ville. S'il est bel et bien à votre recherche, je vous suggère de vous éloigner le plus possible de Santa Mondega, tant que vous le pouvez. »

Jessica parut terrifiée et extrêmement soucieuse. Sa réaction ne pouvait absolument pas être simulée. *Elle ne ment donc pas*, pensa la voyante, tandis que la jeune femme reprenait la parole :

« Est-ce que vous savez pourquoi il cherche à me tuer ? Est-ce que vous pouvez lire cela dans votre boule de cristal ? Est-ce que vous y lisez quelque chose à propos de moi ? L'endroit d'où je viens ? Comment j'ai pu survivre la dernière fois qu'il a cherché à me tuer ?

— Je vous en prie, très chère, une question à la fois, dit la Dame Mystique en scrutant plus attentivement la sphère emplie de nuées. Cet homme, le Bourbon Kid, il n'en a pas encore fini avec vous, dit-elle lentement, se concentrant sur les images fugaces qu'elle distinguait dans la boule de cristal. Son désir de vous tuer est très, très fort. Il ne reculera devant rien, et il s'est préparé pour votre retour. Mon Dieu, cet homme vous en veut vraiment ! Le problème, c'est que je n'arrive pas à voir pourquoi… Ah ! attendez – quelque chose est en train d'apparaître. »

Soudain, elle sursauta en arrière, comme si elle avait reçu un choc électrique.

« Quoi ? Qu'est-ce que c'est ? s'exclama Jessica. Qu'est-ce que vous avez vu ? »

La vieille femme avait l'air absolument terrorisée. Son visage avait brusquement pâli, et ses mains tremblaient légèrement. Lorsqu'elle reprit la parole, sa voix chevrotait : « Vous êtes vraiment certaine de ne pas savoir qui vous êtes ? demanda-t-elle à Jessica.

— Oui. Pourquoi ? Qu'avez-vous vu ? Qui suis-je ?

— Je… je n'en sais rien… je suis désolée. Vous feriez mieux de partir. » La voyante semblait à présent pressée de se débarrasser d'elle.

« Pourquoi ça ? Qu'est-ce que vous avez vu ?

— Rien, je viens de vous le dire, je n'ai rien vu. À présent, sortez. »

La Dame Mystique mentait. Jessica le savait, et elle savait qu'elle savait. Habituellement, elle dissimulait ses mensonges à la perfection, comme toute bonne voyante qui se respecte, mais, cette fois-là, elle n'y était pas parvenue. Au vu de sa réaction, il était évident qu'elle venait de voir quelque chose, et Jessica n'était pas prête à s'avouer vaincue aussi facilement.

« Conneries ! Vous avez vu quelque chose. Vous feriez mieux de me dire ce que c'est. Je pourrais devenir vraiment méchante, vous savez ? ALORS QU'AVEZ-VOUS VU ? »

Le cri de Jessica fit bondir la Dame Mystique. Elle sentait son cœur battre à un rythme alarmant. Il semblait cogner contre son sternum comme pour s'échapper de sa poitrine.

« J'ai… j'ai vu le Bourbon Kid. Il est sur le point d'arriver ici même. Il vient vous tuer, ici et maintenant. Vous devez partir au plus vite. Il peut arriver d'un instant à l'autre.

— *C'est vrai ?* » Jessica était interdite. « Est-ce que vous dites vraiment la vérité ? » Elle observait attentivement la Dame Mystique afin de s'assurer qu'elle ne lui mentait pas.

« Oui. C'est vrai. C'est tout ce que j'ai vu. Écoutez, je ne veux pas que cet homme entre ici. Je vous en prie, partez.

— Mais pourquoi veut-il m'assassiner ?

— Je n'en sais rien. À présent partez, dans votre propre intérêt ! »

Jessica se leva de table. Cette vieille folle de gitane lui avait parfaitement fait comprendre qu'elle ne voulait plus la voir, mais elle avait une dernière question à lui poser. Très calmement, elle demanda : « Êtes-vous sûre que vous n'avez rien vu d'autre… me concernant ?

— Non, je suis désolée. Je ne puis vous aider. *S'il vous plaît*, partez. » Son ton avait quelque chose de définitif, et elle fut grandement soulagée de voir Jessica se diriger enfin vers la porte. La jeune femme ne semblait pas particulièrement effrayée par ce qu'elle venait d'entendre. Elle paraissait plus confuse qu'autre chose.

« Au revoir, Jessica, dit la Dame Mystique dans son dos. J'espère que vous pourrez profiter du reste de la Fête de la Lune.

— Ouais, merci. Au revoir… *Annabel.*

— *Pardon ?* Comment m'avez-vous appelée ?

— Annabel. C'est bien votre nom, n'est-ce pas ? Annabel de Frugyn ? »

La voyante ne révélait son nom qu'avec beaucoup de parcimonie. Le fisc, entre autres, aurait pu facilement l'épingler s'ils avaient appris comment elle s'appelait, aussi était-il très rare que quelqu'un qui ne lui fût pas proche connaisse son nom.

« Oui. C'est bien mon nom, mais comment le connaissez-vous ? »

Jessica envoya à la Dame Mystique un regard qui laissait entendre qu'elle aussi pouvait lui cacher des informations lorsqu'elle le désirait, mais elle lui répondit malgré tout.

« Jefe me l'a dit. »

Comme s'il s'était agi d'une véritable flèche de Parthe, Jessica écarta le rideau de perles, ouvrit brusquement la porte et sortit telle une furie. Elle ne referma pas correctement la porte derrière elle, ce qui mit la voyante encore plus en colère. La porte était quasiment close, mais il restait un infime entrebâillement. Aux yeux d'un inconnu, elle aurait paru fermée, mais Annabel de Frugyn connaissait bien cette porte et savait qu'elle n'avait pas été aussi bien fermée qu'elle aurait pu l'être. Les jeunes gens, tout particulièrement, avaient la terrible habitude de ne pas la refermer correctement, et, à cette heure de la nuit, ce genre de négligence était tout à fait malvenu. Le courant d'air ne s'était pas encore manifesté, mais il ne tarderait pas à se faire sentir. En outre, il lui faudrait fermer cette porte à clé. Si le Bourbon Kid arrivait ici, il se lancerait directement sur la piste de Jessica en négligeant la modeste demeure de la Dame Mystique. Mais, même ainsi, il aurait été idiot de ne pas verrouiller la porte.

En temps normal, elle se serait aussitôt levée pour la refermer, mais elle voulut avant tout revoir l'illustration qu'elle avait trouvée dans le livre. Elle se pencha sous la table, ôta le carré de soie noire qu'elle avait jeté sur le livre et le posa sur la boule de cristal. Puis elle se saisit de l'ouvrage. Elle l'ouvrit sur sa table et tâcha de retrouver le portrait de Xavier. Alors qu'elle feuilletait le livre à sa recherche, le courant d'air auquel elle s'était attendue s'engouffra dans la roulotte et tourna plusieurs pages. Elle n'avait ni le temps ni la patience de supporter ce genre d'embêtements, aussi se leva-t-elle pour aller refermer la porte, qui était à présent quasiment grande ouverte.

Elle fit un pas sur le seuil pour voir si Jessica était encore dans le coin, prête à brandir un poing rageur dans son dos si c'était le cas, mais elle n'aperçut pas sa visiteuse du soir. C'était au demeurant un grand soulagement de constater que les rues, aussi loin que portait sa vue, étaient totalement désertes.

Le vent avait poussé assez brutalement la porte, et elle eut un peu de mal à la refermer. Lorsque ce fut fait, elle poussa le gros verrou rouillé, puis fit tourner sa petite clé d'argent dans la serrure. Elle bâilla, étira ses bras fatigués et se retourna en direction du livre.

C'est alors qu'elle s'aperçut qu'elle n'était plus seule et la terreur s'empara d'elle. Quelqu'un se tenait au beau milieu de la pièce, entre le livre et elle. Elle bondit de peur et de surprise, et il lui fallut quelques secondes pour reprendre son souffle.

« Comment avez-vous réussi à entrer ? » demanda-t-elle à l'imposante silhouette qui se dressait devant elle.

Il n'y eut aucune réponse. Durant les vingt minutes qui suivirent, les seuls sons qui percèrent de la roulotte de la Dame Mystique furent ses hurlements, pour la plupart recouverts par les mugissements du vent qui, dehors, soufflait à présent à tout rompre.

Les cris d'Annabel de Frugyn se turent lorsque sa langue fut arrachée de sa gorge.

46

Les ravisseurs avaient jeté Jensen sur le sol nu recouvert de poussière et de paille, après l'avoir discrètement porté jusque dans la grange où ils se trouvaient à présent. Jensen n'avait pas la moindre idée de l'endroit où il était hormis que c'était dans une grange. Ç'aurait pu être aussi bien au fond du jardin d'une grande demeure en ville qu'au beau milieu du désert. C'était une grange très vaste, au fond de laquelle étaient empilées des bottes de paille. Il n'y avait pas d'électricité, et c'eût été une très mauvaise idée que d'allumer des bougies dans un bâtiment en bois aussi ancien. La seule source de lumière était les rayons de lune qui brillaient à travers la porte ouverte.

Les deux colosses lui donnèrent quelques coups de pied au sol, plus pour le déstabiliser psychologiquement que pour lui faire vraiment mal. Puis ils le soulevèrent de nouveau, le jetèrent sur une botte de paille et le redressèrent en position assise, dos contre une autre botte. L'un d'eux arracha violemment son bâillon, ce qui le soulagea un peu. Il put inspirer de profondes bouffées d'air dans l'espoir de regagner un peu son calme.

À présent qu'il respirait plus librement et qu'il disposait d'un peu plus de lumière que dans le coffre, Jensen essaya de discerner les traits de ses ravisseurs. Leurs visages étaient partiellement baignés de ténèbres, mais Jensen reconnut aussitôt des individus dont il avait vu les portraits dans un fichier classé « défense ». Il s'agissait des hommes de main d'El Santino, Carlito et Miguel. Tous deux portaient une chemise et un costume noirs, semblables à un uniforme. Tout le monde savait dans le coin que ces deux hommes travaillaient toujours ensemble. La rumeur disait qu'il formait un couple d'homosexuels qui détestaient être séparés l'un de l'autre et se vouaient mutuellement une loyauté absolue. Cette loyauté n'était surpassée que par celle qu'ils nourrissaient à l'égard de leur patron, El Santino, qui, racontait-on, était comme un père pour eux. En fait, il était même possible qu'il *fût* effectivement leur père. Les deux hommes figuraient en bonne place dans la liste des vampires potentiels que Jensen avait dressée. Si El Santino était le chef des vampires, ces deux-là devaient être ses grands prêtres, chargés de faire le sale boulot à sa place. Et, en l'occurrence, le sale boulot consistait ou bien à interroger Miles Jensen, ou bien à se débarrasser de son corps. Voire les deux.

« Bon, dit Carlito, dont l'attitude agressive suggérait qu'il était l'élément dominant du binôme. Qu'est-ce que tu foutais caché dans les buissons en face de la propriété d'El Santino ? »

Jensen devait avant tout tenter de les mener en bateau. Ils savaient certainement qu'il s'apprêtait à leur mentir, mais s'il parvenait à les convaincre qu'il n'espionnait pas la demeure d'El Santino, il aurait au moins un soupçon de chance d'en sortir vivant, ou tout du moins de les faire poireauter, le temps que Somers le retrouve.

« Ma voiture est tombée en panne. J'ai attendu dans les fourrés que quelqu'un passe pour demander un coup de main, répondit-il avec une assurance qui le surprit lui-même. Mais personne n'est passé. Pas une seule voiture. J'étais sur le point de trouver un coin où dormir quand vous êtes apparus. »

Pendant plusieurs secondes horriblement longues, ni l'un ni l'autre des deux hommes ne répondit. Ils dardaient sur lui des regards durs, scrutant son visage, à l'affût du moindre signe de nervosité indiquant qu'il mentait. Le fait d'avoir les mains liées dans le dos rendait la position assise dans laquelle ils l'avaient mis particulièrement inconfortable : Jensen se saisit de l'occasion pour tomber de côté sur la botte de paille, faisant ainsi baisser la pression de l'interrogatoire. Miguel, jusqu'alors en retrait derrière Carlito, s'avança aussitôt pour le redresser et le gifla pour faire bonne mesure. Carlito s'avança à son tour et pressa violemment les joues de Jensen dans sa main.

« Écoute, espèce de connard de négro, dit-il. On sait qui tu es. Tu es un putain de flic et tu t'appelles Miles Jensen. » Il le lâcha en le repoussant en arrière. La tête de l'inspecteur heurta la botte de paille qui se trouvait derrière lui.

« D'accord », dit Jensen, passablement en rogne. L'adresse à « l'espèce de connard de négro » l'avait rendu furieux. Il n'était pas du genre à supporter les insultes racistes, surtout pas de la part de deux gros pédés. « Eh bien, moi aussi, je sais qui tu es.

— Ah, ouais ?

— Ouais. Tu dois être cet enculé de Carlito et, d'après ce que j'ai entendu dire, tu passes ton temps libre à enculer ton ami Miguel. En tout cas, c'est ce que dit le dossier. »

Ni Carlito ni Miguel ne parurent désarçonnés par cette réplique que Jensen avait voulue cinglante. Pire encore, Carlito lui sourit. « Et bientôt Miguel et Carlito risquent de passer leur temps libre à enculer Miles Jensen si tu fais pas gaffe, rétorqua-t-il. Maintenant dis-moi, négrillon, pourquoi est-ce que tu espionnais la demeure d'El Santino ? Qu'est-ce que tu espérais découvrir ? Et ne t'avise pas de mentir. Je sais quand on me ment, alors réfléchis bien à ce que tu vas répondre. Parce qu'à chaque fois que tu mentiras je te couperai un putain de doigt. »

Ce n'était pas franchement les mots que Jensen espérait entendre. L'amputation digitale était une torture qu'il avait eu la chance de ne jamais avoir endurée jusqu'ici, et c'était bien évidemment quelque chose dont il préférait ne pas faire l'expérience à cet instant précis. En conséquence, il choisit ses mots avec le plus grand soin.

« Rien. Et c'est absolument ce que j'ai découvert. Rien. Alors vous me laissez partir, s'il vous plaît ?

— Non. » Carlito poussa Miguel en direction de Jensen. « Fouille ses poches. Regarde s'il a pas une minicaméra ou un mouchard sur lui. »

Jensen subit la fouille au corps aussi zélée que brutale de Miguel, qui mit très vite la main sur son téléphone portable, son insigne et son *pager*. Il jeta le *pager* par terre puis passa le téléphone et l'insigne à Carlito. « Qu'est-ce t'en dis ? demanda-t-il à son compagnon.

— Alors comme ça on ne travaille pas tout seul, inspecteur Jensen ? » lança Carlito en considérant le téléphone portable dans le creux de sa main. Il en ouvrit le clapet et consulta son répertoire, avant de pousser un soupir ravi. « L'inspecteur Archibald Somers est donc ton coéquipier, hein ? Voilà qui est intéressant. Est-ce qu'il t'a déjà soumis sa théorie au sujet du Bourbon Kid ?

— Deux ou trois fois. »

Carlito éclata de rire. « Un sacré personnage, ce bon vieux Somers, pas vrai ? Toujours à tout mettre sur le dos du Bourbon Kid. Tu sais, il a presque failli me convaincre de sa théorie. Il est plutôt du genre passionné, pas vrai ?

— Tout à fait, répondit calmement Jensen. Et tu sais quoi ? C'est aussi un très bon flic. Il finira par découvrir où je suis. Cet endroit risque de grouiller de flics d'un instant à l'autre. »

Jensen bluffait et sentait que Carlito le savait.

« Mais bien sûr, sourit celui-ci. Miguel, tu veux bien tenir compagnie à notre Axel Foley de service pendant que j'appelle le patron ?

— Avec plaisir. »

Carlito sortit de la grange en tapotant sur le clavier numérique du téléphone de Jensen. Ce dernier resta plusieurs minutes assis inconfortablement, Miguel penché au-dessus de lui, le dévisageant comme un homme des cavernes voyant un homme noir pour la première fois de sa vie.

Au bout de cinq minutes, Carlito revint, poussant devant lui une brouette. Dans celle-ci se trouvait un épouvantail. Vêtu d'une robe noire et d'un petit chapeau pointu de même couleur, sa tête n'était qu'une boule de paille, sans le moindre trait. Carlito poussa la brouette en direction de Jensen et la posa à moins de trois mètres de l'inspecteur, de plus en plus mal à l'aise.

« Dites voir, monsieur l'inspecteur Miles Jensen, est-ce que vous avez déjà entendu parler de la malédiction de l'épouvantail de Santa Mondega ? » demanda-t-il. Miguel laissa s'échapper un pouffement, comme si ce que Carlito venait de dire était amusant.

« Non. Pas que je sache, répliqua Jensen. Et je n'ai pas particulièrement envie d'en entendre parler maintenant. »

Carlito poussa Miguel du coude en lui désignant leur prisonnier.

« Attache-le solidement à la botte de paille. Assure-toi qu'il ne puisse plus bouger. »

Miguel s'exécuta immédiatement, attachant les mains liées de Jensen au bas de la botte sur laquelle il était assis. Il prenait un plaisir évident à se montrer le plus brutal possible. Lorsqu'il eut fini, il se recula d'un pas pour admirer son ouvrage. « Raconte-lui l'histoire des épouvantails », dit-il en lançant un large sourire à Carlito.

Carlito s'avança et se pencha en direction de Jensen afin que celui-ci l'entende parfaitement, et sente la chaleur de son haleine sur son visage.

« Vous n'êtes pas sans le savoir, inspecteur Jensen, mais, à Santa Mondega, les créatures du mal ne sont pas sans poser quelques problèmes.

— Ah, ouais ?

— Ouais. Ce qui explique pourquoi vous avez joué à vampire perché, vous voyez ? »

Jensen préféra ne pas répondre. S'attendant à cette réaction, Carlito poursuivit :

« Vous voyez, cher ami, les vampires ne sont pas les seules créatures du mal présentes à Santa Mondega. À minuit tous les soirs, le peuple de paille s'éveille pour une heure… *et ils doivent chercher pitance.* Ce qu'ils préfèrent par-dessus tout, ce sont les Noirs. C'est pourquoi il y a si peu de gens de ton espèce à Santa Mondega. Les épouvantails en raffolent, tu vois ? » Il brandit le téléphone portable de Jensen sous les yeux de celui-ci, puis le laissa tomber sur ses cuisses. « J'ai mis l'alarme à 1 heure du matin, la fin de l'Heure maudite. Si tu l'entends, ça voudra dire que tu es encore en vie, et que l'épouvantail t'a à la bonne. Si tu ne l'entends pas, ben, ça voudra dire que t'es mort. » En tournant les talons, il ajouta : « S'il se réveille, passe le bonjour de notre part à M. l'Épouvantail. »

Carlito et Miguel sortirent de la grange en riant. Les yeux rivés sur le visage de paille vide de l'épouvantail, Jensen les entendit se féliciter bruyamment en se dirigeant vers leur voiture.

De sacrés petits rigolos, ces deux-là, pensa Jensen. *Des épouvantails qui s'éveillent à minuit pour se nourrir des gens du coin. Ridicule.*

47

Jessica avait rendez-vous avec Jefe au Nightjar, mais, lorsqu'elle arriva devant le bar, elle hésita à entrer. Il semblait ouvert. Les lumières étaient allumées, à l'intérieur comme à l'extérieur, mais le bar avait l'air complètement vide. Jefe l'avait assurée que le Nightjar serait plein à craquer jusqu'au lever du jour. Mais ce n'était visiblement pas le cas. C'était un véritable désert. On n'entendait ni musique ni voix. Et, sur le trottoir on ne voyait pas le moindre client déambuler dans la stupeur de l'alcool, comme on aurait pu s'y attendre à ce moment de la journée. La question qui taraudait Jessica se résumait à un seul mot : *pourquoi ?* Elle voulait à tout prix savoir pourquoi le bar était si silencieux alors qu'il était censé regorger de gros buveurs à cette heure-là.

Elle s'avança jusqu'à l'une des vitres teintées, aussi hautes qu'étroites, de la façade du Nightjar. Elle dut presser son visage contre la paroi afin de voir clairement à l'intérieur. À travers le verre sombre, elle parvint à apercevoir un homme seul assis au bar, en train de boire. Pas le moindre signe du barman ou d'autres clients. Et, plus important, aucun signe de Jefe.

Jessica réfléchit un instant aux choix qui s'offraient à elle. Elle pouvait pousser jusqu'au Tapioca afin de voir si Jefe s'y trouvait, ou tenter le tout pour le tout en entrant dans le Nightjar pour demander à l'homme assis au bar s'il avait vu passer le chasseur de primes. Elle était sur le point de se décider lorsqu'elle remarqua que le sol était recouvert de sang. Elle remarqua également que l'homme assis au bar avait les bras tachetés de sang.

Comme s'il s'était senti observé à travers la vitre, l'homme tourna la tête et la regarda. Il ne souriait pas, ne fronçait pas non plus les yeux : il la regardait, tout simplement. Jessica sentit qu'il était temps pour elle de se fondre dans le décor, aussi recula-t-elle dans les ténèbres, afin qu'il ne puisse plus la voir. Jefe avait dû se rendre au Tapioca. C'était le seul endroit ouvert à cette heure où l'on servait encore. Et s'il ne s'y trouvait pas, il y avait fort à parier qu'il était retourné dans la chambre d'hôtel qu'ils partageaient à présent tous les deux.

*

Rodeo Rex buvait seul depuis environ une heure. Personne n'avait osé pénétrer dans le Nightjar depuis le massacre de vampires. Même ceux qui ignoraient ce qui s'était passé avaient eu la sagesse de jeter un coup d'œil à l'intérieur du bar pour poursuivre aussitôt leur chemin en direction du Tapioca. Le barman n'était plus réapparu depuis que Rex lui avait suggéré sans aucune équivoque de disparaître. Il était resté dans l'arrière-boutique et s'était probablement même couché.

L'absence du barman était loin d'inquiéter Rex. Il venait de tuer deux anciens moines d'Hubal transformés en vampires, et ce devant la clientèle d'un bar plein à craquer. L'ennui, c'est qu'il y avait de grandes chances pour que la moitié des clients du Nightjar fussent des vampires. La façon dont il avait éliminé Milo et Hezekiah avait dû terrifier toutes les autres créatures du mal présentes en ces lieux, de même que les gens normaux. Mais il y avait un revers à la médaille. Rex devait s'attendre à une prochaine visite des créatures du mal. Et, cette fois, ils viendraient beaucoup plus nombreux, c'était certain.

Ce qui l'était beaucoup moins, c'était une éventuelle apparition du Seigneur des Ténèbres. C'était pourtant ce que Rex espérait. Le fait de le tuer mettrait un point final à son boulot. Le reste des créatures du mal s'empresserait alors de foutre le camp dans une autre ville. Ils étaient d'une lâcheté extrême, tous, jusqu'au dernier. S'ils apprenaient que Rex avait tué leur chef, ils ne resteraient pas longtemps à Santa Mondega. La population de la ville se verrait considérablement réduite du jour au lendemain.

Rex avait beau boire autant qu'il pouvait, il ne parvenait pas à se débarrasser d'un certain malaise. Depuis qu'il avait vu celui qui s'était avéré être le Bourbon Kid, plus tôt dans la journée, sous le chapiteau de boxe, il était en proie à un sentiment désagréable. Son esprit ne cessait de revenir à ce jour, plusieurs années en arrière, où il avait croisé son chemin pour la première fois. Il ignorait alors complètement que l'homme qu'il avait défié au bras de fer était en fait le Bourbon Kid. À l'époque, il se faisait appeler autrement. Quel nom était-ce déjà, putain ? Rex se creusa un bon moment la tête sans pouvoir trouver ne serait-ce qu'un début de souvenir, mais cela importait peu. Le Kid était de nouveau dans la même ville que lui, et une occasion de se venger semblait enfin se dessiner.

La première fois, Rex était tombé sur le Kid dans un vieux bar pourri et enfumé, dans ce qui faisait office de quartier rouge à Plainview, au Texas. Le Kid se mesurait à tout volontaire qui se faisait connaître et gagnait confortablement chaque partie de bras de fer, amassant petit à petit une somme rondelette. Rex se fit une joie de jeter quelques billets sur la table pour le défier. Il s'était attendu à remporter une victoire facile, comme cela avait été le cas à chaque concours de force auquel il avait participé depuis son adolescence. Mais les choses avaient extrêmement mal tourné. Son adversaire (qui, il l'avait appris aujourd'hui, n'était autre que l'homme le plus recherché de tout Santa Mondega) avait fait preuve d'une résistance surhumaine durant près de quarante minutes, au cours de cette partie de bras de fer devenue depuis une légende urbaine. La confrontation avait littéralement attiré des centaines de personnes. Plus elle durait, plus les spectateurs affluaient, et plus l'argent s'échangeait, les badauds misant le fruit de leur sueur sur tel ou tel combattant.

La partie aurait pu continuer toute la nuit : l'un et l'autre s'étaient obstinés à ne pas céder un seul centimètre. Ceci jusqu'à ce qu'enfin, comme par lassitude, le Bourbon Kid relâchât tous ses muscles et que Rex couchât son bras tout du long sur la table, remportant la plus belle victoire de toute sa vie.

C'était à cet instant précis que les choses avaient pris un cours assez ignoble. L'homme, qui n'avait pas prononcé un mot de toute la partie, avait gardé la main de Rex dans la sienne. Au lieu de relâcher son étreinte, il avait serré. Serré encore. Et serré un peu plus encore.

Rex se souvenait de la douleur qu'il lui avait infligée à chaque fois qu'il posait les yeux sur sa main de fer. Le Kid avait serré si fort qu'il avait écrasé jusqu'au dernier os de la main de Rex, le plongeant dans une souffrance absolue. Sans la moindre félicitation ni la moindre excuse, le Kid s'était alors levé et avait simplement quitté le bar. De sa main valide, Rex avait ramassé ses gains puis s'était rendu en voiture jusqu'à l'hôpital le plus proche où, à sa plus grande horreur, et malgré ses protestations violentes, sa main écrasée avait dû être amputée afin de lui épargner la perte de son bras tout entier. Ce jour-là, il avait juré de se venger de son adversaire s'il recroisait un jour sa route.

Au cours des mois qui avaient suivi cet incident, il s'était confectionné une main en métal, afin de s'assurer que, lors de leur prochaine rencontre, ce serait le Kid qui aurait la main brisée. En temps normal, lorsqu'il se rappelait ce jour maudit après quelques verres, il était saisi d'une colère et d'une amertume infinies. Mais, à cet instant, il n'en éprouvait qu'un malaise plus grand encore. Quelque chose allait se passer à Santa Mondega, quelque chose de terrible. Il en était absolument certain.

Le fait d'avoir tué deux vampires aurait dû améliorer considérablement son humeur. Le massacre s'était déroulé à merveille, mais il ne le satisfaisait pas entièrement. En outre, son sixième sens lui disait qu'il n'en avait pas encore fini pour cette nuit. Pire encore, il avait l'horrible sensation d'être observé. Il finit par tourner la tête et aperçut le visage d'une femme qui le regardait à travers l'une des vitres du Nightjar. Le visage ne tarda pas à disparaître dans la nuit, non sans avoir éveillé quelque chose dans sa mémoire. Il lui était familier. Rex était sûr d'avoir déjà vu cette femme quelque part. Mais où ? Il avait reconnu le Bourbon Kid sur-le-champ, mais il était incapable de se remémorer le visage de cette fille. Il avait connu des centaines de jolies jeunes femmes au cours de sa vie, mais un bref coup d'œil à l'extérieur avait suffi pour le convaincre qu'il s'agissait là de l'une des plus mignonnes. Malheureusement, il avait bu bien trop de whisky pour se souvenir des circonstances dans lesquelles il l'avait déjà croisée. Il avait la certitude qu'il s'en souviendrait le lendemain matin et considéra que le fait qu'il n'y parvenait pas à présent indiquait clairement qu'il était temps d'arrêter de boire ce soir-là.

*

Berkley, le patron du Nightjar, ne décolérait pas. Rodeo Rex n'aurait jamais dû lui parler ainsi, mais Berkley savait parfaitement qu'il valait mieux ne pas jouer au petit malin avec un type capable de tuer des vampires aussi efficacement et aussi brutalement que le colosse assis à son bar. Cela faisait à présent deux heures qu'il regardait la télévision dans l'arrière-boutique, tandis que Rex buvait à l'œil. De temps à autre, il entendait un cri fugace et le son d'une chaise balancée dans la salle. Ce devait être Rex qui s'amusait à effrayer de potentiels clients désireux d'entrer, à moins que, fin soûl, il ne s'amusât tout simplement à démolir le bar.

Une demi-heure auparavant, un vacarme particulièrement bruyant et violent s'était fait entendre, comme si Rex avait entrepris de flanquer une bonne raclée à un autre vampire. Depuis régnait un silence absolu. Pas même le moindre couinement d'un des rats qui traversaient fréquemment la salle à toute vitesse. Une demi-heure de paix et de silence pouvait signifier que Rex avait dû rentrer chez lui pour la nuit. Berkley décida donc de risquer un coup d'œil dans la salle afin de s'assurer qu'il pouvait bel et bien fermer le bar.

Il passa la tête par l'entrebâillement de la porte et observa. Tout comme auparavant, seul un homme était assis au comptoir Mais, cette fois-ci, ce n'était plus Rodeo Rex. C'était quelqu'un d'autre, quelqu'un de pire.

Bien pire.

Berkley sentit les poils de sa nuque se hérisser. Perché sur un tabouret de bar se trouvait un homme qui portait une capuche. Le barman le reconnut instantanément. Il n'avait vu cet homme qu'une fois auparavant. Cinq ans plus tôt, il était entré dans son bar et avait tué tout le monde, à l'exception de Berkley, qui était alors resté pétrifié de peur. La rumeur avait couru qu'il avait été assassiné depuis, mais ces bruits relevaient plus du vœu que de la réalité. L'homme qui était assis au comptoir du Nightjar n'était autre que le Bourbon Kid. Aucun doute là-dessus.

« Le service est vraiment très lent ce soir », dit le Kid en rejetant sa capuche pour dévoiler son visage. Il n'avait pas beaucoup changé depuis la dernière fois où Berkley l'avait vu. Ses cheveux étaient légèrement plus foncés et son teint un peu plus hâlé, sans doute avait-il passé un certain temps sous le soleil. Mais le doute n'était pas permis : c'était bel et bien le Bourbon Kid. Et cela, conclut Berkley, était loin d'être une bonne nouvelle Dans un silence inconfortable, il tâcha de trouver la réponse appropriée à la remarque que le

Kid venait de faire au sujet du service. Il se dit qu'il serait peut-être poli de remercier le Kid d'avoir épargné sa vie cinq ans auparavant, mais il décida finalement de s'abstenir, par peur de donner des idées à cet individu hautement imprévisible.

Berkley considéra la salle dévastée derrière le Kid. Tables et chaises, brisées et renversées, gisaient au sol. Il y avait du sang partout. *Une sacrée merde à nettoyer demain matin*, pensa-t-il. Si toutefois il était encore en vie le lendemain matin, ce qui semblait assez incertain vu la présence en ces lieux du plus gros tueur en série de toute l'histoire de Santa Mondega. Mieux valait ne pas faire attendre ce type.

« C'est vrai. Veuillez m'excuser. Qu'est-ce que ce sera pour vous, monsieur ? C'est la maison qui offre, ce soir, et à volonté.

— Parfait. Dans ce cas, je prendrai un bourbon. Et remplissez le verre à ras bord. »

Oh, putain ! C'est comme ça que tout a commencé la dernière fois. Berkley se souvenait de la dernière fois où le Kid était entré dans son bar. Il lui avait servi un verre de bourbon sans même y réfléchir. Après tout, comment aurait-il pu savoir que cet homme avait un très gros problème avec l'alcool ? À l'instant même où il avait fini son verre, le Kid avait été pris d'une fureur sanguinaire et avait massacré tout le monde, à l'exception de Berkley, qu'il avait chargé de continuer à le servir pendant près d'une heure. L'arrivée de plusieurs compagnies de policiers n'avait pas déstabilisé le Kid le moins du monde. Il s'était momentanément arrêté de boire pour s'en occuper, jusqu'à ce qu'il ne se trouve plus le moindre flic assez courageux pour tenter de l'arrêter. Berkley avait passé tout ce temps recroque-villé derrière le comptoir pour éviter les balles perdues, se relevant de temps à autre pour remplir de nouveau le verre du Kid.

En dépit de ce qui s'était passé cinq ans auparavant, Berkley n'avait pas le cran de faire attendre le Bourbon Kid : il lui servit un verre de son meilleur bourbon, avec deux glaçons. « Alors, quoi de neuf ? » demanda-t-il, uniquement parce qu'il croyait que cela retarderait le moment fatidique où le Kid boirait.

L'unique client du bar saisit son verre et en fixa le contenu d'un regard dur. C'était le meilleur bourbon de l'établissement et, aux yeux d'un amateur aussi éclairé que lui, il devait évoquer des reflets de poussière d'or.

« J'ai arrêté de boire, répondit-il.

— Excellente initiative. Depuis combien de temps ?

— Cinq ans. »

Oh, doux Jésus ! pensa Berkley. La dernière fois, ce type avait été incapable de tenir l'alcool. Et s'il n'avait pas bu une seule goutte en cinq ans, le verre qu'il venait de lui servir risquait de lui monter aussi sec au cerveau. Mieux valait l'en dissuader.

« Eh, vous savez, lança Berkley en désespoir de cause, si j'avais pas bu un seul verre en cinq ans, je voudrais pas m'y remettre pour tout l'or du monde. Plus jamais de la vie. Plus une seule goutte. Vous êtes sûr que vous voulez boire ce bourbon ? Peut-être que vous feriez mieux de commencer par quelque chose d'un peu plus doux, vous voyez... comme une citron-nade, par exemple ? »

Le regard du Kid s'arracha du contenu du verre pour se poser sur Berkley. L'ennui qui y perçait inquiéta considérablement le patron du bar.

« Écoute, l'ami, grasseya la voix rocailleuse. Je suis venu ici pour boire un verre tranquille. J'ai pas envie d'être dérangé par des bavardages. Ça sera mon premier verre en cinq ans. J'ai choisi ton bar parce qu'il était vide, mais, maintenant que je suis installé, il y a deux trucs qui sont en train de tout gâcher.

— Quoi et quoi ? demanda Berkley, espérant de tout son être qu'il pourrait facilement y remédier.

— Le premier truc qui m'emmerde vraiment, c'est le service. J'ai jamais attendu aussi longtemps pour me faire servir, dans quelque bar que ce soit au monde. Il faudra revoir ça.

— D'accord, bien sûr, je... je suis absolument désolé.

— Bien. C'est un bon début. Et l'autre truc qui m'embête, c'est ce bruit de gouttes qui tombent. Tu pourrais pas arranger ça ? »

Berkley n'avait entendu aucune fuite jusqu'ici, aussi tendit-il l'oreille. Au bout de cinq secondes, il entendit un faible éclaboussement, venant de derrière le Bourbon Kid. Il regarda dans cette direction et aperçut une flaque de sang au beau milieu du sol. Sans doute le sang d'un des deux vampires qui avaient perdu une seconde fois la vie, plus tôt dans la soirée. Alors qu'il l'observait, une autre goutte de sang atterrit au beau milieu de la flaque, produisant le même son régulier. *D'où est-ce que ça peut venir ?* Berkley leva les yeux au plafond pour trouver la réponse à sa question. Il le regretta immédiatement. Juste au-dessus de la mare de sang se trouvait un ventilateur. C'était un gros plafonnier en métal, semblable à ceux que l'on trouvait dans la plupart des bars de Santa Mondega. Il tournait très lentement, en partie parce qu'il n'allait jamais bien vite, mais aussi parce que, en l'occurrence, le cadavre de Rodeo Rex y avait été attaché. C'était son sang qui gouttait par terre. Et il saignait par de nombreuses plaies. Ses yeux avaient disparu et sa langue avait été arrachée. Des lambeaux de chair pendaient de ses bras et de ses jambes. Sa poitrine n'était plus qu'une masse de chairs sanguinolentes recouverte de tissu déchiré. Ce n'était vraiment pas un joli spectacle, et, rien qu'à l'idée qu'il pourrait finir dans le même état, Berkley sentit ses jambes se changer en gelée. Avant même qu'il puisse s'en aviser, il perdit pied et tomba derrière le bar, se cognant la tête contre l'une des étagères de bois qui se trouvaient derrière lui. Pas vraiment la meilleure chose à faire dans des circonstances pareilles. Il inspira profondément avant de se relever.

Ayant recouvré quelque peu ses esprits, il se refusa à reporter son regard sur le corps pendu au plafond et regarda droit devant lui. Le Bourbon Kid avala cul sec son bourbon et reposa violemment le verre sur le comptoir.

« Euh, autre chose, monsieur ? » lui demanda Berkley.

Le Bourbon Kid hocha la tête. Et sortit de sous sa veste un pistolet. Un putain de gros flingue. Berkley en avait déjà vu de plus gros, mais jamais d'aussi vivants, jamais d'aussi flippants. Le Kid pointa l'arme sur la tête du patron du bar malchanceux. Tous les muscles de Berkley furent saisis de tremblements. S'il avait tenté d'implorer sa pitié, ce qui serait sorti de sa bouche aurait plus ressemblé à un couinement de souris qu'à une supplique, tant sa terreur était grande.

Paralysé par la peur, il fixa le canon du pistolet et l'index du Kid appuyant sur la détente.

BANG !

Ce coup de feu allait résonner à des kilomètres à la ronde, et pour les années à venir. Le Bourbon Kid était de retour. Et il avait soif.

48

Depuis déjà deux heures, l'atmosphère du Tapioca était assez tendue. Très précisément, depuis que Jefe était arrivé et s'était mis à boire tout seul, Sanchez avait senti que quelque chose n'allait pas. Le chasseur de primes s'était montré d'humeur particulièrement massacrante avant même d'avoir entamé son premier verre de bière, et chaque gorgée n'avait fait qu'empirer son sinistre état d'esprit. Sanchez s'imaginait que Jefe n'avait toujours pas retrouvé l'Œil de la Lune et qu'il allait bientôt devoir l'avouer à El Santino, ou quitter la ville au plus vite. Jefe se tenait à un bout du bar, vidant bière sur bière et insultant toute personne qui s'approchait d'un peu trop près. Il s'était enveloppé d'une nuée grise en fumant sans discontinuer tout cigare ou cigarette qu'il avait trouvés à portée de main.

La salle du Tapioca devait mesurer une petite trentaine de mètres de large, et Jefe en occupait la moitié gauche à lui tout seul. À l'autre bout du bar, six hommes à mine patibulaire étaient assis sur des tabourets. De gros Hell's Angels chevelus, sans doute en ville pour assister aux matchs de boxe et acclamer leur héros, Rodeo Rex. Ces hommes savaient plutôt bien se battre, mais ils n'étaient pas stupides au point de s'aventurer du côté de Jefe. La colère qui émanait de lui était aussi épaisse que la fumée qui le nimbait, et cela n'était passé inaperçu aux yeux de personne. Tous les clients qui venaient commander un verre prenaient bien soin de s'accouder dans le coin le plus bondé du comptoir, du côté des Hell's Angels, par peur de manquer de respect à Jefe.

Celui-ci tentait de noyer ses soucis depuis près de deux heures lorsque les problèmes arrivèrent. En l'espèce, deux énormes types vêtus de costumes sombres. Sanchez les reconnut aussitôt : Carlito et Miguel. Carlito aperçut Jefe courbé au-dessus du bar et se dirigea droit vers lui, aussitôt suivi, comme toujours, de Miguel. Tous deux prirent un siège de part et d'autre du chasseur de primes.

« Ça fait plaisir de te voir ici, Jefe, dit Carlito.

— Allez vous faire enculer.

— C'est un peu hostile, tu ne trouves pas, Miguel ?

— Ouais, j'ai l'impression que notre ami Jefe est pas si content que ça de nous voir. Je me demande bien pourquoi.

— Moi aussi, Miguel. Peut-être qu'il n'a plus la pierre ? Peut-être qu'il l'a perdue ?

— Ou peut-être qu'il se l'est fait voler par un certain Marcus la Fouine ? » Les deux hommes poussèrent un bref éclat de rire qui n'avait rien de chaleureux.

Jefe posa ses mains sur le bord du comptoir et se redressa.

« Comment est-ce que vous savez, pour Marcus ? grogna-t-il.

— On a entendu des bruits qui couraient, répondit Carlito. Comme cette rumeur qui veut que tu traînes avec une nana au lieu de chercher à retrouver ce que tu as perdu. »

L'ivresse était un état que Jefe contrôlait parfaitement. Alors que, quelques secondes auparavant, il ressemblait à une vraie loque humaine, ce signal infime de danger potentiel lui fit sécréter assez d'adrénaline pour placer tous ses sens en éveil.

« Maintenant vous allez bien m'écouter, bande de sous-merdes. Je suis toujours à la recherche de l'Œil. Cette fille est en train de m'aider. Elle est pleine de ressources. Pour commencer, elle n'aurait aucun mal à vous défoncer la tronche à tous les deux. »

Carlito ne put s'empêcher d'afficher un large sourire. Il avait réussi à piquer Jefe à vif sans le moindre effort digne de ce nom.

« Tu sais quoi, Miguel ? lança-t-il d'un air moqueur. J'ai l'impression que Jefe est amoureux. Si c'est pas mignon.

— C'est clair, Carlito. Mais ça risque de pas durer très longtemps. Difficile d'être amoureux quand on n'a pas de cœur.

— Écoute, le philosophe de mes deux. Je vais la retrouver, cette putain de pierre, dit Jefe en faisant signe à Sanchez de lui resservir une bière. D'ici deux jours ce sera fait, point barre. »

Carlito hocha la tête. « Deux jours. Quarante-huit heures. Beaucoup trop, Jefe. Il te reste une dizaine d'heures. El Santino veut avoir cette pierre juste avant l'éclipse de demain. Et devine un peu ? L'éclipse est prévue pour midi. Tu as jusqu'à cette heure pour retrouver la pierre.

— Pourquoi est-ce qu'il est aussi pressé ? »

Miguel saisit les cheveux de Jefe et tira légèrement sa tête en arrière. « Ça te regarde pas, ducon, dit-il d'un ton menaçant. Contente-toi de faire ton boulot, sinon, demain, on te jettera aux vautours. » Il lâcha ses cheveux et regarda sa main avec dégoût.

« Aux vautours ? Va te faire enculer. » Jefe était prêt à s'y coller. Prêt à se lancer. Il n'allait pas se laisser humilier en public, par qui que ce soit. Même pas par Carlito et Miguel. Malgré tout ce qu'il avait bu, il avait encore les idées très claires. Il saisit la main de Miguel et se mit à presser, avant de se redresser de toute sa taille pour faire face au sous-fifre d'El Santino, qu'il dépassait légèrement.

« Va te faire enculer, toi, lâcha Miguel dans un grondement féroce.

— Non, *toi*, va te faire enculer, grogna Jefe en lâchant sa main, avant d'avancer son visage si près de celui de Miguel qu'ils auraient presque pu se piquer les joues à la barbe de trois jours de l'autre.

— Fermez vos gueules, tous les deux », coupa net Carlito. C'était lui, le cerveau du binôme : c'était lui qui décidait toujours jusqu'où les choses pouvaient aller. « C'est bon, Miguel, je crois qu'on s'est bien fait comprendre. Jefe se pointera ici, demain, à midi, avec la pierre, ou il aura la présence d'esprit de quitter cette planète. »

Carlito et Miguel sortirent en silence, ce dont Sanchez se félicita. Personne dans le bar n'ouvrit la bouche pendant un bon bout de temps. Tous savaient qu'il valait mieux ne pas attirer l'attention sur soi lorsqu'un type aussi redoutable que Jefe venait de se faire rappeler à l'ordre en public. Sanchez n'osait même pas jeter un coup d'œil au chasseur de primes qui, assis sur son tabouret, remâchait l'offense que Carlito et Miguel lui avaient faite. Il était susceptible de passer sa colère sur n'importe qui sous le moindre prétexte. Aussi Sanchez fut-il passablement soulagé lorsque Jessica entra, cinq minutes à peine après le départ des deux hommes de main d'El Santino.

« Hé, gros dur ! dit-elle en poussant légèrement Jefe dans le dos. Qu'est-ce qui s'est passé au Nightjar ? Il y avait plus personne quand je suis arrivée. Enfin, personne à part ce mec flippant, et des hectolitres de sang.

— Ouais, ma belle, dit Jefe d'un ton las, bien que nettement plus doux. Il y a eu comme qui dirait un petit incident. Rodeo Rex est en ville. Apparemment, il s'est fait deux vampires.

— Quoi ?

— Il a tué deux vampires au Nightjar. Histoire de nettoyer un peu les lieux. »

Sanchez ne put s'empêcher de se mêler à la conversation, à présent qu'on en venait à parler du bar rival en termes peu élogieux.

« J'ai toujours dit qu'il fallait éviter le Nightjar. Les vampires ont l'habitude de passer leurs nuits dans ce rade de merde depuis des années. Je suis même sûr que le patron en est un, lui aussi. Moi, j'en ai jamais accepté un seul ici. Ces pourritures de suceurs de sang. Et mauvais, en plus de ça. Des enfoirés de psychopathes.

— Vous me faites marcher, là, tous les deux ? demanda Jessica, incrédule.

— Non, ma belle, on est grave sérieux, dit Jefe. Le Nightjar est vraiment un rade pourri.

— Mais je m'en fous, du Nightjar ! s'exclama-t-elle. *Je veux parler des vampires.* Il y a vraiment des vampires dans cette ville ?

— Oh, ça oui ! répondit Sanchez. Cette ville a toujours eu un problème de vampires. Aussi loin que quiconque s'en souvienne. C'est pour ça que c'est toujours une bonne nouvelle d'apprendre que Rodeo Rex est dans le coin. C'est le plus grand tueur de vampires qui existe. Encore plus fort que Buffy.

— C'est qui, Buffy ? »

Sanchez et Jefe se regardèrent. Tous deux hochèrent la tête, effarés par l'ignorance crasse de Jessica.

« Putain, Jessica, tu sais vraiment rien de rien, lança Sanchez.

— Faut croire. Et comment ça se fait que personne ne m'a jamais parlé de vampires jusqu'ici ?

— Désolé, ma belle, répondit Jefe. L'occasion a pas dû se présenter, tout simplement. Et, pour être tout à fait honnête, j'ai pas vraiment envie d'en parler maintenant. Et si on rentrait plutôt à l'hôtel, hein ?

— Tu veux pas boire un coup avant ? Je viens juste d'arriver.

— Non, j'ai eu ma dose de bière pour aujourd'hui. Tout ce dont j'ai envie maintenant, c'est de toi, Jess. Allons nous coucher bien sagement, hein ? » La proposition fut accompagnée d'un clin d'œil.

Jessica lui répondit par un large sourire assorti d'un autre clin d'œil. « OK, mon joli, dit-elle. Hé, Sanchez, on pourrait avoir une bouteille de vodka pour la route, s'il te plaît ? »

C'eût été un euphémisme que de dire que Sanchez était un peu jaloux de l'attention que Jessica portait à Jefe. Tous deux se comportaient de plus en plus comme un véritable couple. *Si seulement j'avais fait le premier pas*, se répétait Sanchez. Enfoiré de Jefe. Salopard. Mais il tendit pourtant à Jessica une bouteille de vodka, cadeau de la maison, s'efforçant de faire contre mauvaise fortune bon cœur. Il ne souhaitait pas que

Jefe sache qu'il en pinçait pour la femme avec qui il sortait. Ça n'aurait pas été prudent. Envieux, il les regarda prendre la direction de la sortie. Jessica prêtait gentiment son épaule à un Jefe particulièrement soûl. Il avait manifestement éliminé sa dernière goutte d'adrénaline et titubait dangereusement. S'il ne s'était appuyé contre Jessica, il serait certainement tombé de tout son long.

Alors qu'ils poussaient la porte du bar, Sanchez les héla : « À demain, tous les deux ! Oubliez pas votre costume ! »

Jessica se retourna et lui décocha un clin d'œil.

« T'inquiète pas, Sanchez, je vais me trouver un déguisement. Et quelque chose me dit qu'il te plaira. »

49

Depuis que Carlito et Miguel avaient quitté la grange, Miles Jensen était resté dans l'obscurité la plus totale. Ils avaient refermé la vaste porte à double battant en partant, occultant ainsi le peu de luminosité qu'offrait la lune. Jensen distinguait vaguement la silhouette de l'épouvantail assis dans la brouette, juste en face de lui. Il était presque 1 heure du matin, heure à laquelle devait résonner l'alarme de son téléphone.

L'épouvantail n'avait pas bougé, ce qui ne surprenait pas Jensen, même s'il avait hâte que l'Heure maudite touche à sa fin. L'histoire ridicule que Carlito lui avait racontée avait beau être tout à fait risible, Jensen sentait la nervosité le gagner un peu plus à chaque minute qui s'écoulait. Il faisait trop sombre pour qu'il puisse lire l'heure sur son téléphone, qui reposait toujours sur ses cuisses, et il commençait à se demander si l'alarme avait bien été activée. Le fait de dire qu'il l'avait mise à 1 heure sans rien en faire aurait été pour Carlito la meilleure des façons de prolonger l'angoisse de Jensen.

Le coup qu'il avait reçu sur le crâne le faisait encore souffrir et ne l'aidait pas à rester en alerte. Plus que tout, il avait envie de fermer les yeux pour dormir

quelques heures. Il était du reste sur le point de dode-
liner de la tête lorsqu'il entendit un craquement provenant de l'entrée de la grange. Instinctivement, il inspira
une profonde bouffée d'oxygène et retint sa respiration, afin de faire le moins de bruit possible. De toutes
ses forces, il tâcha de distinguer ce qui, face à lui, produisait ce son.

Il s'agissait de la porte, dont l'un des battants était en
train de s'ouvrir très, très lentement, comme en témoi-
gnait le fin rayon de lune qui s'élargissait et éclairait un
côté de la tête de l'épouvantail. Le visage de paille,
dénué pourtant de traits, semblait à présent avoir des
yeux. Mais l'épouvantail était bien le cadet des soucis
de Jensen. Il voulait à tout prix savoir qui était
l'homme dont la silhouette, nimbée de brume, se
découpait dans le rayon de lune. C'était un homme
plutôt grand et il semblait porter un costume, ainsi
qu'un panama légèrement penché de côté. Il tenait un
pistolet à la main droite, canon pointé vers le sol.

« Somers ? C'est vous ? » demanda Jensen.

L'homme ne répondit pas. Il pénétra dans la grange
et referma presque totalement le battant derrière lui.
Un infime faisceau de lune filtrait à travers le minuscule entrebâillement. Il y avait tout juste assez de
lumière pour que Jensen parvienne à voir la vague silhouette s'approcher lentement de lui. L'homme leva
son arme et la pointa en direction de la brouette où se
trouvait l'épouvantail. Il s'arrêta à trois mètres de
Jensen et sembla viser la tête de l'homme de paille.

À ce moment précis survint quelque chose qui aurait
pu coûter la vie de Jensen. L'alarme de son téléphone
retentit. C'était le thème du film *Superman*, et le niveau
sonore était incroyablement fort. Il était difficile de

386

dire si Carlito avait monté le volume au maximum ou si le son semblait aussi retentissant à cause du silence angoissant qui l'avait précédé.

Le bruit fit sursauter l'homme au panama qui se retourna et pointa son arme vers Jensen. Le doigt qui reposait sur la détente tremblait. L'inconnu avait vraiment la frousse de sa vie.

« Jensen, vous êtes seul ? murmura-t-il d'une voix rauque.

— Dieu Tout-Puissant ! C'est vous, Scraggs ?

— Ouais. Alors, vous êtes seul ?

— Oui, je crois, à part ce putain d'épouvantail. » Il ressentit un énorme soulagement au son familier de la voix du lieutenant Paolo Scraggs.

« Un épouvantail ? C'est ce qu'il y a dans la brouette ? demanda Scraggs, époustouflé.

— Ouais. L'Homme de paille en personne. Vous voulez bien me détacher, s'il vous plaît ?

— Bien sûr. » Scraggs s'avança et se hissa sur la botte de foin sur laquelle Jensen était assis. Il tâtonna derrière l'inspecteur jusqu'à trouver la bande de scotch qui liait les mains de celui-ci. Cependant, il ne chercha pas à l'en débarrasser tout de suite, se rendant compte que c'était l'occasion rêvée d'interroger Jensen sur ce qu'il avait bien pu découvrir.

« Pourquoi ces deux types vous ont-ils emmené ici, Jensen ? Pourquoi ne vous ont-ils pas tué ? demanda-t-il.

— Est-ce que vous pouvez simplement me détacher, s'il vous plaît ? » grogna Jensen. Il était bien trop fatigué pour répondre aux questions d'un collègue. Il avait eu son compte d'émotions fortes pour la journée.

« Allez, Jensen. Je viens juste de sauver votre peau, alors je pense que j'ai le droit de savoir ce qui se passe. En fait, c'est bien le moins que vous puissiez faire vu votre position. Je peux toujours vous laisser seul ici, vous savez ? » Même dans les bons jours, Scraggs était quelqu'un de vraiment pénible, et Jensen commençait à comprendre pourquoi Somers faisait preuve d'un grand manque de tolérance à l'égard du lieutenant.

« Écoutez, Scraggs, ils m'ont laissé ici pour que je crève. Ils m'ont raconté une histoire impossible à propos de cet épouvantail, qui était censé s'éveiller tout d'un coup pour me tuer. À aucun moment ils ne m'ont dit ce qu'ils me voulaient, ou quoi que ce soit dans ce goût-là.

— Il va falloir que vous trouviez mieux, Jensen, dit Scraggs en jetant un coup d'œil à l'épouvantail. Vous ne pensez tout de même pas que je vais croire qu'ils vous ont emmené jusqu'ici sans raison ? Vous avez découvert quelque chose, et je pense qu'il est grand temps pour vous de commencer à partager vos infos avec nous tous. Si vous aviez trouvé la mort, si ces deux criminels vous avaient tué, tous les éléments que vous avez réunis sur notre tueur en série auraient été définitivement perdus. Alors pourquoi est-ce que vous ne me dites pas ce que vous avez trouvé, avant que je perde mon sang-froid ? »

Jensen n'avait que faire des tentatives d'intimidation du lieutenant. Il venait d'apercevoir quelque chose, quelque chose qui avait retenu son attention bien plus efficacement que ses menaces.

« Scraggs…

— Qu'est-ce qu'il y a, Jensen ?

— Attention !

— Hein ? AAAAAAH ! »

Scraggs ne réagit pas assez vite à la mise en garde de Jensen. L'épouvantail était déjà sur lui. Il avait bondi de la brouette pour précipiter sa face de paille grouillante de vers contre son visage. Ses bras s'enroulèrent autour de sa nuque, lui faisant perdre l'équilibre. Scraggs roula au sol, recouvert par l'épouvantail, flasque et informe comme un costume rapiécé. Le lieutenant ne cessait de hurler en tentant désespérément de repousser les membres de la créature qui fouettaient l'air. La tête de l'épouvantail était enfouie dans son cou, grattant horriblement la peau délicate de sa gorge.

Saisi d'horreur, Scraggs avait lâché son arme. Au bout de plusieurs secondes passées à se rouler furieusement d'un côté et de l'autre pour empêcher le maléfique homme de paille de le mordre et de le griffer, Scraggs parvint enfin à le repousser en rampant vers sa droite et heurta une pile de bottes de paille. Celle-ci trembla, puis s'écroula : une botte heurta violemment le front du lieutenant. Mais la douleur aurait pu être supportable sans le son qui l'accompagna. Un fou rire. Scraggs le reconnut immédiatement : Somers ! Celui-ci avait un rire très particulier, très irritant, et qu'il faisait retentir à l'instant dans la grange de toute la force de ses poumons.

Scraggs s'extirpa de sous les bottes de paille et se redressa. L'épouvantail gisait sur le ventre, là où il l'avait jeté au terme de leur combat. Jensen n'avait pas bougé, assis sur sa botte et toujours attaché. Face à lui, dessinée par les rayons de lune qui se déversaient à travers la porte grande ouverte, se dressait la silhouette de l'inspecteur Archibald Somers.

« Scraggs, vous êtes vraiment une sale petite merde, lança Somers d'un ton moqueur. Mon coéquipier s'est fait ligoter, on l'a laissé seul ici, et vous, espèce de tête de nœud, vous ne trouvez rien de mieux à faire que de l'interroger. Vous avez vraiment de la merde dans le crâne.

— Somers, espèce de sale enfoiré ! » meugla Scraggs en se relevant tout à fait. L'humiliation qu'il venait de subir l'avait mis dans une rage folle. Somers avait dû s'introduire furtivement dans la grange et avait dû attendre qu'il baisse la garde pour lui envoyer cet épouvantail. Le salopard !

« C'est vous, l'enfoiré, Scraggs, répliqua Somers d'un ton supérieur. Ce que j'ai fait n'est pas plus horrible que ce que vous étiez en train de faire subir à Jensen. Maintenant, détachez-le avant que je vous balance à nouveau cet émigré du pays d'Oz. »

Déconfit et embarrassé, le lieutenant Paolo Scraggs obéit à contrecœur. Il prit tout son temps et, non sans un certain plaisir, arracha le ruban adhésif en sachant pertinemment que Jensen aurait mal.

« Merci, Somers, dit Jensen, grandement soulagé. Comment avez-vous découvert que je me trouvais ici ? » Il se frotta les poignets, puis serra et ouvrit ses poings plusieurs fois de suite afin de chasser toute crampe et toute douleur de ses doigts.

« Je dois vous avouer que j'ai galéré un moment, partenaire, jusqu'à ce que ce clown... – il pointa Scraggs du doigt – ... ce putain de raté congénital appelle le capitaine sur la fréquence de police pour lui dire qu'il était devant la grange, et pour lui demander s'il devait entrer et vous mettre le grappin dessus.

— Vraiment ? lança Jensen en se retournant vers Scraggs. Combien de temps avez-vous attendu avant de trouver le cran d'entrer, espèce de sombre con ? »

Scraggs recula d'un pas, regardant autour de lui à la recherche de son pistolet.

« Hé, je ne faisais que suivre les ordres, d'accord ? répondit-il d'un air penaud. Je ne savais pas que vous étiez en danger.

— Tu parles d'un putain de flair d'enquêteur, marmonna Somers. Allez, Jensen, sortons d'ici. Vous et moi avons besoin de dormir un peu. La journée de demain sera dure, et il semblerait qu'on ait vu le Bourbon Kid dans un bar, le Nightjar.

— C'est vrai ? Il a tué quelqu'un ?

— Plusieurs personnes. Je vous raconterai tout en route.

— Et quoi de neuf au sujet d'Annabel de Frugyn ? demanda Jensen en se levant de la botte de foin, frottant ses poignets douloureux.

— C'est une excellente question et je vous remercie de me la poser. Moi aussi, j'ai eu une soirée plutôt pourrie, mais la bonne nouvelle, c'est que j'ai trouvé de qui il s'agissait. Elle est connue dans le coin sous le surnom de "Dame Mystique".

— La Dame Mystique ? C'est une voyante, ou un truc du genre ?

— Tout juste.

— Une vraie voyante ?

— Non, plus nulle que tout. Même si elle se réveillait au lit avec le Père Noël, elle serait incapable de vous dire quel jour on est. »

50

Au terme d'une nuit sans repos passée à somnoler et à s'inquiéter du jour à venir, Dante avait finalement beaucoup réfléchi. Avant toute chose, il s'était convaincu qu'il serait préférable que Kacy le retrouve après qu'il aurait procédé à la transaction avec les moines. Même s'il ne s'attendait pas à ce qu'ils le doublent, il ne voulait prendre aucun risque superflu.

Il avait choisi son costume de Fête de la Lune en fonction de ce rendez-vous. Afin d'avoir l'air un peu plus patibulaire, il avait jeté son dévolu sur un déguisement de Terminator. Le type de la boutique avait sorti les pires arguments de vente, allant même jusqu'à lui dire qu'il s'agissait d'un des ensembles que Schwarzenegger avait portés durant le tournage du premier volet de la saga. Dante était convaincu que le mec lui racontait des conneries, mais il accepta de croire ce mensonge. Et cela marcha. Le déguisement lui donnait l'impression d'être légèrement plus cool, juste ce qu'il fallait. En se baladant dans ces vêtements de cuir, avec ces lunettes de soleil, il avait la sensation d'être un dur, un vrai. Il portait également un pistolet sous son blouson, juste au cas où les choses tourneraient mal. Il était inutile de prendre des risques inconsidérés. Il pouvait tout à fait tomber sur un malade désireux de se faire un nom en se battant contre le Terminator.

Kacy avait accepté de l'attendre au motel, mais elle avait préféré garder le secret de son déguisement. Elle voulait lui faire la surprise, et Dante espérait que ce serait quelque chose de très, très sexy.

Le soleil brillait de tous ses feux alors que Dante parcourait la ville dans la Cadillac jaune dont il venait de faire l'acquisition. Le ciel matinal était clair et bleu, sans le moindre indice de l'éclipse à venir. Il alluma l'autoradio et tomba par un très heureux hasard sur la chanson *My Sharona* de The Knack. Le fait de conduire avec en musique de fond l'un de ses morceaux préférés ne faisait qu'augmenter sa bonne humeur. *Et puis qu'est-ce qu'il avait l'air cool !* Il ne s'était jamais senti aussi cool. En ville, à son passage, tous les regards se tournaient vers lui. Après tout, ce n'était pas tous les jours qu'on voyait le Terminator passer dans une Cadillac jaune.

Toutes les personnes que Dante aperçut ce matin étaient déguisées. À un coin de rue, le tueur des films *Halloween* faisait peur aux passants en leur demandant de l'argent. Une centaine de mètres plus loin, il vit deux types déguisés en nonnes en train d'en tabasser un troisième, revêtu d'une grosse combinaison bleue et spongieuse, avec un pantalon et un bonnet rouges. Triste époque, où le Grand Schtroumpf ne pouvait se promener dans la rue sans se faire agresser par des nonnes enragées.

Il n'était que 11 heures du matin, et le nombre de personnes ivres sur la voie publique était déjà considérable. Cette fête faisait vraiment ressortir ce qu'il y avait de pire en chacun. Dante avait été prévenu que beaucoup de gangsters considéraient la Fête de la Lune comme l'occasion rêvée pour commettre des crimes sous couvert de leur déguisement. Se faire agresser alors qu'il portait sur lui l'Œil de la Lune, c'était bien la pire chose qui aurait pu lui arriver. De plus, il se faisait beaucoup de souci pour Kacy, qui de son côté gardait la valise contenant les 100 000 dollars qu'ils avaient volée. Elle était restée seule dans la chambre du motel. Elle devait sûrement se sentir vulnérable et terrifiée.

Il ralentit, s'arrêta au feu rouge d'un carrefour vide et se surprit à inspirer profondément pour garder son calme. Dans une vingtaine de minutes, l'affaire serait réglée. Il se serait débarrassé de cette maudite pierre bleue et, plus important encore, serait en possession de 10 000 dollars qui viendraient s'ajouter aux 100 000 que Kacy et lui comptaient librement dépenser au cours des prochains mois. Dante avait déjà tout prévu : ils sillonneraient l'Europe et y verraient tout ce qu'il y avait à voir. Il savait que l'idée ravirait Kacy, qui avait renoncé à parcourir l'Europe lorsqu'elle en avait eu l'occasion, au tout début de leur relation, plusieurs années auparavant. À présent, il était en mesure de récompenser sa fidélité et son sacrifice. Il suffisait simplement de survivre à ce dernier jour à Santa Mondega.

En attendant que le feu passe au vert, Dante regarda autour de lui et aperçut une blonde sublime déguisée en Marilyn Monroe, vêtue d'une robe rose brillante de strass, à l'autre bout du carrefour. Elle attirait également l'attention de deux types déguisés en Blues Brothers. Sur le trottoir d'en face se tenait un sosie d'Elvis. C'était l'Elvis de la fin des années soixante, début des années soixante-dix. Il portait une chemise rouge brillant avec des pompons blancs aux manches, ainsi qu'un pantalon rouge à pattes d'éléphant dont chacune des jambes était parcourue par une épaisse bande jaune. Ses yeux étaient dissimulés derrière une grosse paire de lunettes de soleil, typique d'Elvis. À en juger par les mouvements rapides de sa tête, il semblait guetter la route, attendant impatiemment que quelqu'un vienne le chercher en voiture.

Lorsque Elvis aperçut Dante dans sa Cadillac jaune, il s'immobilisa et lui lança un regard dur pendant un assez long moment. Au début, Dante crut qu'il était impressionné par son déguisement : derrière ses lunettes noires, il s'efforça de lui renvoyer le regard froid dont usait Schwarzenegger dans les films *Terminator*. Puis soudain, la paranoïa suscitée par le fait de porter une pierre précieuse dans une voiture volée l'emporta. Et si cet Elvis avait reconnu la caisse ? Et si c'était la sienne ? Et pourquoi se dirigeait-il droit vers Dante, en pressant le pas ? Putain. Griller le feu rouge. Inutile de rester là à attendre que ce gros Elvis furieux vienne lui chercher des poux.

Il démarra, et les pneus arrière de la Cadillac crissèrent bruyamment, attirant bien plus d'attention qu'il n'aurait souhaité. Il eut la sensation que la moitié de la population de Santa Mondega l'observait en train de traverser le carrefour en toute illégalité, manquant de percuter un vieux break marron tout pourri qui passait au feu vert. Dante n'était ni assez rapide ni assez patient pour essayer d'éviter la voiture. Il en laissa l'initiative au conducteur du break, qui se fit un devoir de réagir à sa place. L'homme qui se trouvait au volant (et qui était déguisé en momie égyptienne, enturbanné de bandages blancs des pieds à la tête) brandit un poing rageur alors que sa voiture manquait de peu de se retourner après un brusque écart. Dante n'eut pas besoin de se retourner pour savoir que le conducteur du break lui en voulait à mort. *Un de plus à vouloir me mettre le grappin dessus*, pensa-t-il en accélérant.

Sa priorité absolue était à présent de retrouver les deux moines au Nightjar, aussi vite que possible. Et non plus de parader en ville au volant du véhicule le plus voyant de toute l'histoire des voitures volées.

51

Jefe était arrivé à la conclusion qu'une visite chez la Dame Mystique était à peu près la seule chance qui lui restait de découvrir où se trouvait l'Œil de la Lune. Il n'avait pas la moindre putain de piste et il ne lui restait plus qu'une heure avant l'éclipse. Il fallait à tout prix que la vieille folle lui fournisse les renseignements dont il avait besoin, et dans le détail. Si elle parvenait à trouver l'emplacement de l'Œil de la Lune, il serait en mesure de le vendre à El Santino, comme convenu. Ainsi, il n'aurait pas à passer le restant de ses jours à regarder par-dessus son épaule redoutant que Carlito ou Miguel lui tire dans le dos. Et, presque aussi important, il pourrait continuer à payer les mensualités de sa Porsche.

Il avait laissé Jessica se préparer dans la chambre d'hôtel. Il n'avait pas eu le temps d'attendre qu'elle ait fini de se glisser dans le déguisement franchement sexy de Catwoman qu'elle avait loué. Il dépareillait assez avec le costume de Freddy Krueger que Jefe portait, mais c'était loin de le gêner. Dans sa tenue de latex, elle était tout simplement torride et il avait hâte de se retrouver seul à seul avec elle pour s'amuser un peu. Il fallait simplement survivre à cette matinée. Il avait tout juste besoin du plus gros coup de pot qui soit et il espérait que la Dame Mystique le lui fournirait clés en main.

Il se gara devant la curieuse roulotte de la Dame Mystique, dont il s'étonna de voir la porte ouverte. Deux semaines plus tôt, il lui avait rendu visite et, tant à son entrée qu'à sa sortie, elle lui avait dit d'une voix bêlante de bien refermer la porte derrière lui. Elle n'aimait pas qu'elle reste entrebâillée, car, selon elle, des esprits maléfiques pouvaient profiter de l'occasion pour entrer.

Jefe espérait que sa visite permettrait de prouver les talents de la voyante, sérieusement mis en doute par Jessica après qu'elle l'eut consultée la veille au soir. Jefe croyait aveuglément dans les pouvoirs de la Dame Mystique. Depuis qu'il s'était convaincu de l'existence des créatures du mal, pour en avoir vu de ses propres yeux, il était devenu particulièrement sensible à des domaines tels que le surnaturel, la magie noire et, bien entendu, la divination. La dernière fois qu'il avait vu la Dame Mystique, ses prédictions s'étaient avérées justes.

Malheureusement, elle risquait cette fois de ne pas lui être d'une très grande aide. Dès qu'il pénétra dans la roulotte, Jefe se rendit compte que quelque chose de terrible s'était passé. Ce n'était pas le désordre absolu qui régnait qui le lui fit comprendre, ni même les chaises renversées. Non, ce fut plutôt l'air de la Dame Mystique elle-même. Elle était assise à sa table comme à son habitude, mais elle avait beaucoup, beaucoup changé. Principalement parce qu'elle n'avait plus de tête. Et, manifestement, ce n'était pas une lame qui l'avait tranchée. On aurait plutôt dit que sa tête avait été arrachée par quelqu'un doté d'une force incroyable, vu l'état ignoble dans lequel se trouvait ce qui restait d'elle, assis sur le fauteuil à haut dossier. En outre, une quantité impressionnante de sang recouvrait les murs, ainsi que les pages d'un livre posé sur la table.

Jefe n'aperçut sa tête qu'après avoir refermé la porte derrière lui. Elle pendait contre le battant de bois. Les yeux avaient disparu, et, manifestement, la langue aussi. Une énorme tache coagulée recouvrait la partie inférieure de son visage, comme si le sang avait giclé de sa bouche et en avait coulé durant le plus clair de la nuit.

Bien qu'il ne fût pas question de pratiquer une autopsie, Jefe examina la tête plus en détail. Il vit qu'elle avait été plantée sur une patère, dont l'extrémité s'était logée dans le cerveau de la vieille femme. Déguisé comme il l'était en Freddy Krueger, Jefe savait qu'il n'était pas très indiqué de rester à proximité d'un cadavre. Le fait qu'il eût sur lui un poignard horriblement tranchant de vingt-cinq centimètres de long aurait constitué une preuve accablante, sans parler de ses deux pistolets dissimulés, ainsi que d'une quantité de munitions suffisante pour instaurer une dictature.

Il sortit de la roulotte de la Dame Mystique, convaincu que c'était le signe annonciateur d'une sale journée. Et puis, en un clin d'œil, la chance tourna. Jefe n'était pas encore arrivé à hauteur de sa Porsche scintillante lorsqu'il vit passer son ancienne Cadillac jaune. À son volant se trouvait un jeune homme déguisé en Terminator et apparemment très pressé. Un instant auparavant, Jefe se croyait sans le moindre début de piste. Mais il n'avait pas oublié l'une des informations qu'il était parvenu à glaner. Sanchez avait raconté qu'un type conduisant une Cadillac jaune avait crevé son frère Thomas et était peut-être même mêlé au meurtre d'Elvis, le tueur à gages. Cette piste ne déboucherait peut-être sur rien, mais ça valait le coup de la suivre. De toute façon, c'était la seule dont il disposait. Jefe se précipita, bondit dans sa Porsche, démarra et, aussi discrètement que possible, s'élança à la poursuite de la grosse voiture jaune.

Son cœur battait si fort qu'il couvrait le bruit du moteur de la Porsche. C'était le seul coup qui lui restait à jouer, quitte ou double. *Perds pas cette Cadillac jaune, Jefe*, se répétait-il. *La perds pas de vue, quoi qu'il arrive.*

Il la suivit sur plus d'un kilomètre avant que le conducteur se gare en face du Nightjar, par une singulière coïncidence. Jefe stationna sa Porsche à deux pas. Sa bouche était sèche, et son cœur battait plus fort que jamais. Ses chances étaient infimes (voire complètement inexistantes), mais peut-être pourrait-il tirer de ce type quelque chose d'intéressant. Quoi, cela, il l'ignorait.

Le Terminator sortit de sa voiture et se dirigea vers la porte du bar. Jefe bondit hors de sa Porsche sans hésiter une seconde et se dirigea vers le jeune homme.

« Tu pourras pas entrer, l'ami, lança-t-il aussi amicalement qu'il put. Ils ont fermé momentanément le bar. Deux moines se sont changés en vampires et se sont fait descendre par Rodeo Rex, la nuit dernière.

— *Quoi ?* » Le Terminator avait l'air abasourdi, ce qui n'avait rien de surprenant, d'autant plus qu'il ne croyait pas aux vampires.

« C'est ce que j'ai entendu dire, rien de plus. C'est sûrement pas vrai », répondit Jefe en arrivant à hauteur du jeune homme revêtu de cuir noir. Lorsqu'il fut assez près pour qu'aucun passant ne puisse voir en détail ce qui se passait, il tira l'un de ses pistolets de derrière sa ceinture et pressa le canon contre les côtes du jeune type.

« Comment tu t'appelles, fiston ? gronda-t-il.

— Dante.

— Ça te dirait de vivre un peu plus qu'une poignée de secondes, Dante ? »

Le jeune homme baissa les yeux sur l'arme de Jefe. Se faire braquer par Freddy Krueger était assez inhabituel, mais il fallait reconnaître que ce n'était pas un jour comme les autres.

« Qu'est-ce que vous voulez ? demanda Dante.

— Je me demande bien pourquoi tu te balades dans mon ancienne Cadillac jaune, répliqua Jefe.

— Oh ! Euh… je l'ai rachetée à un type, ce matin. » Une note de panique avait trahi son ton faussement assuré. Schwarzie n'aurait pas apprécié.

« Conneries. Va te rasseoir derrière le volant. On va faire une petite promenade. Il y a une ou deux personnes en ville qui seront ravies de faire ta connaissance. » Dante se dirigea vers la Cadillac, mais le canon de Jefe pressant ses côtes l'obligea à marquer le pas. « Attends un peu. Retourne-toi. Mains sur la tête. »

Dante s'exécuta. Jefe le poussa contre la porte du Nightjar et se mit à le fouiller. Il trouva d'abord le pistolet, avant de mettre la main sur ce qu'il désirait le plus au monde, plus encore que Jessica. *L'Œil de la Lune*. Il le tira de la poche intérieure du blouson de cuir de Dante et le serra fort dans sa paume, le couvant du regard telle une mère posant les yeux pour la première fois sur l'enfant qu'elle vient de mettre au monde.

« C'est pas vrai. *Jackpot !* s'exclama-t-il. Il va vraiment falloir que tu t'expliques, mon petit Terminator. » Il ricana et ajouta : « Putain. Tu viens de me sauver la mise. »

52

Sanchez était ravi de son déguisement. Il avait l'air super cool, c'était du moins son opinion. Il avait choisi de se déguiser en son héros préféré (après Rodeo Rex) : Batman. Il avait également insisté pour que Mukka se déguise en Robin, afin d'impressionner encore plus la clientèle. Il savait que cette idée était loin d'enthousiasmer Mukka, et pas seulement à cause du costume (le fait que le jeune serveur dépasse d'une bonne tête Sanchez et qu'il soit nettement plus large d'épaules que lui n'arrangeait pas les choses. *« Boy wonder », mon cul*, pensait Mukka). Alors que Sanchez portait le même costume que Michael Keaton dans le volet réalisé par Tim Burton, son cuisinier et serveur était obligé de se coltiner la tenue du Robin de la série télévisée des années soixante. Les clients ne cessaient de lui balancer des vannes. Tout le monde y allait de son petit commentaire, généralement pas drôle du tout. Il n'était pas encore midi : le flot de quolibets n'était pas prêt de se tarir.

Le Tapioca était déjà à moitié plein et, dans peu de temps, allait se retrouver bondé. Sanchez et Mukka frémirent lorsque entrèrent leurs deux premiers hôtes gênants. En l'occurrence, Carlito et Miguel. Les criminels, tous deux habillés en cow-boys, s'avancèrent vers le comptoir en se pavanant, comme si le bar leur appartenait.

« Vous êtes censés être déguisés en quoi ? demanda Sanchez.

— On est les Rangers solitaires [1], répondit Miguel, prenant le pas sur Carlito de manière inhabituelle.

— Les Rangers solitaires ? répéta Mukka d'un ton moqueur C'est une blague, c'est ça ?

— Non, pourquoi ? » Miguel semblait légèrement troublé.

« Peut-être parce que le principal trait du Ranger solitaire, c'est d'être seul, justement, répondit Mukka. D'où le surnom de "Ranger *solitaire*". »

Miguel paraissait à présent tout à fait perdu. Carlito, de son côté, semblait se désintéresser totalement de la conversation.

« Écoute, ducon, finit par lancer Miguel. Dans la série télé, il avait toujours son fidèle Tonto à ses côtés, donc il était pas tout à fait *"solitaire"*, pas vrai ?

— Mais Tonto était pas un *ranger*, pas vrai ? C'était un *Indien* », corrigea Mukka. S'ensuivit un long silence.

« Ah, d'accord ! dit Miguel, saisissant enfin où Mukka voulait en venir. Ouais, c'est vrai. T'as raison, en fait. »

Le jeune cuisinier n'eut pas la victoire modeste. « Bien sûr que j'ai raison, putain », ricana-t-il.

---

1. *The Lone Rangers* fut une série américaine radiophonique, puis télévisée, mettant en scène un justicier masqué, ancien *Texas ranger* laissé pour mort, qui marqua l'imagination de plusieurs générations *(NdT)*.

Miguel n'avait pas l'habitude qu'on lui parle de la sorte. Surtout pas des rien-du-tout comme Mukka. Pendant quelques secondes horriblement longues, il sembla hésiter sur la conduite à tenir. Il se tenait immobile. Seuls ses yeux remuaient. On aurait dit qu'une voix lui enjoignait d'agir, et qu'il cherchait du regard l'homme à qui cette voix appartenait.

L'estomac de Sanchez se noua. Il craignait que Miguel ne réagisse mal au commentaire de Mukka. En temps normal, ce genre d'asticotage contribuait à la bonne ambiance du bar, mais, à cet instant, Sanchez espérait que Carlito et Miguel ne montent pas sur leurs grands chevaux et ne se mettent pas à tuer tous ceux qui se moqueraient de leurs déguisements. Tout irait pour le mieux si Jefe arrivait et leur remettait l'Œil de la Lune. Mais s'il n'apparaissait pas, il y avait de grandes chances pour que ces deux-là se mettent à tirer sur tout ce qui bougeait. Et qui mieux que Batman et Robin auraient pu faire office de premières cibles ?

Fort heureusement, Miguel négligea la pique de Mukka et passa commande. « Deux bières, s'il te plaît, Batman, dit-il en se penchant au-dessus du bar pour jeter un coup d'œil aux costumes de Sanchez et Mukka. Hé, Robin ! ajouta-t-il d'un air enthousiaste. Sympas, tes collants. »

Les autres clients poussèrent de bons gros ricanements. Moins parce que la blague était drôle que parce que Miguel était le dixième client consécutif à l'avoir charrié sur ses collants en l'espace d'une demi-heure.

« Alors, Batman. Tu as vu notre ami Jefe ? demanda Miguel tandis que Sanchez remplissait leurs verres.

— Non. Il a pas mis un pied ici de toute la matinée.

— Putain de merde. Il est midi moins dix. Où est-ce qu'il est, cet enculé ? »

Carlito se décida à poursuivre l'interrogatoire, tapotant le bras de Miguel pour lui faire comprendre qu'il fallait qu'il se taise.

« J'ai une petite devinette pour toi, Batman, dit-il à Sanchez. Si Jefe n'arrive pas d'ici dix minutes, qu'est-ce qui va se passer, à ton avis ?

— Je sais pas… Quoi ? » Le ton intimidant de la question avait suffi à décupler sa nervosité.

« Tout va virer au cauchemar, voilà ce qui va se passer. El Santino va bientôt arriver et il faudra bien qu'il trouve un bouc émissaire. Je crois me souvenir qu'il t'a proposé une grosse somme pour retrouver la pierre et, apparemment, tu n'as pas réussi à mettre la main dessus.

— Euh… non. Mais je n'ai jamais rien promis. J'ai juste demandé autour de moi, histoire de rendre service. On a conclu aucun marché en bonne et due forme. Et puis, en plus, mon pote Elvis s'est fait tuer en recherchant cette pierre.

— Bien sûr. » Carlito décocha un clin d'œil qui fit presque frémir Sanchez. Miguel et lui prirent leurs bières et se dirigèrent vers une table qui se trouvait au milieu de la salle. Ils s'assirent tous deux du même côté, face à la porte du bar.

Puis ils attendirent de voir qui arriverait le premier, Jefe ou El Santino. Dans un cas comme dans l'autre, ils n'attendraient pas longtemps.

53

Dante se chiait dessus, presque littéralement. Le malade au masque de Freddy et au pull rouge et noir l'avait obligé, du bout de son pistolet, à prendre le volant de sa Cadillac jaune, direction le Tapioca Bar. Mais s'il avait peur pour lui, il s'inquiétait également pour Kacy. Elle était restée au motel, et il n'avait aucun moyen de la contacter. Car non seulement ce timbré déguisé en Freddy Krueger braquait le canon de son arme sur lui, mais en plus il lui avait confisqué son téléphone.

Lorsqu'ils arrivèrent au Tapioca, Dante fut profondément déçu par le grand nombre de places de stationnement libres, juste en face du bar. Peu de gens prenaient le volant le jour de l'éclipse. L'écrasante majorité fêtait la fin de la Fête de la Lune en buvant un verre ou deux. Ou douze. Dante avait à peine coupé le contact que Freddy lui aboyait déjà : « Descends de la caisse, Terminator. On va boire un coup. »

Dante obéit et se dirigea d'un pas maladroit vers l'entrée, suivi de Jefe, qui ne se donnait même pas la peine de presser le canon de son pistolet dans son dos. Le jeune voleur était bien trop terrifié pour tenter de se faire la belle, et Jefe le savait.

Mais Dante n'était pas apeuré au point de ne pas remarquer l'ambiance tendue qui régnait au Tapioca. Il y avait déjà pas mal de monde, mais personne n'osait parler. Tous les clients se contentèrent de les regarder lorsqu'ils entrèrent. Dante eut l'impression que tous attendaient l'arrivée de quelqu'un d'important. Au début, personne ne les reconnut sous leurs déguisements respectifs. L'anonymat ne fut que de courte durée. Ils allèrent s'accouder au comptoir, et Jefe cria à l'intention de Sanchez :

« Hé, Batman, sers-moi une bière ! J'ai une bonne nouvelle pour toi.

— C'est toi, Jefe ? demanda Sanchez en scrutant les yeux qui scintillaient derrière le masque de Freddy Krueger.

— Ouais, c'est moi. Je viens juste de tomber sur ce type qui roulait au volant d'une Cadillac jaune sur Elm Street [1].

— *C'est vrai ?* » Le ton du barman était tout simplement glacial.

Dante ne comprenait pas tout, mais il avait le sentiment que ça n'augurait rien de bon. Et cela ne fit qu'empirer lorsque deux cow-boys masqués se levèrent d'une table toute proche. Ce que Jefe avait dit semblait avoir piqué leur curiosité. Ils approchèrent du comptoir, et Dante remarqua qu'ils étaient armés : tous deux pointaient leurs pistolets dans sa direction et celle de son ravisseur au déguisement cauchemardesque.

---

1. « Rue des Ormes ». Le titre original du premier volet de la saga de Freddy était *A Nightmare on Elm Street*, « Le cauchemar de la rue des Ormes » *(NdT)*.

« Alors, Freddy, tu as quelque chose pour nous ? Ou va-t-il falloir qu'on se fâche pour de bon ? » demanda l'un des rangers.

Jefe se retourna pour faire face aux deux hommes masqués qui approchaient. Il semblait à présent calme et plein d'assurance : bien que son visage fût dissimulé, son attitude était éloquente. Rien ne semblait pouvoir l'effrayer.

« Oh ! oui, j'ai l'Œil. Ce petit con de Terminator se promenait en ville avec la pierre au fond de sa poche. Je me suis dit qu'on pouvait improviser une petite réunion, histoire de lui demander ce qu'il foutait au juste en sa possession. En plus, j'ai comme l'impression qu'il a tué le frère de Sanchez et tenté d'assassiner ma Jessica.

— Sans blague ? »

Dante se rendit compte que les regards de l'ensemble du bar étaient rivés sur lui. Et ce n'était certainement pas pour admirer son déguisement.

« Alors, qui êtes-vous donc, monsieur Terminator, et qu'est-ce que vous foutiez avec notre pierre précieuse ? demanda le premier ranger.

— Rien, répondit Dante aussi calmement qu'il le put. Un des clients de l'hôtel où je travaille me l'a passée. Il s'appelait Jefe, je crois. Ouais, Jefe, c'est ça. »

Il ne savait pas exactement à quel point la situation était dangereuse, mais il était convaincu que jamais auparavant il ne s'était retrouvé dans un tel pétrin. Le moment était donc tout indiqué pour lâcher quelques demi-vérités. Avec un peu de chance, ça suffirait à le sortir de là.

Ou pas. « *C'est de la connerie pure et simple !* hurla Jefe. Jefe, c'est *moi*, et jamais je t'ai donné cette putain de pierre ! Tu ferais bien de t'asseoir et de tout raconter avant que je m'énerve. »

Dante se sentit tiré de force jusqu'à la grande table de bois qu'avaient occupée les deux Rangers solitaires. Jefe l'obligea à s'asseoir sur l'une des chaises qui tournaient le dos à l'entrée. Sanchez sortit de derrière le bar, faisant tomber un verre avec sa longue cape noire. Il s'assit à côté de Dante. Les deux Rangers solitaires et Jefe prirent place à l'autre bout de la table.

Sanchez posa une main sur l'épaule de Dante et, tout en serrant fermement, débuta l'interrogatoire. Le fait d'être interrogé sans ménagement par Batman était pour Dante une expérience toute nouvelle et franchement désagréable.

« Pourquoi est-ce que tu as tué mon frère et sa femme ? Et qu'est-ce que tu veux à Jessica ?

— Hein ? je comprends rien de ce que vous racontez, putain. Et je connais personne qui s'appelle Jessica »

Ce fut au tour du plus charismatique des deux Rangers solitaires, Carlito pour ne pas le nommer, de poser sa question. Il venait d'allumer une cigarette et rangeait son briquet argenté dans la poche de sa chemise. Il inhala une bouffée et, la cigarette pendant à la commissure des lèvres, prit la parole :

« Qu'est-ce que tu faisais avec cette pierre sur toi ? Comment te l'es-tu procurée ? Et plus important, dit-il en regardant autour de lui, où est-ce que tu l'as foutue ?

— C'est moi qui l'ai, lança Jefe.

— Alors donne-la-moi.

— Non. Je la garde jusqu'à ce qu'El Santino arrive. Je la lui donnerai en mains propres. C'était ça, le marché.

— Comme tu veux. Tu vas pouvoir la lui donner tout de suite. Le voici, dit Carlito en regardant en direction de l'entrée du bar, par-dessus l'épaule de Dante. Tu peux dégager, barman. Ça ne te concerne plus. »

Dante observait la scène, complètement abasourdi. Le type déguisé en Batman quitta la table et retourna derrière le comptoir. Mais qui pouvait bien être ce Santino ? En réalité, il ne fallait pas être un génie pour deviner de qui il s'agissait, et ça tombait extrêmement bien, car Dante était loin d'être un génie. Debout face au comptoir, le visage recouvert de maquillage noir et blanc, se dressait El Santino. Il s'était déguisé en Gene Simmons, du groupe de rock Kiss. Ça ne le changeait pas trop de son accoutrement quotidien. En fait, il était tout juste un peu plus maquillé que d'habitude. C'étaient bien ses propres cheveux longs et noirs qu'il portait, et non une perruque, et ses muscles étaient bel et bien les siens. Et des muscles, il en avait un sacré tas. C'était l'homme le plus robuste que Dante ait jamais vu, et, ces derniers temps, il en avait vu un certain nombre.

« Hé, Batman ! Sers-moi une bière et une bouteille de ton meilleur whisky », grogna El Santino à Sanchez. Puis il se retourna face à la table où tout était en train de se jouer.

« Alors, quel est l'enfoiré parmi vous qui a mon Œil ? » rugit-il.

54

Scraggs avait répondu à l'appel du capitaine Rockwell et avait réagi immédiatement. Les consignes de Rockwell avaient été très précises, et il avait bien insisté sur le fait qu'elles devaient être suivies à la lettre. La dernière était restée profondément gravée dans la cervelle de Scraggs : *Rendez-vous au plus vite sur place et prenez la direction des opérations. Quoi qu'il arrive, ne touchez à rien, je dis bien à RIEN, avant de m'avoir recontacté.*

Après une vingtaine de minutes passées à griller tous les feux rouges de la ville au volant de sa voiture de patrouille, Scraggs était arrivé à la roulotte de la Dame Mystique et s'était aussitôt rendu compte qu'il lui faudrait agir vite s'il voulait avoir une chance d'obéir aux ordres de Rockwell. Quatre autres voitures de patrouille étaient déjà garées devant la demeure de la voyante, et une demi-douzaine de policiers étaient occupés à délimiter la zone du crime à l'aide de la fameuse bande jaune. Scraggs bondit hors de sa voiture et pressa le pas jusqu'au premier flic, un homme ventripotent qui, appuyé contre l'une des voitures, était absorbé par une conversation téléphonique. Scraggs le reconnut aussitôt : il s'agissait de Diesel Borthwick, un policier sans ambition et franchement feignant.

« Hé, Diesel, c'est moi qui prends les commandes ! aboya-t-il en s'approchant du flic bedonnant. Faites-moi le topo. »

Borthwick sembla relativement agacé par l'arrivée du lieutenant Scraggs, sans doute parce qu'elle l'obligeait à interrompre sa conversation. « Je te rappelle, marmonna-t-il dans son portable avant de raccrocher pour se retourner vers Scraggs. Nous avons un cadavre, lieutenant, répondit-il. Une femme d'une soixantaine d'années. Sa tête est plantée à une patère derrière la porte, et le reste du corps est assis sur une chaise, face à une table. On a toujours pas retrouvé les yeux et la langue.

— Des pistes ? »

Borthwick se redressa.

« Ouais, répondit-il d'un ton las. On a un témoin qui prétend avoir vu Freddy Krueger sortir de la roulotte en courant, ce matin. D'après elle, il serait parti au volant d'une Porsche métallisée. Mais on a pas de numéro de plaque minéralogique.

— *Freddy Krueger ?* répéta Scraggs, interdit.

— C'est un déguisement, lieutenant. C'est la Fête de la Lune, vous savez ? »

Un choc sourd retentit. Scraggs se retourna, et constata qu'il s'agissait de la porte de la roulotte qu'un courant d'air venait d'ouvrir violemment.

« Rien d'autre ? demanda-t-il, grimaçant à la vue de la tête empalée derrière la porte.

— Si, j'ai ma petite théorie, lieutenant. »

Scraggs porta un regard étonné sur Diesel Borthwick. Ce policier était réputé n'avoir tout juste qu'un demi-cerveau : il était tout à fait anormal de l'entendre émettre la moindre opinion ou suggestion.

« Vraiment ? Et quelle est-elle ? demanda Scraggs.

— Je pencherais pour la thèse du suicide, répondit Borthwick avec un sourire malicieux.

— Espèce d'imbécile. » Dégoûté, Scraggs s'avança à grands pas vers la roulotte. Deux autres policiers en uniforme se tenaient au bas des marches, surveillant l'entrée. Scraggs s'engouffra à l'intérieur en bousculant les deux officiers qui ne daignèrent pas reculer d'un centimètre pour le laisser passer. En franchissant le seuil, il ne jeta qu'un bref coup d'œil sur la tête déformée qui pendait à la patère. Une fois à l'intérieur, il prit conscience de l'étendue des dégâts de la veille. Il y avait du sang partout, les chaises avaient été renversées, et le corps sans tête de la Dame Mystique était assis à sa table, juste en face de lui. L'officier Adam Quaid était en train de feuilleter un gros ouvrage relié posé sur la table.

« Hé, Quaid ! Qu'est-ce que vous foutez ? » lui cria Scraggs.

Quaid leva les yeux en sursautant : il n'avait pas entendu Scraggs entrer. Presque par réflexe, il salua son supérieur, même si c'était complètement inutile. Ce type de salut était tout à fait tombé en désuétude à Santa Mondega, et la seule raison qui pouvait pousser un policier à s'y plier instinctivement était de se faire surprendre par un supérieur alors qu'il désobéissait à un ordre.

« J'ai trouvé ce livre sur la table, lieutenant. Je pense que vous devriez y jeter un coup d'œil, marmonna nerveusement Quaid.

— Lâchez ce livre et attendez dehors jusqu'à nouvel ordre, commanda Scraggs. Le capitaine est en chemin et il risque de péter un câble s'il vous voit en train de feuilleter une pièce à conviction. Il a expressément ordonné qu'on ne touche à rien.

— Je vous assure, lieutenant, insista Quaid en pointant du doigt le livre ouvert. Je crois vraiment que vous devriez y jeter un coup d'œil.

— JE VOUS AI DIT DE SORTIR ! hurla Scraggs. Lâchez ce foutu bouquin et attendez dehors !

— Bien, lieutenant », mâchonna le flic sur le ton de l'excuse.

Scraggs jeta un regard intimidant au policier en surpoids, grand amateur de donuts, qui prit la porte d'un air penaud. Il n'arriva cependant pas à croiser son regard, car Quaid avait les yeux rivés sur ses chaussures, tel un vilain garnement envoyé au piquet. Scraggs secoua la tête, tandis que le policier passait le seuil en s'écartant le plus possible de la tête de la Dame Mystique.

Reste plus qu'à attendre, maintenant, se dit Scraggs. Le capitaine devrait arriver dans une vingtaine de minutes. Est-ce que je devrais lui dire qu'un des policiers a feuilleté le bouquin sur la table ? Hmm, peut-être pas. Ça le foutrait en rogne à coup sûr.

Cinq minutes suffirent à Scraggs, partagé entre la vision de la tête de la Dame Mystique et celle du reste de son corps, pour commencer à s'impatienter. *Qu'est-ce qu'il peut bien y avoir dans ce fichu bouquin ? songea-t-il. Après tout, quel mal ça fait si je jette un coup d'œil à la page déjà ouverte, sans y toucher ?*

Il fit un pas de côté derrière la table, maladroitement, les yeux fixés sur la porte, au cas où le capitaine Rockwell entrerait soudain. Sa hanche toucha le bord de la table et il posa le regard sur le livre qui, de son angle de vue, se trouvait complètement à l'envers. Quelque chose retint aussitôt son attention. Il tourna la tête afin de mieux voir. *Est-ce que c'est bien... ? Non, c'est impossible !* D'un doigt, il fit pivoter carrément le livre sur la table. Ses yeux ne l'avaient pas trompé. C'était bien ce qu'avait vu Quaid.

Putain de merde !

55

Peto ne savait pas trop à quoi rimait toute cette fête déguisée, mais Kyle l'avait convaincu qu'ils devaient prendre part à l'événement. La veille, ils avaient loué leurs costumes. Bien qu'ils ignorassent qui étaient les Cobra Kai, tous deux s'enthousiasmèrent à la vue de ces costumes. Le patron de la boutique de déguisements leur avait expliqué que les Cobra Kai étaient un groupe d'experts en arts martiaux dans un film intitulé *Karaté Kid*. Les habits étaient confectionnés dans un coton noir très solide. Les pantalons étaient larges et confortables, et sur le dos des vestes de karaté sans manches avait été brodé un cobra jaune très stylé. Pour la première fois de leur vie, Kyle et Peto eurent une idée de l'impression qu'on ressentait lorsqu'on avait l'air cool.

Ils avaient attendu vingt minutes devant le Nightjar avant de se faire une raison : Dante n'apparaîtrait pas. Peto fut déçu, car il avait éprouvé beaucoup de sympathie à l'égard du jeune homme, qu'il considérait comme la personne la plus agréable de tout Santa Mondega. De deux choses l'une : ou bien Dante n'avait jamais eu l'intention de passer au Nightjar comme convenu, ou bien il était arrivé plus tôt, avait vu que le bar était fermé et s'en était allé autre part. Ce fut cette seconde hypothèse qui incita Kyle et Peto à tenter leur chance au Tapioca. Il fallait cependant se dépêcher, car le temps pressait. Un coup d'œil au ciel leur confirma que lune et soleil allaient bientôt se superposer.

En direction du Tapioca, ils ne mirent pas long-temps à constater qu'il s'agissait bel et bien d'une course de vitesse contre la lune. Cette dernière n'était en retard que d'une foulée et empiétait inexorablement sur le soleil qui se trouvait à présent juste au-dessus du centre de Santa Mondega.

Jouant des coudes au milieu d'une foule toujours plus importante, ils arrivèrent enfin au Tapioca, avec une très courte longueur d'avance. En trottinant jusqu'à la porte, ils durent se rendre à l'évidence que le temps leur avait manqué pour mettre au point un plan ; ils se contentèrent donc d'entrer. Dès qu'ils eurent mis un pied à l'intérieur, Peto remarqua que quelque chose ne tournait pas rond à l'une des tables. Des individus accoutrés de façon vraiment ridicule étaient manifestement occupés à tabasser un type por-tant un manteau de cuir noir et une paire de lunettes de soleil. On aurait dit qu'ils le torturaient, mais Peto ne put s'en assurer : il s'efforçait en effet du mieux qu'il pouvait de ne pas se faire remarquer par des regards trop insistants.

Kyle et lui s'avancèrent jusqu'au comptoir. San-chez, comme toujours, se trouvait derrière, mais, cette fois, il était vêtu d'une drôle de combinaison très près du corps, avec un masque étrange qui recouvrait en grande partie sa tête et son visage. Les deux moines éprouvaient une certaine nervosité à la vue de tous ces déguisements, tant à cause de leur réalisme que parce qu'ils ignoraient complètement à qui les fêtards étaient censés ressembler. Comme c'était son habitude lorsqu'ils se trouvaient dans une situation potentiellement dangereuse, Peto choisit sagement de laisser à Kyle le soin d'engager la conversation.

« Deux verres d'eau, s'il vous plaît, Sanchez, demanda Kyle.

— Hé, Robin ! sers donc deux bières aux moines… cadeau de la maison, ordonna Sanchez à Mukka avant de se retourner vers Kyle et Peto. Et en passant, vous deux, aujourd'hui, je ne suis pas Sanchez. Je suis Batman.

— Bat… *man* ? répéta Kyle, notant l'ingéniosité de Sanchez qui avait uni en un seul mot *bat*, chauve-souris, et *man*, homme. C'est un chouette surnom. Et un très beau costume, poursuivit il. Et en quoi se sont déguisées ces autres personnes ?

— Eh bien, dit Sanchez à voix basse, se penchant vers eux et pointant discrètement du doigt la table où tout semblait se passer. Ouvrez bien grand vos oreilles, parce que c'est important. Vous voyez ces deux mecs déguisés en cow-boys ? C'est Carlito et Miguel, deux salopards qui travaillent pour El Santino. Le type avec le pull à bandes rouges et noires qui porte un masque, c'est Jefe, le chasseur de primes que vous recherchiez. Le grand gaillard maquillé en noir et blanc, c'est le boss, El Santino en personne. Mais je crois que celui qui vous intéressera le plus, c'est le gars qui porte un blouson en cuir noir et des lunettes de soleil. Il s'est déguisé en Terminator, et c'est lui qui avait votre pierre bleue.

— Il l'*avait* ? Et il l'a encore ? lança aussitôt Kyle.

— Il l'avait, mais, maintenant, c'est Jefe, le mec avec le pull et le masque, qui l'a. »

Peto comprit que c'était à leur tour d'entrer en scène. Ils n'avaient plus le temps de boire ou de converser. La seule raison de leur présence dans cette ville était de retrouver l'Œil de la Lune avant l'éclipse, qui allait débuter d'un instant à l'autre. Non sans une certaine nervosité, ils s'approchèrent de la table, Kyle ouvrant la marche, Peto sur ses talons, comme d'habitude. El Santino, l'homme très corpulent aux longs cheveux noirs et au visage peint de blanc et de noir, interrogeait le Terminator. Miguel était assis à côté de ce dernier, prêt à lui décocher un coup de poing si le jeune homme s'avisait de répondre aux questions du colosse par des réponses peu satisfaisantes.

« Kyle, murmura Peto, celui qui est déguisé en Verminator, ce ne serait pas Dante ?

— Oui, je crois que tu as raison. J'ai le sentiment qu'il ne nous a pas fait faux bond volontairement, en définitive. »

Dante semblait avoir mal répondu à la plupart des questions qu'on lui avait posées : son visage était tuméfié, et son nez saignait, ce qui laissait deviner qu'il s'était fait copieusement tabasser. Pour les deux moines, c'était le moment ou jamais d'intervenir. Kyle s'avança en premier, se campant devant Dante afin d'attirer l'attention des individus qui l'interrogeaient. Tous ceux qui se trouvaient autour de la table s'immobilisèrent pour toiser, ahuris, ce membre du Cobra Kai qui osait interrompre un interrogatoire des plus sérieux.

« Veuillez m'excuser, dit poliment Kyle, s'adressant à toute la tablée mais pointant plus précisément Jefe.

Je crois savoir que ce monsieur est en possession de quelque chose qui nous appartient. Nous aimerions le récupérer, s'il vous plaît. » Son ton était posé et égal, mais on y discernait une résolution d'acier.

La tablée se tut totalement, et tous dévisagèrent Kyle comme s'il était fou à lier. Même Peto craignait que son mentor n'ait agi de façon maladroite.

« C'est qui, ces putains de clowns ? demanda El Santino, se levant de sa chaise, en la renversant violemment.

— Je crois qu'ils sont censés être déguisés en membres du Cobra Kai, répondit Carlito, assis, impassible, à côté d'El Santino.

— Ouah, cool ! s'exclama Miguel comme un gamin surexcité. Comme dans le film *Karaté Kid*, c'est ça ? » Il s'abstint un instant de cogner Dante pour toiser les deux moines. Son visage trahit l'enthousiasme que lui procuraient leurs déguisements, ce qui ne fit que redoubler la colère de son patron. El Santino abattit son poing sur la table, manquant de la briser en deux malgré le peu d'amplitude de son geste. Ses narines étaient dilatées comme celles d'un taureau furieux, et une veine venait d'apparaître sur son front, menaçant d'éclater sur-le-champ.

« Rien à foutre, de Karaté Kid et du Cobra Kai, cracha-t-il. Je m'en bats les couilles en mesure. Je veux savoir de quel droit ils exigent l'Œil de la Lune.

— Regarde-les bien attentivement, El Santino, dit Jefe d'un ton glacial. Si mon intuition est juste, je dirais que ces mecs sont des moines d'Hubal. »

56

Normalement, Sanchez aurait dû garder un œil attentif sur la table d'El Santino : les individus les plus ignobles de la ville (y compris, probablement, le meurtrier de son frère Thomas) étaient assis à cette table, il aurait dû s'absorber dans la contemplation de ce qui se passait autour, mais il se trouva que son regard fixait une tout autre direction. Il venait en effet d'apercevoir un homme à l'extérieur. La porte à double battant du Tapioca était grande ouverte, et l'homme flânait, sur le trottoir. C'était son costume rouge et les bandes jaunes qui couraient le long des manches de sa veste et des jambes de son pantalon qui avaient retenu l'attention de Sanchez. L'homme avait une chevelure brune assez dense, coiffée à la mode des années cinquante. Et cerise sur le gâteau, il portait une grosse paire de lunettes de soleil en or.

Sanchez crut un instant que son vieil ami Elvis était revenu d'entre les morts. Mais l'idée était ridicule. Il ne comprenait même pas pourquoi elle lui avait traversé l'esprit et, après avoir observé cet homme une bonne trentaine de secondes, il l'écarta définitivement. En ce moment même, il devait se trouver en ville une centaine de sosies d'Elvis, et c'eût été une perte de temps que de s'amuser à les examiner tous un par un pour voir s'ils ressemblaient à quelqu'un qui était mort quelques jours auparavant. Et puis il y avait aussi cette femme torride, vêtue d'une combinaison de latex noir et portant un masque, et qui s'avançait vers la porte du bar. S'agissait-il de Catwoman ?

Alors que la femme pénétrait dans le Tapioca, l'attention de Sanchez se reporta sur la table d'El Santino. L'un des deux moines venait d'exiger la pierre bleue, et tous deux se trouvaient à présent littéralement dans la ligne de mire d'El Santino grimé en bassiste de Kiss, des deux Rangers solitaires incarnés par Carlito et Miguel, et de Jefe dans son costume de Freddy. Tous ces personnages peu recommandables pointaient une arme à feu en direction des deux religieux. C'était très mauvais signe. Aucun des hommes présents autour de cette table n'était du genre à se dégonfler.

Sanchez avait vu les moines vaincre des adversaires beaucoup plus robustes et mieux armés qu'eux, mais il avait également déjà vu El Santino et ses hommes de main tuer un certain nombre de personnes : il savait qu'il ne faisait pas bon se frotter à eux, quand bien même l'on était un moine d'Hubal. Ce qu'il savait par ouï-dire des prouesses homicides de Jefe suffisait amplement. La seule personne dont il ne savait rien était le jeune type déguisé en Terminator. Et c'était justement lui qu'il observait plus particulièrement. Lorsque les moines avaient soudain accaparé l'attention des individus qui le retenaient de force à leur table, le Terminator avait semblé considérer cela comme les prémices d'une occasion de s'enfuir. S'assurant que personne ne le regardait, il se mit à pousser lentement et prudemment sa chaise en arrière tout en se levant le plus discrètement possible. La tentative parut un instant sur le point de réussir, mais, malheureusement pour lui, la chaise le trahit par un grincement retentissant contre le parquet. Les deux rangers masqués, Carlito et Miguel, réagirent immédiatement, braquant leurs armes sur sa tête.

« Rassieds-toi », lui intima Miguel.

Dante obéit, sans pour autant ramener sa chaise vers la table. Il se rendait compte qu'il n'allait pas s'en sortir vivant, et cela le mettait vraiment en colère. S'il y avait bien une chose qu'il s'était promise, c'était de ne pas quitter cette terre comme une mauviette. Si sa vie devait arriver à son terme, il voulait partir dans un BANG, pas dans un geignement, et, puisqu'il n'avait pas de pistolet, il allait devoir rivaliser de bravade et emmerder tout le monde à cette table, avant de sortir les pieds devant. En temps normal, Kacy aurait été à ses côtés pour réfréner ce trait de caractère agressif et provocateur, mais elle n'était pas là. Elle devait encore se trouver au motel, à attendre, anxieuse, son retour. Eh bien, il était hors de question que quiconque lui raconte qu'il était mort en lâche. Si par hasard elle devait apprendre sa mort, Dante tenait à ce qu'elle sache qu'il était mort comme un homme – comme l'homme dont elle était tombée amoureuse. Et cet homme était un abruti téméraire. L'heure était venue de le prouver une dernière fois.

« Vous savez quoi ? Vous êtes tous une bande de mauviettes, dit-il en s'adressant à toute la tablée. Vous êtes là, à secouer vos flingues comme si vous jouiez à qui a la plus grosse, mais personne parmi vous, personne n'a le cran de tirer. Maintenant que les moines sont là, vous vous chiez tous dessus parce que vous savez que si vous tirez un seul coup de feu, tout va s'emballer. Vous êtes tous en train de bluffer. Alors si personne n'a l'intention d'appuyer sur la détente, je vais me lever et foutre le camp d'ici. Je vais aller me chercher un flingue, et je reviendrai exprès ici pour vous faire la peau, bande de cons. »

C'en fut trop pour El Santino. Il pointa son pistolet en direction de la tête de Dante. L'épaisse couche de maquillage qui recouvrait son visage ne parvenait pas à dissimuler la rage qui s'y dessinait, suscitée par un moins-que-rien qui osait les traiter, ses hommes et lui, de mauviettes.

« Écoute-moi bien, gamin, mugit-il. Je ne sais même pas encore tout à fait pourquoi tu es ici et je pense déjà à te faire exploser la cervelle, ici et maintenant. Si tu veux vivre un peu plus longtemps que ça, tu ferais bien de me convaincre que tu as un rôle à tenir dans cette discussion, parce qu'à l'instant où je te parle tu sembles être de trop. Alors je vais compter jusqu'à trois, et si tu n'as pas réussi à me convaincre qu'il est préférable de te garder en vie, je vais t'en tirer deux dans la gueule. » Il fit un pas, avançant le canon de son arme à bout portant du visage de Dante. « UN... DEUX... »

Dante éclata de rire, levant la main pour faire signe à El Santino de cesser de compter. Toutes les personnes présentes dans le bar avaient les yeux rivés sur les deux hommes, redoutant d'entendre le premier coup de feu.

« Je viens de comprendre qui tu es, dit Dante, souriant, en pointant El Santino du doigt. Tu es le seul qui fait tache ici, mon pote. Mate un peu les moines avec leur tenue de karaté : ils cadrent parfaitement avec la scène, ils ont l'air super cool et ils sont capables de plier n'importe qui en deux. Tes deux copains avec leur déguisement de cow-boy, eux aussi ils ont leur place dans le tableau. On dirait deux bandits, peut-être bien des bandits pédés, mais des bandits quand même. Et ton autre pote, là, avec sa panoplie de Freddy, cet enfoiré a vraiment l'air d'être terrifiant, et faut avouer qu'il l'est sûrement. Je parie que c'est justement pour ça qu'il porte ce masque, pour que personne puisse voir la sale gueule qu'il a. Mais, toi, ton déguisement rime à rien. T'es là, à compter jusqu'à trois, mais t'es déguisé en rock star. Eh ben, je vais te dire un truc. C'est vraiment pas rock'n roll, comme attitude. À compter jusqu'à trois et travesti comme tu l'es, tu ressembles plutôt à ce perso de la rue Sésame. Tu vois lequel c'est, le Comte ? La seule différence, c'est qu'il sait compter jusqu'à beaucoup plus que trois et que les mioches ont peur de lui. Pour faire court, monsieur le caïd, ce que je suis en train de dire, c'est que, toi, t'es rien d'autre qu'une putain de marionnette.

— QUOI ? » El Santino était dans un état de rage absolue. Personne ne lui avait parlé ainsi depuis des années. En fait, il était même probable que personne n'avait jamais osé lui parler de la sorte. Le fait de tirer dans le visage de Dante ne suffirait à présent plus à le calmer. Il devait avant cela lui renvoyer une insulte digne de ce nom. Il réfléchit un instant à sa réplique, puis répondit d'une voix grave et pleine de venin, acide de sarcasme : « Tu sais quoi, fiston ? Ton déguisement à toi te va comme un gant. Si je me trompe pas, le Terminator se croit toujours indestructible, mais, tu sais quoi, tous les épisodes de *Terminator* que j'ai pu voir s'achevaient toujours sur sa mort. Je vais te montrer comment, exactement. *Hasta la vista*, connard. »

Si Dante avait eu une chance de s'enfuir, elle avait à présent totalement disparu.

Sanchez, toujours spectateur de la scène derrière son comptoir, s'apprêtait à se mettre à couvert, hors de portée des giclements de sang et de cervelle, sans parler des balles perdues, qui d'un instant à l'autre voleraient dans tous les sens, lorsqu'il aperçut quelque chose du coin de l'œil.

Des ténèbres profondes où était plongé le fond de la salle, une nouvelle silhouette se détacha pour prendre part à la petite fête. Elle était vêtue d'une sorte de barboteuse blanche avec de gros boutons noirs sur le devant. Le visage était maquillé de blanc, les yeux rehaussés de traits noirs et épais. Une grosse larme noire avait été peinte à la commissure de l'œil gauche. À cela s'ajoutaient une paire de chaussons noirs pointus et un chapeau conique mi-noir, mi-blanc. Un clown. Pas un clown de cirque, mais un de ces Pierrot tristes de pantomime qu'on trouvait sur les scènes d'Europe. De ses longues manches, il tira soudain deux fusils à canon scié qu'il pointa en direction de la tête d'El Santino.

« Arrête de braquer ce putain de flingue vers la tête de mon chéri ou je t'explose ta grosse gueule de porc ! » ordonna le clown d'une voix suraiguë de petite fille. Sacrée Kacy. Si Sanchez n'avait pas la moindre idée de qui se cachait derrière ce déguisement de clown, Dante, lui, reconnut instantanément sa voix.

Autour de la table d'El Santino, la situation était arrivée à une impasse, et c'était loin de plaire à Sanchez. Vraiment très loin. Il avait déjà assisté à de pareilles situations et toutes avaient dégénéré en bains de sang. Mieux valait ne pas quitter la scène des yeux, au cas où quelqu'un pointerait par accident son arme dans sa direction.

« Un Bloody Mary, s'il vous plaît, patron », demanda une voix féminine, non loin de Sanchez. Machinalement, il parvint à trouver sous le comptoir un grand verre étroit où il versa les divers ingrédients du Bloody Mary, auquel il ajouta deux ou trois glaçons et une rondelle de citron, sans baisser les yeux un seul instant sur la préparation. Son regard ne quittait pas la table d'El Santino.

« J'adore ton déguisement, Sanchez », dit la femme, dans l'espoir d'attirer un tant soit peu son attention. Sanchez ne détourna pas les yeux pour autant.

« Merci. » Ce ne fut qu'à cet instant qu'il comprit que cette voix lui était familière. Il détourna enfin le regard. Debout au comptoir, face à lui, se tenait Jessica. C'était elle qui s'était déguisée en Catwoman, et, bon sang, ce qu'elle était *bonne* !

« Jessica, tu es vraiment époustouflante, mais… euh… ton mec, Jefe, celui qui est déguisé en Freddy Krueger, là, tu vois ? Il a comme qui dirait un petit problème. »

Jessica se retourna vers la table. Le bar entier était plongé dans le silence. Il devait y avoir plus d'une quarantaine de clients au Tapioca, et tous étaient figés sur place, assistant à la scène sans oser faire le moindre mouvement brusque, mais tous prêts à se mettre à couvert ou à sortir au plus vite dès que retentirait le premier coup de feu.

« Oh, merde ! » s'exclama Jessica.

Reconnaissant sa voix, Jefe jeta un bref coup d'œil en direction du comptoir. Il sut immédiatement qu'il venait de commettre une erreur. C'était un professionnel, et, en tant que tel, il aurait dû s'imposer la discipline de rester concentré exclusivement sur ce qui se passait à la table d'El Santino. Celui qui tira avantage de cette faute ne fut autre que Kyle. Une vie entière dédiée aux arts martiaux lui avait conféré une vitesse de réaction à peine concevable, et il ne mit pas longtemps à profiter de l'opportunité qui lui était offerte. En un centième de seconde, sa main gauche fouetta l'air et désarma Jefe. Le pistolet qu'il brandissait lui glissa des mains comme une savonnette humide. Dans le même mouvement, Kyle retourna l'arme de Jefe contre son ancien propriétaire. Les moines étaient à présent armés, eux aussi.

« Rendez-nous l'Œil de la Lune et laissez-nous partir », ordonna Kyle.

De sa position relativement sûre derrière le comptoir, Sanchez avait bien du mal à dire qui avait l'avantage. Carlito et Miguel pointaient leurs pistolets en direction d'un clown dépressif. Le clown pointait deux fusils à canon scié sur El Santino, qui de son côté pointait son arme sur Dante, tandis que Kyle mettait en joue Jefe. Sanchez avait déjà vu des trucs complètement barrés au cours de sa putain de vie, mais ça, ça battait tous les records. Et ça allait empirer. Dans son déguisement de Catwoman, Jessica était en train de s'approcher sans un bruit, sans doute dans l'espoir de sauver Freddy Krueger, ou Jefe, peu importait le point de vue selon lequel on préférait considérer les choses.

La désagréable tension, décuplée par le tour de passe-passe de Kyle, fut enfin brisée par El Santino.

L'index qu'il pressait sur la détente commençait à le démanger sérieusement, et sa patience atteignait ses limites.

« Jefe. Donne-moi cette pierre, ordonna-t-il. L'éclipse est presque totale. File-moi cette pierre immédiatement, et je te jure que je t'en donnerai 100 000 dollars aujourd'hui même.

— Ne bougez pas, dit posément Kyle en pointant le pistolet droit vers le front de Jefe. Donnez-moi cette pierre et je vous laisserai vivre. Donnez-la-lui et vous mourrez dans l'instant. *Je vais vous le répéter une dernière fois.* Vous la lui donnez… et vous mourrez dans l'instant.

— Mon cul. Lâchez votre arme ou c'est vous qui mourrez en premier », dit une voix derrière Kyle. Il s'agissait de Jessica, qui pointait un pistolet dans sa direction. Plus précisément, en direction de la base de son crâne. Le canon se trouvait à moins de quinze centimètres de sa nuque.

Sanchez savait que les choses étaient allées trop loin. Une des parties concernées était sur le point de tirer le premier coup de feu. Il se mit à ramasser les verres vides qui traînaient sur le comptoir pour les ranger sur l'étagère qui se trouvait derrière le bar, sans quitter la confrontation des yeux. Lorsque les balles se mettraient à voler, moins il y aurait de verres à portée de tir, mieux ce serait. Mais qui tirerait en premier ? Sanchez était convaincu qu'il s'agirait d'El Santino. Il voulait désespérément mettre la main sur cette pierre bleue et il était le plus téméraire de tous. Il n'avait peur de rien. Les balles rebondissaient sur ce type. La rumeur racontait qu'il avait été la cible d'innombrables tentatives de meurtre et qu'il avait été plus d'une fois touché par balle, mais c'était comme si ce mec, ce géant, était impossible à tuer. Il était dur comme un mur de kevlar. Bien sûr, on pouvait dire la même chose de Jefe. Il avait été mêlé à plus de fusillades que John Wayne, si ce qu'on racontait était vrai. Et qu'est-ce qui, dans l'Univers tout entier, aurait pu empêcher Carlito ou Miguel de tirer le premier coup de feu au nom de leur patron ? La vérité, c'était que tous autour de cette table étaient en mesure de tirer en premier, à part Jefe, le type déguisé en Terminator et Peto, les seuls à ne pas être armés. Peto ne semblait pas le moins du monde perturbé par les événements, mais le Terminator paraissait prêt à plonger à terre à tout moment.

Soudain, une voix retentit dehors, hurlant des mots qui auguraient l'imminence du chaos.

« HÉ, REGARDEZ UN PEU, TOUS ! L'ÉCLIPSE COMMENCE ! »

Celui qui venait de crier avait raison. Afin de profiter au mieux de l'événement, Sanchez n'avait allumé aucune des lumières du bar, et il faisait de plus en plus sombre à l'intérieur. Si la pierre devait changer de main avant que les ténèbres soient totales, tout allait très vite se passer. Mais personne ne bougea autour de la table. En fait, même Sanchez restait pétrifié alors que l'obscurité envahissait le bar. Du coin de l'œil, il vit Mukka servir un client. Puis, alors même que l'éclipse devenait totale et que Santa Mondega se trouvait plongée dans la nuit, Sanchez entendit le client de Mukka prononcer la phrase fatale : « Remplissez le verre. »

C'était un verre de bourbon. Sanchez ne s'en était pas rendu compte jusqu'ici. Il avait eu la tête à tout autre chose. Mais aussitôt qu'il eut entendu *ces* trois mots prononcés par *cette* voix, il eut la sensation que la terre cédait sous ses pieds. Il reconnaissait parfaitement cette voix. Il s'était tellement concentré sur la confrontation qui avait éclaté à la table d'El Santino qu'il n'avait pas remarqué la silhouette encapuchonnée à qui Mukka avait servi un verre de bourbon. Jusqu'ici, tout avait pris un très mauvais tour : à présent, c'était pire encore. Le Bourbon Kid était au comptoir. *Et on venait de le servir.*

57

La plongée du Tapioca dans les ténèbres totales fut l'étincelle qui mit le feu aux poudres. Toute lumière disparut de la salle, remplacée par la certitude d'une catastrophe imminente. Assises ou debout, armées ou pas, toutes les personnes présentes dans le bar attendaient en silence que leurs yeux s'adaptent à l'obscurité, sachant que l'heure était venue.

Sanchez n'aurait su dire qui tira en premier, mais ce fut bien un unique coup de feu qui brisa le silence. Il fut suivi d'une pause d'une demi-seconde, puis ce fut un véritable pandémonium. Les déflagrations étaient assourdissantes. Les tirs suivaient une infinité d'angles, et les balles fusaient dans toutes les directions. Sanchez se mit à couvert sous le comptoir comme c'était son habitude en pareille circonstance. Dans les ténèbres, il n'entendait plus que détonations, cris, jurons et, de temps à autre, le bruit sourd d'un corps qui s'effondrait. Et, parmi ceux-ci, celui de Mukka. Il sentit ce dernier s'écrouler tout près de lui et il sut que le jeune cuisinier était mort. Il ne cria pas, ne hurla pas à l'aide : le seul bruit qu'il fit fut ce son sourd. Une balle dans la tête ou dans le cœur, selon toute probabilité. Pauvre bougre.

L'éclipse totale sembla durer plus de deux minutes, à peine plus que la fusillade. Sanchez passa tout ce temps recroquevillé par terre, derrière le bar, les mains sur les oreilles, dans l'espoir vain de ne plus entendre les bruits assourdissants des tirs et des bris de verre, des hurlements et des jurons. Et des agonies.

À mesure que les échanges de coups de feu se faisaient plus rares, la lumière refit peu à peu son apparition dans le Tapioca. Certaines personnes bougeaient encore dans la salle, mais Sanchez était convaincu qu'il s'agissait de mourants. De temps en temps, un grognement ou une quinte de toux se faisaient entendre, mêlés au bruit de tables renversées, de verres brisés et de liquide se répandant au sol.

Après vingt secondes sans coup de feu, jugeant les lieux plus sûrs, Sanchez se décida à se redresser en position accroupie. Il se tâta, se toisa, en quête d'impact de balle et, heureux d'être encore intact, leva un peu plus la tête afin de jeter un coup d'œil de l'autre côté du comptoir. Les coups de feu avaient laissé derrière eux un gros paquet de fumée. Un sacré gros paquet, à travers lequel il était difficile de discerner quoi que ce soit. Un véritable nuage qui de plus piquait les yeux de Sanchez, qui se gonflèrent de larmes, comme s'il avait été sur le point de pleurer.

La fumée commença bientôt à se disperser grâce au courant d'air créé par la porte ouverte, et Sanchez eut l'impression de se retrouver cinq ans auparavant, ce jour où le Bourbon Kid avait annihilé toute sa clientèle de base. Le Tapioca était exactement dans le même état qu'alors.

Le premier corps qu'il reconnut fut celui de Carlito. Sa chemise était imbibée de sang, et de fines volutes de fumée sourdaient de ses plaies. Aussi proche de lui qu'il l'avait toujours été de son vivant, gisait son fidèle partenaire dans le crime, Miguel. En tout cas, ce devait forcément être lui, car il portait le même déguisement de Ranger solitaire que Carlito. Sans cela, il aurait été impossible d'affirmer que c'était bien lui. Il lui manquait la moitié du crâne, et il semblait avoir reçu une bonne dizaine de balles dans chaque bras et chaque jambe.

Sanchez posa le regard sur la dépouille mortelle suivante. C'était celle d'un des deux moines, mais il était difficile de déterminer lequel. Il gisait face contre terre, et, étant donné la grande ressemblance de Kyle et Peto, il était impossible d'identifier ce malheureux. Qui que ce fût, ce moine avait reçu une balle à la base du crâne et avait certainement été un des premiers à mourir. Il semblait s'être effondré au sol dans les premiers instants de la fusillade, car l'impact fatal était apparemment le seul que son corps ait reçu. Le cobra jaune sur le dos de sa veste de karaté éclatait de couleur au milieu de tout ce sang.

Sanchez continua à passer en revue les corps en charpie, prêt à tout moment à disparaître derrière le comptoir, au moindre signe de danger. Plus que tout, il désirait savoir si Jessica avait survécu, et (bien que la chose parût ridicule, voire franchement égoïste) ce qui était advenu de Jefe. S'il était mort et si Jessica était toujours en vie, Sanchez serait sûrement en mesure de consoler cette dernière.

L'une de ses prières fut exaucée. Sur une table au centre de la salle, comme embourbé dans son propre sang et ses propres tripes, était étendu Jefe. Il aurait été bien difficile de dire s'il était moins repoussant à présent qu'il ne portait plus son masque de Freddy Krueger. Son visage avait été tellement déformé par les impacts de balles que la différence ne devait pas être très grande, entre son visage et le masque.

Et Jessica ? Elle semblait s'être volatilisée. Sanchez se souciait du sort de très peu de personnes dans ce bar, et il avait plus que hâte de savoir ce qui était arrivé à la superbe jeune femme qu'il avait sauvée cinq ans auparavant.

Le corps qu'il reconnut alors était un cadavre qu'il aurait cru ne jamais voir : celui d'El Santino, cet homme qu'on prétendait immortel. Le sosie de Gene Simmons avait été, eh bien, littéralement massacré, et d'une façon très répugnante. Sa tête et son visage s'étalaient par terre, comme si un rouleau compresseur lui était passé dessus. Il semblait en outre avoir perdu un bras et une jambe. Quelqu'un s'était vraiment acharné sur lui.

Le visage de Sanchez s'allongea lorsqu'il vit enfin le corps de Jessica, recouvert de sang. Il se demanda comment il avait fait pour ne pas l'apercevoir plus tôt. Elle gisait sous le moine mort qu'il avait remarqué juste avant. Elle était encore en vie, mais elle avait énormément de peine à respirer. Dans sa lutte acharnée pour inspirer, elle n'était aidée en rien par le cadavre du moine qui reposait de tout son poids sur sa poitrine. Elle le souleva quelque peu dans l'intention de l'écarter, et Sanchez s'aperçut qu'il s'agissait de Kyle. Aucun signe de l'autre moine nulle part dans la salle. *Et où peut bien être le Bourbon Kid ?* Ce fut comme s'il s'était posé cette question à voix haute, car à peine l'avait-il pensée que la réponse se fit entendre :

« *Je suis toujours là.* Et n'essaie même pas d'aller aider Catwoman », dit une voix qui provenait des ténèbres sur sa gauche.

Le Bourbon Kid s'extirpa de la fumée et de l'obscurité. Il tenait un pistolet fumant dans chaque main et enjambait doucement la multitude de corps qui gisaient entre lui et Jessica. Cette dernière tentait désespérément de se débarrasser du poids mort de Kyle, afin de pouvoir se relever avant que les balles ne s'enfoncent dans son crâne.

Sanchez regretta de ne pas être plus courageux, mais il savait que s'il lui avait porté secours, la mort s'en serait suivie immédiatement. De plus, il savait que Jessica supportait relativement bien les blessures par balles. Il avait vu le Bourbon Kid tenter de la tuer cinq ans plus tôt. Elle avait alors survécu, et si elle survivait cette fois encore, Sanchez se promettait de lui trouver de nouveau une retraite secrète et de prendre soin d'elle.

Le Kid était à quatre ou cinq mètres d'elle lorsqu'elle parvint enfin à se dégager. Elle allait se relever lorsque son bourreau tendit le bras droit, visa et logea deux nouvelles balles dans sa poitrine. Elle tomba sur une table renversée et toussa une gorgée de sang. Sa poitrine était secouée de spasmes : on aurait cru qu'elle était sur le point de s'étouffer avec son propre sang qui lui remplissait la bouche. Sanchez tressaillit d'horreur. Il fallait bien voir les choses en face : la vie de la petite arrivait à son terme.

« Espèce d'enculé. *Espèce de sale enculé !* hurlat-elle au Kid en crachant à nouveau du sang.

— Effectivement, je suis un enculé. Bien vu. Je suis un putain de sale enculé et je suis venu ici pour te tuer.

Il est temps de finir le boulot que j'ai commencé il y a cinq ans. Et maintenant passe-moi la pierre, sale pute.

— Va te faire foutre, je l'ai pas, dit-elle dans un glapissement étouffé. Ce doit être un de ces types morts qui l'a. »

Jessica devait absolument gagner du temps, et elle comprit alors que parler d'un ton hostile au Bourbon Kid ne l'y aiderait pas. Elle changea immédiatement de tactique. « Et si on la cherchait tous les deux ? » proposa-t-elle d'une voix nettement plus conciliante.

Le subterfuge ne prit pas : le Kid demeura impassible. Il tira deux nouveaux coups de feu, cette fois-ci avec l'arme qu'il tenait dans la main gauche. Une balle dans le genou gauche, une autre dans le droit, qui firent gicler encore plus de sang sur le costume de latex noir de Jessica. Sa résistance à la souffrance était poussée dans ses derniers retranchements. Sanchez tressaillit de nouveau, imaginant la douleur atroce qu'elle devait éprouver. Si elle parvenait à survivre encore quelques instants, peut-être le Kid se retrouverait-il à court de munitions, et peut-être la police pourrait-elle venir au secours de Jessica.

« On va rien faire tous les deux », répondit la sombre silhouette d'une voix rauque. Le Kid enjamba le corps massif de Carlito pour s'approcher un peu plus d'elle. « Aucun de ces macchabées n'a la pierre, et tu le sais parfaitement. ALORS, OÙ EST-ELLE ?

— Je te l'ai dit, j'en sais rien. Je te le jure.

— La prochaine balle, tu la reçois dans le visage. Où est-elle ?

— J'arrête pas de te le dire, c'est un de ces mecs qui l'a ! lança-t-elle en désignant les cadavres les plus proches. Peut-être que c'est Jefe qui l'a eue en dernier. »

Le Kid marqua une pause pour observer les corps que Jessica venait de lui montrer. Il aurait été impossible de dire si le Kid savait qui était Jefe. Une chose était cependant tout à fait claire : l'Œil de la Lune demeurait introuvable.

« Eh ben, manifestement, il ne l'a plus, pas vrai ? gronda le Kid en se retournant vers Jessica. S'il l'avait encore sur lui, il ne serait pas mort. La pierre l'aurait gardé en vie. On peut donc facilement en conclure qu'aucun cadavre n'est en sa possession. Toi, moi et le patron du bar, nous sommes les seuls individus encore en vie ici. Moi, je ne l'ai pas, et le patron, lui… il n'aurait même pas le cran de la toucher, ce qui signifie que c'est toi qui l'as. »

Un puissant fracas retentit : Jessica et le Kid, d'instinct, tournèrent la tête en direction du bout du bar, près de l'issue de secours. Un gros tonneau venait de se renverser : Peto apparut dans sa tenue de karaté du Cobra Kai, à présent maculée de sang. Il serrait l'Œil de la Lune dans sa main gauche. Et, détail digne d'intérêt, il tenait un fusil à canon scié dans l'autre.

« Il y a une autre personne encore en vie », dit-il en s'approchant de Jessica et du Kid. Sanchez s'étonna du changement de sa voix. C'était à présent un véritable torrent de rocaille.

Le moine survivant boitait, blessé par une balle qui n'avait fait que frôler la face extérieure de son mollet gauche. Un léger filet de sang coulait également d'une de ses commissures, sans qu'on pût en deviner la cause.

« Tu ne t'attendais pas à ce qu'un moine d'Hubal s'en sorte, hein ? grinça Peto. Maintenant tu vas lâcher ces putains de flingues, mon petit monsieur, et t'écarter gentiment de cette charmante dame, ou je te fourre tellement de plomb sous la peau que tu en chieras sans discontinuer pendant le peu de temps qui te reste à vivre. »

Le Bourbon Kid parut légèrement amusé. « Tu peux toujours aller te faire mettre », finit-il par répondre.

Quand il était encore novice, Peto aurait été tout à fait décontenancé par cette réplique cinglante. Mais, après tout ce qu'il avait vécu en un si court laps de temps à Santa Mondega, ce type d'insulte ne lui faisait plus le moindre effet.

« Tu as trois secondes pour lâcher ces armes ou je te bute », dit-il. Sa voix véhiculait une véritable conviction. Sanchez était certain que Peto descendrait le Bourbon Kid dans trois secondes. En fait, il priait pour que cela arrive.

« Trois… grogna Peto.

— Deux », répliqua sèchement le Bourbon Kid, sans le moindre soupçon de peur dans la voix.

Sanchez aurait voulu fermer les yeux, mais le moment aurait été mal choisi. Si le moine ne finissait pas son compte à rebours, le Kid s'empresserait de le faire. Ce fut en l'occurrence Peto, que l'intimidation du Kid avait laissé de glace, qui s'en chargea.

« Un. »

CRAC !

La porte des toilettes à gauche de Peto s'ouvrit violemment, manquant de sortir de ses gonds. Dante, toujours revêtu de sa tenue de Terminator, fit un pas dans la salle du bar et pointa un fusil à canon scié droit vers la nuque de Peto.

« Ne fais pas ça, Peto, dit-il.

— Dante, ça ne vous regarde en rien.

— Au contraire. Prends ce foutu Œil de la Lune et casse-toi d'ici. Je m'occupe de ce mec.

— Mais il a tué Kyle.

— Peto, tu es un moine. Un moine ne tue pas. Quelle que soit la raison. Quoi qu'il arrive. Maintenant, fous le camp. Prends ta pierre précieuse et retourne d'où tu viens. Allez. Passe par l'issue de secours et ne reviens plus jamais. » Dante secoua son pouce par-dessus son épaule pour indiquer le chemin à suivre.

Sanchez, observant cette énième confrontation bouche bée, attendit de voir quelle décision Peto allait prendre. Au terme de ce qui parut une éternité, le moine baissa son arme et recula avec circonspection. Il plongea les yeux dans les lunettes de soleil de Dante, espérant lire dans le regard du jeune homme les raisons qui le poussaient à agir ainsi. Malheureusement, il n'y lut rien. Les verres étaient bien trop sombres.

Peto avait tout le sentiment d'être un homme trahi. Bien qu'il ne connût pas beaucoup Dante, il s'était fié à lui plus qu'à aucune autre personne hors de l'île d'Hubal. Et, plus que tout, il aurait voulu venger la mort de Kyle. Mais Dante avait raison. Un moine ne tuait pas autrui. Abattu, Peto se retourna et passa lentement devant Dante, avant de sortir par l'issue de secours, sans quitter un seul instant des yeux et du canon de son arme le Bourbon Kid, jusqu'à se retrouver dehors, en sécurité. Et ce fut ainsi que l'Œil de la Lune et Peto disparurent.

Dans la salle du Tapioca, le Bourbon Kid tenait toujours en joue Jessica. Dante pointa également son fusil vers elle. Relativement à couvert derrière le comptoir, Sanchez assistait toujours à la scène, complètement abasourdi. Qu'est-ce qui pouvait bien pousser ce gamin, ce raté professionnel déguisé en Terminator, qui quelques minutes auparavant semblait sur le point de se faire dessus de peur, qu'est-ce qui avait pu le pousser à surgir des ténèbres à la rescousse du Bourbon Kid ? Qui était-il ? Et qu'est-ce qu'il savait que Sanchez ignorait ?

58

Lorsque l'éclipse fut totale et que le soleil fut complètement occulté par la lune, Dante comprit qu'il avait une chance de s'en sortir. Quelqu'un était à ses côtés, peut-être même le Tout-Puissant en personne. En tout cas, qui que ce fût, ce quelqu'un lui avait envoyé une véritable bouée de sauvetage. Il avait une chance en or de les sortir vivants, Kacy et lui, du Tapioca.

Lorsque la lumière disparut, toutes les personnes présentes autour de la table furent saisies par l'incertitude, voire la panique. Personne ne savait qui pointait son arme vers qui. Personne, sauf Dante. Il voyait tout. Plus loin sur sa gauche, il vit le Bourbon Kid reposer violemment un verre vide sur le comptoir et tirer de son long manteau deux pistolets-mitrailleurs Skorpion. Face à lui, Dante vit Kacy, El Santino, Carlito, Miguel, Jefe, Jessica et les deux moines, en proie à la même nervosité, due à l'obscurité soudaine. Ceux qui étaient armés paraissaient encore plus à bout que les autres.

Ça n'était pas qu'un simple coup de bol monstrueux : ce devait être une intervention divine. Gloire au Tout-Puissant, et gloire au magasin de déguisements où il avait trouvé sa panoplie de Terminator, car, en vérité, elle comportait un objet très spécial. Le vendeur n'avait rien dit à ce sujet lorsque Dante avait choisi ce costume. Simple détail que le type avait négligé d'indiquer ? Sûrement pas, parce que c'était loin d'être un petit détail de rien du tout, et encore moins dans la position de mort en sursis dans laquelle se trouvait Dante. C'était vraiment énorme. Une vie gratuite offerte par le sympathique vendeur de chez Domino's Fancy Dress. Sans majoration.

Dans la série de films du même nom, le Terminator était doté de vision infrarouge. Au moment où le dernier rayon de lumière avait cessé de briller dans la salle du Tapioca, Dante découvrit, à sa plus grande surprise, que la vilaine paire de lunettes de soleil incluse dans sa panoplie était également équipée d'un système infrarouge. Et, par conséquent, Dante pouvait voir tout ce qui se passait malgré l'obscurité. Comme par exemple le Bourbon Kid tirant le premier coup de feu. Évidemment, la plupart des détails lui avaient échappé, et tout lui semblait rougeâtre, mais c'était amplement suffisant.

Tous ceux qui se trouvaient présents dans le bar se saisirent de leur arme, à l'exception des deux barmans. Sanchez connaissait la chanson : il se mit aussitôt à couvert derrière le bar. Mukka fut un peu trop lent et paya le prix de son manque d'expérience alors que les balles se mettaient à fuser dans tous les sens. Toute personne en possession d'une arme à feu se mit à tirer. La plupart ne savaient même pas sur quoi ou sur qui ils tiraient, mais peu importait. L'instinct de conservation était le maître mot dans ce genre de situations, et c'est lui qui prit le dessus. Dante ne dérogeait pas à la règle, à la différence près qu'à ses yeux la survie de Kacy était également importante. Elle était venue le sauver. C'était à son tour de lui rendre la pareille.

Il attrapa un pan de sa combinaison ample et la tira vers le sol : surprise, elle laissa tomber l'un de ses fusils. Dante n'avait pas le temps de la rassurer. Il se contenta de la tirer par la main, à moitié accroupi, en direction des toilettes, à un ou deux mètres du bar. Les déflagrations des armes étaient assourdissantes et rendaient toute communication verbale impossible. Dante espérait seulement qu'elle devinerait, rien qu'au contact de sa main, que c'était bien lui qui la guidait ainsi. Il regrettait de ne pas lui avoir tenu plus souvent la main dans la rue, mais, même malgré cela, elle devinerait sûrement que c'était lui, non ? Les petits détails avaient une très grande importance pour Kacy. Elle saurait d'instinct que c'était lui. Bien sûr que oui.

Dante ouvrit la porte des toilettes pour dames d'un coup d'épaule et entra en traînant Kacy. Les balles partaient dans toutes les directions, et il en entendit deux siffler tout près avant de se loger dans les carreaux du mur. Il n'avait pas entendu Kacy crier : il espérait qu'elle n'avait pas été touchée.

Une fois en lieu relativement sûr derrière la porte, Kacy s'effondra par terre. Sa respiration était précipitée et irrégulière, comme si elle était en pleine crise d'angoisse.

« Dante, c'est toi ? » cria-t-elle, et sa voix fut presque étouffée par les coups de feu qui retentissaient derrière la porte. Les toilettes étaient plongées dans l'obscurité : bien que Dante pût voir Kacy grâce à ses lunettes à infrarouge, elle était comme aveugle. Plutôt que de tenter de se faire entendre, Dante caressa simplement la joue de Kacy pour lui répondre. Ce geste eut l'effet escompté : elle se calma et se remit à respirer presque normalement. Dante ne voulait prendre aucun risque. Il laissa la porte très légèrement entrebâillée afin de garder un œil sur les événements.

Le premier mort à la table d'El Santino fut Carlito. Il fut littéralement troué comme une passoire par le Bourbon Kid, qui semblait tirer plus de coups de feu avec ses deux pistolets que l'ensemble de la clientèle réunie. De plus, il était loin de tirer au hasard : chaque balle trouvait sans faute sa cible, et la première dizaine fut destinée à Carlito. Kyle fut le suivant, avant El Santino. Le patron du crime de Santa Mondega fut responsable de la mort du moine. Il avait tiré dans tous les sens, et la première personne à rencontrer l'une de ses balles avait été Kyle. Celui-ci s'était aussitôt effondré par terre, la partie postérieure de la tête arrachée. Dante vit alors le Bourbon Kid viser délibérément Jefe avec l'un de ses Skorpion. À l'instar d'El Santino, le chasseur de primes, tenant un pistolet qu'il avait trouvé Dieu sait où, tirait à l'aveuglette aux quatre coins de la salle, espérant toucher quelqu'un, ami ou ennemi.

Ce fut à cet instant que Dante comprit qu'il n'était pas le seul à voir dans le noir. Le Kid aussi semblait bénéficier de cet avantage. Il visa précisément avec l'arme qu'il tenait à la main gauche, et fit vomir une gerbe de feu en direction des trous du masque de Freddy Krueger où remuaient les yeux de Jefe, qui se fermèrent à tout jamais. Le masque, arraché, tomba au sol, face au plafond, affichant un sourire qui semblait se moquer du carnage qui l'entourait. En tombant, Jefe lâcha son arme et, plus important encore, l'Œil de la Lune, qu'il avait détaché de sa chaîne en or (sans doute

446

pour la revendre), et qui roula au sol, se glissant entre les corps qui s'écroulaient sans vie, comme s'il avait été doté d'une conscience. Il parcourut ainsi une dizaine de mètres pour se nicher dans la paume de Peto, qui se cachait derrière l'une des plus grosses tables du bar. Peto, reconnaissant la pierre rien qu'au toucher, s'empressa de la serrer dans sa main et quitta aussitôt sa cachette. Il traversa à toute vitesse la salle, tantôt heurtant une chaise, tantôt trébuchant sur un cadavre, pour finalement trouver refuge derrière un énorme tonneau en bois, non sans qu'une balle n'érafle méchamment son mollet.

Dans tout le bar, les corps tombaient à un rythme effréné. Parmi ceux que Dante connaissait, Miguel fut le suivant à expirer, victime des tirs meurtriers du Bourbon Kid. Normalement, Dante n'aurait dû avoir d'yeux que pour cet homme capable d'abattre autant de personnes à la fois. Mais ce n'était pas le cas. C'était la jeune femme déguisée en Catwoman qui accaparait son attention.

Il était évident qu'elle aussi voyait parfaitement dans le noir. Elle se déplaçait plus rapidement que n'importe quel félin, évitant les balles, enjambant les corps des morts et des mourants, passant sous les tables, tentant de son mieux d'approcher du cadavre de son amant, Jefe. La tâche s'avéra excessivement ardue. À chaque fois qu'elle semblait sur le point de réussir, le Bourbon Kid braquait un pistolet-mitrailleur dans sa direction et tirait comme un possédé, l'obligeant à reculer. Au début, Dante crut qu'elle parvenait à éviter ses balles uniquement par chance, et il se surprit à espérer qu'elle survive. Puis un événement se produisit qui lui fit totalement changer d'avis.

Catwoman (ou plutôt Jessica, mais Dante ignorait son nom) sembla se lasser d'éviter les projectiles mortels. Elle sauta soudain par-dessus la table d'El Santino et atterrit sur l'autre bord avec une légèreté irréelle, auprès de la dépouille sanguinolente de Jefe. Elle devait avoir des bras sacrément musclés, car elle souleva sans le moindre effort la dépouille du chasseur de primes en le saisissant par les épaules. Alors qu'elle le toisait, ses yeux devinrent complètement rouges. Elle se mit alors à tout déchirer furieusement, d'abord ses vêtements, puis sa peau. De sa bouche avaient jailli des crocs qui auraient fait la fierté de n'importe quel tigre du Bengale, et, Dante en était certain, les griffes qui avaient remplacé ses ongles ne faisaient pas partie de son costume. *D'accord, ce n'est pas un chat*, pensa Dante, *mais ce n'est pas non plus un être humain.* Elle était si absorbée par sa tâche qu'elle ne prêtait plus la moindre attention au Bourbon Kid. Encore moins à l'homme qui fut assez stupide pour entrer dans le Tapioca au beau milieu d'une fusillade à l'aveugle. Un homme déguisé en Elvis.

Le Bourbon Kid remarqua l'entrée du sosie et fut un bref instant distrait par son énorme silhouette de taureau enragé. Les bandes jaunes qui couraient le long de son costume rouge étaient presque visibles dans le noir, mais ce n'était pas ce détail vestimentaire qui alerta le Kid. Le faux Elvis pointait un puissant fusil de chasse à double canon en direction du Kid. Il était impossible de dire s'il avait vraiment conscience de viser le Kid, ou s'il visait l'homme le plus dangereux et le plus meurtrier du bar par pur hasard.

Ce mec est complètement malade ! se dit Dante. Sinon, qu'est-ce qui aurait pu le pousser à entrer dans un bar plongé dans l'obscurité la plus complète, en pleine fusillade ? Pour sa part, le Bourbon Kid n'avait pas l'intention de perdre son temps en supputations oiseuses. À la vue du nouvel arrivé, il laissa tomber ses Skorpion et fit jaillir des manches de son manteau deux pistolets plus petits. Les deux armes fusèrent et se logèrent automatiquement dans le creux de ses paumes. Avant que le sosie du King ait pu appuyer sur la détente, ses lunettes furent transpercées par deux balles, une dans chaque œil. Il bascula en arrière et s'écroula lourdement par terre, faisant trembler les planches du parquet. Dante, bien que caché dans les toilettes, ressentit l'impact à travers ses semelles.

Pleinement conscient d'avoir quitté Jessica des yeux, le Kid se retourna en un éclair pour lui faire face et rouvrit le feu dans sa direction. Elle était toujours occupée à déchirer frénétiquement ce qui restait de Jefe, se moquant éperdument de tout ce qui pouvait l'entourer. Cela faisait d'elle une cible facile, et le Bourbon Kid s'empressa d'en profiter, en la criblant de balles.

À présent habitué à ce curieux univers infrarouge, Dante était dorénavant en mesure de voir qui tirait sur qui. Quasiment tout le monde dans le bar était mort ou mourant, et cela aurait dû être aussi le cas de Catwoman. Elle avait reçu de plein fouet les balles du Kid mais, comme Dante put le constater, bouche bée, plutôt que de s'effondrer en un tas sanguinolent comme à peu près tous les autres, elle fit quelque chose d'incroyable. Elle bondit en l'air. Dans un mouvement d'une puissance inimaginable, elle sauta vers le plafond, emportant avec elle le poids mort du corps de Jefe. Il devait être deux fois plus lourd qu'elle, et pourtant Jessica le souleva en sautant comme s'il s'était agi d'une simple plume, avant de le plaquer au plafond, et, toujours en lévitation, de continuer à déchirer le peu de tissus et de peau qui restait. Manifestement, elle était à la recherche de quelque chose, et il ne fallait pas être bien malin pour comprendre qu'il s'agissait de l'Œil de la Lune. Cependant, Dante le savait, Jefe ne l'avait plus en sa possession. C'était à présent Peto qui l'avait, et il se terrait derrière un tonneau, à quelques mètres de là, hors de vue de Catwoman.

Lorsque Jessica comprit enfin que Jefe ne l'avait plus sur lui, elle enfonça une main griffue dans sa poitrine et lui arracha le cœur. C'était comme si elle inspectait l'intérieur de son corps afin de s'assurer qu'il n'avait pas avalé la pierre précieuse. À ce qu'il semblait, elle voulait désespérément mettre la main sur l'Œil de la Lune. Sang et tripes commencèrent à couler de l'abdomen de Jefe, recouvrant tables, chaises et cadavres, comme un tas de lisier qu'on aurait épandu. *Pas une très jolie façon de traiter la dépouille d'un type aussi redouté de son vivant*, pensa Dante.

Le Bourbon Kid s'avisa des agissements de Jessica et pointa ses pistolets au plafond. À présent qu'il ne semblait plus rester la moindre personne en vie sur laquelle tirer, il pouvait pleinement se concentrer sur elle. Elle reçut tant de projectiles que, sans surprise, elle finit par tomber au sol en un tas. Elle avait lâché son arme depuis un certain temps, et il ne lui restait plus que ses mains pour tenter de se protéger du déluge de balles que le Bourbon Kid déversait sans relâche sur elle. Vingt secondes durant, le Bourbon Kid continua à faire pleuvoir sur Jessica une grêle de plomb, jusqu'à ce que, à court de munitions, il finisse par lâcher ses deux pistolets. Alors qu'il profitait de l'interlude pour respirer un grand coup et chercher sur lui de nouvelles munitions, Jessica se glissa sous un cadavre, dans le but de se cacher et d'envisager au calme la marche à suivre. Dans le silence complet qui s'instaura, le Kid retourna l'ensemble des poches de son manteau à capuche, se rendant vite compte qu'il ne lui restait plus une seule cartouche. Il fouilla le sol du regard, et ses yeux s'illuminèrent à la vue du cadavre du sosie d'Elvis, près de l'entrée. Il s'en approcha, lui prit son fusil des mains et fouilla le costume rouge en quête de cartouches supplémentaires.

Alors que le Kid faisait les poches de feu le King, l'éclipse s'estompait, et la lueur du soleil refit timidement son apparition à l'intérieur du Tapioca. Bien que Dante eût conscience de ne pas tout comprendre, une chose était sûre : il n'aimait pas cette fille déguisée en Catwoman. Elle n'était pas tout à fait humaine. Pire encore, elle ne lui disait *absolument* rien qui vaille. Elle refusait de mourir, malgré le nombre impressionnant de balles qu'elle avait reçues, et elle semblait dotée de pouvoirs surhumains (en premier lieu, elle pouvait voler). S'il existait vraiment un Seigneur des Ténèbres désireux de mettre la main sur l'Œil de la Lune, ce ne pouvait être qu'elle. Aucun doute à ce sujet : c'était vraiment une putain de salope.

Dante referma la porte des toilettes et réfléchit un instant à la situation. Assise par terre, terrifiée, Kacy lui tendit son fusil à canon scié. Elle lâchait finalement prise. Elle avait eu le courage de venir le sauver, mais, à présent, il était temps pour Dante d'agir en gentilhomme et de protéger la femme qu'il aimait. Il alluma la lumière des toilettes et, dans cette soudaine clarté, contempla le visage de Kacy, sublime, mais terrorisé. Il se dit que ce serait peut-être la dernière fois qu'il la verrait : il fallait profiter de cet instant. Ayant gravé ses traits à tout jamais dans sa mémoire, Dante saisit le fusil à canon scié. L'heure était venue pour lui d'essayer de sauver l'humanité. Et Kacy avait la priorité sur le reste du genre humain.

« Il te reste des cartouches, Kace ? demanda-t-il d'une voix douce.

— Dante, n'y va pas, supplia-t-elle. Attendons ici que les flics arrivent. » Il hocha la tête en souriant. Puis il plongea la main dans la poche de son costume de clown triste dont il tira une poignée de munitions de calibre 2.

Même s'il avait terriblement envie de suivre son conseil, Dante savait qu'il allait devoir aider le Bourbon Kid. Ce n'était pas qu'un simple pressentiment, c'était la certitude que le destin du monde reposait entre les mains de ce type qui tirait plus vite que son ombre, et était seul capable d'expédier en enfer cette salope anthropophage déguisée en Catwoman. Le Kid ne pouvait être que le gentil de cette histoire, pas vrai ? Peut-être bien, peut-être pas, mais, en tout cas, il avait l'air humain. Dante avait entendu les histoires qui couraient à propos de tous les meurtres qu'avait commis cet homme au cours de la dernière Fête de la Lune, mais, à présent, s'il lui fallait choisir un camp, ce serait sans hésiter celui du tueur en série, et pas celui de la créature des ténèbres experte en lévitation et travestie en Catwoman. Par-dessus tout, la certitude que Kacy et lui mourraient s'il ne faisait rien pour aider le Kid suffit en soi à le décider. La pauvre Kacy avait l'air perdue. Elle levait les yeux vers lui, priant silencieusement pour qu'il reste près d'elle.

« T'inquiète pas, ma puce, lui dit-il. *I'll be back*[1]. »

Les échanges de coups de feu semblaient avoir totalement cessé, et des murmures leur parvenaient de la salle. Dante se retourna et ouvrit la porte des toilettes d'un violent coup de pied, manquant de la faire voler hors de ses gonds. Il inspira profondément et bondit dans la salle. Debout face à lui se trouvait Peto, qui pointait un fusil à canon scié en direction du Bourbon Kid et semblait prêt à ouvrir le feu. Dante braqua son arme vers la nuque de Peto.

« Ne fais pas ça, Peto, dit-il.

— Dante, ça ne vous regarde en rien.

— Au contraire. Prends ce foutu Œil de la Lune et casse-toi d'ici. Je m'occupe de ce mec.

— Mais il a tué Kyle.

— Peto, tu es un moine. Un moine ne tue pas. Quelle que soit la raison. Quoi qu'il arrive. Maintenant, fous le camp. Prends ta pierre précieuse et retourne d'où tu viens. Allez. Passe par l'issue de secours et ne reviens plus jamais. »

Peto réfléchit un instant. Il semblait partagé entre le fait de tuer le Bourbon Kid et le fait d'obéir à Dante, et, en fin de compte, comme sous le coup de la résignation, il se dirigea vers l'issue de secours, comme le lui avait indiqué Dante, sans quitter le Kid des yeux. Il ouvrit la porte d'un puissant coup de pied et disparut.

Ils n'étaient à présent plus que trois. Jessica gisait par terre, le dos appuyé contre une table renversée sur le côté. Le visage à moitié dissimulé par le masque de

---

1. « Je reviendrai », célèbres paroles du Terminator *(NdT)*.

Catwoman était redevenu normal. Dante pointa son fusil vers elle et tira, la touchant de plein fouet au front. Le sang et la cervelle giclèrent dans tous les sens. Le Bourbon Kid en profita pour en faire de même, jusqu'à la dernière munition. Pendant presque une minute, Dante et le Kid lui tirèrent dessus sans discontinuer, les balles des deux fusils causant d'horribles dégâts, jusqu'à ce qu'il ne reste quasiment plus le moindre bout de peau à Jessica, rien que du sang, des os et du cartilage. Lorsqu'ils se virent tous deux à court de munitions et qu'ils eurent baissé leurs armes, Dante jeta un coup d'œil à la charpie qu'ils venaient de faire. Même s'il savait pertinemment que cette femme était le mal incarné et qu'à la moindre occasion elle n'aurait pas hésité à les tuer, Kacy et lui, sans la moindre pitié, il ne put s'empêcher d'éprouver un profond sentiment de culpabilité. Il se rappela ce qu'il avait ressenti plusieurs mois auparavant, lorsqu'il avait écrasé son chien, Hector, sans le vouloir. Ça n'avait pas été de sa faute, mais le fait de voir son chien adoré pousser son dernier soupir avait creusé comme un vide en lui. Il n'y avait rien de pire que d'ôter la vie à un être vivant, que ce soit par accident ou sciemment. Ça n'avait absolument rien d'agréable, peu importait la façon dont on travestissait les choses.

Le Bourbon Kid ne semblait pas partager le cas de conscience de Dante. Il lâcha son arme et, d'une main, tira tranquillement un paquet de cigarettes de la poche intérieure de son manteau. Il tapota de l'index le fond du paquet, et une cigarette dépassa à l'autre bout. Il porta le paquet à sa bouche et saisit la cigarette entre ses dents, avant de la faire rouler jusqu'à la commissure de ses lèvres. Il aspira à travers le filtre, et la

cigarette s'alluma toute seule. Peut-être y avait-il tellement de poudre non consumée dans le nuage de fumée
qui envahissait le bar que les allumettes étaient super-
flues. En tout cas, l'effet produit était extrêmement
cool. Le Kid inspira une profonde bouffée et lança un
regard à Dante.

« Merci, mec. Je te revaudrai ça. Prends soin de
toi. »

À ces mots, il se retourna et quitta le Tapioca. Il
enjamba plusieurs cadavres en chemin, mais il ne
baissa pas un instant les yeux et ne regarda pas par-
dessus son épaule. Le Bourbon Kid était parti. Le bar
tout entier était jonché des vestiges démembrés de son
ouvrage. Des corps brisés, baignés de sang, où certains
impacts de balles fumaient encore en minces volutes.
Des tables et des chaises recouvertes de la chair et du
sang de la lie du monde, et des innocents qui avaient eu
le malheur de croiser son chemin. Et puis Dante, le seul
survivant visible, planté au beau milieu de tout ça. Il
retourna dans les toilettes pour dames, franchissant le
seuil de la porte qui, pendant à ses gonds, semblait sur
le point de tomber d'un instant à l'autre. Il posa son
regard sur Kacy, allongée par terre face à l'un des
compartiments, les bras recouvrant sa tête. La dernière
volée de coups de feu l'avait terrifiée, et elle n'avait
pas osé regarder dans la salle pour s'assurer que son
petit ami était toujours en vie. Celui-ci lui adressa un
large sourire.

« Suis-moi si tu veux vivre », dit-il en imitant de son
mieux la voix de Schwarzenegger.

Kacy lui renvoya son sourire, comme si elle était la
fille la plus heureuse au monde.

« Je t'aime.

— Je sais », répondit Dante, toujours souriant.

Alors qu'ils enjambaient cadavres, meubles brisés et flaques de sang et de viscères, en direction de la sortie, Kacy marqua soudain le pas et tira Dante par la manche.

« Hé, un de ces types doit avoir nos 10 000 dollars sur lui. Tu ne veux pas qu'on les fouille ? »

Dante hocha la tête en souriant à nouveau.

« Ma puce, s'il y a bien un truc que j'ai tiré de tout ça, c'est que je n'ai pas besoin d'argent. Je t'ai, toi. C'est tout ce dont j'ai besoin.

— Tu es sûr, mon cœur ?

— Bien sûr que j'en suis sûr. Je n'ai besoin que de toi et des 100 000 dollars qui nous attendent au motel, pas vrai ?

— Tu m'étonnes. »

Dante posa ses mains sur la nuque de Kacy et, la tirant vers lui, l'embrassa fougueusement.

« T'es la meilleure nana au monde, Kace », dit-il en lui décochant un clin d'œil derrière ses lunettes de soleil. Kacy lui répondit par un autre clin d'œil.

« Je sais. »

59

Sanchez avait bien besoin de boire un coup. La seule bouteille encore intacte derrière le comptoir était celle qui contenait le vrai bourbon. Même la bouteille de pisse avait été brisée, et Sanchez avait la conviction que son contenu l'avait complètement aspergé. Sans doute l'œuvre du Bourbon Kid.

Il ne restait plus une seule personne en vie dans tout le bar, lui excepté. Ce foutu Kid avait de nouveau éliminé toute sa clientèle et s'était même fait aider par le Terminator pour tuer Jessica. Cette fois-ci, elle ne s'en était pas tirée. Il réfléchit à la situation, en se remémorant ce qui s'était passé cinq ans auparavant. Il fallait se rendre à l'évidence : il allait devoir trimer dur durant les mois à venir pour remettre son bar sur les rails.

Il s'apprêtait à boire une grosse rasade de bourbon à même le goulot de la bouteille lorsqu'il aperçut un verre à whisky sur le bord du comptoir, resté intact par miracle. C'était sans doute celui dans lequel avait bu le Bourbon Kid. Sanchez sourit en remplissant généreusement le verre. Boire dans le verre du Kid aurait-il aussi un effet sur lui ? Un effet positif, il fallait l'espérer.

Il avala le bourbon d'un trait et s'en servit un autre aussitôt. Il était temps de nettoyer le bar. Sanchez savait que les flics seraient bientôt sur place pour lui poser les mêmes questions que d'habitude. Il fallait donc faire les poches des morts au plus vite, histoire de voir s'il pouvait y trouver un peu de liquide avant que les flics n'arrivent et fassent de même. Ça aurait été bête de laisser passer une occasion de financer partiellement les travaux à venir. Après avoir vidé son deuxième verre, Sanchez s'attela à la tâche.

Lorsque les sirènes de police se turent devant son bar, il avait trouvé environ 20 000 dollars en coupures usagées au fond des poches d'un petit panel de cadavres. Beaucoup étaient méconnaissables, ce qui lui permit de ne pas avoir trop mauvaise conscience. Arrivé à hauteur de Jessica, il avait hésité à la fouiller. Cela faisait cinq ans qu'il s'était entiché de cette fille. Tout au long de son coma, il avait prié pour qu'elle en sorte un jour et le remercie de l'avoir sauvée. Elle aurait même pu tomber amoureuse de lui comme lui était tombé amoureux d'elle, après tout. Mais, cette fois, elle était bel et bien morte. Il vérifia son pouls au poignet et à la gorge. Rien. Il ramassa par terre un torchon jaune taché de sang et le déposa sur ce qui subsistait de son visage. Quel gâchis. Quel putain de gâchis.

« Vous avez trouvé une survivante ? » demanda quelqu'un dans son dos.

Sanchez se retourna et reconnut immédiatement l'homme au trench-coat gris appuyé contre le comptoir. Il s'agissait de l'inspecteur Archibald Somers, le vieux flic sur le retour qui avait dédié sa vie à l'arrestation du Bourbon Kid. En vain, comme on pouvait aisément s'en rendre compte en considérant l'état du Tapioca.

« Non, elle est morte.

— Vous êtes sûr ?

— Eh bien, son cœur ne bat plus et elle ne respire plus. Je suppose que c'est la cent cinquante-troisième balle qui a eu raison d'elle. »

Somers s'éloigna du comptoir pour se diriger vers Sanchez, et les bris de verre crissèrent sous ses semelles.

« Inutile d'être sarcastique, d'accord ? Il va falloir qu'on prenne votre déposition. C'était encore le Bourbon Kid ? »

Sanchez se redressa et passa derrière le comptoir, en prenant bien soin de dissimuler à l'inspecteur Somers sa poche arrière dont dépassait le paquet de pognon.

« Ouais, c'était bien lui, répondit-il d'un ton las. Et, cette fois, il s'est même fait aider par un jeune type. Un mec déguisé en Terminator. Je crois que ce sont eux qui ont tué mon frère et sa femme. Peut-être même Elvis.

— Ce gars, là ? demanda Somers en désignant le corps du sosie d'Elvis sur le seuil de la porte.

— Non, celui-là, c'était juste un abruti qui a eu le malheur d'entrer au mauvais moment.

— Pauvre bougre.

— Ouais, comme les cent autres qui se trouvent ici. Vous voulez boire quelque chose, inspecteur ?

— C'est pas de refus. Qu'est-ce qu'il vous reste ?

— Du bourbon. »

Somers laissa s'échapper un gros soupir. Le Kid avait disparu, mais le bourbon coulait toujours à flots.

« Et puis merde. Servez-m'en un verre. »

459

L'inspecteur, accablé, s'avança jusqu'au coin où Sanchez s'était tenu et jeta un coup d'œil sur le corps de Jessica. Il attrapa ce qui restait de l'un de ses bras afin de vérifier son pouls.

« Je vous ai déjà dit qu'elle était morte, inspecteur », lança Sanchez de derrière le comptoir. Il remplissait de bourbon le seul verre ayant survécu à la fusillade, celui dans lequel il venait de boire.

À cet instant entra un autre flic, vêtu d'un costume gris argenté, qui se prit les pieds dans le cadavre du sosie d'Elvis en voulant l'enjamber. C'était Miles Jensen, le flic noir qui avait débarqué à Santa Mondega. Sanchez avait fait sa connaissance quelques jours auparavant, lorsqu'il était passé au Tapioca pour lui poser des questions complètement inutiles à propos du double assassinat de Thomas et d'Audrey. Sanchez ne lui avait rien révélé et il ne comptait pas lui en dire plus à présent. Par principe, il n'aimait pas les flics, alors les fouille-merde à insigne… il ne pouvait tout simplement pas les saquer.

« Mon Dieu, quel bordel ! lâcha Jensen en retrouvant son aplomb. Un autre Elvis assassiné ? Merde, on dirait que plus personne n'a le moindre respect pour le King, de nos jours.

— Vous voulez un verre de bourbon ? grommela Sanchez.

— Qu'est-ce que vous avez d'autre ?

— Rien.

— Alors non merci. »

Jensen rejoignit Somers, accroupi à côté du corps de Jessica. Il reconnut en les enjambant les dépouilles de Carlito et Miguel gisant sur un tapis de verre, de sang et de douilles. Après ce qu'ils lui avaient fait subir la veille au soir, il était très réconfortant de les voir dans cet état. Mais l'heure n'était pas à ce genre de considérations, car dans ce tas ignoble et désolant semblait aussi se trouver un certain nombre d'innocents. Comme par exemple cette jeune femme dont Somers recouvrait le visage d'un torchon maculé de sang.

« Encore en vie ? demanda Jensen.

— Non. Tout le monde est mort ici, à part Sanchez, dit Somers en se relevant. On ferait bien d'appeler l'équipe scientifique. On peut aussi faire passer le mot à l'ensemble des collègues, histoire d'essayer de coincer le Bourbon Kid avant qu'il ne prenne le large. Selon Sanchez, il a un complice déguisé en Terminator. »

Jensen commençait à comprendre pourquoi Somers avait passé ces cinq dernières années à essayer d'épingler le Bourbon Kid. Il était intolérable que les familles des victimes aient à pleurer la perte d'un être cher, uniquement parce qu'un schizophrène avait du mal à tenir l'alcool.

« Je vais appeler les ambulances.

— Non, laissez, dit Somers en posant les yeux sur le cadavre d'un moine, hochant la tête de dépit. Je m'en charge. Restez ici et prenez la déposition de Sanchez. »

Puis il alla jusqu'au comptoir sur lequel Sanchez avait posé son verre de bourbon. Somers examina le verre et grimaça.

« Finalement, non merci, dit-il. C'est peut-être pas tout à fait indiqué de boire ce truc après ce qui vient de se passer. En fait, certains considéreraient même qu'il est franchement déplacé de servir ce truc. Et, soit dit en passant, vous puez la pisse. »

Somers sortit, hochant la tête à chaque nouveau cadavre que son regard croisait. Cet immonde gâchis de vies innocentes semblait le dégoûter profondément.

Jensen s'en voulait de ne pas être arrivé plus tôt au Tapioca. Peut-être pourrait-il se réhabiliter à ses propres yeux et surprendre Somers en devenant le premier policier à tirer de Sanchez une information digne de ce nom. Il ramassa un tabouret de bar renversé, secoua les bris de verre qui le recouvraient, le traîna jusqu'au comptoir et s'y installa.

« Alors, Sanchez, commença-t-il par dire. Ça pue la pisse, par ici, hein ?

— Ouais, répondit Sanchez dans un haussement d'épaules. Il faut vraiment que vous preniez ma déposition maintenant ?

— Non », sourit Jensen. Peut-être le moment n'était-il pas vraiment approprié. « Vous n'avez qu'à passer au commissariat demain, si vous préférez.

— Merci, inspecteur.

— Pas de problème. »

Jensen prit le verre que Somers avait dédaigné et en but une petite gorgée. Le liquide était chaud et rempli de petits débris. Un cocktail pas franchement rafraîchissant.

« Nom de Dieu ! C'est dégueulasse. Pas étonnant que le Kid pète les plombs quand il en boit. » Il regretta aussitôt ses paroles. Comment avait-il pu proférer des propos aussi déplacés ? Même dans un bar comme celui-là, où les commentaires désobligeants étaient de rigueur, c'était vraiment une remarque infecte. Il dévisagea brièvement Sanchez qui resta impassible.

« Désolé, mon vieux. C'était pas drôle du tout.

— C'est bon. »

462

Jensen n'avait pas l'intention de s'éterniser, surtout s'il n'avait rien de mieux à proposer que de lancer des piques au goût douteux. Il se leva de son tabouret de bar et porta la main à sa poche. Sanchez recula, mal à l'aise.

« Tout va bien, Sanchez, je cherche simplement mon portefeuille, le rassura Jensen.

— C'est bon, inspecteur. C'est offert par la maison », répondit le patron.

Jensen sortit son portefeuille et l'ouvrit. Il en tira une petite carte de visite rouge.

« Tenez, prenez ma carte. Il y a mon numéro de portable dessus. N'hésitez pas à m'appeler si vous vous souvenez de quoi que ce soit de, vous voyez... d'important... à propos du Bourbon Kid. » Il posa la carte au-dessus du verre de bourbon à moitié vide. Sanchez prit la carte et la mit dans sa poche.

« D'accord. Merci, inspecteur. J'y penserai.

— Parfait. Bon courage, Sanchez. »

Jensen prit le chemin de la sortie, trébuchant à nouveau sur le cadavre du sosie d'Elvis. Il se retourna pour voir si Sanchez l'avait vu. Ce devait être le cas, car le patron du bar hochait la tête. Jensen eut un sourire piteux. C'était vraiment très embarrassant. Sanchez devait le considérer comme la version noire américaine de l'inspecteur Clouseau.

En réalité, ce n'était pas du tout ce que pensait Sanchez. Bien au contraire, il était désolé pour le maladroit inspecteur, et décida de lui faire une fleur.

« Eh, inspecteur, je viens de me souvenir d'un truc, lança-t-il. Le mec déguisé en Terminator, il a une Cadillac jaune. »

Miles Jensen s'immobilisa net.

« Vous êtes sérieux ? Une Cadillac jaune ?

— Ouais.

— Merde, attendez un peu que Somers apprenne ça ! s'exclama Jensen en riant.

— Qu'est-ce qu'il y a de si marrant ? demanda Sanchez.

— Oh, pas grand-chose, en vérité ! répondit Jensen. Somers s'est juste fait voler sa Cadillac jaune hier soir. Vous auriez dû voir ça. Il était furieux. »

Sanchez resta immobile derrière le comptoir, perdu dans ses pensées, tandis que l'inspecteur passait la porte. La Cadillac jaune appartenait à Somers ? Qu'est-ce que cela pouvait bien signifier ? Somers avait-il tué Thomas et Audrey ? Et si c'était le cas, avait-il également tué Elvis ? Avant qu'il ait pu approfondir sa réflexion, il perçut un mouvement du coin de l'œil. Puis il entendit un faible toussotement. *C'était Jessica.* Il accourut se pencher au-dessus d'elle et retira le torchon qui recouvrait son visage. Elle respirait à nouveau. *Elle était encore en vie*, même si son existence ne tenait plus qu'à un fil. La chair semblait recouvrir un peu plus son visage, comme si elle était en train de se régénérer. C'était un véritable miracle. Sanchez avait vérifié son pouls quelques minutes auparavant et avait constaté sa mort. Puis le vieil inspecteur Somers avait fait de même et était arrivé à la même conclusion. Et, à présent, elle revivait ! Nom de Dieu, Sanchez se foutait pas mal de savoir comment cela était possible ! Tout ce qu'il savait, c'est qu'il était le seul à pouvoir veiller sur elle. C'était un signe. Un signe divin. Elle et lui étaient destinés à rester ensemble. Cette fois-ci, il l'aiderait à s'en tirer, tout seul.

En transportant son corps sans force dans l'arrière-boutique, Sanchez entendit les ambulances se garer devant son bar, toutes sirènes hurlantes. Il devrait à nouveau la cacher, comme la dernière fois. Il ne devrait se fier à personne. Si la rumeur courait qu'elle était en vie, le Bourbon Kid reviendrait pour lui régler son compte. Cela prendrait peut-être cinq autres années, peut-être plus, peut-être moins, mais Sanchez la remettrait d'aplomb.

Et, cette fois-là, peut-être le remercierait-elle.

60

Le capitaine Rockwell entra dans la roulotte de la Dame Mystique où il trouva Scraggs assis à une table, à côté du corps décapité d'une femme d'un certain âge. Il était en train de feuilleter un très gros ouvrage relié. Scraggs bondit presque au plafond lorsqu'il aperçut le capitaine.

« Nom de Dieu, Scrubbs, je vous avais pas dit de ne toucher à rien ? tonna Rockwell.

— Si, capitaine, mais il faut que vous jetiez un coup d'œil là-dessus. Ce bouquin explique tout.

— Y a intérêt, bordel. »

Scraggs tourna quelques pages avant de retourner le livre en direction de Rockwell qui approcha de la table, sans cesser de darder sur son lieutenant un regard glacial, afin de bien lui faire comprendre à quel point le fait qu'il ait désobéi lui déplaisait.

« Alors, je suis censé regarder quoi ? » demanda-t-il.

Scraggs pointa du doigt la page de gauche. S'y trouvait le dessin en couleurs de deux hommes, chacun passant un bras sur les épaules de l'autre. Tous deux étaient vêtus de longues robes qui semblaient indiquer qu'ils avaient vécu plusieurs siècles auparavant, supposition que confirmait le parchemin jauni et froissé des pages du livre. L'un des hommes en robe tenait un calice d'or d'où s'écoulait un liquide rouge. Tous deux semblaient heureux et sereins, presque extatiques.

« Capitaine, lisez la légende », dit Scraggs.

Rockwell n'apprécia pas que Scraggs se permette de lui donner un ordre, mais il lut néanmoins les lettres noires manuscrites.

Armand Xavier et Ishmael Tuos buvant de la Coupe du Christ après l'avoir retrouvée, en l'an de grâce 526.

« C'est tout ? demanda Rockwell. Qu'est-ce que ça veut dire, bordel ? J'y comprends rien.

— Regardez à nouveau le portrait des deux hommes, capitaine. Vous n'en reconnaissez pas un des deux ? »

Le capitaine Rockwell examina attentivement l'illustration, se concentrant cette fois-ci sur les visages des deux hommes. Au terme de quelques secondes à peine, il haussa un sourcil et leva les yeux vers Scraggs.

« Celui de gauche ressemble à cet emmerdeur de Somers.

— Il s'agit d'Armand Xavier.

— Il y a d'autres portraits de lui là-dedans ?

— Oui. Regardez ça. » Scraggs tourna un grand nombre de pages avant de s'arrêter sur une autre illustration qui représentait un petit groupe. « Vous allez reconnaître d'autres personnes, capitaine. »

Rockwell se pencha à nouveau pour scruter le dessin qui représentait cette fois quatre hommes et une femme. La légende disait :

Xavier, Seigneur des Ténèbres, et sa famille – rési-
dant, pense-t-on, à Santa Mondega, une ville du
Nouveau Monde.

« Xavier, Seigneur des Ténèbres, dit Rockwell, d'un
ton franchement incrédule. Mais c'est Somers, sans
aucun doute possible, et ces trois autres mecs, c'est El
Santino et ses deux acolytes homos. C'est une blague
ou quoi ? »

Scraggs hocha la tête. « J'ai lu un bout de ces
conneries, capitaine. Principalement les pages illus-
trées, mais, de ce que j'ai réussi à glaner dedans, il
semblerait que cet Armand Xavier et son meilleur ami
Ishmael Taos ont bu le sang du Christ qui les a rendus
immortels.

— C'est complètement ridicule.

— Je sais, je sais. Mais il semblerait qu'ils aient
aussi rencontré une femme, celle qui est représentée
ici, j'imagine.

— Et c'est qui, bordel ?

— Je crois qu'elle s'appelle Jessica. Vous voyez, à
en croire le bouquin, Xavier a fini par se lasser d'être
immortel et de ne pouvoir partager son éternité avec
personne. C'est alors qu'il rencontre cette Jessica, qui
s'avère être un vampire, ou un truc du genre. Aussi,
quand celle-ci le mord, il devient plus encore qu'un
simple immortel. Le sang du Christ et le sang d'un
vampire coulent dans ses veines, ce qui techniquement,
j'imagine, fait de lui le chef des suceurs de sang, autrement dit le Seigneur des Ténèbres, si vous voulez. »

Rockwell n'avait jamais rien entendu d'aussi
absurde de toute sa longue et médiocre carrière. Pourtant, tout semblait s'expliquer à la lumière de ces

nouveaux éléments. Il inspira profondément et soupira puissamment en gonflant les joues.

« Putain, c'est pas possible. » Il se gratta la tête et fronça les sourcils. « D'un autre côté, ça expliquerait pourquoi un spécialiste du surnaturel a été dépêché ici. Je me demande si Jensen est au courant de tout ça.

— Je viens d'essayer de l'appeler. Il a dû éteindre son téléphone, mais je lui ai laissé un message.

— Bien joué, Scrubbs. Vous lui avez dit quoi ?

— Pas grand-chose. Je l'ai simplement averti de se tenir à l'écart de Somers et de rappeler dès que possible.

— Bien vu, lieutenant. Qu'est-ce que vous avez trouvé d'autre dans ce foutu bouquin ? Quelque chose au sujet de l'autre type, ce Taos ?

— Eh bien, j'y venais justement, dit Scraggs en tirant le livre à lui. Apparemment, il aurait trouvé l'Œil de la Lune et se serait cassé quelque part avec, dans un lieu où Xavier ne peut se rendre.

— Rien d'autre ?

— Pas vraiment, capitaine, en tout cas pas pour l'instant, mais je n'ai fait que survoler le livre. Il faudrait plusieurs jours pour le lire entièrement, et je n'ai commencé à le feuilleter qu'à partir du milieu.

— Aucune allusion au Bourbon Kid ?

— Non, aucune. Pour l'instant. »

BANG !

Surpris, les deux hommes sursautèrent, portant aussitôt leur regard sur la porte de la roulotte en dégainant leur pistolet, prêts à agir. Scraggs quitta sa chaise aussi brusquement que s'il s'était pris une décharge électrique. Quelqu'un venait de tirer à l'arme à feu. Dehors. L'officier Quaid ne se trouvait plus de faction devant la porte. On pouvait entendre sa voix hurler dans la rue : « Merde, c'est lui. *Feu à volonté ! Feu à volonté, putain !* »

S'ensuivit un incroyable tonnerre de déflagrations. Sept ou huit armes à feu semblaient être en jeu. Cela ne dura pas plus de dix secondes. Puis il y eut un long silence. Rockwell et Scraggs se dévisagèrent d'un air sinistre.

« Ça a été un plaisir de travailler avec vous, capitaine », lâcha Scraggs, tentant désespérément de tenir fermement la crosse de son pistolet. À l'académie, on n'apprenait pas à gérer de front tremblements de main et sueur froide.

« On est pas encore morts, Scrubbs. Si vous gardez votre sang froid, on aura peut-être une chance de s'en sortir.

— Non, on a consulté le bouquin, capitaine. On est foutus. Et c'est Scraggs, capitaine.

— La ferme. Voilà quelqu'un. »

Les deux hommes pointèrent leurs pistolets sur la porte, attendant de voir qui entrerait. Ils entendirent des bruits s'approcher lentement du perron. La tension était insupportable. À mesure que les pas approchaient, leurs index respectifs pressaient un peu plus la détente. Une ombre apparut sur le seuil, suivie une seconde plus tard de l'officier Quaid, titubant et recouvert de sang.

BANG !

Par réflexe, mû par une peur panique, Scraggs venait de tirer une balle en plein dans la poitrine de Quaid. Le visage ensanglanté du flic en uniforme se figea en une expression de désespoir et de surprise, et Quaid tomba en avant, s'écroulant par terre la tête la première.

« Putain mais pourquoi vous avez fait ça ? hurla Rockwell en se retournant vers Scraggs dont le pistolet fumait encore. C'était l'un de mes meilleurs hommes, bordel.

— Je suis désolé, capitaine. J'ai cru que c'était quelqu'un d'autre. J'ai paniqué.

— Alors celle-là, c'est la meilleure ! Allez paniquer ailleurs, espèce de gros con ! »

L'expression de Scraggs changea soudain. Son visage se détendit totalement, comme si tous ses muscles avaient fait leurs bagages et étaient partis à l'autre bout de la planète.

« Trop tard », dit-il posément.

Le capitaine Rockwell reporta son regard sur l'entrée. Dans l'encadrement de la porte se dressait l'homme au manteau à capuche. Le Bourbon Kid. Il tenait un fusil à canon scié dans chaque main.

L'un pour tuer le capitaine, l'autre pour tuer le lieutenant.

61

Dante et Kacy avaient roulé en direction du motel du Comté à tombeau ouvert : la grosse Cadillac avait parcouru les rues dans des bringuebalements terrifiants, ses pneus grinçant à chaque virage contre le bord du trottoir. Leur unique objectif était de sortir de Santa Mondega vivants. Kacy avait estimé qu'ils ne disposaient que de dix minutes à peine pour se changer et régler leur chambre avant que la police commence à bloquer les principales routes d'accès de la ville. Elle avait hâte de voir cette ville horrible disparaître à l'horizon et de retrouver le monde civilisé avant que leur chance tourne.

Ils garèrent la voiture jaune en face de leur chambre où ils se précipitèrent. Dante poussa le verrou et ferma les persiennes, avant de jeter un coup d'œil à travers pour s'assurer qu'aucune voiture de police n'était en vue. Il se retourna et vit le costume de Kacy déjà par terre. Elle se trouvait à côté, à quatre pattes, fouillant sous le lit. Ses fesses aguichantes remuaient de-ci de-là alors qu'elle tâchait de tirer de sa cachette la valise remplie de billets. Sa pudeur n'était préservée que par un string noir et un soutien-gorge assorti qu'elle réservait pour les grandes occasions.

Elle parvint enfin à tirer la valise et, en la faisant glisser au sol vers Dante, elle s'aperçut que celui-ci la contemplait, immobile, presque l'écume aux lèvres.

« Mon cœur, on n'a pas le temps pour ça ! criat-elle. Enlève ces fringues et enfile quelque chose de propre, bon sang ! »

Dante savait qu'elle avait raison, mais, tout en se déshabillant, il ne put s'empêcher de chercher un moyen de la convaincre qu'ils pouvaient bien se permettre une toute petite partie de jambes en l'air.

Kacy vérifia que l'argent se trouvait toujours dans la valise, puis la referma. Elle grimpa ensuite sur le lit et attrapa une autre valise qui se trouvait de l'autre côté, bien plus lourde que la première. De toutes ses forces, elle la hissa sur le lit puis l'ouvrit. À l'intérieur se trouvaient tous les vêtements qu'ils possédaient. Elle sortit un jean bleu qu'elle lança à Dante.

« Tiens, mets ça. »

Dante, pour l'heure en short noir, attrapa le pantalon. S'il l'enfilait, toute chance de baiser s'évanouirait.

« Kace, tu ferais bien de m'envoyer aussi un autre short, dit-il d'un ton tout à fait sérieux.

— Tu n'as pas besoin d'un short propre. Garde celui-ci.

— Non, Kace : il vaut mieux que nous nous débarrassions de *tous* les vêtements que nous portons. Les flics pourraient y retrouver des traces d'ADN. Autant ne pas courir ce risque. »

Kacy cessa de farfouiller dans la valise. « Hein ? Et pourquoi est-ce qu'ils chercheraient des traces d'ADN dans ton short ?

— J'en sais rien, mais ce serait trop con de prendre ce risque. Nous devons enlever toutes les fringues que nous portons pour les brûler plus tard, juste histoire de mettre toutes les chances de notre côté.

— *Tu crois vraiment ?* » Kacy n'avait pas du tout l'air convaincue.

Dante acquiesça. Avec une mine déçue, il enleva son short et le jeta au sommet du tas de vêtements sanguinolents.

« C'est mieux comme ça, Kace. Dommage, quand même. C'était mon short préféré. Tiens, passe-moi tes sous-vêtements que je les mette dans le tas. »

Kacy hésitait encore, mais l'expression de Dante était vraiment très déterminée. Il semblait être sûr de ce qu'il avançait, contrairement à elle.

« Allez, Kace, putain. On n'a pas toute la journée devant nous ! »

Cette impatience convainquit Kacy qu'il ne cherchait pas un prétexte pour lui sauter dessus : elle enleva son soutien-gorge en un éclair et le lui lança. Ses seins étaient aussi fermes et insolents que toujours et ses mamelons pointaient, tentateurs. Elle s'allongea sur le lit et fit glisser le minuscule string noir. Sans savoir pourquoi, elle l'envoya à Dante d'un geste séducteur et, toujours sur le dos, lui décocha un clin d'œil et un joli sourire.

Peut-être était-ce la vue de sa queue en érection qui l'avait poussée à l'aguicher un peu. En tout cas, très logiquement, cela fit son petit effet. Dante écarquillait les yeux en admirant le corps nu de Kacy. Peu importait le nombre de fois qu'il l'avait vu, c'était toujours aussi bon qu'au premier jour. Plus rapide qu'une balle, il se retrouva sur elle, ses mains explorant son corps comme s'il s'agissait d'une terre inconnue tout juste découverte.

« Dante, non ! On ne devrait pas. On n'a pas le temps, protesta faiblement Kacy, tout en caressant son dos.

— Je sais, je sais », murmura-t-il en glissant sa queue en elle.

62

Somers et Jensen se trouvaient dans la voiture de patrouille que l'aîné des coéquipiers avait obtenue, lancés à toute vitesse sur l'artère principale de Santa Mondega en direction du centre-ville, lorsqu'une voix grésilla dans le radio-émetteur de la police. C'était l'information qu'ils attendaient.

« On a signalé la Cadillac jaune que vous recherchez devant le motel du Comté, sur Gordon Street.

— On s'en occupe, merci », répondit Somers dans le micro qu'il tenait d'une main, tout en conduisant de l'autre. Il n'avait jamais eu de CB dans aucune de ses bagnoles.

« Vous pensez que le Bourbon Kid est toujours dans les parages ? demanda Jensen, assis sur le siège passager.

— J'en sais rien. Mais il y a des chances que l'Œil de la Lune soit encore dans le coin, et puis, dans le pire des cas, je récupérerai ma voiture. Et peut-être même le fils de pute qui me l'a volée. »

Il braqua violemment à gauche sans ralentir. Ils quittèrent l'artère principale pour se retrouver dans une rue dont les trottoirs étaient emplis de voitures garées. Somers appuya à fond sur l'accélérateur et propulsa la voiture au beau milieu de la chaussée, sans se soucier un seul instant de quiconque serait assez bête pour vouloir traverser.

Il leur fallut à peine plus de dix minutes pour se retrouver au motel du Comté. Somers avait enfilé rues et ruelles, enchaînant les embardées sauvages pour éviter non seulement les véhicules roulant dans le sens opposé, mais aussi quelques piétons inconscients.

Le motel du Comté était un établissement décati qui comptait trente chambres, sur le bord de l'autoroute qui sortait de Santa Mondega en direction de l'ouest. C'était un bon endroit pour passer sa première nuit en ville quand on n'était pas de Santa Mondega. Le prix de la chambre était assez bas et le parking gratuit.

En l'occurrence, il était même quasiment désert. La plupart des véhicules stationnés étaient des pick-up ou des breaks. Aucun signe de la moindre Cadillac, encore moins d'une Cadillac jaune pétant. Somers gara la voiture de police en travers de trois places libres, à un peu moins d'une vingtaine de mètres de l'entrée principale. Le panneau du motel avait été vandalisé : « *BIENVENUE AU MOTEL DU CON* »…

En dessous du panneau, une marche solitaire menait à une porte à double battant de verre dont le cadre avait été peint d'un vert pâle immonde.

« Je vais me renseigner à la réception, dit Somers en ouvrant sa portière. Attendez-moi ici et klaxonnez si vous voyez quelque chose.

— Très bien », répondit Jensen en tirant son téléphone portable de sa poche alors que son coéquipier sortait de la voiture.

Somers poussait la porte d'entrée du motel alors que Jensen allumait son portable dont il ne s'était pas servi depuis que Somers l'avait fait sortir de la grange (et peut-être même sauvé de l'épouvantail), la veille. Le téléphone sonna plusieurs fois quelques secondes après avoir été rallumé. Une ligne de texte apparut sur l'écran.

1 nouveau message.

Après des ébats aussi frénétiques que passionnés qui les relaxèrent énormément, Dante et Kacy se préparèrent à régler leur facture. Depuis cet instant où elle lui avait permis de la convaincre d'enlever ses sous-vêtements, ni l'un ni l'autre ne parvenait à se rappeler pourquoi ils avaient voulu quitter la ville si rapidement. Bien sûr, les flics étaient sûrement déjà à leurs trousses, mais, avec le nombre de morts de cette journée, la police aurait certainement des milliers d'autres pistes à suivre avant de s'intéresser à un couple de jeunes amoureux.

Ils avaient fait leurs valises et s'étaient changés sans éprouver le moindre soupçon de l'inquiétude qui les avait rongés avant de baiser. Dante portait à présent le jean bleu que Kacy lui avait jeté, ainsi qu'une chemise hawaïenne rouge à manches courtes, par-dessus un marcel blanc. Kacy avait enfilé une minijupe bleu clair, des chaussures à talons aiguilles assorties, ainsi qu'un tee-shirt blanc très échancré sur lequel on pouvait voir une Ford Thunderbird 1966 bleue suspendue au-dessus du Grand Canyon.

Après avoir garé la Cadillac jaune sur le parking qui se trouvait derrière le motel, ils en firent le tour en direction de la réception. Dante tenait fermement les épaules de Kacy dans l'étau de son bras. Après tout ce qu'ils avaient vécu ces derniers jours, il se sentait plus protecteur que jamais. Elle était à ses yeux ce qui importait le plus au monde, aussi voulait-il la garder le plus près possible tant qu'ils n'auraient pas quitté Santa Mondega.

Le jeune couple, plus amoureux que jamais et d'excellente humeur, s'immobilisa devant le comptoir de la réception afin de régler la chambre. Dans un souci de discrétion relativement pertinent, ils portaient tous deux des lunettes de soleil, afin de dissimuler au moins une partie de leurs visages. Kacy portait les lunettes de Terminator de Dante, et lui portait une paire d'Aviator qu'il avait trouvée sur un cadavre du Tapioca. Il n'éprouvait pas le moindre remords. Après tout, le mec était mort.

Carlos, le gérant de l'hôtel, était assis à la réception, les pieds sur le comptoir, en train de lire un exemplaire du magazine *Empire*. Même si Dante et Kacy avaient l'intention de régler leur note et, ce faisant, de lui faire gagner un peu d'argent, il apprécia très peu d'être dérangé dans sa lecture. C'était un Mexicain plutôt petit, d'âge moyen, avec d'épaisses touffes de cheveux noirs autour des oreilles, mais très peu, voire pas du tout, sur le haut du crâne. Il compensait cette imperfection par une moustache extrêmement épaisse qui courait de ses larges narines jusqu'en dessous de ses lèvres.

Il régnait dans la réception une désagréable odeur de renfermé. Il aurait été impossible de dire si elle provenait de la moquette marron sale, du papier peint brun et gondolé, de Carlos, ou des trois à la fois. La pièce était mal aérée, à peine plus grande que la chambre que Dante et Kacy avaient occupée. Elle ne comportait qu'une seule fenêtre, dans le coin opposé au comptoir de la réception. Elle était minuscule, et sa poignée cassée rendait impossible toute tentative d'aération.

« Yo ! Carlos, mon pote, on va te régler ce qu'on te doit », dit Dante d'un ton joyeux en lançant un trousseau de clés en direction du gérant. Les clés heurtèrent la couverture du magazine de Carlos et tombèrent par terre. De sale humeur, celui-ci posa le magazine, retira ses pieds du comptoir, se pencha et ramassa les clés. « C'est quoi, ça ? » demanda-t-il d'un air suspicieux en les secouant.

Accrochées à l'anneau de métal pendaient la clé de la chambre ainsi qu'une clé de voiture qu'il n'avait jamais vue. Il la désolidarisa du reste du trousseau.

« C'est un petit cadeau pour te remercier de nous avoir accueillis, répondit Dante en souriant.

— C'est quoi, bordel ?

— Regarde un peu derrière », lança Dante en désignant la petite fenêtre à l'autre bout de la pièce.

Carlos se leva de son siège en lançant un regard mauvais à Dante, avant de sourire à Kacy en lui adressant un clin d'œil. Il alla jusqu'à la fenêtre et jeta un coup d'œil dehors. À une vingtaine de mètres, sur le parking de derrière, était garée la Cadillac jaune qu'il avait vue la veille au soir en face d'une des chambres. C'était la seule voiture en vue.

« Tu veux me donner ta caisse ?

— Ouaip.

— C'est quoi, l'embrouille ? C'est une voiture volée ?

— Oh, non, pas du tout ! s'exclama Kacy dans un large sourire.

— Mais ce serait pas plus mal de la repeindre d'une autre couleur », ajouta Dante.

Carlos réfléchit un instant à la proposition.

« Serait pas plus mal non plus de changer de plaque minéralogique ?

— Serait pas plus mal. »

Carlos retourna derrière le comptoir de la réception et s'assit. Il feuilleta son registre et s'arrêta à la page où se trouvaient les signatures de Dante et Kacy, ainsi que le détail des services.

« Ça fait 150 dollars, dit-il en posant un regard dur sur les verres des lunettes de Dante.

— Eh, tu sais quoi ? dit celui-ci en se penchant au-dessus du comptoir, de sorte que son visage se retrouve tout près de celui de Carlos. Et si t'oubliais la note, à titre de remerciement pour la voiture que je viens de te donner ? »

Carlos referma le registre et saisit son magazine pour revenir, à l'article qu'il était en train de lire.

« Bien sûr, répondit-il. Tu veux aussi la page du registre où figurent vos noms et vos signatures ? Tu sais, histoire de garder un petit souvenir de votre passage ici ?

— Euh, en fait, ouais, c'est une super bonne idée, dit Dante. Merci.

— Ça fera 150 dollars. »

Dante était à bout de patience.

« Maintenant tu vas bien m'écouter, espèce de putain de chicano, cracha-t-il. Je viens de te donner une putain de caisse. T'avise pas d'abuser de ma générosité.

— La note est de 150 dollars. Si ça te va pas, tu sais ce qu'il te reste à faire. »

Kacy ressentit le besoin d'intervenir avant que Dante ne les mette dans un pétrin dont ils pouvaient faire l'économie. Elle s'avança soudain avec un sourire éclatant aux lèvres, posa ses mains sur le comptoir de Carlos et se pencha en avant pour lui dévoiler un peu son décolleté tout en serrant ses seins l'un contre l'autre entre ses bras. Son expression engageante semblait dire : *Voici mes nichons. Tu pourrais t'amuser un peu avec...*

« Tu sais quoi, Carlos ? lança-t-elle. Et si tu nous appelais un taxi pendant qu'on compte l'argent ?

— Bien sûr, répondit Carlos tout en reluquant sous le tee-shirt de Kacy. Mais l'appel vous coûtera 5 dollars.

— Va te faire enculer, sale con, mugit Dante. J'appellerai ce putain de taxi moi-même. Ramène-toi, Kace, on se casse.

— Dante, donne-lui l'argent. Donne-le-lui, s'il te plaît. J'aurais l'esprit plus tranquille. »

Dante s'apprêtait à répondre lorsqu'un homme aux cheveux argentés et au trench-coat gris entra dans la pièce. Carlos le reconnut et le salua aussitôt.

« Bonjour, *inspecteur* Somers, lança-t-il joyeusement, comme s'il était heureux de le voir.

— Bonjour, Carlos », répondit Somers d'un ton grave.

L'inspecteur vint se poster au comptoir, à côté de Kacy, à qui il adressa un bref sourire. « Bonjour, mademoiselle. Vous permettez que j'interrompe votre conversation ? Enquête policière. » Il montra son insigne.

« Oh, non ! Enfin je veux dire, oui ! » repondit nerveusement Kacy.

Elle priait intérieurement pour que Dante n'ouvre pas la bouche. Il était peut-être déjà trop tard. Il avait énervé Carlos, et, à présent, un inspecteur de police se tenait juste à côté d'eux.

« Dis-moi un peu, Carlos, commença Somers, affichant un sourire faux et glissant un billet de 20 dollars sur le comptoir en direction du gérant qui se fit une joie de l'attraper. J'ai entendu dire qu'un de tes clients conduit une Cadillac jaune qui a été volée. Son propriétaire (*qui n'est autre que moi-même*), un agent de police, aimerait récupérer sa voiture et également connaître le nom de celui qui la conduit, si tu arrivais à te le rappeler. Ton aide serait vraiment la bienvenue. Merci. »

Kacy lut sur le visage de Carlos qu'il venait de comprendre la situation. *Pourquoi, mais pourquoi est-ce que Dante l'a mis en colère ?* Ils étaient à nouveau dans de beaux draps. Elle s'écarta un peu du comptoir et tenta d'attirer l'attention de son petit ami. Il lui était impossible de savoir si derrière ses Aviator, il la regardait. Et même si c'était le cas, elle n'était pas en mesure de lire dans ses yeux. Une retraite stratégique s'imposait. Si Carlos déballait tout, Dante et elle finiraient en prison. La valise pleine de billets, la voiture volée et sans doute quelques témoins oculaires du Tapioca, tout cela leur vaudrait de se faire incarcérer et de redevenir pauvres. Kacy n'avait confiance en personne dans cette ville, pas même dans la police. Surtout pas la police, même si ce vieux flic semblait honnête.

Carlos se frotta le menton en réfléchissant à la réponse qu'il donnerait à Somers et en s'empressant d'empocher le billet de 20 dollars.

« Ouais, il y avait bien une Cadillac jaune garée ici. Je me souviens du type qui la conduisait. *Un vrai connard, ce mec.* Laissez-moi retrouver son nom là-dedans », dit Carlos en posant le magazine sur le côté pour rouvrir le registre.

Dante s'écarta à son tour du comptoir. « Tu sais quoi, Carlos ? dit-il d'un ton aimable, en s'étirant comme s'il était fatigué. On repassera plus tard. Merci à toi.

— Restez ici, dit Somers en attrapant fermement le bras de Dante. C'est l'affaire d'une minute. Cette jolie demoiselle et vous pouvez bien attendre un instant, non ?

— Ouais, lança Carlos en souriant, les yeux toujours rivés sur le registre. Bien sûr qu'ils peuvent attendre. Ça va pas prendre longtemps. Dès que j'aurai fourni à l'inspecteur l'information qu'il attend, je m'occuperai de vous, vous inquiétez pas. »

Il tourna encore quelques pages et s'arrêta à celle où figuraient les noms et signatures de Dante et Kacy. Tout en faisant courir un index sur la liste, il vit du coin de l'œil que Kacy s'éloignait encore plus du comptoir. Il s'adossa à son siège et releva les yeux, d'abord sur Somers, puis, comme s'il était perdu dans ses pensées, en direction de Kacy. Il se mit à tambouriner des doigts sur le registre ouvert.

« Qu'est-ce qu'il y a ? demanda Somers.

— J'essaie de me souvenir de quelque chose », répondit Carlos, levant une main afin de signaler à l'inspecteur qu'il serait heureux d'abuser encore une petite minute de sa patience. Son regard semblait se perdre, comme s'il tentait désespérément de se rappeler un détail important.

En vérité, il regardait Kacy. Somers et Dante, quasiment accoudés au comptoir, ne pouvaient pas voir ce qu'il était en train de voir. Kacy, hors de leur champ visuel, avait soulevé son tee-shirt, confirmant ce qu'elle avait laissé comprendre à Carlos : elle ne portait pas de soutien-gorge. Carlos admirait, béat, ses seins magnifiques, s'émerveillant à la vue de ses mamelons roses et insolents en faisant semblant d'être plongé dans une profonde réflexion. Après un moment raisonnablement long, Kacy finit par rabaisser son tee-shirt, tirant soudain Carlos de sa contemplation extatique.

« Ça me revient, maintenant, dit-il en reposant son regard sur Somers. Le mec à la Cadillac s'appelait Pedro Valente. » Il pointa le nom sur le registre. « Il a réglé sa note il y a un peu moins d'une demi-heure. Vous avez de bonnes chances de le rattraper. Il disait qu'il allait quitter la ville.

— Vous avez une adresse ? demanda Somers.

— Bien peur que non. C'était pas le genre de mec à avoir une adresse, et encore moins le genre de mec à qui j'oserais en demander une.

— Très bien, dit Somers, reculant d'un pas et regardant Kacy. Je repasserai si je ne le retrouve pas. Merci de ton aide, Carlos. Et désolé de m'être imposé, mademoiselle. »

Après avoir admiré Kacy quelques secondes (elle était vraiment incroyablement jolie), il se tourna vers Dante :

« Vous avez bien de la chance, mon garçon. Prenez bien soin de cette fille.

— Comme toujours.

— Bien. »

Somers passa devant Kacy à qui il décocha un clin d'œil et sortit de la pièce, en direction de la voiture de patrouille où Miles Jensen l'attendait.

Dante tira de la poche arrière de son jean un peu plus de 200 dollars, qu'il lança sur le comptoir de la réception à l'intention de Carlos.

« Merci, mec, je te revaudrai ça. »

Carlos hocha la tête.

« Garde l'argent, dit-il en souriant. Je vais vous appeler un taxi gratos et je vais vous passer cette page du registre, au cas où les flics reviendraient. Je déconnais, tout à l'heure.

— Ouah, merci ! » dit Dante en rempochant l'argent que Carlos lui tendait. Il se retourna vers Kacy et écarquilla les yeux pour lui exprimer son étonnement face à la soudaine générosité du gérant, auparavant si peu arrangeant.

Kacy lui répondit par un haussement d'épaules. Elle connaissait parfaitement la raison de ce retournement de situation, mais elle la garda pour elle-même. Dante ne contenait jamais sa bravoure et ne ratait jamais une occasion de la protéger. Si seulement il avait su tout ce qu'elle devait faire pour le protéger de lui-même.

*

Alors que Somers entrait dans le motel, Jensen appuyait du pouce sur le bouton « ENTRÉE » de son téléphone, afin d'écouter son nouveau message. À sa grande surprise, il s'agissait d'un message du lieutenant Paolo Scraggs.

Hé ! Jensen, c'est le lieutenant Scraggs à l'appareil. Écoutez-moi bien attentivement : j'ai trouvé le livre que vous recherchez. Si Somers est près de vous, foutez le camp le plus loin possible de lui. Je crois que c'est lui, l'assassin que nous essayons de coincer. Toute cette histoire autour du Bourbon Kid, c'est un écran de fumée... un truc du genre, quoi... je sais pas trop. J'ai trouvé un portrait de Somers dans le bouquin. Comme quoi il serait le Seigneur des Ténèbres, ou une connerie du genre. Rappelez-moi.

Jensen resta assis sans bouger, fronçant les sourcils et se repassant mentalement le message. Somers ? L'assassin ? Impossible, à moins que... ? Pourquoi est-ce que Scraggs mentirait ? Scraggs n'aimait pas Somers, mais Somers ne l'aimait pas non plus. Et puis c'était Somers qui était venu à la rescousse de Jensen, la nuit dernière, après que Scraggs fut entré dans la grange. Seulement... Somers était arrivé en retard parce qu'on lui avait volé sa Cadillac jaune. Que se serait-il passé si Somers était arrivé *avant* Scraggs ? Et, au fait, est-ce que Carlito n'avait pas emprunté le téléphone de Jensen quelques minutes ? Et n'avait-il pas dit qu'il allait appeler « le patron » ? Jensen consulta le menu de son téléphone. Voilà, c'était là : APPELS SORTANTS – HIER – SOMERS – HEURE 23 : 52 – DURÉE 01 : 47.

Merde.

Le clavier numérique du téléphone de Jensen ne lui avait jamais semblé si petit. Il appuya au moins sur trois mauvaises touches en essayant frénétiquement de composer le numéro du lieutenant Scraggs. Il fallait à tout prix qu'il le joigne avant que Somers ne revienne.

« Le téléphone que vous tentez d'appeler est actuellement éteint. Merci de rappeler ultérieurement. »

Si c'est une blague de Scraggs, elle est vraiment tout sauf marrante, pensa Jensen. *Non. Ça ne peut pas être une plaisanterie. Ça n'expliquerait pas pourquoi Carlito a appelé Somers à partir de mon portable. Et... ah !... voilà Somers qui revient.*

Somers avait l'air passablement irrité lorsqu'il s'approcha de la portière du conducteur. Jensen pensa un instant à verrouiller la voiture. *Inutile. Somers ne sait pas que je suis quasiment sûr qu'il est l'assassin. Il me reste du temps pour réfléchir. Alors réfléchis... réfléchis, BORDEL DE MERDE !*

Somers ouvrit la portière et s'installa derrière le volant. « Tout va bien ? demanda-t-il en constatant les efforts que faisait son coéquipier pour paraître calme.

— Tout va bien. Et vous ?

— Ça va, ça va. Mais j'ai pas trouvé grand-chose. » Il jeta un nouveau coup d'œil à son coéquipier et insista : « Vous êtes sûr que ça va ?

— Oui, oui, dit Jensen d'un ton irrité. Ça me met juste hors de moi, vous comprenez, j'ai l'impression qu'on vient de laisser passer notre chance. On ferait sans doute mieux d'appeler le capitaine. Histoire de voir s'il a des pistes intéressantes. »

Somers posa son regard sur la main droite de Jensen, qui serrait de toutes ses forces son téléphone portable. Puis il le regarda droit dans les yeux. Jensen ne parvint pas à dissimuler la peur qui s'y lisait.

« Vous savez, n'est-ce pas ? dit doucement Somers, en remuant à peine les lèvres.

— Je sais quoi ? »

Il y eut un silence horrible. Jensen sut à cet instant précis que Scraggs avait raison. Somers était l'assassin. Et Somers savait qu'il savait. Leur amitié ne valait plus rien. Tout était fini. Somers s'efforça de lui adresser un sourire peiné.

« Je suis désolé, Jensen. Ça n'a rien de personnel. Il me faut l'Œil de la Lune, c'est tout.

— Mais l'éclipse est passée. Il est trop tard.

— Je sais. Mais cette pierre n'est pas seulement capable d'arrêter la course de la lune. Elle peut aussi me ramener mes garçons. Et ma femme. Cette pierre peut la remettre sur pied, telle qu'elle était, en un rien de temps. Si ce sale Bourbon Kid ne les avait pas abattus, rien ne m'aurait obligé à faire ça. Je suis désolé. »

CLIC. En un centième de seconde, le système de fermeture centralisée de la voiture de patrouille emprisonna Jensen. Même sans cela, il lui aurait été de toute façon impossible de se tirer de cette situation. À moins d'un miracle.

Le regard de Jensen se porta sur les doigts de Somers, posés à présent sur le volant. Ils étaient en train de s'allonger. Ses ongles aussi ; ils devenaient plus épais, plus longs et plus acérés. Saisi d'une peur panique, il s'aperçut que le visage de son coéquipier changeait également. Des veines bleues apparurent, d'abord sur le cou, puis sur les joues, et se mirent à gonfler. Il leur fallait du sang. Le sang de Miles Jensen. Somers se retourna vers son coéquipier et ouvrit la bouche, révélant d'énormes crocs jaunâtres, si gros qu'il était difficile d'imaginer qu'il ait pu garder la bouche fermée jusqu'alors. Leurs contours étaient irréguliers et tranchants. Une odeur méphitique emplit l'habitacle de la voiture. Un peu trop tard, Jensen tenta de se saisir de son pistolet.

« *Vous seriez bien avisé de fermer les yeux, mon ami*, siffla Somers d'une voix qui venait tout droit des tréfonds de l'enfer. *Ça risque d'être assez douloureux...*

63

Le radioémetteur de la police crachota. La voix d'Amy Webster se fit entendre.

« Inspecteur Somers, vous êtes là ?

— Je suis là, oui, répondit Somers en saisissant le micro de la main droite.

— Il faut que vous veniez au commissariat, inspecteur.

— Je suis un peu occupé.

— Il faut vraiment que vous voyiez ça, inspecteur. »

Somers diminua légèrement la pression de son pied sur l'accélérateur, ce qui eut pour effet de faire glisser le corps de Miles Jensen, qui heurta le tableau de bord. Somers avait tué son coéquipier cinq minutes plus tôt et s'était lancé à pleine vitesse sur l'autoroute qui sortait de la ville. Son plan était de tenter de rattraper l'homme au volant de la Cadillac jaune qui, s'il avait la moindre parcelle de bon sens, devait se trouver sur cette portion de route, fuyant à tout jamais Santa Mondega. Mais il n'y avait aucune voiture en vue, ni dans ce sens ni dans l'autre.

« Qu'y a-t-il, Amy ? demanda Somers à la standardiste du commissariat qu'il connaissait bien.

— J'ai sous les yeux un gros diamant bleu. Quelqu'un vient de le déposer ici. »

Somers enfonça de toutes ses forces la pédale de frein, la voiture de police s'arrêta avec des grincements de protestation, avant de faire demi-tour sur l'autoroute déserte.

« D'où sort ce gros diamant ? hurla-t-il dans son micro.

— Un type vient de le laisser. Il a dit que c'était pour l'inspecteur Jensen que je n'arrive pas à joindre sur son portable, alors je me suis dit qu'il valait mieux vous contacter.

— Vous avez bien fait, Amy. Je vais faire tout mon possible pour vous assurer une promotion. Cachez cette pierre en attendant que j'arrive. Je serai là dans vingt minutes.

— Bien, inspecteur. »

Somers tendit la main pour raccrocher le micro au radioémetteur, mais, au dernier moment, une pensée lui traversa l'esprit.

« Amy, est-ce que quelqu'un d'autre est au courant ? »

Il y eut une pause. *Une pause un peu trop longue*, pensa-t-il.

« Non, inspecteur. Vous êtes la seule personne à qui j'en ai parlé.

— Bien. Ne dites rien à personne.

— Très bien, inspecteur.

— Oh, et, Amy, l'homme qui l'a déposé, a-t-il un nom ? »

Une autre pause, trop longue elle aussi.

« Non, inspecteur, il n'a pas laissé de nom. Il était très pressé.

« — Je vois. »

Somers était intrigué, et, bien qu'il n'ait aucune raison de douter d'Amy Webster, qui avait toujours fait preuve d'une très grande loyauté (une rareté dans la police de Santa Mondega), il était incapable de brider sa nature suspicieuse.

« À quoi ressemblait cet homme ? »

Encore une fois, une pause juste assez longue pour ne rien laisser présager de bon.

« Euh… C'est dur à dire. C'était un peu monsieur Tout-le-monde. Cheveux courts, yeux bleus. Je ne l'avais jamais vu auparavant.

— Très bien, Amy. Ce sera tout. J'arrive de suite. »

Somers accéléra pied au plancher en direction du centre-ville, en faisant retentir sa sirène. Il remarqua à peine le taxi qui le croisa dans la direction opposée. Il emportait Dante et Kacy loin de Santa Mondega, vers un lieu où tous deux trouveraient le bonheur dont ils rêvaient. Le Seigneur des Ténèbres avait mieux à faire que de contrôler l'identité des passagers des taxis des environs. Il lui fallait mettre la main au plus vite sur l'Œil de la Lune s'il voulait avoir une chance de ramener rapidement Jessica à la vie.

Il pourrait peut-être même sauver ses fils, El Santino, Carlito et Miguel.

*

Assise à son bureau, Amy Webster raccrocha le combiné dans lequel elle venait de parler. Ses mains tremblaient encore. L'homme encapuchonné qui, face à elle, braquait un fusil de chasse sur son front lui avait soufflé les réponses aux questions de l'inspecteur

Somers. Elle avait tout répété, mot pour mot. Mais, malgré cela, cela n'avait pas paru lui plaire. Il semblait toujours prêt à la tuer, et, à en juger par la réputation qui le précédait, c'était probablement ce qu'il s'apprêtait à faire. En l'absence de bourbon, Amy se prit pourtant à espérer.

« Vous vous en êtes bien sortie, dit-il.

— Merci, dit Amy d'une voix tremblante de peur. Mais Archie Somers risque de me tuer lorsqu'il apprendra que je lui ai menti.

— Je ne m'inquiéterais pas pour Somers, à votre place. Vous ne reverrez plus jamais cet enfant de putain.

— Mais il va arriver ici d'un instant à l'autre, non ?

— Oui... mais *vous* ne le reverrez plus jamais. »

Amy ferma les yeux. Peut-être plaisantait-il. Peut-être allait-il s'en aller.

BANG !

Peut-être pas.

64

Somers pénétra dans le hall de réception du commissariat. Il y était entré un bon million de fois, mais les lieux n'avaient jamais été dans cet état. Des cadavres sanguinolents de policiers et de secrétaires gisaient sur les bureaux et jonchaient le sol. Quelques criminels encore menottés avaient également été abattus. C'était un vrai massacre. Au bas mot, une quarantaine de morts dans le hall. Il aperçut le corps d'Amy Webster, recouvert de sang, à qui il manquait cependant une bonne partie de la tête, toujours assise à son bureau. Il reconnaissait la main de l'artiste. C'était là l'œuvre d'un seul homme. La seule question, c'était de savoir où il se trouvait à présent.

À l'autre bout de la réception se trouvaient les portes closes de trois ascenseurs. Somers remarqua le voyant rouge qui clignotait au-dessus de l'ascenseur central. C'était la flèche du bas, qui indiquait que quelqu'un se rendait au rez-de-chaussée. Il sortit son pistolet du holster dissimulé sous sa veste grise et enjamba le corps d'un civil pour se poster à dix mètres des ascenseurs. Il était prêt à se mesurer à ce qui en sortirait, qui que ce soit, ou quoi que ce soit.

DING ! L'ascenseur s'arrêta au rez-de-chaussée, et les portes s'ouvrirent lentement. Au milieu de la cabine se dressait la silhouette sombre, coiffée d'une capuche, du Bourbon Kid. Ses mains pendaient, vides, de part et d'autre de son corps. Il ne semblait pas armé, mais les apparences pouvaient être trompeuses. Somers, mieux que quiconque, le savait.

« Et tu crois que tu vas où, comme ça ? » lança Somers. En l'absence de réponse immédiate, il fit un pas prudent en direction de l'ascenseur, tout en restant à une bonne distance. Ce pas unique suffit à arracher une réponse à la voix rocailleuse, reconnaissable entre toutes qui sortit de la sombre capuche.

« Je recherche un meilleur endroit où mourir, répondit le Kid.

— Eh bien, celui-ci en vaut bien un autre, grogna Somers. Tu ne peux pas me tuer avec tes balles en argent. Tu peux toujours les tremper dans de l'eau bénite et de l'ail si ça t'amuse. Nom de Dieu, tu peux m'enfoncer un crucifix, peu m'importe ! Je suis insensible à toutes ces pratiques dont tu as entendu parler. Miroirs, pieux, croix, lumière du soleil, eau consacrée, rien de tout cela ne peut m'atteindre. Si tu oses te mesurer à moi, il ne saurait y avoir qu'un gagnant. Le sang du Christ et le sang d'un vampire coulent dans mes veines. Personne, pas même toi, ne peut me tuer.

— Je sais.

— Tu sais ? Vraiment ? Parce que, quelque part, j'en doute un peu. Tu es là, à vouloir jouer au héros. Tu veux me montrer que tu as le courage de m'affronter. Tu n'as pas tué Jessica et mes garçons sans raison, et, pas de doute, tu n'as pas forcé Amy Webster à me dire que l'Œil de la Lune se trouvait ici juste pour que nous prenions le café en comparant nos recettes de gâteaux. » Il s'interrompit un moment, appréciant la puissance qui montait en lui, la vitalité du sang frais de Jensen dont ses veines étaient gorgées. Puis il reprit, d'une voix pleine de venin. « Non, tu crois que tu peux te mesurer à moi et réussir à me tuer. Eh bien, sache-le : je suis invincible. Tu me terrasses, et je me relève aussitôt. Attaque-moi de toutes tes forces, mais je peux t'assurer que, quand viendra mon tour de riposter, je te déchirerai en deux. Le meilleur choix qui s'offre à toi, c'est de te tuer avant que je te touche. Sors donc un fusil et fais-toi sauter la cervelle. Et fais-le bien – bordel, prends une rasade de bourbon avant, si ça te chante, et rends l'événement spectaculaire, histoire de faire la une des journaux. Après tout, tu adores ce genre de trucs, pas vrai ? PAS VRAI ? »

Somers attendit la réponse. Le Kid sortit de la cabine de l'ascenseur et marcha droit vers lui. Il s'arrêta à moins de cinq mètres de Somers.

« Je te l'ai dit, je suis venu ici pour mourir, répondit-il.

— Parfait, alors dans ce cas je te laisse trois secondes pour sortir une des armes que tu caches et te suicider, autrement je vais te tuer comme jamais on n'a tué un homme.

— Bien. C'est précisément ce que je veux que tu fasses. Je veux voir si tu as le cran de me tuer. Prouve-moi que tu n'as pas peur de moi comme cette lopette d'El Santino. Ou ses deux pédés de frangins. Ou même cette sale pute de merde qui te faisait office d'épouse. »

Les yeux de Somers devinrent rouges de rage.

« D'accord. Ça suffit, mugit-il. Tu veux mourir de façon ignoble, je peux m'en charger.

— Bien. Je l'ai mérité. »

Le Seigneur des Ténèbres n'avait pas besoin d'autres encouragements. Rejetant sa tête en arrière, il se mit à reprendre sa forme démoniaque. Ses ongles poussèrent, ses dents s'allongèrent en crocs et son visage se dessécha pour révéler les veines qui serpentaient sous sa peau. Des veines qui n'avaient pas encore tout à fait reçu leur dose quotidienne de sang.

« Tu as raison. La mort, voilà tout ce que tu mérites, mais je ne vais pas te tuer. Je vais faire de toi un des miens. Tu vivras pour l'éternité, parmi tes semblables les vampires, cette espèce que tu méprises tant. »

Dans un cliquètement, le Bourbon Kid laissa tomber les deux fusils qu'il cachait sous son manteau. Ils heurtèrent le sol et rebondirent plus loin. Ses deux Skorpion tombèrent de ses manches. Il s'avança vers la gigantesque créature de cauchemar qui se trouvait à présent face à lui et abaissa sa capuche pour révéler son visage. Il était recouvert de sang, sans doute celui des nombreuses victimes qu'il avait massacrées ce jour-là.

— Vas-y, je t'en prie », dit-il.

Somers poussa un rugissement inhumain, accompagné d'une pestilence de tombe sortie tout droit des tréfonds de son corps. Il avait longtemps attendu ce moment. L'occasion de se débarrasser de la menace que représentait le Bourbon Kid. Il se projeta en avant, toutes griffes dehors, flottant à quelques centimètres à peine au-dessus du sol. Son adversaire ne broncha pas, restant exactement au même endroit. Toujours en lévitation, Somers attrapa des deux mains la tête de sa victime et plongea ses crocs dans le creux de son cou. Le

Bourbon Kid en profita pour passer ses bras autour de Somers et le serrer contre lui, embrassant son ennemi comme s'il s'agissait d'un frère disparu depuis longtemps et revenu d'entre les morts.

Somers retira sa tête du cou du Kid pour le regarder droit dans les yeux. Une volute de fumée s'éleva dans le petit intervalle qui séparait leurs visages. Somers jeta un regard vers le bas. Il ressentait une brûlure intense à la poitrine. Quelque chose avait fait naître une flamme entre le Kid et lui. Il tenta de repousser son ennemi, mais l'étreinte du Kid était si puissante qu'il se trouva sans défense. Et la sensation de brûlure ne faisait qu'empirer, la douleur laissant à présent place à l'agonie. Il poussa un hurlement de panique.

« Aaah ! Lâche-moi, espèce de pourriture ! »

À la grande surprise de Somers, le Bourbon Kid obéit. Il lâcha le dos du Seigneur des Ténèbres, mais celui-ci s'aperçut alors qu'il lui était impossible de se reculer. Il restait attaché au Kid, comme par une colle extraforte. Le Kid, qui avait désormais les mains libres, en profita pour écarter un peu plus les pans de son manteau.

Somers comprit alors la gravité de la situation. Accroché à la poitrine du Bourbon Kid, et jusqu'ici dissimulé sous son manteau, se trouvait le Livre sans nom. Et il était à présent pressé contre la poitrine de Somers, boursouflant et pelant sa peau, qui se consumait en cendre et en fumée.

« Aucune croix ne peut te tuer, c'est ça ? lança le Bourbon Kid en souriant. C'est bien ce que tu disais, hein ? »

Somers n'en croyait pas ses yeux. Son corps tout entier était à présent rongé par des flammes qui enveloppaient également le Kid, et auxquelles celui-ci semblait totalement insensible.

« Aaah ! Espèce d'enculé ! Espèce de sale enculé ! » hurla-t-il. Il recula en titubant, mais le livre quitta le Kid pour rester accroché à lui, comme s'il était en train de fondre dans sa poitrine.

« Le Livre sans nom, dit le Kid. Sa couverture et ses pages ont été faites à partir de la Croix sur laquelle le Christ a été crucifié. Alors maintenant dis-moi : tu es vraiment sûr qu'aucune croix ne peut te tuer ? »

L'expression qui déformait le visage de Somers était une parfaite combinaison de furie, d'agonie et d'horreur. Il était confronté à la seule chose au monde capable de le tuer. C'était ce secret qu'il avait protégé de toutes ses forces, de toute sa volonté. Il avait tué toutes les personnes qui avaient lu ce livre, sans pour autant pouvoir le détruire, car le fait de le toucher aurait immanquablement entraîné sa mort. Mais un vampire ne mourait jamais sans se battre, et Somers avait bien l'intention de se présenter face au diable avec un invité de choix.

« Tu mourras avec moi, espèce d'enfant de putain ! Tu vas me suivre en enfer.

— Peut-être bien. »

Le Bourbon Kid s'éloigna juste assez pour rester hors d'atteinte des flammes qui engloutissaient à présent tout le corps de Somers et le dévoraient. Pendant plus de dix secondes, il contempla le Seigneur des Ténèbres, la créature la plus puissante au monde, se transformer en un simple tas de poussière fumante. Dans des hurlements d'âme damnée.

Les flammes vacillèrent, s'éteignirent, la fumée se dispersa, et il ne resta plus rien.

Peut-être pas.

Le Kid observa un moment le carnage qui l'entourait. Les corps recouvraient le sol. À cause de lui, et de personne d'autre. Mais ce qui importait le plus, c'était que l'inspecteur Archibald Somers ne soit plus de ce monde. Et ce pour toujours. Le seul souvenir que le Seigneur des Ténèbres avait laissé derrière lui était cette irritation dans le cou de son assassin. Le Kid palpa la blessure de la main gauche. Ses doigts effleurèrent la petite égratignure que Somers lui avait infligée. Ça ne devait pas être bien grave.

Il jeta un coup d'œil à ses doigts. *Hmm. Du sang. Ça va peut-être compliquer un peu les choses.*

65

Peto pouvait enfin respirer à son aise. Fouler à nouveau le sol chéri d'Hubal, c'était presque entrer au paradis. La semaine qu'il avait passée loin de son île avait été la plus longue de toute son existence Cela avait été une expérience riche en révélations, mais qu'il désirait de toute son âme ne plus jamais réitérer. Il avait perdu son meilleur ami, Kyle, avait été trompé par à peu près toutes les personnes qu'il avait rencontrées, s'était fait voler une valise pleine de billets, avait tué un homme, en avait blessé un autre et avait vu deux anciens moines se transformer en vampires. Il avait vu et fait encore bien d'autres choses, et la joie d'y avoir survécu pour rentrer triomphalement chez lui était indicible.

Durant son absence, Hubal avait retrouvé sa grâce et sa beauté, comme si le récent massacre qu'elle avait connu n'avait jamais eu lieu. Les cicatrices qu'avait laissées le passage de Jefe dans l'esprit des moines de l'île prendraient plus de temps à se refermer. Père Taos fut la première personne à laquelle Peto s'adressa. Ses blessures avaient guéri, tout du moins les blessures physiques. Les autres, Taos savait comment les dissimuler aux yeux des moines.

Le supérieur de l'ordre fut comblé de joie en voyant Peto entrer dans le temple, brandissant l'Œil de la Lune. Il était assis à l'endroit même où Peto l'avait vu pour la dernière fois, sur l'estrade de l'autel, mais, à présent, il semblait en pleine forme. Il se leva soudain et parcourut l'allée principale séparant les deux rangées de bancs, les bras grands ouverts pour serrer contre son cœur le héros de l'île. Peto, qui avait désespérément besoin de cette accolade, courut dans sa direction et l'embrassa, relativement fort surtout si l'on prenait en considération que le vieil homme avait récemment reçu une balle dans le ventre.

« Peto, je suis si heureux que tu aies survécu. C'est une telle joie de te revoir. Où est Kyle ?

— Il n'a pas eu ma chance, père.

— Quelle terrible nouvelle. C'était l'un des meilleurs d'entre nous.

— Oui, père. C'était le meilleur. »

Les deux hommes baissèrent les bras et s'écartèrent. Il leur paraissait un peu déplacé de parler de leur ami défunt en s'embrassant.

« Et toi, mon fils ? Comment te portes-tu ?

— Je vais bien, père. » Puis les mots se précipitèrent d'eux-mêmes dans sa bouche. « Kyle et moi avons vécu une aventure hors du commun. Je suis devenu un grand champion de combat à mains nues avant de me voir détrôné par un homme du nom de Rodeo Rex. Puis nous avons fait la connaissance de deux anciens frères d'Hubal devenus des vampires. Par la suite, Kyle s'est fait assassiner par un certain Bourbon Kid, je me suis enfui avec l'Œil de la Lune, et me voici de retour.

— Tout cela me paraît extrêmement passionnant, mon fils. Va donc te reposer, et tu me raconteras tout en détail, ce soir, au dîner.

— Bien, père. » Peto tendit l'Œil de la Lune et Taos l'en soulagea bien volontiers pour le glisser dans la poche de sa robe marron. Puis il se tourna vers l'autel.

« J'ai une dernière question à te poser, Peto, dit-il. Qu'est-il advenu du Bourbon Kid ?

— Je n'en sais rien, père. La seule fois où je l'ai vu, juste avant de m'enfuir, il semblait occupé à massacrer au hasard un grand nombre de personnes, avec un arsenal très impressionnant.

— Je vois.

— Pourquoi cette question, père ? Avez-vous déjà entendu parler de cet homme ? Frère Hezekiah semblait sous-entendre que vous le connaissiez.

— Frère Hezekiah ?

— Oui, père. »

Taos se retourna vers Peto. Son visage ne reflétait plus la joie qu'il avait éprouvée en voyant son jeune ami. Il était empreint d'une profonde inquiétude, d'un profond trouble, même.

« Mais frère Hezekiah est mort, dit-il presque à voix basse.

— Non, père, enfin oui, à présent il l'est, mais c'était en fait l'un des moines que Kyle et moi avons rencontrés, et qui étaient devenus des vampires. Il nous a dit de nombreux mensonges, avant de… avant de mourir.

— Peto, mon cher et jeune ami, tu apprendras en vieillissant que tout n'est pas ou tout noir ou tout blanc, ou vrai ou faux. Les choses que frère Hezekiah t'a dites ne sont peut-être pas des mensonges. Lorsqu'un moine quitte l'île d'Hubal pour se rendre en un lieu aussi maléfique que Santa Mondega, il lui est presque impossible de demeurer pur. Tu dois avoir compris cela, à présent. Cela fut vrai pour frère Hezekiah, je suis sûr que cela est vrai pour toi et ce pauvre Kyle, et, merde, je suis sacrément bien placé pour savoir que c'est absolument vrai dans mon cas. »

Peto fut abasourdi. De toute sa vie, il n'avait jamais entendu le moindre juron sortir de la bouche de père Taos. Il balbutia alors la question qui n'avait cessé de le tourmenter depuis qu'Hezekiah avait semé les graines du doute dans son esprit et celui de Kyle.

« Mais, père, vous n'avez tout de même pas violé les lois sacrées d'Hubal lors de votre passage dans cette ville maudite ? »

Taos fit quelques pas et s'assit sur l'une des marches qui menaient à l'autel. Il semblait à nouveau las, aussi las qu'une semaine auparavant. Le jeune moine s'approcha de lui.

« Hélas ! j'ai bien peur que si, Peto. J'ai conçu un enfant, un fils, dans les veines de qui coule le même sang que dans les miennes. »

Cette révélation frappa Peto d'horreur.

« Père Taos, comment avez-vous pu ? Enfin, comment avez-vous pu garder ce secret si longtemps ? Et qu'est-il arrivé à votre fils ? Et qui est la mère ? »

Ishmael Taos avait longtemps attendu une occasion de confesser ses péchés, mais il n'aurait jamais pu imaginer que ce serait à Peto, entre tous, qu'il révélerait toutes ces choses.

« Sa mère était une pute. Enfin, une prostituée.

— *Une pute ?* » Dire que Peto était sous le choc aurait été un euphémisme aussi choquant que de dire que le Bourbon Kid avait dû tuer une ou deux personnes dans toute sa vie. Le Santamondéguin qui sommeillait en Peto refit surface. « Putain mais c'est pas vrai ! Est-elle toujours vivante ? Et, merde, attendez une seconde… vous voulez dire que j'aurais pu me taper une pute et revenir ici sans que ça pose de problème ?

— Non, Peto. C'eût été impossible.

— Alors c'est quoi la différence ? Vous étiez amoureux d'elle ? »

Taos secoua la tête. « C'est une tout autre histoire, Peto », répondit-il. Il ne semblait pas le moins du monde s'offusquer du langage du jeune novice. « Pour résumer un peu les choses, il advint que, de nombreuses années après notre séparation, elle fut mordue par un vampire. »

Le jeune moine prit aussitôt un air contrit. « Oh ! mince, je suis désolé, père, dit-il d'un ton radouci. Ça ne me regarde pas, après tout. » Il baissa un instant la tête et leva soudain les yeux. « Est-elle devenue l'un d'eux ?

— Non, fort tristement. Non pas que j'eusse jamais souhaité pareil sort à qui que ce soit. Non, son fils, *mon* fils aussi au demeurant, a assisté à cette effroyable scène et a été saisi d'une rage effroyable. Sa mère était la seule personne qui lui restait en ce monde : je les ai abandonnés tous les deux alors qu'il n'était encore qu'un enfant. Dans sa rage, il a tué le vampire qui s'en était pris à sa mère et, selon le vœu de cette dernière, il l'a tuée, afin de lui épargner une éternité de souffrance. »

Peto, horrifié, porta une main à sa bouche.

« C'est horrible, père. Aucun enfant au monde ne devrait être obligé de commettre un acte pareil.

— Ce n'était déjà plus tout à fait un enfant à l'époque, Peto. Il avait 16 ans.

— Avec tout le respect que je vous dois, père, comment est-ce qu'un jeune homme de 16 ans peut se résoudre à tuer sa propre mère ? »

Taos inspira profondément, prêt à dévoiler l'ultime secret, le terrible secret, au jeune novice balbutiant de confusion.

« Il en fut tout d'abord incapable, aussi se força-t-il à boire une bouteille de bourbon. Une bouteille entière. Et ce ne fut qu'ensuite qu'il parvint à percer d'une balle le cœur de sa mère.

— Du bourbon ? dit Peto dans un souffle, comprenant soudain qui était le fils de Taos.

— Oui, mon fils. Tout cela eut un profond effet sur sa psyché, comme on aurait pu s'y attendre. Mais je pense que tu as pu le constater par toi-même.

— Mon Dieu ! Tout s'explique. Mais c'est si… si incroyable… Êtes-vous toujours en contact avec votre fils ? »

Taos commençait à fatiguer. Le simple fait de parler de ces événements, et de leurs conséquences, était très éprouvant.

« La journée a été longue, Peto. Nous reparlerons de tout cela demain. Dès que tu auras pris assez de repos, nous nous confesserons mutuellement nos péchés. Je ne me joindrai pas à vous pour le dîner de ce soir. Nous nous retrouverons demain matin.

— Bien, père. »

Peto baissa la tête afin de signifier qu'il avait encore le plus grand des respects pour père Taos, puis il sortit du temple pour se rendre dans sa cellule. Taos alla déposer l'Œil de la Lune à l'endroit qui convenait. Rassuré à l'idée que tout était à présent rentré dans l'ordre, il alla se coucher. Il était encore tôt, mais il avait grand besoin de se reposer.

*

Père Taos dormit profondément et paisiblement durant trois ou quatre heures, avant d'être soudain tiré de son sommeil. Non par un bruit, encore moins par un contact physique. Ce qui l'avait si brutalement réveillé n'était autre que le sentiment que quelque chose n'allait pas.

Les ténèbres qui régnaient dans sa chambre étaient totales : il tendit la main en direction de sa table de chevet, où se trouvait toujours une chandelle, au cas où il devrait se lever durant la nuit. À côté de la chandelle étaient posées une boîte d'allumettes et une brique. Il saisit à tâtons une allumette en s'asseyant dans son lit. Après s'être assuré qu'il la tenait par le bon bout, il la frotta contre la brique. Elle s'alluma dans une flamme vive. Clignant des yeux afin de s'accoutumer à cette lueur soudaine, il l'approcha de la mèche de la chandelle qui, à sa grande satisfaction, s'enflamma à son tour. Il souffla l'allumette et la posa sur la brique, puis il se saisit du petit chandelier et brandit la flamme devant lui.

« Aaah ! » Le cœur de Taos cessa de battre un bref instant. Là, au bout de son lit, se dressait la silhouette d'un homme encapuchonné, qui semblait avoir observé le vieux moine durant son sommeil.

« Bonjour, père. »

Sans voix, Taos plaqua sa main libre contre sa bouche. Il parvint à reprendre un peu son souffle, se ressaisit et posa enfin une question à l'intrus.

« Que faites-vous ici ? Ceci est ma chambre. Vous ne devriez pas vous y trouver. »

L'homme à la capuche s'avança d'un pas : son visage était presque visible à la lueur de la chandelle, mais il était impossible de reconnaître ses traits.

« Je cherche le meilleur endroit où mourir. Ça semble être le lieu idéal, tu ne penses pas ?

— Je doute que vous vouliez vraiment mourir ici, mon fils », répondit Taos d'un ton apaisant, comme s'il essayait de persuader quelqu'un de ne pas se jeter du haut d'un immeuble.

L'homme rejeta sa capuche pour révéler un visage pâle recouvert de petites taches de sang sec.

« Qui a dit qu'on parlait de moi ? »

FIN (peut-être...)

Composition réalisée par FACOMPO (Lisieux)

Achevé d'imprimer en mars 2012 en Espagne par
BLACK PRINT CPI IBERICA, S.L.
Sant Andreu de la Barca (Barcelona)
Dépôt légal 1re publication : juin 2011
Édition 06 – mars 2012
LIBRAIRIE GÉNÉRALE FRANÇAISE – 31, rue de Fleurus – 75278 Paris Cedex 06